KB051733

녹월춘화야담

下

녹월춘화야담
下
김한나 장편소설
가하

녹월춘화야담 下

지은이 김한나
펴낸이 이형기
펴낸곳 도서출판 가하

초판인쇄 2014년 10월 1일
초판발행 2014년 10월 7일
출판등록 2008년 10월 15일 제 318-2008-00100호

주소 서울 영등포구 양평로 67, 1209 (당산동5가, 한강포스빌)
전화 02-2631-2846 **팩스** 02-2631-1846

www.ixbook.co.kr

ISBN 979-11-295-0053-3 04810
979-11-295-0051-9 04810(set)

값 9,500원

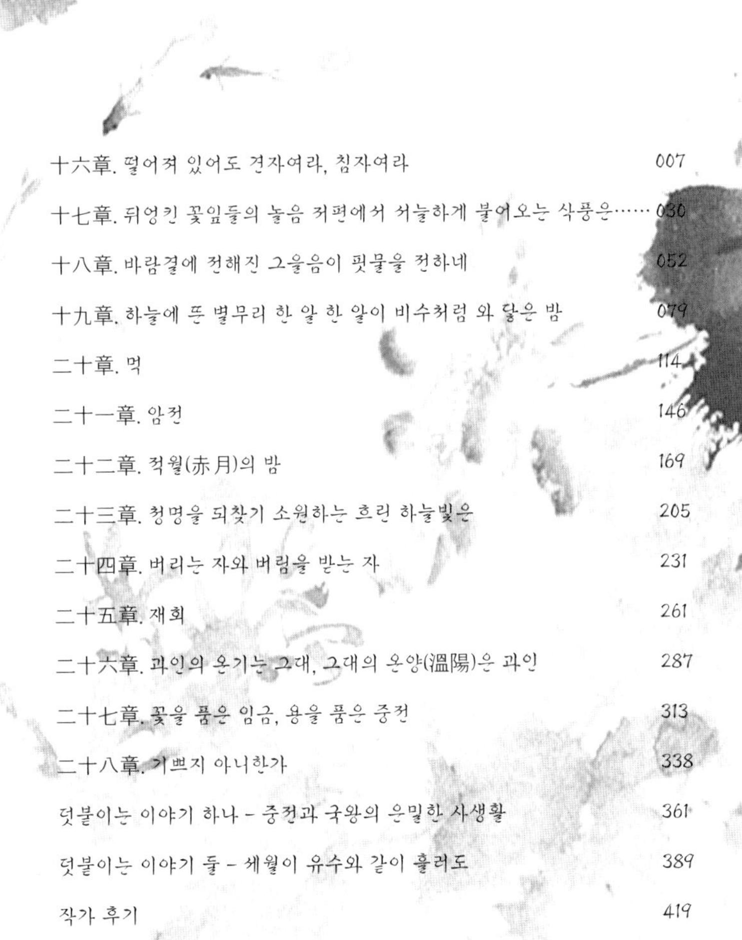

十六章. 떨어져 있어도 견자여라, 침자여라 007

十七章. 뒤엉킨 꽃잎들의 놀음 저편에서 서늘하게 불어오는 삭풍은…… 030

十八章. 바람결에 전해진 그울음이 핏물을 전하네 052

十九章. 하늘에 뜬 별무리 한 알 한 알이 비수처럼 와 닿은 밤 079

二十章. 먹 114

二十一章. 암전 146

二十二章. 적월(赤月)의 밤 169

二十三章. 청명을 되찾기 소원하는 흐린 하늘빛은 205

二十四章. 버리는 자와 버림을 받는 자 231

二十五章. 재회 261

二十六章. 과인의 온기는 그대, 그대의 온양(溫陽)은 과인 287

二十七章. 꽃을 품은 임금, 용을 품은 중전 313

二十八章. 기쁘지 아니한가 338

덧붙이는 이야기 하나 - 중전과 국왕의 은밀한 사생활 361

덧붙이는 이야기 둘 - 세월이 유수와 같이 흘러도 389

작가 후기 419

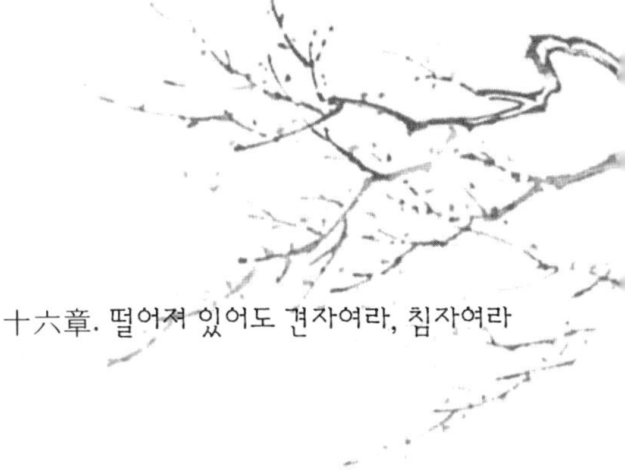

十六章. 떨어져 있어도 견자여라, 침자여라

영지는 영락관의 은밀한 뒷문 앞에 작은 수레를 내려놓았다. 수레 안에는 멍석으로 말아 대풍창에 죽은 병자처럼 몸뚱이를 가장한 윤일이 타고 있었다. 영지는 제 아비의 마른 몸을 일으켜 등에 업고 두터운 문 앞에 섰다.

'월산군 마마께서 이곳으로 오라 하였는데……. 어찌하여 단(單)의 모임을 이곳에서 할까?'

영지는 그저 금번 단의 회동이 있을 장소와 시각만을 혜에게 들었을 뿐, 단의 모임이 어찌하여 영락관에서 이루어지는지에 대해서는 아는 바가 없었다. 그 점에 대해 영지가 물었을 때, 혜는 그저 입꼬리를 슬쩍 올려 웃으며 그곳에 당도하면 모든 것을 다 알게 될 것이라는 대답만을 하여 그녀의 맘에 물음표만 잔뜩 키워놓았을 뿐이었다.

그녀가 문 앞에 서자 곁의 나뭇가지 위에 앉아 있던 현이 번뜩 날아올라 그 발 앞에 착지하며 빛을 머금은 눈동자를 굴려 그녀를 반겼다.

'그분, 이 안에 계신 거야?'

영지가 현을 내려다보며 눈빛으로 묻자 현이 짧은 목덜미를 끄덕이듯 움직이다가 활짝 날아올라 나무문을 제 부리로 콕콕 찍어 두드렸다. 제 딴에는 자신을 도와주겠다는 기특한 심사를 풀어내는 표현하는 것 같아서 영지는 슬그머니 입꼬리를 들어 올렸다.

"멈추어라, 맹금아. 부리가 망가진단다."

저 기특한 영물을 위해 무엇이라도 만들어줘야겠다는 생각을 하며 영지는 한 손으로 아비의 마른 몸을 바특이 들어 업은 후 문을 두드렸다. 세 번, 조금 쉬고 그 다음 두 번, 그러고 나서 연달아 네 번. 이렇게 문을 두드리자 육중한 소리와 함께 문이 열리고 영락관의 행수기녀, 소향의 얼굴이 달빛 아래 드러났다.

"전 홍문관 대제학 대감마님, 그리고 아씨. 처음 뵙는 자리에서 이렇게 누추한 인사를 올리게 되어 송구스럽습니다. 영락관의 주인, 소향입니다. 어려운 걸음을 해주시어 그저 감읍할 따름입니다."

소향이 머리를 숙여 인사한 후 뒤에 선 사내에게 명령을 내리며 윤일을 향해 말을 이었다.

"아씨의 등에 업히신 대감마님을 어서 모시게. 대감마님, 이자의 등에 업히시지요. 월산군 마마를 비롯하여 단(單)에 속하신 많은 분들께서 대감마님을 기다리고 계십니다."

그러자 사내는 윤일의 몸을 업은 후 바로 앞에 우뚝 선 전각을 향해 걸어갔다. 영지는 전각을 바라보다가 불현듯 얼마 전에 혜와 사랑을 나누었던 곳이 저곳이었음을 깨닫고 얼굴을 붉히며 소향을 향해 입을 열었다.

"저기……."

영지가 소향을 향해 물음에 가득 찬 눈을 빛내자 소향은 그 속을 다 알겠다는 듯 고개를 끄덕이며 그녀를 향해 말했다.

"놀라셨습니까, 아씨?"

"예."

뭐랄까. 언젠가, 영지는 자신에게 춘화를 그릴 것을 넌지시 권했던 소향의 모습과 혜와 함께 동업을 할 것을 제안했던 그 행동이 어쩐지 오늘 같은 일이 이루어지기를 소원한 듯한 느낌이 들어 참으로 기분이 기이해졌다.

「지금은 때가 아니니, 나서면 아니 되십니다.」

꽃심이가 김익선의 더러운 횡포에 심히 다쳤던 그날. 울분을 참지 못하고 꽃심이를 향해 달려가려 했던 자신의 행동을 저지하면서 소향이 했던 말이 떠오르자 영지는 모든 조각이 일시에 끼워지는 느낌을 받고 입을 떼었다. 그러자 소향이 먼저 말을 꺼내며 영지의 눈을 바라보았다.

"이렇게 대감마님을 대업에 모시기 위해 영지 아씨와 월산군 마마님의 만남을 도모한 것은 아니었습니다. 혹 오해하셨다면 그 마음, 접어주시지요."

"그럼 무엇 때문이었습니까?"

그러자 소향은 영지의 두 손을 모아 잡으며 말을 이었다.

"대감마님을 대업에 모시자는 뜻은 단(單)에 속하신 분들의 뜻이지 저의 뜻과는 무관한 일이었습니다. 물론 시국을 걱정하는 미천한 백성으로서 이렇게 작은 도움을 드리고 있기는 하나, 저 같은 한낱 기녀가 그 어떤 뜻을 내어놓을 수 있겠는지요. 다만, 남녀 간의 정에 관한 것에는 일찍부터 통달을 하여 어떤 사내와 어떤 여인이 서로 만나야지 평생해로를 할 수 있을까에 대한 것은 잘 아는 바. 월산군 마마님과 영지 아씨는 서로에게 잘 맞는 짝이라 사료되어 두 분이 만나실 수 있게 물꼬를 틔워드린 것뿐이옵니다."

소향의 말에 영지는 옅은 한숨을 내쉬며 고개를 가로저었다.

"쓸데없는 짓을 하셨습니다."

"그것은 비단 아씨만의 생각이실 뿐, 월산군 마마께서는 그렇게 생각지 않으실 것이니. 저와 함께 전각 안으로 들어가시지요. 단의 회동이 파한 후, 월산군 마마께서 아씨의 얼굴을 잠깐 뵈러 가실 것이옵니다."

"그러면 저는 단에 무슨 도움을 드리면 되겠습니까?"

윤일이 마른 입술을 물로 살짝 축인 후 입을 열자 월산군이 그를 바라보며 대답했다.

"대감께서는 성균관과는 그 업이 깊은 바. 먼저 대사성께서 김익선의 압력에 의해 부득이 나라의 일에는 침묵을 하지만 그 잠든 뜻이 정갈한 유생들을 먼저 추려내어 반촌의 그곳에 집결을 시켜주십시오. 그러면 윤일 대감께서는 그들의 잠든 뜻을 깨워, 유생들의 힘을 단에 실어야 할 것입니다. 강화의 주상전하께 되찾아드리는 녹월은 백성의 힘과 유생의 힘과 관료들의 힘이 모두 실려, 명분이 반듯하게 선 그런 나라가 되어야 합니다."

"하온데, 월산군 마마께서 말씀하시는 반촌의 그곳은 어디입니까? 혹 성균관의 유생들이 목숨을 담보로 해야 할 정도로 위험한 곳은 아니겠지요?"

"오래전부터 반촌에 들어 사는 골씨 성을 가진 백정이 한 명 있습니다. 아마 윤일 대감께서도 알고 계실 것입니다."

"……아주 가끔씩, 저희 가족이 사는 지금의 빈가 앞에 짚불에 싼 고깃덩이를 놓고 가는 그 백정을 말씀하시는 것이라면, 제 여식에게 몇 번 들어 알고 있습니다. 제가 홍문관 대제학직을 수렴하던 때에 겸임으로 성균관 지관사의 일도 보았지요. 그때, 치외법권인 반촌에 백정의 멱살을 잡고 죽일 듯 횡포를 부리는 병사들이 있었습니다. 입은 복식으로만 보아도 나라의 일을 하는 병사들이 아닌 바, 혼쭐을 내어 그들을 돌려보냈던 기억이 납니다. 그때 그는 사람들이 자신을 '골가 씨'라고 부른다고 하며 감사해하였지요. 많은 시일이 흐른 후에야 그 병사들이 김익선의 사병임을 알고 어찌나 이 마음이 비탄에 젖어들던지요. 헌데 어찌하여 골씨 성을 지닌 백정 이야기를 꺼내는 것입니까?"

윤일이 혜에게 묻자 그는 고개를 끄덕이며 입을 열었다.

"도승지께서 윤일 대감의 여식에게 번번이 퇴짜를 맞고서 집으로 돌아가실 적에 '골가 씨'와 마주한 적이 있었답니다. 문 앞에 잘 싼 고깃덩이를 놓고 큰절을 올리며 돌아가는 연유가 궁금하여 물으니 윤일 대감께 입은 은혜를 말하였습니다. 그는 말미에 윤일 대감께 도움이 되는 일이라면 어떤 일이든 마음을 보태고 싶으나 천한 백정으로 해드릴 일이 없어 이렇게 망가지신 몸이 하루빨리 원기라도 회복하시기를 기원하는 마음으로 가끔씩 고깃덩이를 놓고 간다고 하였습니다."

"혹, 그에게 도움이라도 얻으신 것입니까?"

"맞습니다. 대감께서 우리의 대업에 마음을 보태어주시기로 한 날 이후 도승지께서는 은밀하게 반촌에 사는 골가 씨의 백정을 만나 대감께 유생들의 뜻을 세울 강학 장소를 구해줄 수 있느냐 물으셨지요. 하여 그 백정의 도움을 받아 장소를 마련하였답니다. 반촌에 은밀하게 얻은 장소라서 누추함이 깊을 테지만 그만큼 안전하고 반인들 또한 성균관 유생들과 유대감이 있으니 강학 장소로는 최적일 것입니다. 발 없는 말이 천 리를 가고, 밤이슬에 옷이 젖는다 하였습니다. 대감의 말을 깊이 품은 유생들은 같이 잠들고 눈을 뜨는 벗에게 그 뜻을 함께할 것을 권할 것이니. 대감을 본받으려 했던 많은 성균관의 관료와 유생들은 곧 심지를 바르게 세워 대업에 참여하게 될 것입니다."

"음……."

윤일은 몸집은 우락부락하였으나 어린 송아지처럼 눈이 맑고 순진했던 골가 씨의 백정을 떠올리며 고개를 끄덕였다.

그러자 도승지, 허참성이 입을 열었다.

"대신 그에게 훗날 주기로 약조한 것이 있습니다."

"무엇을 주기로 하셨습니까?"

"김익선이의 늙은 몸뚱이. 그가 원하는 것은 그것 하나뿐이었습니다."

허참성의 말에 그곳에 모인 관료들의 자리에는 정적이 스며들었다.

"훗날 우리들이 계획한 대업의 말미에 붙잡은 그 몸뚱이의 도륙은 꼭 자신의 손으로 내게 해달라, 그리 말하더이다. 무거운 고리대에 김익선에게서 빌린 돈을 갚지 못하게 되자 김익선이 그의 어린 딸을 데려가 중원의 장사치에게 팔아넘겼답니다. 골가 씨의 백정은 어린 딸아이의 생사가 어찌 되었는지 알지 못하는 이 아비의 맘을 꼭 헤아려달라 하였지요. 그러한 삶이 비단 골가 씨의 백정에게만 있는 일은 아닐 터. 여기계신 모든 분들께서는 그이와 비슷한 고통을 겪는 많은 백성들이 이 나라에 마음을 돌리는 일이 없게 하기 위해서라도 각자 맡은 바 소임에 만전을 기해주셔야 할 것입니다."

단의 모임이 파하고 몇몇 관료들은 오랜만에 얼굴을 마주하는 윤일의 안부를 물으며 사적인 담소를 나누었다. 평소 같았으면 단의 모임이 파한 후 그 자리를 빨리 비워 각자의 위치로 돌아가기에 급했지만 오늘은 날이 달랐다. 그동안 그토록 얼굴 보기를 소원하였던 윤일이 그 자리에 함께하였으니 한때 정사의 옳고 그름을 나누던 동기 관료들은 그의 얼굴을 보며 동기의 정을 나누는데 마음을 쏟았다. 그 틈에 영지의 얼굴을 잠깐이라도 보고자 방을 나온 월산군의 걸음을 병판, 황희수가 붙잡았다.

"월산군 마마. 소신이 잠시 드릴 말씀이 있습니다."

"무엇인데 그러시는가?"

서찰은 잘 읽었는가, 어떤 생각이 들었는가, 자꾸 내 맘을 밀어내려고만 할 것인가.

영지에게 묻고 싶은 것이 많은 혜의 얼굴에는 조급함이 가득했다. 그러나 황희수의 말을 들은 후, 그의 얼굴에서는 조급함이 사라지고 대신 어두운 기운이 자리를 잡았다.

"간교하고 약삭빠른 김익선이가 월산군 마마를 경계하고 있습니다. 그자가 제게 명하기를, 마마에게 사람을 붙여 그 동태를 살피라 하였으니. 마마, 곧 마마의 뒤에 그림자가 따라붙을 것입니다. 제가 그림자를 붙이지 않음을 알면 김익선, 그자의 의심이 더욱 커질 터이니 마마께서는 이 점을 미리 아시고 그 행동에 신중을 기해주십시오."

"그 말인즉, 내 곁의 가까운 이들이 잘못하다가는 다칠 수도 있다는 말이로군."

"그럴 가능성이 꽤나 높지요. 하오니, 혹 곁에 누군가를 붙이셨다면 당분간 떼어내시고 누군가를 만난다 하더라도 그분께는 해가 되지 않도록 은밀한 만남을 가지셔야 할 것입니다."

황희수의 말에 혜는 영지를 떠올리며 눈을 감았다가 다시 떴다.

"알겠네. 내 모든 행동거지에 신중을 기하도록 할 것이니, 병판은 김익선의 말대로 내 뒤에 그림자를 붙이도록 하게."

혜의 말에 황희수는 고개를 숙이며 방 안으로 들어갔다.

그는 병판의 말을 속으로 곱씹으며 영지가 기다리고 있을 방 안에 들어섰다. 창이 난 곳에 서서 달빛을 받는 그녀의 옆모습이 참으로 신비로워 보여 그는 천천히 걸어가 뒤에서 연한 향기가 나는 작은 몸을 담뿍 끌어안았다.

“마마?”

멀리서 별똥별이 떨어지는 것을 보느라 미처 그가 들어서는 기척을 알아채지 못한 영지는 자신의 등과 배에 닿는 살갑고 애틋한 느낌에 고개를 뒤로 돌려 그를 눈에 담았다. 그녀의 뺨 쪽으로 고개를 숙인 혜의 속눈썹이 발갛고 하얀 뺨을 간질이며 연정을 더했다. 그러나 위로 솟은 그의 검미에 어쩐지 고뇌가 서린 듯하여 영지는 그의 뺨에 입을 맞추며 속삭였다.

“무엇이 계획한 대로 잘 흘러가지 않는 것입니까?”

“…….”

혜는 영지의 물음에 아무런 대답도 하지 않고, 대신 뒤에서부터 작은 몸을 껴안은 팔을 풀어 그녀의 앞에 다가섰다. 그의 얼굴에 덧입혀진 근심이 완전하게 눈에 들어온 영지는 맑은 눈망울로 검미를 안쓰럽게 훑어보며 조곤한 음성을 이어 나갔다.

“어찌하여 대답을 하지 않으십니까? 제게도 툭 털어놓지 못할 말씀이 있으신 것입니까?”

영지가 재차 묻자 혜는 그제야 위로 솟은 검미를 누그러트리며 슬쩍 웃었다.

“아니. 내가 영소 작가에게 하지 못할 말이 무에 있겠어. 그냥, 허구한 날 내 물음에 딱히 대답하지 않는 그대의 태도가 얄미워서 그대도 한번 그 속 타는 심정을 당해보라고…….”

웃으며 대답하자 제 사내의 음성에 그녀는 단단한 가슴팍을 여린 손끝으로 어루만지며 말했다.

"그 열병 때문에 여기, 이 가슴이 무던히도 타셨더라는 말씀이지요?"

"응."

그는 그녀의 둥근 이마에 가볍게 턱을 괴며 속삭이듯 대답했다. 그러자 그녀가 속삭이는 음성을 내며 다시금 물었다.

"그래도 그 열병, 평생에 버릴 맘이 없으시단 말씀이지요?"

"그렇대도."

혜는 영지의 체향을 깊이 들이마시며 눈을 감았다. 곧 자신의 뒤에 따라붙을 그림자가 주는 위협 때문이라도 눈앞의 이 사람을 멀리해야 한다는 판단이 들어 마음이 못내 아파 왔다. 일각의 시간이라도 멀리 떨어지고 싶지 않은 사람이 자신에게 있어서는 이 어여쁜 여인이었다.

글방에 영지가 당도할 때에 그녀를 맞이하는 기쁨은 무척이나 달금하였고, 집으로 가기 위해 글방의 문턱을 나서는 그녀를 배웅할 때 그 아쉬움은 무척이나 썼다. 헌데 당분간 이 소중한 사람을 못 볼지도 모른다는 생각이 들자 혜는 마음속에 당장이라도 상사병이 똬리를 틀 것만 같은 기분에 휩싸였다. 그렇게 저릿저릿 저려 오는 가슴을 숨기고 그녀의 내음을 속에 담던 그의 귓가에 듣기 좋은 울림이 닿았다.

"그럼, 강화에 계신 주상전하께 용상을 되찾아드리고 제 가문이 복권을 하게 된다면 저와 혼인해주십시오."

그 말에 혜는 영지의 어깨를 부여잡고 시선을 맞추며 물었다.

"방금 나와의 혼인을 말한 것이야?"

아픈 마음결 중에도 반갑고 귀한 말소리에 그의 얼굴에는 미소가 번져 나갔다. 그러자 영지는 고개를 끄덕이며 그를 닮으려는 듯 자신의 입술에도 미소를 걸었다. 그녀의 붉고 말캉해 보이는 입술이 얼마나 어여쁜지. 그는 천천히 둥근 이마며, 눈두덩이며, 콧방울을 자신의 입술에 머금었다가 이내 영지의 입술을 머금으며 웃었다.

"참으로 어여쁘구나, 그대는."

맞닿은 입술 끝에서 흘러나오는 칭찬의 말에 그녀는 양 뺨을 붉혔다. 연모하는 사내의 입술에서 녹차의 싱그러운 향기가 번져 나와, 그녀의 머리를 맑음의 길로 인도했다. 머리가 맑아지면 맑아질수록 거짓을 고하는 마음의 아픔도 또렷하게 느껴졌지만, 눈앞의 사람에 대한 감정도 점점 더 맑고 또렷하게 무르익는 것 같았다.

영지는 먼저 그의 입술 문을 두드려 열고선, 자신의 깃털 같은 혀를 밀어 넣어 싱그러운 녹차 향을 깊고 차분하게 들이마셨다. 그러자 그의 혀가 그것을 방해하고 엎치락뒤치락하기를 반복하며 그녀의 혀와 똘똘 엉켜들어갔다.

토돌하게 오른 유두부터 아래에 있는 좁은 동굴의 속살, 그리고 매끄럽고 뜨거운 입안의 살결까지 모두 맛본 적이 있는 사내의 손이 천천히 제 여인의 치맛자락을 벌렸다. 얇은 속바지의 정 가운데를 손가락으로 지그시 누르자 여인의 입술에서 옅은 신음 소리가 흘러나왔다.

혜는 얇은 속바지와 속곳 아래에 감추어져 있을 맞물려진 꽃잎을 하나하나 벌려 열어보고 담금질의 맛매를 느껴보고 싶었다. 그러나 그 욕망을 이곳에서 풀 수가 없기에 더욱 달뜨고 괴로워지는 손길은 그저 속바지 안에 밀어 넣어 음부를 가린 가리개를 젖힐 뿐이었다. 손가락에는 땀인지 이슬인지 모를 여체의 물이 살살 묻어나와 그 감촉이 한없이 습윤하고 매끄럽게만 느껴졌다.

두 갈래로 갈라진 미끄덩한 늪지를 애태우듯이 매만지자 영지의 입술에서 가르릉 하는 소리가 흘렀다. 그러나 가까이의 다른 방에는 관료들이 모여 있는 바. 혜는 작은 입술에서 흐르는 온갖 소리를 담아 마시며 그녀의 손을 자신의 도포 자락 안으로 잡아당겼다.

"그대도 나와 같이……. 내 것도 만져주어."

어쩐지 혜의 목소리에 애달픔이 고여 있는 듯하여 영지는 그의 청을 밀어낼 수가 없었다. 영지는 용기를 내어 자신의 전음을 매만지는 혜의 손을 잡아 빼내며 그를 의자 위로 인도했다. 그런 그녀의 행동에 영문을 알 길이 없는 그는 그저 제 여인이 하라는 대로 의자에 앉아 그녀의 말간 눈망울을 바라보았다. 눈망울 속에 걸린 수줍음 뒤에는 불꽃이 숨어 있었다.

"만져드리는 것보다는 이것이 더 좋을 것입니다."

"……?"

영지는 제 사내를 향해 한쪽 입꼬리만 슬쩍 들어 올리며 나름대로 여유로운 듯 웃더니 이내 앉은 그의 앞에 무릎을 꿇어앉고 초록빛 도포 자락을 열어젖혔다. 삼베로 만든 바지의 중앙에 조심스럽게 손을 가져다 대자 불룩하게 솟은 옥근의 욕망이 느껴져 등골이 저릿해졌다.

"가만……, 설마……."

혜가 조금은 당황한 듯 짧은 말을 뚝뚝 뱉어내자 영지가 암고양이처럼 눈을 가늘게 뜨며 말했다.

"제 입속은 얼마나 더운지 한번 느껴보십시오."

그녀는 제 입에서 술술 흘러나오는 말에 저조차도 흠칫 놀랐지만, 의연하고 담대한 듯 벌렁대는 가슴을 감추며 천천히 혜의 바지를 내리고 그의 옥경을 꺼내어 코끝에 대었다. 물씬 피어오르는 사내의 향기는 영지의 혈관에 파고들어 여인으로서 가진 본성에 힘을 실어주었다.

"영소 작가. 그만……. 그대에게 이것은 너무 어려워."

혜가 벌겋게 상기된 표정으로 바지춤을 끌어올리며 영지의 정수리를 쓰다듬자 그녀는 재빨리 그의 바지를 다시 벗기더니 힘차게 솟은 옥경을 황급히 입안에 가득 담았다. 그러자 인상을 쓰며 입매를 굳히는 그의 목구멍에서 억눌린 신음 소리가 맴도는 것이 느껴졌다.

"또……, 이것은 어디에서 보고 배운……, 윽!"

혜는 혀로 자신의 옥근을 살살 말아 비비는 제 여인의 행동에 짧은 신음과 한숨을 연이어 뱉어내며 팔걸이를 움켜쥐었다. 그러자 발갛게 부푼 입술을 잠시 뗀 영지가 숨을 몰아쉬며 말을 꺼냈다. 숨 쉬기 힘들었는지 숨의 온도가 체온보다 더 뜨거웠다.

"하아……, 그림. 춘화……를 그리면서……."

영지는 자신의 타액을 덧입어 반들반들거리는 제 사내의 옥근을 바라보며 여린 짐승을 다루듯이 살살 매만졌다. 아까 전 그가 매만졌던 꽃잎이 다시금 뜨거워지고 아랫배에는 뭉근한 감촉이 피어올랐다. 이 기묘한 형체의 옥근이 자신의 속살을 헤집고 비비며 열꽃을 피워낸다는 것이 지금 그녀의 정신을 끔찍할 정도로 짜릿한 쾌락감을 고취시키고 있었다.

두 손바닥을 바싹 펴서 사내의 옥근을 위 아래로 비비다가 다시금 천천히 입술에 비벼보았다. 살짝 살짝 혀로 희멀겋게 옥루를 솟아내는 구멍을 희롱하다가 곧 굵고 단단한 그것을 목구멍까지 빨아들이며 머리를 움직였다. 그녀의 머리통이 앞뒤로 움직일 때마다 시뻘겋게 솟아난 사내의 욕망이 점점 그 크기를 키워 나갔다. 그녀의 전음이 주는 감촉과 비슷할 법도 하지만 약간 색다른 뜨거움에 혜는 신음을 참으려는 듯 이를 꽉 물었다.

"더, 더!"

중간중간 욕망의 파랑에 휩쓸려 꽉 깨문 잇새 사이로 어쩔 수 없이 뱉어내는 사내의 애원은 영지의 척수를 조일 듯이 움켜쥐며 기묘한 흥분감을 선사했다. 그러나 아직은 그를 파정까지 이끌어내는 데에 힘이 부쳤던 것인지 그녀는 서서히 입술을 풀어내며 가쁜 숨을 쉬었다. 동시에 혜의 입에서도 짙은 한숨이 새어 나왔다.

"더는……, 못하겠습니다. 대신에 이것을……."

영지는 눈꼬리를 휘어 내리며 혜의 바지 품에 얼굴을 묻고 홍시를 닮은 음낭을 찾아내었다. 잘 익어 먹음직스런 홍시처럼 둥글둥글 조금은 귀엽게 매달린 부푼 음낭에 혀를 대어 굴리자 혜는 등골이 간질거리기도 하고 바싹 조이기도 하는 듯한 쾌감에 몸을 떨었다.

"이건……, 마마의 새 글 중, 홍시의 난(亂)에서 배운 것입니다."

"읏……!"

영지가 슬쩍 이를 세워 그것에 박았다가 다시금 보드레하게 핥자 쾌감은 역치를 넘어서서 강렬한 즐거움을 그에게 선물하고 있었다. 그것은 비단 그에게만 국한된 것이 아니라 그녀에게도 마찬가지였다. 연모하는 이에게 즐거움을 주는 일은 제 사내의 몸을 희롱하는 여인에게도 야릇하고 묘한 기분을 선사했다.

단단한 허벅지와 옥경이 마주한 살갗에 혀를 대고 빙그르르 돌렸다가 떼기를 반복하자 혜의 옥경 끝에 희멀건 물꽃이 피었다. 그러자 영지는 그 입술로 묽게 핀 물꽃을 톡 물어 베었다. 그녀의 입술이 갖은 액 범벅이가 되어 반지르르한 윤기를 머금자 혜는 더 이상 참을 수 없다는 듯이 둥글고 탐스런 뒤통수에 손을 대어 힘을 주고 그 입술의 더움을 좇아 미끄러지듯 옥경을 목구멍 끝까지 밀어 넣었다.

마음의 깊은 곳부터 시작해서 땀에 젖은 머리칼 한 올 한 올까지 그저 어여쁘고 소중한 이 내 정인(情人)을 당분간 못 본다는 안타까움에 쾌락을 갖는 찰나 속에서도 가슴 결이 슴벅슴벅 베어지는 듯했다. 결국 영지의 목구멍을 끝까지 질주하는 혜의 표정에는 애잔하고 슬픈 달이 머금어지며 연인의 기약 없는 이별을 예고했다.

창밖에 뜬 달의 얼굴 위로 어느 순간부터 슬픔이 스며든 빗물이 매달려 진한 사선을 그어 내리고 있었다. 욕정에 달뜬 숨결소리를 덮으려는 듯 밤소나기의 빗소리는 크고 깊었다. 영지는 목구멍 끝을 연신 찔러 오는 그의 옥경에 속살이 따끔해져 오는 것을 느끼며 실눈을 뜨고 그를 눈동자에 비추어 보았다.

그의 얼굴에서는 왜 이리도 애잔함이 가득하게 전해지는 것이었을까?

문득 그 표정을 더 바라보고 있자니 마냥 눈물이 나올 것만 같아서 그녀는 창밖으로 눈동자를 돌렸다. 달은 이미 사선같이 그어 내리는 빗물에 마음이 베여 상하였는지 한숨 같은 달무리 뒤편으로 그 몸체를 숨겨, 어둡고 깊은 감정이 그녀의 온몸을 휘어 감았다.

연이어 달의 눈물과도 닮은 그의 파정이 눈물의 길을 타고 그녀의 입안을 가득 채웠다. 코끝에는 사내의 체향이 진득하게 맡아졌고 귓가에는 악문 잇새 틈으로 흩뿌려진 숨소리가 흘러들었다. 영지는 입안에 고인 그것에 놀라 저도 모르게 단번에 삼켜내며 그의 초록빛 도포 자락을 쥐어 얼굴을 묻어버렸다. 언제나 그렇듯, 본능에 의한 부대낌이 끝을 보는 순간 어지러운 부끄러움이 머릿속에 가득 차서 사랑하는 사내의 눈을 마주할 면이 서지 않았다.

"영지……."

옷매무새를 정리한 혜는 의자에서 내려와 영지의 앞에 무릎을 꿇고 땀과 타액에 젖은 얼굴을 마주 바라보며 그녀의 이름을 불렀다. 입에 진득하게 붙어버린 '영소 작가'라는 별칭보다, 이 시간에는 그녀의 이름을 불러보며 정인을 한 번 더 눈에 담고 싶은 마음이 그의 가슴속에 간절하게 차올랐다.

버석하게 굳은살이 옹이처럼 박인 손바닥으로 제 여인의 흘러내린 젖은 머리칼과 파정의 부산물이 묻은 입가를 매만져주는 손길에는 애정과 애틋함이 가득했다. 지문 결 하나하나에, 손금 한 줄 한 줄에도 제 사람을 향한 연모가 함빡 묻어나 있어 미소를 머금은 그녀는 유리알 같은 눈동자 속에 사내의 다정함을 눈에 담았다.

그러자 사내는 여인의 몸을 꽉 끌어안으며 어렵게 말을 꺼냈다.

"우리, 당분간 얼굴을 보지 못할 것 같아."

달뜨고 달뜬 이 마음, 꺼내보면 꺼낼수록 아파서 어쩌누.
반족짜리 이 내 명경이 까치로 먼저 화하겠네.
연유를 물어도 대답치 않는 그대야,
무슨 일로 내 면(面)을 마주 찾지 않는가.
그저 내가 걱정인 것은 그대의 안부, 그대의 안녕이니.
나는 오늘도 그대의 족적 소리가 울릴까,
까치발을 들어 기다리고 또 기다리네.

영지는 방구석에 들어앉아 그가 준 원고의 공백에 제 마음을 담은 시구를 적어보며 보고픈 사내의 얼굴을 떠올렸다. 그의 얼굴을 못 본 지 벌써 보름이 다 되어가는 듯했다. 반촌으로 가서 성균관 유생들에게 은밀하게 강학을 하여 대업에 참여할 것을 권하는 아버지의 길에도 따라나서지 못했다. 그것이 월산군 마마의 뜻이라는 아버지의 말에 영지는 함묵하고 따를 수밖에 없었다. 윤일에게 하나밖에 남지 않은 여식을 위험한 일에 휘말리게 할 수는 없다는 혜의 뜻을 그녀의 부친이 전적으로 수용한 것이다.

'무슨 속사정이 생겨서 이리도 갑작스레 나를 멀리하실까. 대업의 길이야 아버지의 길이니 내가 나설 일이 아니라고 하여도, 동업의 길은 마마와 내가 함께 걷는 길이 아니던가. 헌데 그 동업의 길에서까지 갑자기 나를 멀리 하시다니…….'

아무리 연유를 물어도 대답해주지 않고 그저 다시 만날 때까지 참고 기다려달라던 혜의 말을 떠올리며 영지는 한숨을 내쉬었다. 벌써 보름째 제 정인을 만나지 못하는 여인의 가슴은 아직 그을음으로 화하지 못하여, 그 불길이 한없이 뜨겁기만 했다.

그때 영지의 방문 밖에서 묵직하고 우직한 사내의 목소리가 들렸다. 백정, 골가 씨였다.

"아씨. 골가 놈입니다."

"벌써 오셨습니까. 비도 오는데 도롱이라도 입지 그러셨습니까?"

영지는 문을 열어 그를 반기며 마루에 잠시 앉을 것을 권했다. 그러자 골가 씨가 천에 꽁꽁 싼 무엇인가를 품 안에서 꺼내어 그녀에게 내밀었다. 그것을 받아든 영지가 목소리를 낮추어 묻자 골가 씨도 목소리를 낮추어 답변했다. 이 행위가 익숙한 것을 보니 이전에도 벌써 몇 차례 이런 일이 있었던 모양이다.

"……또 그분께서 보내신 것입니까."

"예. 아무에게도 보이지 말고 그저 은밀하게 아씨께만 전하라 하시어 드리는 것이니……, 저는 이제 제 본분대로 대감마님을 모시고 반촌으로 갈 것입니다.”

“잠시만 기다리시지요. 곧 채비를 할 것입니다.”

영지는 부모가 거처하는 방 안으로 들어가 아비의 몸을 업어 처마 아래까지 옮겼다. 그런 지아비를 바라보는 지어미의 눈은 그저 한없이 흐릿하기만 했다.

“여보, 자네. 금세 다녀올 것이니 내 걱정은 말고 초저녁잠이나 한숨 푹 자고 있으시오.”

윤일은 지어미를 걱정하는 말을 남기며 멍석에 꽁꽁 말은 몸뚱이를 골가 씨에게 의탁했다. 그러자 골가 씨는 그 몸뚱이를 가뿐히 들어 수레에 옮기고, 영지가 건넨 두 벌의 우비를 모두 윤일 대감의 몸 위에 꼼꼼하게 덮은 후 반촌을 향해 출발했다. 그 모습이 점이 되어 사라질 때까지 바라보던 그녀는 곧 시선을 돌려 제 어머니께 물음을 건넸다.

“어머니. 저녁 진짓상을 볼까요?”

그녀의 물음에 모친은 고개를 저으며 방으로 들어갔다. 아무래도 지아비께서 이 빗길에 몸을 맡기시니 걱정이 들어 입맛이 없는 듯했다.

“어머니. 너무 걱정 마셔요. 그럼 이따가 배고프시면 저를 찾으셔요. 아셨지요?”

어머니가 방 안으로 들어가는 모습을 지켜본 영지는 자신의 방으로 들어와 문을 닫았다. 쓰디쓴 속에 입맛이 없는 것은 그녀도 마찬가지였다. 영지는 골가 씨가 건넨 것을 급한 손길로 풀어

보았다. 몇 겹이나 꽁꽁 싸맨 그것의 매듭은 그녀를 향한 혜의 연모만큼이나 잘 풀리지 않을 만큼 단단하고 꼼꼼했다.

정인의 맘을 매듭에서부터 느낀 영지는 가슴을 추스르며 찬찬히 한 올씩 풀어내었다. 그 안에는 책의 원고와 서찰로 보이는 것이 들어 있었다. 그녀는 원고보다도 서찰을 먼저 들어 봉투를 찢고 반듯하게 접힌 종이를 펼쳤다.

분명히 원고보다는 서찰을 먼저 집어 들었을 그대야.
보름이나 보지 못하여 무척이나 그리운 나의 여인아.
오늘 나는 내 초막에 잠시 다녀왔다오. 개똥이는 나를 반기며 욕이란 욕은 다 하다가 당황스럽게도 눈물을 펑펑 쏟아내더군. 내 그 모습을 보고선 어찌나 맘이 짠하고 미안하였는지……. 그놈은 매일매일 쓸고 닦았을 주인 없는 빈방과 말려 보관한 갖은 푸성귀들을 내게 보여주었다오. 겨울에 제 주인에게 시켜런 찬을 내어드릴 것이라 말하면서 말이오.
제 주인인 나를 기다리며 이리도 많은 것을 해놓았다 자랑스럽게 말하는 그놈이 참으로 안쓰러워 미안하던 중 문득 그대의 모습이 떠올라 맘이 짠해졌다오. 제 주인을 기다리는 종의 마음도 그러하거늘, 하물며 정인인 나를 기다리는 그대의 마음은 오죽할까.
그대도 지금 나를 향해 온갖 욕을 곱씹다가 눈물을 펑펑 쏟아내고 있겠지. 그 생각을 하니 내 마음은 그저 맹수에게 갈기갈기 찢긴 것처럼 지독히도 아프기만 하다오. 내 욕을 하는 것은 어떤 것이든 좋으나 그대의 눈이 눈물바람을 할 것을 생각하니……. 나는 이 밤도 잠에 쉬이 들지 못할 것 같다는 생각이 드오.

내게 묻고 싶은 것이 많을 테지만 지금은 그저 꾹 참아주오. 왜 그랬는지에 대한 변은 시간이 되면 말해줄 것이니……. 내가 그대의 성정을 명명백백히 알고 있는 바, 내가 연유를 토설한다면 그대는 분명 내 뜻을 따라주지 않을 바가 자명하니 불꽃같고 화염 같은 그대는 그 불꽃같은 성정을 그림을 그리는 것에만 집중하여주길 바라오.

개똥이가 잘 말려놓은 픅싱귀처럼, 내 마지막으로 탈고한 원고를 보고 필요한 삽화를 알아서 잘 그려주어. 먼젓번에 체위 인형도 보내주었고, 영락관에서 그려본 체위 그림도 있을 것이고, 그대에게는 이제 실전의 경험치도 있으니 삽화를 그림에 있어서 모자람이 없을 것이오.

내게 서운한 맘의 크기만큼 삽화를 잘 그리고 있으면 내가 개똥이를 칭찬한 것처럼 그대에게도 칭찬을 드릴 것이오. 아니, 칭찬 대신에 내가 그대를 어여뻐하는 맘을 모두 보여드릴 것이니. 그대, 한 가지만 잊지 마오.

그대는 내게 그 어떤 사람과도 비할 바 없이 귀한 사람이야.

나는 여전히 그대가 보고 싶고 그대를 만지고 싶고 그대를 이 품에 안아 잠들고 싶은 사내야. 이리 얼굴을 보지 못하는 것을 두고 혹여 내 마음이 변하였다 의심은 품지 마오.

나는 어젯밤 간신히 든 잠자리에서도 그대의 꿈을 꾸어 어린 시절에나 하였던 몽정(夢精)까지 하였어. 물론 내 품 안의 여인은 영소 작가, 그대였지.

아아. 보고 싶고, 보고 싶고, 보고 싶소.

아아, 안고 싶고, 안고 싶고, 안고 싶소.

그리하여, 아아. 사랑하고 은애하고 연모하고, 애정하오.

이 말을 수백, 수천 번 되뇌고 곱씹어도 그 성에 차지가 않으니 나는 정녕 그대 없이는 못 살 놈이 아니겠소?

우리가 혼인을 하면, 팔불출이 아니라 구불출, 십불출은 될 정도로 나는 그대의 뜻에 꼴깍 넘어갈 것이니. 내 삶에 그대만 있어준다면 나는 딸랑딸랑 방울을 흔들며 그대를 향하여 꼬리치는 길가의 견자(犬者)여도 좋고, 폭닥폭닥 그대의 몸을 감싸는 침자(枕者)여도 좋을 터이니.

그대, 이 세상에서 나보다 더 제 여인을 은애하는 이는 없을 것이오.

그대의 견자(犬者)와 침자(枕者)이길 바라는 이혜.

추신. 내 조만간 혜을 보낼 것이니. 우리 다시 만나는 날, 금침 위에서 일어나지 않을 각오 단단히 하고 오시오.

영지는 혜가 보낸 서찰을 한동안 빤히 바라보다가 품 안에 고이 간직한 현이 수놓인 손수건을 꺼냈다. 아직 전해주지 못한 그것. 다리 한쪽이 없는 현의 모습이 아쉬워 색실 함을 열었지만 안타깝게도 현의 빛깔을 닮은 실이 다 떨어졌다.

마지막으로 옷을 짓는 일을 했던 날, 양반 댁 도련님의 도포를 짓느라 다 써버렸던 것이 떠올라 한숨이 지어졌다. 그렇다고 빨강다리, 노랑다리를 수놓을 수는 없는 모양이라 영지는 가만히 손수건을 접어 다시금 품 안 깊숙한 곳에 넣고 색실 함을 마저 닫았다.

한숨을 멈춘 영지는 탈고를 끝낸 원고 뭉치를 들어 읽었다.

원고에서 김선익이는 백정의 도끼에 죽임을 당했고 죽은 사지 육신마저 백성들에게 돌을 맞아 형체를 찾아보기 어려울 만큼 곤죽이 되어 있었다.

그리고 주인공인 권이현과 성수련은 행복한 결말을 맞았으니, 나라의 수괴를 처단하는 데 큰 공을 세운 성수련은 다모의 천한 신분 대신에 중인의 새 삶을 얻어 권이현과 월하의 정을 나누며 즐거운 자유연애를 즐기는 것으로 글은 끝을 맺었다.

영지는 글 속의 김선익이처럼 김익선도 제 죗값에 적합한 벌을 받기를 소원하였고, 또한 권이현과 성수련처럼 자신과 혜의 끝도 그려해보기를 살짝 빌다가 이내 쓴웃음을 지었다. 하지만 서찰의 말미에 덧붙여진 금침 위에서 일어나지 않을 각오를 단단히 하라는 추신의 말을 한 번 더 읽자 다시금 미소가 머금어졌다.

견자와 침자가 되어도 좋다는 그 고백은 영지의 맘에 쌓인 서운함을 한눈에 녹아내리게 하는 성스러운 힘을 가지고 있었다.

十七章. 뒤엉킨 꽃잎들의 놀음 저편에서 서늘하게 불어오는 삭풍은……

저녁참의 뒷정리를 마치고 들어와 방문을 꾹 걸어 잠근 영지는 방 안에 틀어박혀 살빛과 농염의 기운을 표현하는 데 여념이 없었다. 골가 씨 편에 제 사내의 마지막 서찰을 전해 받은 후부터 벌써 보름이 흐른 날이 되었다.

서른 날의 시간 동안 정인(情人)의 얼굴을 볼 수도, 만질 수도, 그 숨결을 느낄 수도 없이 그저 꿈결 속에서나마 헛되고 짧은 만남을 몇 번 가졌을 뿐임에 영지는 그 속이 무너져 없어질 것만 같다는 생각을 했다.

지금도 이러한데 만일 이별을 접하게 되는 날이 오면 어떻게 될까. 생각이 거기까지 닿자 그저 눈물만이 솟는지라, 아무 생각도 하지 않기 위해 그녀는 안료 냄새에 중독이 될 정도로 그림에만 몰두했다.

붓을 잡은 손이 달달 떨리고 원래 야위었던 볼이 더 빠졌을 정도로 그녀는 그림에만 매달려 제 사내에 대한 그리움을 떨치려 애를 썼다. 그러나 마지막 삽화인 '권이현과 성수련이 달빛 아래에서 입을 맞추는 장면'을 채색할 때에는 속에서 똘똘 뭉쳐진 마음의 습기가 덩어리째로 올라와 울컥 목을 메이게 만들었다. 결국 마지막 채색을 마치고 안료 접시 위에 붓을 내려놓은 그녀는 맑고 간결하기만 한 눈물 한 방울을 흘려보냈다.

'이제 필요한 삽화는 모두 그렸는데……. 마마께서는 현을 언제나 보내주실까?'

영지는 혜가 보내준 원고의 사이사이에 적절한 삽화를 끼워 넣으며 짙은 한숨을 내쉬었다. 문틈으로는 달빛이 은은하게 들어오고 있어, 시각은 벌써 깊고도 깊은 밤중임을 일깨워주었다.

"오늘도, 아니구나."

그리움에 사무친 혼잣말을 읊조리던 영지는 완성된 그것들을 보자기로 잘 싸서 봇짐 안에 넣어두곤 홑이불을 방바닥에 깔았다. 그때였다. 무엇인가가 영지의 방문을 톡톡 두드려댔다.

'골가 씨일까?'

영지는 방문을 두드리는 소리에 골가 씨를 떠올렸으나 이내 고개를 저으며 방문에 가까이 다가섰다. 그러자 창호지를 뚫고 뚫린 구멍 속으로 뾰족한 무엇인가가 불쑥 침범했다. 연이어 반듯한 네모 격자의 다른 곳에서는 발톱이 튀어나왔으니. 그녀는 순간적으로 깜짝 놀랐다가 이내 표정을 환하게 풀며 문을 열었다. 그러자 번쩍이는 눈빛을 지닌 현이 파드득 날아올랐다가 마루에 가볍게 안착하며 인사를 하듯 목덜미를 움직였다.

"현아!"

영지는 터져 나오는 반가움을 두 손으로 막으며 현을 바라보았다. 그러자 현이 제 발목에 묶인 서찰을 부리로 콕콕 쪼며 영지를 향해 킷킷 소리를 내었다. 그녀는 현을 향해 '쉿' 소리를 내며 급한 손길로 서찰을 풀어 읽어 내렸다.

놀라지도 말고, 울지도 말고, 지체하지도 말고. 그대, 어서 현을 따라 나오시오. 마을 어귀에서 내가 기다리고 있다오.

짤막한 내용에도 가슴이 두근거려 영지는 재빨리 홑이불을 개어놓고 서랍에서 사내의 옷을 꺼내어 입기 시작했다. 너무나 급한 나머지 바지에 다리를 꿰다가 뒤로 자빠질 뻔하기까지 했다. 그것은 그만큼 혜를 사모하고 그리워했다는 마음의 반증일 터. 상투도 대충 틀어 올리고 낡은 겉옷과 삿갓을 눌러쓴 영지는 등에 봇짐을 대충 메고 짚신에 발을 꿰었다.

그때 옆방에서 부친의 목소리가 들렸다.

"얘야, 영지야."

"예, 아버지."

"한동안 밤이슬을 아니 맞더니만……. 문득 네 오라비 영소라도 생각이 난 것이냐?"

방문을 사이에 두고 들려오는 윤일의 목소리에 영지는 순간 고개를 떨구었다. 그러자 윤일의 목소리가 다시금 이어졌다.

"이 아비는 너의 모든 뜻을 존중하고 믿는단다. 네가 행동하는 모든 것에는 그에 합당한 연유가 있을 터……. 아가, 영지야. 부디 깊이 바라건대 산에 오를 때에는 산짐승들 조심하고, 눈에 익은 길로만 다닐 것이며, 네 오라비의 명복을 비롯하여 너의 복도 빌고, 더불어 나라의 만복까지 빌고 오려무나."

"예, 걱정 마시고 푹 주무셔요."

윤일의 차분한 말에 대답을 마친 영지는 싸리문을 나서다가 문득 발길을 멈추고 뒤를 돌아보았다. 오라비의 명복을 빌고자 한다는 변명거리로 산에 오른다며 깊은 밤중 춘화를 그리러 야행을 나섰을 때 한 번도 하지 않으셨던 조심의 당부를 지금 그의 부친이 제 여식에게 하고 있는 것이었다.

어쩐지 마음 한구석이 싸하게 말려 들어가는 것만 같아서 영지는 한동안 목구멍이 빽빽하게 마르는 느낌을 받았다. 그러나 옷깃을 잡아끄는 현의 행동에 이내 싸리문 밖으로 걸음을 재촉했다. 어디선가 날카롭고 사납게 우는 들짐승의 소리가 새까만 하늘에 쇳조각처럼 박혀 들어가고 있었다.

"영소 작가. 그대는 내가 얼마나 그리웠나?"

영지의 가슴에서 흰 젖물이라도 뽑아 마실 듯이 격렬하고 거친 입놀림으로 젖꼭지를 빨고 깨물던 혜가 불현듯 번들거리는 입술을 그녀의 입술에 마주 대며 물었다. 그러자 그녀는 대답 대신에 그의 어깨며 등을 어루만지는 손길에 보드라운 열정을 더하여 매만지더니 이내 정인의 나신을 꼭 끌어안으며 작은 목소리로 속삭였다.

"아마도……."

"……."

"마마보다 더 많이……."

그 귀염질 나고 간질간질한 목소리에 혜는 제 여인의 몸을 껴안고는 짐승 가죽 위에서 이리저리 굴러다니다가 이내 그녀의 몸을 자신의 몸 위에 올려두며 씩 웃었다. 그러자 어느 순간부터 전부 다 풀려버린 영지의 긴 머리카락이 혜의 코끝을 기분 좋게 간질이며 만남의 기쁨이 충만한 시간을 함께했다.

장작불의 타닥거림과 동굴 천장에서 한 방울씩 떨어지는 차가운 물방울 소리만이 두 사람의 정적을 방해할 수 있을 만큼 이곳은 그저 두 사람만의 공간이었고, 낙원이었고, 천상의 공간이었다. 지금 두 사람이 이곳에서 죽는다 하여도 아무도 못 찾을 만큼 밀실 안은 은밀하고, 뜨겁고, 애틋한 기운으로 가득 차올랐다.

"어떤가. 그대의 침자(枕者) 위에 누워본 감회가?"

혜의 물음에 영지는 가만히 그의 가슴팍에 귀를 대고 머리를 기댔다. 그의 살갗 속에서 들리는 고동 소리가 그녀의 마음을 편안하게 만들어주었다. 세상 어느 울림소리보다도 가치 있고 고결한 고동 소리에 경이로움마저 느끼던 그녀는 찬찬히 그의 유두를 입안에 머금으며 맹랑한 음성을 흘려보냈다.

"침자의 솜은 딱딱하고 그 울림소리가 무던히도 시끄러우니 저를 놀리신 벌, 이렇게라도 받으셔야 되겠습니다."

그녀는 입술 안에 머금은 제 사내의 유두를 슬쩍 깨물다가 이내 혀로 살살 굴렸다. 그러자 그는 찰나 간에 찡그림을 지었다가 이내 핏 하니 웃어버렸다. 당돌하고 맹랑한 그의 정인(情人)은 여느 여인과는 다르게 무척이나 매혹적이고 저돌적이며 정열적인 사람이었다.

"그것이 벌인 것이야?"

"아니요."

"그럼?"

"세상 천지에 딱 한 사내에게만 제가 보일 수 있는, 교태. 이 대답이면 마음에 쏙 드십니까?"

"글쎄……."

싱긋이 웃던 혜는 제 여인의 작고 보드레한 엉덩이를 두 손으로 받쳐 들자마자 잔뜩 성을 내며 위로 솟은 자신의 옥근 위에 가져다 댔다. 곧이어 곱슬거리는 검은 꽃 숲으로 가려진 동굴에 제 살덩이를 밀어 넣자 여체의 속살이 경련을 일으키며 옥근을 꽉 조였다. 그녀의 입에서는 더운 숨결이 흐느낌과 함께 흘러나오며 하나가 되는 순간을 만끽했다.

"영소 작가. 그것, 아는가?"

"무엇을요?"

혜는 그녀의 몸 안에 자신의 옥경을 깊이 담금질한 채로 움직이지 않고 말을 꺼냈다. 길고 풍성하게 흘러내린 검은 머리카락을 귀 뒤로 넘겨주는 그의 손길은 가슴이 저릿저릿 설렐 만큼 한없이 다정하고 다감했다.

"그대의 몸 안에 난 깊은 동굴. 그것은 내 평생에 찾은 가장 은밀하고 아름다운 밀실(密室)이라는 것을."

그의 말에 입가에 미소를 띤 그녀는 풍성하게 차오른 젖가슴을 그의 상체에 문지르며 오직 제 사내만이 볼 수 있는 교태를 부렸다. 그러자 그가 양손으로 그녀의 젖꼭지를 엄지와 검지로 빙글빙글 돌리고 문지르며 말을 이었다.

"절대로 다른 사내는 탐할 수도 없고 침범할 수도 없는 나만의 방이야."

혜는 영지의 가느다란 허리와 마른 날개뼈를 제 손으로 감싸며 다시금 몸을 굴려 그녀의 몸 위에 자신이 오도록 했다.

참으로 보고 싶었고, 만지고 싶었고, 폐부가 터져버릴 정도로 체향을 맡고 싶어 속에 병이 들었던 서른 날의 밤이었다. 여체에서 흐르는 흰 꿀이 얼마나 오묘한 단맛을 내는지, 그 단물에 입을 대고 마시고 싶어서 목에 갈증이 들었던 서른 날의 밤이었다. 그것을 오늘 밤 모두, 온전히 풀어낼 것이라 다짐하며 그는 영지의 손을 잡아 제 음부로 인도하며 물었다.

"말해보아. 피임. 오늘도 하고 싶은지에 대해."

그러자 영지는 고개를 좌우로 저으며 말갛게 웃었다. 오늘이라면 수태가 불가능한 날이었기에 그녀는 맘껏 그의 흰 씨앗을 받아들이고 싶었다. 그의 욕정을 막고 싶지도 않았고, 그의 살갗이 주는 은밀한 뜨거움도 모두 느끼고 싶었다.

혜는 입꼬리를 말아 올리며 그녀 스스로 음부에 난 제 윤기 나는 작은 자갈을 매만지도록 유도했다. 그러자 그녀는 얼굴을 붉히면서도 그가 원하는 대로 자신의 음부 사이의 숨은 길을 매만졌다. 아니, 그가 원하기도 했지만 그것은 그녀 안에 잠자고 있었던 본능이 원하는 것이기도 했다. 자갈을 매만지자 그의 것을 옭죈 동굴에 서서히 습기가 고였고 동굴 안의 속살들이 한결 편안해지며 물 젖은 대나무 속통처럼 반질거렸다.

"보고 싶었어. 그대의 얼굴, 그대의 살결, 그대의 은밀한 방 속까지도……. 모두 내게 보여주어, 그대의 은밀한 깊은 그 정점까지."

혜가 고개를 숙여 오목하게 들어간 과일 꼭지처럼 둥글게 파인 영지의 배꼽을 혓바닥으로 훑었다. 그러자 그녀는 음부를 매만졌던 손가락으로 야물게 닫힌 두 쪽짜리 미닫이문을 활짝 벌려 젖혔다. 발간빛의 속살이 그의 눈에 드러났고 군데군데 자라난 검은 풀이파리들은 흰 물과 범벅이 되어 그의 욕정에 불꽃을 지피자 이미 그녀의 밀실 안에 가득히 자리 잡은 혜의 옥경이 더욱 단단해졌다.

그러자 영지는 두 다리를 꼬아 모아서 허리를 천천히 움직였다. 움직이는 반동으로 인해 그녀의 전음과 그의 옥근이 서로 멀어졌다가 다시 맞물리기를 반복하며 뜨거운 열꽃을 피워내기 시작했다.

서른 날 만에 다시 맺은 방아질은 그 쌀알이 모두 가루가 되었음에도 그칠 줄을 몰랐다. 빻아진 가루가 다시금 내리치는 방아에 공기 중으로 퍼져 나가는 것처럼, 음경이 그녀의 밀실 안에 꽂아내릴 때마다 희고 미끈한 애액의 방울이 자잘한 파편처럼 그의 숲길에 튀었다.

"영소 작가. 얼마나 좋은가?"

진한 땀방울을 그녀의 얼굴 위에 뚝뚝 흘리던 혜가 하체를 쉼 없이 움직이며 음성을 꺼내자 흐느낌과도 같았지만 단호한 대답이 영지의 입가에서 흘러나왔다.

“지금, 여기서 죽어도 좋을 만큼.”

그 말을 들은 혜는 건조한 미소를 지으며 더욱 그녀의 작은 몸뚱이를 몰아붙였다.

“마마……, 는요?”

영지가 그의 마음을 알고 싶은 듯 다급하게 묻자 혜는 그녀의 입술에 자신의 입술을 포개며 짧게 대답했다.

“나도, 그대처럼. 여기서 죽어도 좋을 만큼, 좋아.”

장작불 앞에 담요와 짐승 가죽을 사이좋게 나눠 덮은 두 사람은 그간의 원고 사이에 다시 한 번 삽화를 재배열하며 이야기를 나누었다.

“헌데 마마. 어찌하여 서른 날 동안 저를 찾지 않으신 것입니까?”

“내 뒤에 그림자가 따라붙었거든.”

혜가 아무렇지 않은 듯 건성처럼 대답하자 영지는 깜짝 놀라 눈을 동그랗게 뜨며 되물었다.

“그림자라 하시면……, 혹, 김익선이가 미행을 붙인 것입니까?”

“응.”

이번에도 심드렁하게 대답하는 그를 보며 그녀는 진심으로 그 너른 등짝을 한 대 짝 소리가 날 만큼 쳐주고 싶었다. 어찌 그리도 위험한 상황을 말하지 않았느냐는 책망의 말이 목구멍을 꿀렁꿀

렁 타고 기어오르는 듯했다.

그러자 곁눈질로 영지의 표정을 살핀 혜는 목화처럼 하얀 이마에 딱밤을 주더니 원고를 바닥에 놓고 양손으로 그녀의 볼을 쭉 눌렀다. 자신의 짓궂은 장난에 입술이 뾰족하게 튀어나온 그녀의 모습이 심히 귀여워서 혜는 튀어나온 입술을 쪽 빨아 맛을 보더니 말을 이었다.

"그것 보아. 그런 놀란 토끼눈을 할까 봐 내가 말을 꺼내지 못한 것이지. 그러나 그런 책망 심보 가득한 눈빛으로 나를 째려보는 것은 그만두어."

"그, 그럼 오늘은 어떻게 제게 오신 것입니까?"

그러자 혜는 피식 웃으며 말했다.

"내가 돈을 좀 썼거든."

"무슨 돈을요? 혹, 따라붙은 자에게 전면으로 나서시어 돈을 물린 것입니까?"

"아니."

"그럼요?"

영지의 거듭되는 물음에 혜는 슬쩍 눈을 가늘게 만들어 그녀를 바라보며 말했다.

"오늘도 역시 미행이 붙었기에 내 큰맘을 먹고 모르는 척, 엽전 다발을 그자 앞에 흘렸지. 그자가 엽전 다발을 줍는 데 정신이 팔린 틈을 타서 잽싸게 숨어 그자를 따돌린 것이고. 오늘은 정말 참을 수 없이 그대가 보고 싶어, 가난뱅이 주제에 큰돈을 썼으니 나는 이 책이 잘되지 않으면 정말로 지지리 군내 나는 궁상처지가 될 것이야. 자아, 어디 한번 다시 보자고. 조금 더 보완할 부분은 없는지. 업자에게 원본을 맡기기 전에 좋은 생각이 있으면 어디 한번 말해보고."

혜의 말에 영지는 턱 아래 손바닥을 괸 채로 곰곰이 생각에 젖어들었다. 그러다 한순간 머릿속을 퍼뜩 스치고 지나가는 생각이 들었다.

책을 읽다 보면 가끔은 주인공들의 맘속 소리나 목소리가 정말로 들렸으면 좋겠다는 생각을 해본다. 아주 허황된 생각이고, 지금은 이것을 실현할 방법도 없는 줄 알지만. 누군가가 이 방법을 발명해낸다면 그것은 공전의 서적 탐독 기록을 갈아치울 최대 상품이 될 것이다. 이 기술을 가진 사람은 분명히 돈방석에 눌러 앉겠지.

언젠가 혜의 글방에서 본 책의 귀퉁이에 써져 있던 누군가가 쓴 낙서. 영지는 바닥에 놓인 최종 원본을 들어 주르륵 훑더니 좋은 생각이 떠올랐다는 듯 몸을 일으켜 봇짐으로 걸어갔다. 아무것도 걸치지 않은 맨몸으로 걸어 다니는 영지를 보자 그의 옥근은 다시금 긴장 상태가 되었다.

그런 그의 마음을 아는지 모르는지, 영지는 봇짐 안에 무릎을 굽혀 무엇인가를 찾았다. 그녀의 뒷모습은 탐스런 복숭아가 공중을 향해 봉긋하게 솟아오른 형색이라 그 모습을 빤히 바라보던 그는 두 손을 엉덩이 살갗에 박고 옥경을 그 좁은 동굴 안에 쑥 밀어 넣고 싶은 음란한 생각을 했다.

그러나 영지는 그저 세필 한 자루와 벼루, 그리고 먹을 품에 챙겨 가지고 올 뿐이었다.

"마마. 좋은 생각이 떠올랐습니다."

"무슨 생각?"

"이것은 어떻습니까? 종이에서 소리가 울리게 하는 것입니다."

"그것이 무슨 말인지……."

영지의 말에 혜는 고개를 갸우뚱하며 말했다. 그러자 그녀는 천장에서 떨어지는 물을 벼루에 받아 먹물을 갈더니 곧 세필에 먹물을 묻혀 첫 번째 삽화에 가져다 댔다.

"무엇을 하려고?"

"이렇게, 인물들의 말이나 속생각을 글로 적어두는 것입니다. 특히나 합방을 하는 그림에서 야릇한 신음 소리를 적는다면 읽는 이들의 목구멍에서는 침이 마르고 손가락이 근질근질할 것입니다. 최대한 사실적으로, 누구나 다 이해할 수 있게 언문을 쓰고, 이렇게 말 칸을 그려서 써 넣으면 가독성이 더욱 좋겠지요?"

영지는 여백에 말 칸을 그려 넣고 본문에서 발췌한 대사나 속생각, 혹은 은밀한 한숨 소리와 신음 소리, 교성 등을 적어 넣기 시작했다. 그러자 혜는 무릎을 탁 치며 웃었다. 삽화에 말이 함께 들어 있으니 단번에 눈을 사로잡았고, 또한 읽는 즐거움도 커지는 것 같았다.

일찍이 녹월 땅에 퍼진 음서들 중 이런 획기적인 시도를 한 이는 없었다. 이것은 그야말로 음서계에 큰 획을 긋는 일이라 할 수 있었으니. 영지는 특히나 여성적인 섬세함과 집중력으로 그 신음 소리나 감정 등을 잘 구현해내고 있었다.

"도대체 이 둥근 머리통 속에는 또 어떤 생각이 들어 있을까?"

혜가 영지의 뒤통수를 다정하게 쓰다듬으면서 묻자 그녀는 입술 끝을 말아 올리며 대답했다. 아니, 대답이라기보다는 잘난 이들이 주로 하는 대꾸에 가까운 말이었다.

"무어, 저는 똑똑하고 영특하니. 작은 머리통이라 할지라도 이 속은 화수분이 아니겠습니까?"

그 대답에 혜는 동조하듯 고개를 끄덕이며 입을 열었다.

"역시 그대는 여러모로 내게 있어서 중요한 사람이야. 이제 와서 하는 말이지만, 연 행수가 참 사람 볼 줄을 알아. 아니 그런가?"

장안의 화제도 이런 화제가 또 없지? 목판쟁이들은 그림에 이어 말 칸 안에 적힌 깨알 같은 언문까지 거꾸로 파느라 손에 물집이 다 잡힐 지경이었고, 필사가들의 손에도 먹물이 마를 날이 없었으니. 얼굴도 알 수 없고 그저 탐색(耽色, 貪色)이라는 필명을 쓰는 두 명의 음란작가들이 만나 내어놓아 녹월 팔도를 주름잡는 화제의 신작은 바로 '비월염사'였다.

"이보게. 비월염사(泌月染事) 있는가?"

"죄송하옵니다, 나리. 비월염사는 지금 재판 중이오니. 입고가 되는 대로 나리 몫은 남겨두겠습니다. 자, 여기 대기명부에 존함 좀……."

"들어오면 내 것은 꼭 남겨두게. 내 이렇게 이름까지 써두고 가니. 나중에 딴말 하면 경을 칠 것이야!"

녹월의 음서를 취급하는 모든 점포에서는 이렇듯 두 탐색의 신작인 비월염사에 대한 예약 대기자들로 문전성시, 아니 문후성시를 이뤘다. 풍기를 문란케 하는 음서였으니 당연히 대기자들은 뒷문에서 줄을 섰을 터. 비월염사는 그야말로 없어서 못 파는 책이 되어버리고 말았다.

치마 두른 어린 계집아이부터 몽정에 눈을 뜬 사내아이. 사내의 욕정받이를 하는 기녀와 뭇 사대부 대감댁의 정실부인과 첩실에 이어 관료들까지 모두들 비월염사에 눈독을 들이고 있었으니. 많은 이들이 눈독을 들이는 그 이유는 단순명료한 몇 가지에 지나지 않았다.

첫째로는 그 글의 짜임이 깊고 삽화가 죽여준다는 것이었고, 둘째로는 삽화에 들어간 은밀한 소리나 대사, 속엣말이 신선한 충격을 주었으며, 셋째로는 녹월의 간신배인 김익선이의 아주 작은 잘못부터 역모에 해당하는 큰 죄까지 가감 없이 솔직하게 서술해 놓았기 때문이었다.

뭇 백성들은 모르고 있었던 추악한 행실마저도 비월염사 속에는 고스란히 녹아 있는 바. 글 속에 살아 있는 간악한 자의 이름인 김선익이를 사람들은 으레 김익선으로 바꾸어 생각하여 감정을 이입시켰다.

비월염사가 공전의 판매 대기록을 세우며 필사본들은 완성되자마자 날개 돋친 듯 팔려나갔고 가장 먼저 웃은 이는 혜와 영지였다. 혜로 말할 것 같으면 일전에 지었던 모든 책들에서 낸 수익보다도 비월염사에서 얻은 수익이 훨씬 많았으며, 영지 또한 일시에 쏟아지는 돈줄에 어안이 벙벙했다. 부모의 병을 수발하는 데 필요한 돈과 맛난 진짓상을 차려드리는 데 필요한 돈을 충분히 계산하여 감했음에도 불구하고, 수중에 남는 돈은 채 셀 수가 없었다.

"마마. 이번에는 또 그림자를 어떻게 따돌리고 오셨습니까? 또 지난번처럼 엽전 꾸러미라도 일부러 흘리신 것입니까?"

삿갓을 푹 눌러쓴 영지는 제 곁에 다정하게 선 삿갓도련님 이혜를 보며 물음을 던지자 그는 얼굴을 반쯤 가린 삿갓을 슬쩍 고쳐 쓰며 빙긋이 웃더니 입을 열었다.

"무에 엽전 꾸러미를 던지겠는가?"

"그럼요?"

"내게는 장안의 화제작, 비월염사의 인쇄본이 몇 권 있으니. 무어, 그 중 한 권을 슬쩍 흘렸더랬지. 몰래 숨어서 그놈의 행실을 보니 내 뒤를 몰래 뒤따르는 것은 다 잊고, 비월염사를 보더니만 그저 입이 귀에 걸렸지 무언가. 그만큼 우리가 참말로 그 속부터 진정으로 음탕하기 짝이 없는 작가들이긴 한가 보오?"

그가 그녀의 손을 슬쩍 잡으며 말하자 그녀는 누가 볼세라 얼른 손을 빼며 머쓱한 듯 웃더니 속에 담았던 말을 꺼냈다.

"마마. 제가 육하고 반, 마마께서 삼하고 반으로 수익 분배를 하셨으니 분명 제게 더 많은 수익이 매겨졌습니다. 헌데 수익금을 받고 보니 터무니없이 너무나 많아 쓸 데를 찾을 수가 없게 되었습니다. 부모님의 병 수발과 맛난 진짓상을 차려드리는 데 필요한 돈을 충분히 제하고도 돈이 넘쳐나니. 남은 돈은 모두 마마께 돌려드리려 합니다."

"돈을 내게 준다?"

혜가 검미(劍眉)를 비스듬하게 치켜 올리고 영지의 눈을 바라보며 되묻자 그녀는 다시금 말을 이었다.

"정확히 말하자면 단(單)에 드리는 것입니다. 마마께서도 비월염사를 통해 얻으신 수익금은 정예군사를 육성하는 데에 쓰실 요량이심을 능히 짐작하기에 저 또한 마마의 뜻에 제 뜻의 한 수를 얹고자 함이니 거절하지 마십시오."

"부창부수(夫唱婦隨)인가?"

입꼬리에 미소를 건 채로 묻는 혜의 물음에 영지도 역시 입가에 미소를 걸며 당돌하고 옴팡지게 대꾸했다.

"그저 나라를 사랑하는 한 백성의 깊은 마음씀씀이라고 해두지요. 마마와는 별개로 저도 이 나라 녹월을 깊이 사랑하고 있는 바이니. 제가 마마께 품은 연심보다 조금 더 깊이 이 나라를 연모하고 있습니다."

그러자 혜는 다시금 손안에 영지의 작은 손을 그러모아 쥐며 탄복의 눈빛으로 그녀를 바라보며 말했다.

"그 입술은 어찌 그리 어여쁜 말만 골라서 하는가? 이곳이 저자의 한복판이라는 것이 못내 서글프고 아쉽군."

손안에 꼭 그러쥔 작은 손의 온기를 온전히 느끼고자 그는 자신의 손에 더욱 힘을 주었다.

그때, 두 사람의 앞에 어린아이의 무리들이 노랫말을 부르며 우르르 지나가고 있었다.

맑은 샘물처럼 맑은 달빛이 흐르는 그곳은 곧 비월의 나라, 비월의 땅.
모진 수괴의 면, 맑은 강물에 비치니 그곳은 곧 혼탁한 나라, 혼탁의 땅.
탁한 땅 위에 독한 입김이 나무를 헤치고 들꽃을 짓밟으니.
타락한 땅 위에 나뒹구는 그것은 잘린 양(陽)과 짓밟힌 음(陰).
오늘은 하악하악 삐거덕, 내일은 질펀질펀 휘처엉,
이 소리는 어디의 소리인가?
늙은 간신의 금칠한 집 안에서 흐르는 소리는 더럽고도 더럽도다.
아아, 이것은 비단 비월의 사정만은 아닐 것이니.
아아, 비월을 닮은 이 땅의 속사정은 그 누가 풀어줄까.

그것은 혜가 긴 말 대신 짧게 쓴 '비월염사'의 저자 후기에 실린 글이었다. 어찌 된 영문인지 모르겠지만 그것에 노랫소리를 붙여 노래를 부르는 아이들의 모습이 이상하여 혜는 무리의 끝에 있던 아이를 불러 조용히 물었다.

"아이야. 너 그 노랫말 어디서 배웠누?"

그러자 땟구정물이 줄줄 흐르는 얼굴을 한 아이는 하얀 이를 드러내며 천진하게 대답했다.

"어떤 양반나리가 가르쳐주셨어요."

"어떻게 생긴 나리인데?"

"음……, 키는 아재의 어깨보다 조금 더 크고, 수염도 나 있고,

아! 왼편 뺨에 진한 점이 있었어요. 그런데 왜 물어보셔요?"

그 물음에 혜는 아이의 머리를 쓰다듬은 후 대답 대신 엽전 한 닢을 아이의 손에 쥐여주었다. 그러자 신이 난 아이는 큰절을 하더니 무리로 신나게 달려갔다.

"왼편 뺨에 진한 점이 있다면……, 혹 도승지 나리 아니십니까?"

영지의 말에 혜는 고개를 끄덕이며 웃었다.

"그런 것 같군. 참, 도승지 이 사람. 가끔 보면 혀를 내두를 꼴을 한 번씩 한단 말이야."

"이 썩어빠질 책이 녹월 땅 방방곡곡에 퍼지도록 네놈들은 무엇을 하였어! 이런 쓸모없는 작자들을 보았나! 내가 이런 멍청한 놀음이나 구경하려고 그 높은 자리에 네놈들의 이름을 올린 줄 알아!"

아이들의 입을 통해 김익선을 음해하는 노랫말이 알음알음 도성 안에 모다 쫙 퍼질 무렵, 김익선은 노여움에 싸여 실핏줄이 벌겋게 선 눈으로 제 측근들을 모아놓고 피 튀기는 삿대질과 욕설을 입에 담았다. 측근들의 앞에는 '비월염사'라고 써진 책 한 권이 나동그라져 있었다.

"영의정 대감. 제발 고정하십시오."

측근들이 머리를 조아려 손이 발이 되도록 빌자 김익선은 분기를 참지 못하고 자리에서 일어나 앉은뱅이책상을 들어 측근들의 등에 내리꽂았다. 그래도 그 누구 하나 억 소리도 못 내고 꾹 참았으니. 그들의 목숨은 김익선의 손아귀에 사로잡힌 파리 목숨일 뿐이었음을 그들도 잘 알고 있었기 때문이었다.

"고정? 나더러 지금 이 사달 속에서도 참으라? 네 이놈! 네놈이 지금 그 세 치 혓바닥을 작두로 잘리고 싶더란 말이냐! 네놈들도 모두 다 똑같다! 이런 사지분시를 받을 놈들! 이 일을 제대로 무마시키지 못할 시에는 네놈들이 앉은 그 방석자리에 네놈들의 잘린 모가지가 자리 잡을 것이다! 에라이, 쳐 죽일 놈들!"

김익선이 씩씩대며 다시금 자리에 앉자 그의 앞에서 머리를 조아리며 발발 떨던 측근 중 하나가 살며시 고개를 들며 발발 떨리는 입을 열어 김익선에게 물었다.

"저기……, 영의정 대감. 하오면 저희들은 어찌해야 하올는지……."

그 말에 영의정은 곧바로 그의 멱살을 움켜잡고 비틀며 벌게진 눈빛과 더러운 구취로 그의 얼굴을 더럽히며 역정을 쏟아냈다.

"어찌하긴 어찌해! 저 비월염산지 나발인지 하는 것을 지은 탐색이라는 것들을 잡아다 내 앞에 대령해야지! 이미 멍청한 백성연놈들에게까지 다 퍼져 나간 내용이 아니겠어? 그러니 그 멍청한 것들이 찍소리를 못 내게, 탐색이란 것들을 잡아다가 목을 쳐서 저자에 현시해야 하지 않겠느냔 말이야! 내게 감히 허튼수작을 부렸다가는 저리된다는 일벌백계의 증표로서 말이야!"

칠십을 넘긴 나이에도 쩌렁쩌렁하게 울리는 노여움에 측근의 무리는 다시 한 번 벌벌 떨며 입을 꾹 다물었다.

그러자 병판, 황희수가 조용히 입을 열었다.

"그렇다면 대감마님. 제가 그 탐색이라는 작자들을 잡아 올리겠습니다."

황희수의 목소리에 김익선은 번뜩이는 눈빛으로 한동안 그를 빤히 바라보다가 한순간에 너그러운 목소리로 돌변하며 그의 청을 거부했다.

"아니. 병판은 이번 일에서 빠지시오. 내 그간 병판에게 이리저리 신세진 것도 있고……. 나의 모든 일을 병판께서 처리하신다면 여기 계신 다른 분들께서 얼마나 서운해하시겠소? 공도 다 나눠서 가져야 평등한 것이니. 그대, 병판께서는 이번 일에는 잠자코 있으시오."

김익선의 말에 황희수는 한순간 등골이 서늘해지는 느낌을 받았다. 어쩐지 그간 김익선이 자신을 대해왔던 반응과는 전혀 다른 것임에 손바닥에서는 식은땀까지 솟았다.

"자. 그럼 이번 일은 형판께 맡길 것이니 형판께서는 책임지고 탐색을 잡아들이도록 하시오. 이 나라 녹월의 법과 벌이 누구에게서 나는 것인지를 내가 명명백백하게 직접 보여줄 것이니! 모두들 그리 알고 썩 물러가시오. 그대들의 얼굴을 일각이라도 더 보고 싶지 않소이다!"

김익선의 분노에 가슴이 잔뜩 졸아든 측근들은 누가 먼저랄 것도 없이 재빨리 사랑방을 빠져나갔다. 그러자 김익선은 가만히 앉아서 병판, 황희수의 낯빛을 떠올렸다. 탐색을 잡아 올리겠다는 청을 거부하자 초연한 척하였지만 핏기가 점점 가셨던 얼굴은, 마음속에 어떤 비밀스러운 것을 품고 있던 사람이 그것을 발각 당하게 될 때의 꼴과 닮았다.

"딱히 잡을 꼬투리는 없는데……. 어딘가 모르게 찝찝하단 말이야."

아무도 믿지 않는 그는 며칠 전 병판 모르게 그가 고용한 그림자를 직접 불러 물었다. 그러자 그림자는 머뭇거리다가 딱 두 번, 월산군의 행적을 놓친 일을 실토하며 살려달라 빌었다. 한 번은 엽전 꾸러미를 줍느라, 또 한 번은 비월염사라는 책을 줍느라 월산군을 놓쳤다는 것이 미행의 업을 부여받은 자의 변이었다.

"비월염사라, 비월염사. 그리고 월산군. 미행. 병판……."

손가락으로 책상머리를 탁탁 건드리던 김익선은 직관적으로 모든 것에는 엉긴 무엇인가가 있다는 것을 감지했다. 특별한 물증도 없었지만 바싹 약이 오른 그의 촉수가 자꾸만 어떤 경계의 울림을 내었다.

"증거만 있으면……, 그 목을 당장이라도 분지를 수가 있을 것인데. 곧 형판이 탐색이란 놈들을 잡아들여 족을 치면 증거를 잡을 수 있겠지만. ……어쩐지 뒤가 계속 켕겨."

제 아무리 김익선이라도 확실한 증거 없이 종친을 잡아 족을 칠 수는 없는 일이었다. 그동안 간사한 그의 손에서 죽임을 당한 종친들이 셀 수가 없을 정도였으나 그들도 다 확실한 거짓 물증을 내어 보인 후 잡아들여 철퇴를 내리꽂은 것이었다.

"간혹 반역이라든가……."

혼잣말을 연신 중얼거리던 김익선은 갑자기 뇌리에 번뜩 꽂히는 무엇인가에 자리에서 벌떡 일어섰다.

"형판이 증거를 잡아올 때까지 가만히 방구석에 앉아 기다릴 수는 없지. 누구든지 내 권력에 앙심을 갖는다면 그 앙심, 절대로 가질 수 없도록 깊이 못 박힌 뿌리부터 일단은 뽑아 불살라내어 처단을 해야지. 그래, 너무 오래 기다려주었지. 민심이 그럭저럭 잠잠해질 때까지, 너무 오래……."

김익선은 입궐에 필요한 예복을 꺼내며 문밖의 누군가를 향해 가래가 가득 낀 쇳소리를 내질렀다.

"밖에 게 아무도 없느냐! 내 지금 당장 대궐로 향할 것이다!"

쇳소리를 내뱉는 김익선의 눈에 선 실핏줄이 그 붉기를 더해 가고 있었다. 마치 곧 터져버릴 것 같은 불안한 화약고처럼 어디에선가 그을음 냄새를 가득 품은 서늘한 바람이 불어오고 있었다.

마치 한바탕 피바람을 예고라도 하듯이.

十八章. 바람결에 전해진 그을음이 핏물을 전하네

칠십이 넘은 몸뚱이임에도 불구하고 기력의 노쇠함은커녕, 질기고 독한 생명력의 뿌리에서는 시뻘건 핏발만이 활개를 치며 피어 나가고 있었다. 그 서릿발 같은 벌건 눈동자에 옥좌의 주인이나 마음과 정신이 모두 어린 허수아비 군주께서는 입 한 번 벙긋하지 못하고 김익선의 벌건 눈만 곁눈질로 바라볼 뿐이었다. 얼굴 생김이 기이하고, 걷는 모습도 불안정한 녹월의 국왕은 그저 늙은 간신이 그 손아귀에 올려놓고 굴리는 주사위 정도의 의미를 지닌 목숨이었다.

"주상전하. 아뢰옵기 황송하오나 강화에 위리안치 된 노원군을 지금 당장 죽이라 윤허하여주시옵소서!"

고함 소리와도 같은 음성에 허수아비 군주는 눈을 꽉 감아버렸다. 그저 맛있는 것을 많이 먹게 해주고 어여쁜 여인들과 술래잡기 놀음을 매일 할 수 있게 해주겠다 하여 받은 자리가 녹월의 국왕 자리였다.

하지만 가끔씩 대궐에 들이닥쳐서는 저렇게 떼 고함을 치는 영의정의 모습이 처음의 모습과는 다르게 너무나도 두려워서, 허수아비 군주는 등에 식은땀이 줄줄 흐르는 것조차 미처 알아채지 못했다.

"그리하시어요, 전하. 신첩이 생각하기에도 강화에 유배된 노원군은 전하에게 있어서 독충이나 다름없는 자이오니. 전하를 위해 충언을 서슴지 않는 영의정의 청을 허하시지요."

허수아비 군주의 곁에 앉아 지아비에게 간사한 세 치 혀를 놀리는 중전은 봉긋하게 부른 제 배를 내려다보며 슬쩍 웃었다.

"어……, 우어……, 나, 나는……."

"또 '나'라는 말을 쓰십니다. '나는'이 아니라 '과인은'이라고 말씀하시라 그토록 고하였지 않습니까? 게다가 말까지 더듬으시니……. 혹 전하께 충언을 올리는 영의정의 충심을 의심하시는 것이옵니까?"

간교한 웃음을 흘리며 어리숙한 지아비의 곤룡포 안에 슬쩍 손을 집어넣어 그 무른 옥경을 매만지는 중전의 모습은 어질고 현숙한 국모의 형상이 아니라, 어느 기생집의 삼패기생보다도 못한 모습이었다. 색기가 흐르는 중전의 손놀림에 음경 끝에 물이 고인 군주는 침 한 방울을 흘리며 천진하게 웃었다.

정확한 판단력을 갖고 태어나지 못한 군주는 그저 당장의 기분 좋음에 입을 헤벌레 벌리며 웃는 것밖에 하지 못하는 이였으니, 그 모습을 비웃듯이 바라본 김익선은 중전을 향해 더러운 눈빛을 보내며 주름 진 입꼬리를 올렸다.

곧 태어날 원자가 '김가'의 씨를 받아 태어날 것이기에 김익선의 마음에는 그야말로 호들갑스런 기쁨이 들끓곤 했다. 임금의 씨가 바뀐다는 일은 곧 녹월이 통째로 김익선의 것이 된다는 것과도 같았다. 그 음탕하고 불충한 생각을 알 길이 없는 작금의 군주는 그저 중전의 손안에서 묽은 파정을 하며 흐릿한 눈만 빠끔거릴 뿐이었다.

“전하. 부디 신첩의 태중에서 자라는 전하와 신첩의 용종을 생각하시옵소서. 노원군이 살아 있는 한 곧 태어날 원자의 목숨 또한 위태로울 것입니다. 노원군은 곧 반역의 뿌리, 역모의 씨앗이 되는 자이기 때문입니다. 신첩의 말, 무슨 뜻인지 아셨지요?”

중전은 사근사근함으로 둘러친 간사한 말을 물처럼 흘려보내며 허수아비 군주의 얼굴을 두 손으로 가져다가 그 얼굴에 제 젖가슴을 풀어헤쳐 비벼댔다.

“저와 태어날 원자를 지켜주실 분은 전하 한 분뿐이십니다. 그러니 어서 영의정께서 가져온 저 교지에 전하의 옥쇄를 찍으셔요. 자요, 도장 찍기 놀이 한다 셈 치시고. 신첩과 함께, 꾹…….”

“꾸욱…….”

허수아비 군주는 제 손등을 감싼 지어미의 손길에 이끌려 어명임을 알리는 옥쇄를 찍었다. 옥쇄를 찍은 교지에는 장차 반역의 씨앗이 되어 두고두고 조정의 근심이 될 노원군 이명을 사사하여 그 누구도 시신을 수습조차 하지 말라는 내용의 글이 적혀 있었다.

새빨간 옥쇄의 인이 찍힌 교지를 낚아챈 영의정은 수라지옥에서 인육을 먹고 사는 요괴보다도 더 섬뜩하리만치 소름끼치는 미소를 짓더니 허수아비 군주에게 큰절을 올리며 말했다.

"전하. 극비에 이 나라의 독충, 노원군 이명(溟)을 은밀히 처단하겠나이다."

그날 밤. 병조판서 황희수는 미행을 붙인 자를 은밀히 불러들여 말을 꺼냈다.

"하오나 대감마님. 지난번에 제 불찰로 월산군 마마의 꼬리를 두 번이나 놓쳐 영의정 대감께 이 목숨이 꼴까닥 죽어날 뻔하였습니다. 헌데 저더러 집으로 돌아가라니요. 그랬다가 이놈의 목숨이 골로 가면 어찌한답니까요?"

"허허. 이 사람 참. 그대는 처자의 얼굴이 그립지도 않은가? 오래오래 쉬라는 것도 아니고 딱 이레일세. 대신 그대가 하던 미행, 오늘 밤부터는 내가 하겠네."

"하지만……."

미행의 업을 부여받은 이가 말끝을 흐리자 황희수는 그의 손에 돈이 든 주머니를 쥐여주며 말을 이었다.

"영의정 대감께서 비월염사의 작자를 잡아들이라는 명을 형조판서에게 맡겼네. 그간 영의정 대감의 일을 가장 곁에서 지지해온 나를 그분께서 밀어내신 것이지. 곧 형판은 큰 공을 세우고 노고를 치하 받겠지. 하지만 내 입장에서는 그것이 얼마나 눈꼴이 시겠는가. 하여 내 직접 월산군의 행적을 캐려 하는 것이니 자네는 잠시간 쉬면서 머리를 식히고 있어. 사람의 꼬리를 밟는다는 것이 얼마나 힘든 일인지 내 잘 아는 바니 혹 영의정 대감께서 불러 찾으시면 아직 월산군에게서는 특별한 행적을 감지해내지 못했다 이르게. 이레 사이에 내가 큰 꼬투리를 잡아서 영의정 대감을 깜짝 놀라게 해드릴 것이니. 내가 훗날 영의정 대감께 큰 공을 치하받으면 자네의 공도 큰 바. 내 그때에는 자네에게 큰 재물을 내리겠네."

"하이쿠, 대감마님. 저에게 그렇게까지……."

"허면 그대, 이 길로 집에 들어가 쉬게. 월산군의 모든 행적은 지금부터 내가 캘 것이야."

황희수의 말에 혜를 미행하던 자는 큰절을 올리며 돈주머니를 꿰차고 빙긋이 웃었다.

그가 돌아가는 것까지 꼼꼼하게 지켜본 황희수는 그길로 월산군이 온종일 틀어박혀 지낸다는 허름한 글방으로 향했다. 황희수조차도 몰랐던 월산군의 은밀한 거처를 미행을 하던 자가 알아챈 것이다.

곧 큰 사달이 날 것이고 까딱하다간 김익선 쪽에서 먼저 피바람을 일으킬 기세였다. 형조판서는 교활하고 간사한 데다가 김익선이 원하는 일이라면 그 가랑이 사이라도 기어 다닐 자였으니 비월염사를 지은 작자들을 잡아들이는 것은 시간문제일 것이다.

'김익선이의 행보가 심상치 않아. 낮에 전하를 독대하였다 들었는데, 무슨 말이 오고 간 것인지……. 게다가 월산군 마마께서는 어찌하여 미행이 붙은 자에게 비월염사를 흘리신 것인가? 대업을 이룰 날이 코앞인 이 시점에서 그 음서는 어찌하여 가지고 계신 것이고?'

황희수는 머릿속에 꽉 들어찬 어지러운 생각에 마음에 바윗덩이가 들어찬 듯 답답해지는 것을 느꼈다. 김익선이의 행보를 말하고, 단(單)에서 계획하던 일은 조금 더 빨리 진척시켜야 할 것 같았다. 그렇지 않으면 피바람을 맞는 주인공은 김익선 일파가 아니라 단(單)이 될 것만 같았다. 끊임없이 생각에 생각을 거듭하던 그의 눈앞에 미행을 붙였던 자에게서 들었던 혜의 글방이 나타났다.

'월산군 마마께서는 이곳에서 무엇을 하시는 것인가?'

글방 앞에 선 황희수의 머릿속에는 순간 수많은 물음이 스쳤지만 곧 그의 손이 글방의 문을 두드렸다. 그러자 문 안쪽에서 의심이 깃든 혜의 목소리가 울렸다.

"누구시오?"

"월산군 마마. 신, 황희수이옵니다. 긴히 드릴 말씀이 있사오니 문을 열어주십시오."

그의 말에 글방의 문이 열리고, 황희수의 낯을 본 혜는 놀란 안색을 하며 입을 떼었다.

"병조판서께서 이곳을 어찌 알고……."

"미행을 붙였던 자에게서 전해 들었습니다."

"그런가……. 내 이곳은 들키지 않으려 신경을 썼는데, 그새 이곳까지 그림자의 눈에 뜨인 것인가."

혜는 혼잣말을 중얼거리다가 이내 황희수를 안으로 불러들이고는 문을 굳게 걸어 잠갔다. 글방 안에는 또 다른 손님이 미리 와 있었다.

"도승지 영감. 그대께서도 이곳을 알고 계셨다는 말씀이신 것이오?"

황희수가 허참성을 보며 묻자 혜는 손수 차를 따르며 입을 열었다.

"도승지께서는 이곳을 오래전부터 알고 계셨소. 도승지 영감은 나의 오래된 스승이셨으니……. 어찌하였든 병조판서께서 이 야심한 시각에 이곳을 찾은 데에는 연유가 있을 터. 일단 앉으시오."

혜의 말에 황희수는 허참성의 옆에 앉아 글방을 죽 둘러보더니 이내 앉은뱅이책상 옆에 놓인 책 몇 권을 발견했다. 김익선이 눈을 시뻘겋게 뜨면서 바닥으로 내리꽂았던 그 책. 미행을 붙인 자가 월산군 마마의 뒤를 밟다가 주웠다는 책. 바로 비월염사였다.

"비월염사. 이 책이 어찌하여 마마께 있는 것입니까? 그것도 몇 권씩이나……. 이 책, 구하기 쉽지 않은 책이라 들었는데……."

황희수가 묻자 혜는 난처한 기색을 띠며 찻물을 한 모금 들이켰다. 그러자 허참성이 대신 말을 꺼냈다.

"비월염사의 작자가 제 책을 몇 권씩 가지고 있는 일이 무에 큰일이겠는가?"

"작자……, 라니요?"

황희수의 되물음에 혜는 한숨을 슬쩍 내쉬며 입을 열었다.

"그 책의 글. 그것, 내가 지은 것일세."

혜의 말을 들은 황희수는 뒷목이 당기는 느낌에 찻물을 단번에 들이삼키곤 역정을 내며 말했다.

"마마! 지금 그 말이 사실입니까? 어찌하여 이리도 위험한 일을 하셨단 말씀이십니까!"

황희수의 역정에 혜는 진정을 하라는 듯 손을 내저었다. 하지만 역정스런 목소리는 멈추지 않았다.

"지금 김익선이가 뿔이 단단히 났습니다. 비월염사의 작자인 두 탐색 놈들을 찾으라 형조판서에게 엄명을 내렸단 말입니다. 어쩐지 감이 좋지 않아 비월염사의 작자는 제가 찾겠다 하였더니 김익선 그놈, 제 청을 단번에 거절하였지요. 아마도 저에게까지 의심의 촉수를 세운 것 같습니다. 하여 제가 직접 미행을 하겠다 설득하여 마마께 따라붙은 그림자에게 이레 동안 쉴 시간을 주고 이곳을 맨 먼저 찾은 것이온데……. 마마께서 비월염사의 작자이시라니요!"

기가 막혀하는 황희수의 역정은 꽤나 긴 침묵의 시간을 가져왔다. 결국 깊게 가라앉은 혜의 음성이 침묵의 끝을 잘라내었다.

"아직도 화가 풀리지 않은 것인가?"

황희수의 눈치를 보던 혜가 물음을 던지자 그는 깊은 한숨을 내쉬며 말했다.

"마마께 화가 난 것이 아니라……. 마마께서 이토록 위험한 일을 하실 때까지 눈치조차 채지 못한 소신의 불찰에 화가 더욱 치미는 것입니다."

아직도 노여움이 가득한 황희수의 말에 허참성이 그의 화를 달래듯 말했다.

"군비가 턱없이 모자라지 않았는가. 단(單)의 관료들이 내어놓은 재물로는 남몰래 정예군사를 양성하기가 쉽지 않았네. 하여 고육책으로 마마께서 비월염사를 세상에 내어놓으신 것이지. 병판께서도 눈치는 채셨지 않은가? 어느 순간부터 군사들을 양성하고 그들을 배불리 먹이는 데 부족함이 사라졌다는 것을……."

"예. 잘 알지요. 더불어 그 비월염사 때문에 온 나라가 들썩들썩하다는 것도요. 김익선이에 대한 백성들의 분노가 하늘을 치솟는다는 것도 제가 아주 잘 알고, 그 때문에 김익선이 그놈의 노여움까지도 덩달아 핏물처럼 진해졌다는 것까지도 명명백백히 잘 알고 있습니다."

"그것은 내가 비월염사를 쓰면서 미리 의도한 것이네. 백성들의 침잠된 마음까지 일깨워, 단이 거사를 도모할 때에 백성들의 힘까지 도움받기 위해."

"의도는 좋지요. 하지만 월산군 마마. 군비를 보강하기 위해서였다면 그저 음탕하기만 한 책을 써서 내다 팔면 되는 일이 아니었겠는지요. 김익선이 그자의 힘이 얼마나 막강한지는 마마께서도 잘 아는 바가 아니십니까? 어찌하여 이런 위험까지 자초하신 것입니까!"

황희수의 말에 혜는 입매를 굳히며 그를 바라보았다. 그러자 조금은 화기가 누그러진 말투로 병판이 계속 말을 이었다.

"아까도 말씀드렸다시피 김익선이가 화가 아주 단단히 나서, 비월염사의 작자를 잡아들이라 형조판서에게 명을 내렸습니다. 형조판서는 아주 교활한 자인 데다가 이번 일로 김익선이의 마음을 잡으려 발버둥을 칠 것입니다. 제가 감히 단언하건대 형판이 가진 집요함과 잔인함이라면 비월염사의 탐색이란 작자는 곧 실명까지 밝혀질 것이고 김익선이의 손에서 참변을 당할 것임이 자명합니다. 마마께서 아주 위험해지셨다는 말씀입니다. 게다가 김익선이, 그자가 형판에게 그런 명을 내린 후 곧바로 궐로 향했다 합니다. 작금의 전하와 독대를 하였다 들었는데……. 혹 도승지께서는 독대의 내용이 어떠했는지 들으신 바가 없으신지요?"

"나도 잘 모르오. 중전마마께서 뱀의 눈으로 이 몸을 내쫓았던 지라. 말이 독대지 김익선이와 간교한 중전마마의 밀담이 아니었을까 하오만……."

"그저 두 간사한 남녀의 밀담이라면 다행이겠지만……. 도승지께서는 김익선이와 전하의 독대에서 무슨 말이 오고 갔는지를 조금 더 살펴주시지요. 물론 상선부터 상궁, 나인에 이르기까지 모두 내보내고서 나눈 말이 무엇이었는지는 알아내기가 쉽지 않겠습니다만……."

황희수의 말에 도승지는 고개를 끄덕였다. 그런 두 사람의 이야기를 가만히 듣고 있던 혜는 불현듯 영지의 얼굴이 떠올랐다. 황희수 또한 혜를 바라보며 다시금 입을 열었다.

"하오면, 마마. 비월염사의 글은 마마께서 지으신 것이라 하오시면, 그 음탕한 삽화를 그린 삽화가는 누구입니까? 제가 알기로 마마의 글 실력이 어린 시절부터 뛰어나셨다 함은 여러 선생들로부터 들은 바가 있으나 그림 실력은 영 아니시라 알고 있습니다."

"음, 그것이……."

혜가 말하기를 주저하자 황희수는 한숨을 쉬며 말을 이었다.

"마마께서 위험해지신 만큼, 비월염사의 삽화가 또한 위험하옵니다. 아니, 어쩌면 마마께서는 종친이시니 김익선이가 바로는 잡아들이지 못하겠지만 삽화가는 일반 백성일 것이니 위험에 더욱 쉽게 노출될 수가 있을 터. 또 다른 탐색의 안위를 보호하여야 합니다. 마마께서도 분명 이 나라의 백성이 김익선이의 손에 상하는 일은 원치 않으실 것이니까요."

황희수의 말을 들은 혜는 허참성의 얼굴을 바라보며 표정을 기묘하게 일그러트리다가 이내 어려운 결단을 내리고 입을 열었다.

"……이보아, 병판. 혹 윤일 대감의 일가가 몸을 안전하게 보전할 수 있는 곳을 마련할 수 있겠는가?"

"갑자기 윤일 대감은 어찌하여……. 김익선이가 이번 일로 윤일 대감까지는 생각지는 못할 것인데……. 혹 윤일 대감께서 비월염사의 삽화를 그리신 것……은, 아닐 것이고……."

"윤일 대감은 아니나, 그의 여식이 삽화의 주인이거든."

"예?"

황희수가 놀란 듯 묻자 혜는 모든 것을 실토하듯 말을 이었다.

"비월염사의 삽화가. 두 탐색 중 한 명이 바로 윤일 대감의 여식, 영지 낭자일세."

놀라고 또 놀랄 일이 이 밤, 연달아 귓전을 때리니 황희수는 골치가 아파 와 눈을 질끈 감았다가 떴다. 이 무슨 하늘이 두 쪽 날 일인가!

"누가 먼저 시작하신 것입니까?"

"내가 먼저 영지 낭자를 이 일에 끌어들였네."

"어째서! 어째서 윤일 대감의 여식을 이토록 위험한 일에 끌어들이신 것입니까?"

"자초지종을 처음부터 끝까지 말하기에 지금 우리에게는 그만큼의 여유가 없네. 내가 비월염사를 떠올릴 때만 해도 그땐……, 삽화가가 절실히 필요하였어. 처음 대면한 그이의 모습은 변복을 한 사내의 형상이었으니까. 모든 것을 처음부터 다 알았다면……, 나는 분명히 그이를 이 일에 끌어들이지 않았을 것이야."

혜의 간절한 눈빛에 황희수는 한숨을 거듭 내쉬며 물었다.

"……연모, 하시나 봅니다?"

"……."

황희수의 물음에 혜는 대답 대신 그저 쓴웃음을 지으며 깊은 한숨을 내쉬었다. 그 깊은 한숨 결에 깃든 사내의 속마음을 알아챈 병판 또한 깊은 숨을 내쉬며 말을 이었다.

"마마의 속내가 그러하시다면, 그분을 지키셔야 하지 않겠습니까? 지금 당장이라도 윤일의 여식을 비롯하여 그 일가를 안전한 곳으로 피신시켜야 할 것입니다. 최대한 형판의 손아귀에서 멀리 벗어난 곳으로 말입니다. 하오나 전(前) 지관사의 몸이 불편하니 그리 멀리는 피신치 못할 것입니다. 월산군 마마나 저 또한 김익선이가 주시하고 있으니……, 혹, 도승지께서는 윤씨 일가가 안전하게 지낼 만한 곳을 알고 계십니까?"

도승지를 향한 병판의 물음을 들은 혜는 무거운 음성을 끄집어내며 말했다.

"도승지께서도 변변한 곳을 찾기가 어려울 것이고……. 혹, 지금 당장 골가 씨를 불러줄 수 있겠는가?"

"골가 씨는 어찌하여……."

"지관사 일가를 피신시킬 만한 장소가 있네. 허나 윤일 대감의 몸이 불편하니 그를 데리고 안전한 곳까지 피신을 시켜줄 강건한 이가 필요하지 않겠는가."

"그곳이 도대체 어디이기에……. 혹, 골가 씨도 아는 장소입니까? 소신이 여기기에 지금 월산군 마마께서 섣불리 움직이시다가는 도리어 위험을 맞을 수 있습니다. 마마께서는 윤일 내외가 거하는 빈촌으로 발을 들이실 수 없다는 말씀이십니다."

"잘 알고 있네. 김익선이 나를 주시하였으니 내 섣불리 움직였다가는 사달이 날 수도 있겠지. 일단은 도승지께서 골가 씨와 함께 은밀하게 지관사를 찾아 피신을 시키도록 하게. 피신의 장소는……, 영지 낭자께서도 알고 있는 곳이야. 내 그이에게 보낼 서찰을 하나 써줄 것이네. 그것을 전하면 그이께서도 내 뜻을 받아들일 것이야."

혜는 종이를 꺼내고 붓에 먹물을 묻히며 말을 이었다.

"나를 미행하였던 이가 이곳을 알아냈으니 이곳에 김익선이의 사병들이 들이닥칠 일은 시간문제겠지. 하여 나는 지금 즉시 우리의 은밀한 병영으로 갈 것이네. 내 그동안은 간간이 얼굴을 비쳤지만 이제는 비월염사를 통해 하고자 하였던 일을 마무리한 바. 우리의 군사들을 격려하고, 나 또한 심신을 조금 더 단련하여 거사의 날에 진격에 가장 앞설 것이네. 또한 도승지에게 들으니 성균관의 마음이 모두 하나로 모였다고 하는 바. 거사의 날 그들은 동맹휴학하고 궐 밖에 엎드려 김익선의 죄상을 낱낱이 밝힐 것이라 하오. 그 며칠 전부터는 도성의 전역에 백성들이 읽기 쉽도록 언문으로 풀어쓴 방이 붙을 것이니 이 나라 백성들이 아직 그 곧은 정신을 침잠하지 않았다면 필시 그들의 마음도 한곳으로 모일 것이야. 수탈을 당한 당사자들은 이 나라의 힘없는 백성들이니 그들의 한도 거사를 통해 풀어야 하지 않겠는가."

거사의 수장이 될 혜의 말을 들은 병판은 고개를 끄덕이며 말했다.

"하옵고, 마마. 제 생각에 거사를 조금 앞당기시는 것이 좋을 듯합니다. 마마와 영지 낭자가 비월염사의 작자임은 곧 김익선이의 귀에 들어갈 터. 그쪽이 발 빠르게 움직인다면 우리 쪽에서도 그에 맞추어 거사의 일시를 앞당겨야겠지요. 앞으로 이레 후, 김익선이가 어여삐 여기는 애첩의 생일을 축하하는 연회가 그의 집에서 열린다고 들었습니다. 그때에 그를 따르는 관료들이 모두 그의 집으로 모일 것이니 그날이 수괴와 그 간악한 일당들을 단번에 처리하기에 가장 좋을 것입니다. 그들을 처리한 후 궐로 가서서 작금의 주상과 중전을 끌어내리시어 당장에 목을 치셔야 할 것입니다."

"중전은 김익선과 정을 통하여 더러운 씨를 품었고, 작금 전하 대신에 모든 나쁜 일을 좌우지하니 죽어 마땅하겠으나……. 김익선이의 허수아비 노릇을 하던 작금 용상의 주인이신 전하께서는 따지고 보면 실로 가엾은 분이 아니신가?"

혜의 대답에 허참성이 단호한 말을 꺼냈다.

"안타깝고 가엾은 분이시나 살려둔다면 언젠가 반역의 불길이 또 지펴지지 않겠습니까? 마마, 지금부터는 마마를 둘러싼 모든 사사로운 정 따위는 다 끊어내시고 강화의 전하께 용상을 되찾아 드릴 일만 생각하시옵소서."

다음날 새벽 첫 닭이 울기 전 골가 씨를 동반한 도승지는 은밀히 윤일의 남루한 집을 찾았다. 혹여라도 윤일이 김익선의 손에 상함을 입을까 하여 당분간 몸을 숨겨야 한다는 것이 표면적인 이유였지만 직관력이 비상한 영지는 도승지를 따로 불러 마음속에 품은 물음을 꺼냈다.

"나리. 저는 이미 도승지 나리께서 그간 제가 한 일에 대해 어느 정도는 알고 오셨을 것이라고 생각합니다. 아마도 비월염사, 그 책 때문에 저와 제 일가의 신변이 위험에 처하게 될 것을 염려하심이 맞으리라 사료됩니다. 이미 도성 안에는 희대의 불경죄를 저지른 두 명의 탐색을 찾는 사람들이 곳곳에 깔렸으니 말입니다."

이미 많은 것을 생각한 듯, 그녀의 목소리는 차분함과 단호함이 낮게 깔려 있었다.

"비단 영지 낭자뿐 아니라 월산군 마마께서도 동일하게 위험에 처하게 되셨습니다. 마마는 단의 대업을 준비하는 곳으로 거처를 옮기셨으니 수괴의 손아귀가 그곳까지는 뻗지 못할 것이지만 낭자의 처지는 다릅니다. 곧 이 빈가로 수괴의 무리들이 들이닥칠 것이니 낭자께서는 당분간 몸을 사리시면서 단의 대업을 위해 하늘에 기도를 드려주시겠습니까?"

"나리께서 제 부모님의 안위만 살펴주시면 아니 되겠습니까? 그분은 분명 스스로의 목숨을 보전하려 하시지 않을 것이니 저 또한 제 한 목숨 보전코자 숨는 것은 싫습니다. 저는 그분의 동업자. 처음부터 뜻을 함께하였으니, ……끝까지 이 뜻을 함께하고 싶습니다."

그녀의 말간 안색에 비쳐 오르는 고결한 의지에 허참성은 잠시간 아무 말도 하지 않다가 어렵게 운을 떼었다.

"이레 후면 피바람이 불 것이고 모든 것이 제자리를 되찾을 것입니다. 그것을 위해 월산군 마마께서는 단의 병영으로 가셔서 심신을 수련하시고 진격에 앞장서실 것입니다. 하오니 낭자께서는 당분간 그분을 뵈옵지 못할 것입니다. 그분의 곁에서 그분을 위하여 해드릴 일이 더 이상 아무것도 없다는 말씀입니다."

"제가 있음으로 해서 그분이 힘을 얻으실 수도 있음입니다."

"아니요. 오히려 낭자께서 곁에 계심으로 인하여 마마의 뜻이 흔들릴 수도 있음을 간과치 마십시오. 게다가 낭자께서는 이미 단을 위해 많은 것을 해주셨습니다. 낭자께서 그 책을 통해 얻은 이득의 대부분을 단을 위해 쓰심을 이 몸이 이미 전해 들어 잘 알고 있습니다. 그러니 지금은 그 몸을 강녕히 지키고 보전하는 것에만 신경을 쓰십시오. 혹여 낭자의 몸이 상하시면 아무리 대업이 성공한다고 하여도 월산군 마마께서는 깊은 비탄에 빠지실 것입니다. 자, 이것을 읽어보시지요. 마마께서 낭자께 보내신 서찰입니다."

진정 사랑하는 정인의 싱그러움이 진하게 묻어나는 종이를 펼치자, 제 여인에 대한 지극한 걱정에 마음졸여 하는 사내의 가슴이 물기를 머금은 눈동자 안에 빨려들어 왔다.

곧 수리의 그림자가 그대와 그대의 일가에까지 뻗쳐들 것이오. 그러니 그대는 속히 부모님을 모시고 그곳을 떠나는 것이 좋을 것이오.
아아, 어찌하여 나는 그대를 이 일에 끌어들이게 되었을까?
진심어린 깊은 후회가 이 마음을 찢어놓지만, 아무리 후회한들 그것을 주워 담을 수 없음을 알기에 나는 그저 그대를 지켜야겠다는 생각만 하고 있다오.
그대야, 그대는 나의 온전한 안위야. 그대가 진정 내 안위를 생각한다면 그대의 몸도 살뜰하게 챙기기를 바라오. 세상에서 가장 안전한 그곳에서 그대의 몸을 잘 지키고 있어주어.
모든 일이 끝나고 이 목숨이 살아남는다면 내 그대를 찾아 그곳으로 한걸음에 달려갈 테니. 푸른 호수를 경계삼고 물빛 폭포를 방패삼아 그곳에 꼭꼭 숨어주어.
그대의 머리칼 한 올이라도 다치지 않도록.
그대의 살결 어느 곳에도 흠이 남지 않도록.
나를 위해서, 불같은 성정일랑 고이 접어두고 잠시만 꼭꼭 숨어주어.
그대의 온전한 정인, 이헤.

강화, 교동. 물기를 가득히 머금은 짭짜름한 바닷바람이 처마에 부딪치자 갈매기의 울음소리를 닮은 약한 빗방울들이 처마 끝에서 한 방울씩 떨어져 내렸다. 마루에 걸터앉아 곧 그칠 듯해 보이는 빗방울을 총기 잃은 눈으로 바라보고 있던 노원군은 벌써 며칠째 잠을 이루지 못한 듯 안색이 파리하고 눈 밑이 검붉었다.

노원군의 발길이 닿을 수 있도록 허락된 땅은 남루한 집과 좁은 마당이 전부였기에 그 모든 초라한 광경이 한 번에 시야에 담기자 그의 눈에서는 처절한 눈물이 조용히 양 뺨을 타고 흘러내렸다. 왕위 옹립 일 년 만에 상왕으로 봉해졌다가 두 달 후에 죄인이 되어 강화로 유배를 당한 제 삶이 서럽고 고단하여 폐위된 어린 왕은 점점 수라를 들지 않아 몸이 바싹바싹 야위어만 갔다.

"전하. 부디 이 밥 한 술만 넘기시옵소서. 이 늙은 몸의 바람입니다."

늦은 저녁상을 차려 마루 위에 상을 내려놓은 후 노원군에게 수라를 뜨기 권하던 늙은 상궁의 눈에는 흙바닥에 고이는 빗물을 닮은 눈물이 고였다.

"신 상궁. 내 이 밥 한 술을 떠서 무엇하겠는가? 어차피 죽으면 흙으로 돌아갈 몸이거늘……."

"전하. 어찌 그런 말씀을 하시는 것이옵니까? 부디 그런 말씀은 거두어주시옵소서."

신 상궁의 말에 노원군은 빙긋이 웃더니 문을 지키는 병사들의 뒷모습을 물끄러미 바라보며 말했다.

"저들도 참 불쌍하구나. 비가 오는데도 꿋꿋하게 문을 지키는 것을 보니. 이 내 목숨이 무엇이라고 저들이 저리도 고생을 하는가. 이 저녁상, 저들에게 주어 저들의 배고픔을 먼저 면하게 하라."

모시는 주인의 명에 따라 신 상궁은 소맷자락으로 눈물을 훔치며 저녁상을 들고 문을 지키는 병사들에게 향했다. 그런 모습을 물끄러미 바라보던 그는 한양에 두고 온 부인 설씨와 숙부인 월산군을 차례대로 떠올리며 망색이 짙은 숨을 내쉬다가 이내 거친 기침을 시작했다.

한 손으로는 입을 틀어막고 또 한 손으로는 긴장으로 오그라든 폐부를 쓸어내리는 행동이 익숙해 보이는 것이 이전에도 이와 같은 일이 잦았던 듯 보였다. 기침이 겨우 멎자 입을 막았던 손바닥을 펴본 그는 손바닥 전체에 붉게 핀 각혈의 꽃을 눈에 담으며 멀겋게 웃고는 재빨리 피가 묻은 손을 빗물에 씻어 내렸다.

'각혈이 더욱 심해진 것을 보니……, 병증이 더욱 악화되었구나.'

노원군은 지난밤에 꿈에서 만났던 새까만 장옷의 사내들을 떠올리며 미간을 좁혔다. 이제는 때가 되었으니 세상사에 대한 미련을 내려놓고 자신들의 손을 잡으라 말했던 그들. 노원군은 꿈속에서 그들에게 끌려가지 않기 위해 온갖 악을 쓰다가 멀리서 수탉 우는 소리에 겨우 깨어나 몸을 떨어야 했다.

간밤의 꿈을 떠올리며 옅은 숨을 내뱉던 노원군의 앞에 갈매기 한 마리가 부리에 무엇인가를 물고 처소의 앞마당에 이르러 그의 눈길을 사로잡았다. 두터운 껍데기를 가진 조개가 갈매기의 부리를 꽉 물고 놓아주지 않음에 두 생명체는 비를 맞으며 옥신각신하였다. 그러나 결국 패자는 그 껍데기를 발깍 열어젖히며 죽은 몸체를 드러내었으니. 곧 갈매기의 부리가 벌려진 조개의 살덩이를 갈기갈기 잇가르며 찢어발겼다.

그 모습을 지켜보던 노원군은 갑자기 등에 서늘한 한기가 스며드는 기분에 두 손으로 제 팔을 감쌌다. 그때, 멀리서 빗방울을 가르며 울리는 말발굽 소리가 우거진 나무숲에 선득한 바람을 불러일으키더니 노원군의 처소에서 멈추었다. 그는 마른침을 삼키며 문가로 시선을 돌렸다. 등에 스며든 한기가 어느 순간 이빨을 달달 부딪치게 만들 정도로 오싹하고 음산한 기운으로 화하더니 이내 그의 몸을 에워쌌다.

말발굽의 차가운 소리가 멈추고 말에서 내린 붉은 옷의 어명지기가 그의 처소에 성큼성큼 들어서 짧은 예를 갖추더니 곧 교지를 읽어 내렸다.

"죄인은 나와 어명을 받들라!"

'어명'이라는 말에 노원군은 무릎으로 기어 나와 빗물이 스민 흙바닥에 꿇어 앉아 어명이란 것에 귀를 기울였다.

"죄인 노원군 이명은 크고 작은 반역의 뿌리가 되는 독충 같은 존재인 바. 녹월의 근간을 흔드는 반역의 수괴와 한 치의 다름이 없노라! 하여 과인은 무수한 시름의 나날을 보내고 깊은 고뇌와 번민 끝에 죄인을 사사하여 흔들리는 녹월의 기강을 바로 세울 것을 천명하노니! 삼가 죄인은 과인의 뜻을 받아들여 제 몸뚱이를 나라에 바치라. 그것이 곧 한때는 이 나라의 임금이었던 자가 녹월을 위해 헌신할 수 있는 마지막 기회인 바. 죄인은 감사하는 마음을 가져 그것을 겸허히 수렴하여 과인의 뜻을 따르라."

어명을 들은 노원군은 이미 예상을 했었다는 듯이 고개를 끄덕이며 웃었고, 교지를 들은 신 상궁은 그 자리에서 정신을 잃어 쓰러지고야 말았다.

"그대는 이 몸의 목숨을 어떻게 거둘 것인가."

노원군이 음울한 목소리로 묻자 교지를 든 장수는 그 눈빛을 애써 피하며 말했다.

"……그 누구도 시신을 채 수습치 못하도록 화(火)를 이용하여 사사하라는 명을 받았습니다."

"그것이 누구의 명이었던가?"

"……."

장수가 채 대답을 하지 못하자 노원군은 한숨을 쉬며 말을 이었다.

"그것이 누구의 명이면 어떠하겠는가. 자네는 그저 상명에 하복을 하는 자일 뿐이거늘. 그래, 그것이 좋겠구먼. 화를 사용하려면 그 방법이 가장 좋겠어."

노원군은 한양 땅을 향해 절을 하면서 부인 설씨와 숙부인 월산군을 떠올렸다.

'숙부. 부디 끝까지 살아남으시어, 장수는 바른 상명에 바르게 하복할 수 있는 땅. 백성은 간교한 관리에 의해 수탈을 당하지 않는 땅. 모든 위엄과 법이 명명백백하게 서서 그 누구도 부당한 법에 고통 받지 않는 이 나라 녹월 땅이 될 수 있도록 힘써주십시오. 이 연약한 몸은 하늘의 뜻이 닿지 않아 여기에서 목숨을 마치려 하오니. 마지막으로 바라건대 큰 사람이 되시어 나의 안해, 안타

깝고 불쌍한 설씨의 삶을 돌보아주시기를 청합니다.'

노원군은 정신을 잃은 신 상궁을 내려다보다 이내 방 안으로 들어가 문을 잠그며 말했다.

"밖에 있는 그대들은 내가 있는 이 방의 문에 대못을 치라. 내 정신이 혼미해져도 절대로 밖에 나갈 수 없도록 나무를 대고 단단히 못을 치라. 아궁이에 천불을 때고 지붕에 불덩이를 던져라. 하여 교지의 명대로 이 간악한 죄인의 목숨을 앗아라. 이 육신에서 혼이 빠져나간 후에 새까맣게 탄 나의 시신은 수습치 말고 강화의 바다에 던지라. 하여 새까맣게 타서 죽은 내 시신이 죽어서라도 그 뜨거움을 알 수 없게 하라. 이것이 한때는 그대들의 군주였고 용상의 주인이었던 나의 마지막 명이니라."

희뿌연 안개가 장막을 가득히 채우며 음산한 분위기를 자아냈다. 어디에선가 살이 타는 것 같은 노린내가 코끝을 엄습하자 혜는 안개의 저편에서 자신을 향해 걸어오는 무엇인가를 향해 시선을 마주했다.

「……부.」

새까만 형체. 그것은 불완전한 걸음걸이를 하며 무슨 말을 자꾸만 혜에게 건넸다. 저 형체의 정체는 무엇인가. 그는 불안한 가슴을 억누르며 눈을 끔벅이다가 이내 그것의 정체를 알고 그만 자리에서 주저앉았다.

「숙……, 부.」

그것은 사지 육신이 불에 새까맣게 타서 오장육부가 터져 흐르고 커다란 눈알이 그 뼈에 간간이 달린 모습의 어린 조카, 명의 모습이었다.

「저, 전하……. 어찌하여 이런 모습을……. 전하!」

혜는 지독한 탄내와 똥오줌 냄새가 진동하는 명의 육신을 끌어안으며 통곡의 오열을 쏟아냈다. 온 세상이 무너지는 느낌이 이런 것일까. 천지가 분간이 되지 않을 정도로 비통한 슬픔이 그의 온몸과 마음을 옭아 죄었다.

「숙……, 부. 너무……. 너무나 뜨겁습니다. 뜨거워서 죽겠습니다. 아악! 저자들이 창호에 구멍을 뚫어 나의 타죽는 모습을 지켜봅니다. 너무나……. 너무나 소름이 끼칩니다. 아아악! 그자, 익선. 그자가 나를 보며 웃습니다. 나는 이렇게 뜨거워 죽겠는데, 그자가 나를 보며 웃고 있어요! 숙부! 제발, 제발 나를 살려주세요!」

「전하. 제가 살려드리겠습니다. 이 숙부가! 숙부가 곧 강화에서 구해드릴 테니 조금만……. 조금만 더 참으십시오! 전하, 제발……. 나의 조카님, 제발…….」

'모든 것을 되찾아드릴 테니. 나의 군주이시여, 부디 조금만 더 강건하게…….'

혜는 피고름 냄새가 진동하는 어린 군주의 몸을 더욱 깊이 끌어안으며 속삭였다. 어린 조카의 몸뚱이에서는 불꽃같은 뜨거움이 느껴졌고, 온전치 못한 육신에서는 재와 진물이 묻어났지만 그는 아랑곳하지 않았다.

이 어린 군주의 고통이 너무나도 가슴깊이 사무쳐서일까. 혜의 마음속에는 핏물이 끓어오르는 듯한 아픔이 용솟음쳤다. 영겁처럼 깊고 모진 몽중의 만남.

그러나 곧 시야에서 희뿌연 안개가 순식간에 걷히더니 품에 안은 조카는 한 줌의 재로 바스러져 바람결 사이사이로 사라져갔고 그는 흩날리는 재 무리를 손에 잡으려 했지만 잡지 못했다.

"……!"

혜는 작전 계획을 들여다보던 책상에서 황급히 얼굴을 떼며 눈을 떴다. 까무룩 잠에 들었던 모양이다. 그는 눈가를 비비다가 저도 모르게 눈동자에 고인 눈물을 알아채곤 망연자실한 듯 허공을 응시했다.

"전하. 전하께 무슨 변고라도 생기신 것입니까. 어찌하여 그런 모습으로 제 꿈에 찾아드신 것입니까."

막사에서 나와 밤하늘에 시퍼렇게 뜬 달을 우러러보던 그는 어쩐지 시퍼런 달의 언저리가 붉게 번져 보이는 것 같아 불안하게 뛰는 마음을 감출 수가 없었다.

'전하. 어디가 아프신 것입니까. 유배지에 계시니 전하께서 어찌 지내시는지 눈으로 찾아뵙고 보필해드릴 수가 없어서 이 숙부의 속이 타들어갑니다.'

혜는 시퍼런 달을 눈에 담다가 이내 자신을 향해 가까워지는 인기척 소리에 뒤를 돌아보았다.

"도승지 영감이 급작스럽게 여기는 어쩐 일이신가."

허참성은 곧 울 것 같은 표정으로 혜를 바라보았다. 어떤 말을 할 수 있을까. 어떤 말을 해야 할까. 어떻게 납득을 시켜야 월산군의 마음이 덜 다칠까.

하지만 허참성은 겨우 추슬렀던 자신의 감정마저도 더 이상 참아내지 못하고 폭풍처럼 쏟아지는 오열 사이사이로 천천히 고된 음성을 내뱉었다. 울음에 섞여 들어간 그의 목소리에서 충신의 베어 꺾인 마음이 절절하게 그 단면을 내어 보이며 타들어가고 있었다.

"월산군 마마. 저, 전하께서……. 전하께서……."

"왜요! 전하께 무슨 변고라도 생기신 것입니까!"

불안한 기운을 감지한 혜는 허참성의 어깨를 부여잡으며 소리쳤다. 그러자 허참성은 곧 온몸의 힘이 다 빠진 듯 풀잎 위로 무릎을 꺾어 앉으며 눈물을 쏟아내기 시작했다.

"이것을……. 전하께서 마마께 남기신 마지막 서찰입니다."

마지막이라니. 혜는 덜덜 떨리는 손으로 어린 조카군주가 마지막으로 남겼다는 서찰을 받아들었다. 손에 숯덩이를 든 듯 뜨겁고, 칼날을 쥔 듯 서늘한 아픔이 곧 온몸을 타고 돌아 심장에까지 전해져 왔다.

"전……, 하. 아……. 아! 아악!"

어린 조카군주를 잃은 혜의 울음이 붉게 번진 달무리의 눈물길을 따라 깊은 밤하늘을 깨워 천지간에 짙은 슬픔을 전하고 있었다.

어쩐지 다시는 볼 수 없을 것만 같은 숙부께.

숙부. 아마도 이 서찰이 숙부의 손에 들어갈 때쯤이면 내 목숨은 이 세상에 없을 것입니다. 이 세상에서 이명이라는 사람은 사라지고 세상은 나라는 사람이 있었던 것조차 잊게 되겠지요. 어쩐지 생각이 여기까지 미치니, 조금은 슬프고 안타깝습니다.
몇 달 전부터 기침을 하면 각혈이 쏟아집니다. 비릿한 피 냄새에 토기가 올라올 만큼 속이 뒤집어지지만 내 걱정에 잠도 제대로 자지 못하는 늙은 신 상궁에게 미안하여 말을 하지 않았습니다.
어쩌면 말입니다. 나는 이 세상에 더 이상 큰 의미와 삶의 행복을 느끼지 못하여 스스로 명줄을 끊어내나 봅니다. 헌데 이제는 기침을 할 때마다 몸이 두 동강이 나는 듯한 아픔에 곧 죽을 것처럼 숨을 쉴 수조차 없으니. 이 병이 어떤 병인지 알 수는 없으나 상당히 위험하고 깊은 병인 듯합니다.
숙부. 이 서찰을 쓰기 전에 꿈을 꾸었습니다. 나는 몽중에 놀라 잠에서 깨어 한동안 몸서리를 치며 떨어야 했지요. 저 방문을 열면 꿈속에서 보았던 저승의 사자들이 내 팔을 잡아끌 것 같아서 나는 방에 난 작은 창조차 열지 못하고 가슴을 졸입니다.
사람이 죽기 전에 헛것이 보인다고 하지요. 나도 몽중에 그것들을 보니 아마도 곧 내 목숨은 이 땅에서 사라질 듯합니다.
죽는 것이 두렵지는 않으나, 슬프고 안타까운 일인 것은 자명하니. 한양에 두고 온 나의 안해 설씨는 어떻게 지내나 궁금하고, 늘 나를 이해해주었던 너그러운 숙부의 모습 또한 궁금한 밤입니다.
숙부. 혹여 내가 죽으면 숙부께서 이루려 하시던 일의 모든 공은 곧 숙부의 몫으로 돌려주세요. 말인즉, 김익선을 처단하고 내게 되찾아주신다 하셨던 그 용상의 자리. 그 자리에 숙부께서 앉아주시라는 청을 드리는 겁니다. 숙부라면 이 나라 녹월을 예전처럼 되돌려놓으실 수 있으리라 믿습니다.

숙부. 숙부가 있어서 다행입니다. 부디, 그 간악한 수괴를 처단하여 비뚤어진 모든 것을 바로잡아 녹월의 태평성대를 열어주세요. 푸른 나무 그늘에서 편히 쉴 수 있는 백성들의 세상. 그런 세상을 숙부께서 다시 열어주신다면 용상의 자리, 내 것이 아니어도 괜찮습니다.

마지막으로 바라는 것이 있습니다.

숙부께서 모든 것을 되돌려놓은 후, 나의 부인 설씨를 돌보아주세요. 그 사람은 지아비를 잘못 만난 죄밖에 없는 가엾은 여인이 아니겠습니까. 그러니 부디 그 사람을 성심껏 살펴주세요.

한때 녹월의 국왕이었던, 명.

十九章. 하늘에 뜬 별무리 한 알 한 알이 비수처럼 와 닿은 밤

결결이 찢어지는 아픔과 가슴의 참담함을 오롯하게 짊어진 혜는 마음을 추스를 어느 실낱같은 한 길조차도 찾을 수 없을 만큼 힘들어했다. 얼마나 오열을 하였는지 그의 눈동자는 더 이상 흘릴 눈물 한 방울마저 남지 않아 보일 만큼 건조하게 메말라 있었고, 수척해진 낯빛과 허옇게 부르튼 입술은 마음고생이 얼마나 심하였는지를 직접적으로 보여주었다.

병영에 모인 관료 여럿의 마음도 비통하고 참담한 것은 매한가지였으니. 단(單)이 목적으로 하던 최후의 명분이 한순간에 사라져버렸음에 모인 이들은 물론이고 육성하던 군사들의 의기마저도 가슴이 뻥 뚫린 것처럼 모두 소진되었다. 용상의 자리를 찾아드릴 '군주'께서 사사 당하신 지금, 단은 그 정체성마저 모호해진 상태였다.

"이제 사흘 후면 거사일인데……. 월산군 마마, 아직도 마음을 정하시지 못한 것입니까?"

"그렇습니다, 마마. 이제는 마음의 결정을 하셔야 할 때이옵니다. 슬프고 안타깝고 비통한 심정이 천지간에 가득하나, 선왕께서 내리신 유지를 받들어 단이 거사에 성공하게 되면 용상의 자리는 월산군 마마께서 받으심이 가당한 줄로 사료되옵니다."

막사 안에 모인 관료들의 말을 묵묵히 듣던 혜는 무겁게 가라앉은 참담한 마음 가운데에서 어렵게 음성을 끄집어내어 물었다.

"돌아가신 선왕의 유지를 받들라……. 내 그대들께 묻는 바, 그대들에게 선왕이란 분은 도대체 어떤 분이셨소? 도대체 어떤 분이셨기에! ……이곳에 모인 그대들께서는 나더러 이리도 쉽게 그분의 용상 자리에 앉으라 말하는 것입니까! 선왕께서 승하하셨다는 소식을 들은 지 고작 하루가 지났을 뿐이오! 우리의……, 나의 군주께서 수괴의 간교한 놀음에 사지가 불에 타고 영혼이 그 불꽃 속에서 재가 되어버리신 지 고작 하루가 지났을 뿐이거늘! 그대들께서는 어찌 용상의 위를 논하는 말을 그리도 쉽게 꺼낸단 말씀이십니까! 가슴이 쓰리지도 않으십니까? 그대들께서는! 끔찍하게 돌아가신 그 어리신 분이, 그분이……. 가엾지도……, 안타깝지도 않으십니까? 그분께서 승하하신 지 얼마나 흘렀다고 가감없이, 거침없이! 용상의 위를……! 용상의 위를 손바닥 뒤집듯 쉽게 논하는 그대들이, 나는, 무섭습니다."

혜는 성마른 목구멍이 서로 눌어붙어 짓이겨지는 듯한 뜨거움에 애써 말문을 닫으며 붉게 충혈된 마른 눈으로 관료들을 바라보았다. 그의 붉기 오른 눈빛에 병영에 모인 관료들 또한 참담한 숨길을 뱉어내며 시선을 피했다. 그러자 혜는 목이 메어 오는 느낌을 내리누르며 간신히 말을 이었다.

"오늘은 이만 물러가십시오. 내 오늘은 그대들의 말을 더 이상 듣고 싶지도 않고, 나 또한 오늘 밤에는 그대들께서 듣고 싶어 하시는 그 대답을 할 저의가 추호도 없으니……."

"하오나 월산군 마마. 부디 선왕의 유지를 받아들이시고 이 나라 녹월의 국운을 먼저 생각하시옵소서. 사사로운 감정은 자칫 일을 그르칠 수 있음입니다. 이미 승하하신 주상전하를……, 다시 살려낼 방도가 인세(人世)에는 없습니다."

전 좌찬성 심헌이 올리는 충언에 혜의 벌건 눈에는 노여움이 한 꺼풀 덧입혀졌다.

"그만! 내 오늘은 그만 물러가달라 이토록 간곡히 청을 하지 않습니까!"

결국 혜의 목구멍에서 갈라져 흐른 음성이 아픔을 덧입고 흩어져 나와 모든 이들을 감싼 공기를 더욱 적막하고 냉랭하게 만들었다. 저도 모르게 노여움을 쏟아낸 그는 이마에 손바닥을 얹으며 눈을 감더니 이내 깊은 한숨을 내쉬며 낮은 목소리를 읊조렸다.

"혼자 있고 싶습니다. 제발 나를 혼자 있게 해주십시오."

깊은 밤. 적막을 깨치고 밀실로 찾아든 허참성을 향해 영지는 슬픈 눈빛을 내어 보였다.

"도승지 나리. 그분……. 그분께서는 지금 어떠하십니까?"

"이 야심한 시각까지 어찌하여 깨어 계십니까. 월산군 마마께서는 낭자의 그 어느 한 곳도 상하는 것을 원치 않으시니. 부디 그 몸체를 성히 하시려거든 거처로 들어가시어 잠을 청하십시오. 그리고 웬만하면 저곳 밖으로는 나오지 마십시오. 혹여 위험해질 수도 있으니…….”

“하지만……. 저도 들었습니다. 강화에 유배당하셨던 전하께 변고가 닥쳤다는 것을요. 이리 숨어 있던 차에, 깊은 산속까지 먹을 것을 찾아 걸음 하는 이들의 대화를 우연히 귀에 담았습니다. 하여 잠을 청할 수도, 끼니를 넘길 수도, 가만히 거처에 앉아 모든 일이 끝날 때까지 기다리기만 할 수도 없습니다. 승하하신 전하와 피 한 방울도 섞이지 않은 일개 미련한 백성의 이 마음도 마치 풍파에 쥐여 삼키어진 듯 어지럽고, 가슴은 모진 칼날에 베인 듯 아픈데……. 그분의 마음이 어떨지를 생각하니 눈을 감아도 잠을 자는 자가 아니요, 음식을 삼켜도 배가 부른 자가 아니며, 치성을 드려도 그 마음이 하늘님께 향하지를 않습니다. 오직 제 마음은 그분에게로만 향하여 그분에 대한 근심과 걱정으로 가득하니……. 도승지 나리. 꼭 한 가지, 나리께 드리고 싶은 청이 있습니다.”

“그것이 무엇입니까?”

허참성이 영지의 물기 어린 눈을 들여다보며 묻자 그녀는 뜸을 몇 번 들이다가 어렵게 속마음을 꺼냈다.

“그분……. 월산군 마마를 만나게 해주십시오. 제가 꼭 그분을 뵈어야만 하겠습니다.”

정인을 향한 애틋함과 그를 꼭 만나보고 싶은 단호한 마음이 오롯이 여인의 눈동자에 담겨있어 허참성은 아니 된다는 말을 차마 꺼낼 수가 없었다. 이어지지 못한 깊은 연, 소향의 눈빛이 아른거려 그는 깊은 숨을 내쉰 후 말했다.

“마마께서 원치 않으실 것입니다. 모든 관료들을 내치시고 지금은 그저 혼자 있게 해달라는 말씀만 거듭 하셨습니다. 하여 저희들도 더 이상 말을 꺼내지 못하고 이렇게 발걸음을 옮길 수밖에 없었습니다."

그러자 그녀는 허참성을 바라보며 다시 한 번 애달픈 울림소리를 내었다.

"힘드셔서……. 맘이 다치셔서……. 가슴이 아프셔서……. 승하하신 전하께 죄를 지으신 것만 같으셔서……. 그래서 모든 것을 다 포기하고 싶을 만큼……. 모든 것을 다 버리고 싶을 만큼 흔들리셔서……. 그래서 혼자 있게 해달라 하셨을 것입니다. 하지만 그분. 사실은 너무나 아프고, 승하하신 전하를 지켜드리지 못한 자신이 미워서 견딜 수가 없을 만큼 힘드실 것입니다. 그분의 마음이 흔들리시면 곧 단이 흔들리는 것이 아니겠는지요. 그러나 그것은 나리께서 원하시는 것은 절대로 아닐 바. 하오니 저를 그분께 보내주십시오. 제가 그분의 마음을 어루만져드리고, 굳건히 세워드린 후에 이곳으로 다시 돌아오겠습니다."

"영지 낭자."

"흔들리는 그분의 마음. 제가 붙잡아드리겠습니다. 저는, 할 수 있습니다."

'폭풍에 흔들리는 나무가 살아남을 수 있게 그 뿌리를 엉겨 붙잡는 옥토처럼, 제가 그분의 옥토 같은 마음 밭이 되어드리겠습니다.'

발아래 밟히는 풀잎이 이토록 초라해 보였던 적이 있었는가.

아름답기만 하였던 풀 한 줄기, 흩날리는 나뭇잎 한 가닥의 숨결 소리가 마치 비명을 내지르는 목청과도 같아서 혜는 그만 무릎을 꺾어 그 자리에 주저앉고 말았다. 바스락거리는 자연물의 모든 소리가 불길 속에서 죽어가던 어린 조카군주의 비명 소리와 닮은 것 같아 혜의 귓가에는 악몽과도 같은 울림만이 아우성쳤다.

'전하. 얼마나 뜨거우셨습니까. 얼마나 끔찍하셨습니까. 얼마나 몸서리쳐질 만큼 두려우셨습니까. 전하를 지켜드리지 못한 제가, 이 숙부가! 얼마나……, 얼마나 미우셨습니까.'

눈가에 번진 눈물처럼 푸르스름한 물빛 달무리를 번져내는 달을 눈에 담으며 혜는 어린 조카군주의 얼굴을 떠올렸다. 곧고 바른 이목구비를 지녔던 눈이 맑은 왕. 어린 나이에 보위에 올랐으나 정사를 가늠할 줄 알았고 사람 사이의 관계에도 마음이 밝았던 왕. 그런 왕이 가진 단 하나의 흠이 있었다면 그저 '힘'이 없었던 것뿐이었다. 아무도 그에게 힘이 되어주지 못했기에 자신의 보위를 수괴의 손에 넘겨야만 했던 비운의 왕은 불길 속에서 한 줌의 재가 되어 그 시신조차 찾을 수 없다고 하였다.

죽은 조카 명을 떠올리던 혜는 가슴께를 손바닥으로 꾹꾹 눌렀다. 평생 동안 명치에 돌덩이처럼 '명'이라는 이름을 안고 살아갈 것이다. 넘기지도, 그렇다고 도로 뱉어내어버릴 수도 없는 그 아픔을 삶이 끝나는 날까지 제 살붙이처럼 끌어안고 살아갈 것이다. 그리 생각하며 소리도 내지 못하는 마른울음을 목구멍 안으로 꾸역꾸역 삼키는 그의 등 뒤로 익숙한 발소리가 들렸다.

단정하고, 간결한 짧은 발소리. 키가 작아 뱁새의 발소리를 닮았다 여겼던 정인, 영지의 발소리였다.

“마마…….”

“그대가 왜…….”

인기척이 느껴지는 곳으로 고개를 돌린 혜는 수척해 보이는 영지를 눈에 담으며 입을 떼었으나 그녀는 아무런 대답도 하지 않고 그저 그를 향해 달려가 아픔이 짙게 밴 등을 끌어안았다. 여린 달팽이를 끌어안는 딱딱한 보호막처럼 영지는 가슴으로 그의 머리를 끌어안으며 등을 어루만졌다.

이 순간만큼은 건장한 사내인 혜가 너무나도 연약해 보여서 그녀는 자신이 곧 파각 소리를 내며 깨어질 여린 달팽이 껍질이라 할지라도 지금은 그를 감싸줄 수 있는 그런 존재가 되어주고 싶었다.

그의 뒷모습을 처음 눈에 담았던 날. 그날에 보았던 강직했던 등이 많이 야윈 듯하여 영지는 마음이 비수에 찔린 듯 욱신거림을 느꼈다. 하지만 가슴에 느껴지는 이 고통이 진정 혜의 고통에 비할 것은 아닐 것이다.

거사를 준비하는 자의 몸에서 느껴지는 단련의 냄새에서 끝을 알 수 없이 까마득한 아픔이 전해졌다. 그 아픔에 혜의 등 위로 그녀의 눈물이 떨어져 내렸다. 그 순간 그는 천천히 그녀의 몸을 밀어내며 메마른 입술을 열었다.

“어서 밀실로 돌아가오.”

“아니요. 이 밤에는 절대로 돌아가지 않을 것입니다.”

영지가 무릎을 굽혀 그와 눈을 맞추며 말했다. 그러자 그는 곧

울 것 같은 얼굴로 단도같이 서늘한 말을 내뱉었다.

"지금은 영소 작가, 그대와 있고 싶지가 않아."

"……."

"지금은……. 그대를 보고 싶지가 않다고. 그대를 보아도 이 마음에 동요가 한 점 생겨나지 않으니 지금은 이대로 그만 돌아가 주어. 병사를 붙여 산 아래까지 보내줄 것이니 지금은 제발 이대로 가오."

혜는 꺾은 무릎을 어렵게 일으켜 세우며 제 여인에게 등을 보이고 돌아섰다. 그러자 그녀가 옹이 두텁게 박인 그의 손을 붙잡으며 그의 걸음을 따랐다.

"저를 보며 마음에 동요를 일으켜달라는 것이 아닙니다. 저는 그저 마마를 위로해드리고 싶습니다. 한 점도 괜찮아 보이지가 않는데……, 이런 마마를 눈에 담고서 어떻게 제가 마마를 홀로 둘 수가 있겠습니까?"

그러자 혜는 막사로 걸어가던 걸음을 멈추고 한동안 영지의 얼굴은 바라보지도 않은 채, 사락사락 바람에 나부끼는 발아래의 풀잎만을 눈에 담으며 입을 열었다.

"이 순간……. 내가 가장 후회하는 것이 무엇인지 아오?"

"……."

"내가 가장 가슴에 사무치는 것이 무엇인지 그대는 아오?"

영지는 연거푸 자신의 발아래 떨어지는 제 사내의 물음을 가만히 듣고만 있었다. 어쩐지 그가 던진 물음에 대한 해가 가늠이 되어 그녀는 차마 그 입을 뗄 수가 없었다.

"그대를 연모한 것. 나의 군주께서는 강화에서 그 치욕 속에 몸을 떨며 지내셨을 때에 나는 그대와 이 땅에서 희희낙락 연애놀음질이나 하였던 것. 그분은 피를 토하고 아파하시며 감옥처럼 둘러쳐진 바다 너머의 도성을 눈물로 바라보셨을 적에, 나는 그분을 바라보는 대신 그대의 얼굴을 들여다보며 웃음질이나 하였던 것. 이것이 유배된 군주를 모시는 신하의 도리는 절대로 아니었을진대……."

"……."

"그분을 향한 이 마음이 얼마나 얕았으면……. 그분을 담았던 이 가슴이 얼마나 좁았으면……. 그분께서 힘들어하실 때에 나는 그저 그대의 꽁무니만 좇으며 내 몸과 내 마음이 즐거워하는 데만 급급하였으니……. 군주를 생각하고, 조카를 생각하는 이 마음이 하늘에 간절히 닿을 리가 없었을 테지. 내가 잊고 내가 외면한 군주를 감히 하늘께서 굽어살필 이유가 없지 않은가. 하여, 영소 작가. 지금 그대를 보고 있으면 내 군주를 순간순간 지워버리고 그 자리에 그대를 담았던 나에게 노엽고 화가 나. 나에게 노엽고 또한 그대에게까지 노여움이 치미니……. 제발 나를 혼자 있게 해주오. 내가 그대를 보며 노여워하지 못하도록."

두 주먹을 말아 쥐며 아픔을 꺼내던 혜는 다시금 막사를 향해 걸음을 옮겼다. 그런 그의 뒷모습을 가만히 바라보던 영지는 그가 이대로 무너질 것 같다는 생각이 들어 그를 향해 달려가 다시 한 번 마르고 버석한 손을 붙잡았다.

옥토가 되어주겠다 다짐하며 이곳에 왔다. 무릇 옥토라 함은 불량한 씨앗도 고이 품어 강건한 순잎을 틔워내어야 그 이름을 받을 수 있는 것이 아닐까. 비바람과 모진 역경에 흔들리는 여린 것들까지도 끝까지 고이 잡아주고 다독여야 진정 비옥한 땅이 아닐까.

그의 옥토가 되어주기 위해서는 어쩌면 자신에게 쏟아지는 모진 노여움도 받아내어 다시금 그에게 온기와 애정으로 돌려주어야 하지 않을까.

모진 빗물에 흔들리는 여린 것들의 뿌리를 끝까지 놓치지 않으면서도, 결국에는 모진 빗물을 모두 받아 고이 품고 있다가 다시금 여린 것들에게 물을 공급해주는 마음이 아름다운 비옥한 옥토처럼……. 지금 그의 노여움과 그녀에게까지 치미는 모멸스런 좌절감까지도 모두 감내하고 그를 끌어안아야만 영지라는 사람이 진정으로 그에게 옥토 같은 사람이 아닐까.

"가! 제발 가라고 하지 않았는가! 그대, 영소 작가는 내 말이 우습고 내 마음의 상처가 그저 종잇장에 베인 정도의 깊이로밖에 여겨지지 않는가!"

성마른 듯한 혜의 눈동자가 시뻘건 실핏줄을 세우며 영지를 바라보자 그녀가 미풍처럼 고요한 목소리를 그에게 전했다.

"제게 노여움이 드신다면 그 노여움, 제게 전하십시오. 참지 말고, 속에 누르지 말고, 제게 모두 토해내십시오. 모든 것은 결자해지라 하였습니다. 제가 마마의 눈앞에 나타나지만 않았다면 마마께서는 지금의 통탄을 품지는 않으셨겠지요. 제가 원인이니 온전히 제게 풀으시란 말입니다."

영지의 목소리에 혜의 입꼬리가 비스듬하게 비틀리며 올라갔다.

"못 간다? 결자해지라? 이 노여움을 그대에게 온전히 풀어라? 지금! 내 마음의 아픔이 얼마나 크고 깊은지 그대가 그것을 직접 마음으로 가늠할 수 있다면 절대로 그런 말은 하지 못할 것이야! 제발 나를 혼자 내버려두어. 내 자신에 대한 노여움은 나만 가지고 갈 수 있게……."

"아니요. 저는 알고 있습니다. 마마의 노여움이, 마마의 한이 얼마나 깊고 넓은지! 그 맘에 맺힌 핏물이 바다보다도 넓음을 제가 아는데 어찌 마마를 혼자 둘 수가 있겠습니까? 제게 노여움을 나누십시오. 혼자만 앓지 마시고, 곁붙이를 자청하는 제게 나누십시오. 제가 그것을, 원합니다."

"……원한다? 영리한 그대는 내가 이 노여움을 그대와 어떻게 나눌 것인지도 이미 알고 있으면서?"

혜는 자신의 손을 붙잡았던 그녀의 손을 바꾸어 잡고 오랏줄로 움켜 묶듯이 틀어쥐며 낮은 음성으로 말했다. 북풍한설보다도 서늘하고 음침한 바람이 두 사람을 에워싸는 듯하여 영지는 등골에 톳이 오르듯 서늘해지는 것을 느꼈지만 고개를 끄덕이며 그를 올곧게 바라보았다. 그러자 그의 음성이 새까만 하늘을 담은 시퍼런 호수 물처럼 차갑게 울렸다.

"그대가 그토록 원한다면."

삶의 발톱처럼, 승냥이의 번뜩이는 눈빛처럼 혜의 모든 것이 영지를 아프게 탐했다.

“나는 그대에게 돌아갈 기회를 주었어. 내가 그대를 아프게 하는 것이 아니라, 그대가 그 아픔을 자처한 거야.”

영지의 젖꼭지를 혀로 빙글빙글 돌리던 혜가 순간 그녀의 젖무덤을 아프게 깨문 후 말했다. 막사 안에 들어오는 빛은 그 양이 적었다. 그저 허름한 막사에 임시로 친 천들의 열린 틈 사이로 들어오는 달빛과 별빛이 어두운 막사를 비추는 전부였다. 그러나 그 어둠 속에서도 영지는 일그러진 그의 표정이 보이는 듯했다. 등에 배기는 딱딱한 침상의 아픔보다는 그의 마음속에 맺힌 참상이 더 크게 보였다.

혜는 영지의 몸을 둘러 감싼 모든 것을 거칠게 벗겨내며 이내 하얀 나신을 눈에 담았다. 어둠 속에서 달빛을 받은 흰 몸뚱이는 마치 순백의 비단처럼 눈에 들어와 박혔다. 그는 메마른 눈으로 제 여인을 바라보다가 이내 시선을 피하며 자신의 옷을 벗었다. 단련의 더운 향취가 그녀의 코끝에 스치며 가슴에 짠한 저릿함을 남겼다.

“오늘은 아무것도 바라지 마.”

영지의 가느다란 발목을 잡은 혜는 그녀의 다리를 넓게 벌려 익숙한 정점에 옥경을 대고 단번에 정점 안의 깊고 뜨거운 곳으로 자신을 밀어 넣었다. 미처 촉촉해지지 못한 성마른 살결들이 아픔의 비명을 내지르며 침입자를 틈 없이 옭아 죄었다. 그러나 혜는 아픔에 경련을 일으키는 속살들이 채 적응할 여유도 주지 않은 채 그녀의 메마른 동굴 안을 이 잡듯이 헤집어놓기 시작했다.

그녀는 조금의 배려도 없는 그의 움직임에 헐떡임과 비명이 간간이 새어 나오려는 것을 막으려는 듯 아랫입술을 꽉 깨물었다. 하지만 그에 대한 미움이나 원망은 조금도 들지 않았다. 그저 지금은 자신을 아프게 하는 이 사람이 너무 가여워서 이 사람의 상처 자리를 꼭 안아주고 싶은 마음뿐이었다.

괜찮다며. 그분은 좋은 곳으로 가셨을 것이라며. 마음에 맺힌 이 아픔, 평생 가지고는 살되 아픔의 화살촉을 스스로의 마음에는 겨누지는 말라고. 그렇게 이야기하며 너른 등을 토닥여주고 싶을 뿐이었다.

비록, 곧 파각 소리를 내며 깨어질 연약한 껍데기일지 몰라도 지금은 그의 등을 꼭 감싸줄 껍데기가 되어주고 싶었다. 누구도 이 사람을 더 이상 아프게 하지 않게. 어디서도 더 이상 이 사람을 아프게 할 만한 소리가 들리지 않게.

"스스로를 아프게 하지 말아요."

영지는 하늘에 들어오는 별빛보다도 작고 고요한 울림을 내며 그의 등을 쓰다듬었다. 그러자 혜의 몸이 한순간 흠칫하는 것이 느껴졌지만 움직임을 멈추지는 않았다.

"그건, 마마……. 이혜라는 사람의 잘못은 아니었어요."

음부에 불 꼬챙이로 지진 듯한 아픔이 밀려오는 순간에도 영지는 그에게 건네는 음성을 멈추지 않았다. 그러자 그는 그녀의 몸을 뒤엎어 좁은 동굴로 자신을 밀어 넣었다. 어느 순간부터 습윤해진 안쪽의 살들이 그를 감싸며 달래듯이 자잘한 경련을 내었다.

울고 싶으면 실컷 울라고. 그 눈물, 모두 받아줄 테니 내 품 안에서만큼은 울어도 좋다고. 그녀의 온 몸뚱이가 그리 말해주는 것 같아, 혜는 목구멍에 독처럼 고인 슬픔의 감정을 억누르며 마른침을 삼켰다.

천천히 마른침을 삼킬 때마다 뜨거워지는 눈시울에 그는 결국 그녀의 등 위로 몸을 포개며 남루한 침상 위에 무너져 내렸다. 볼에 닿는 제 여인의 머리타래와, 가슴에 닿는 따스한 마른 등, 그리고 여전히 음경을 담고 쓰다듬는 안쪽의 보드레한 속살이 흔들리고 아파하는 그의 마음에 도타운 사랑의 철벽을 쳐주고 있었다.

잠시라도 좋으니 이 철벽 안에서 조금만 쉬라고.

잠시라도 좋으니 이 철벽 안에서 잠시만 아무 생각도 하지 말고 마음을 가라앉히라고.

정말 잠깐이라도 좋으니, 스스로에게 뱉는 칼날과도 같은 말은 그만 멈추라고.

혜는 그런 영지의 마음을 온전히 느꼈는지, 그녀를 아프게 했던 몸짓을 멈추고 홑이불에 짓눌린 그녀의 가슴 아래로 손을 집어넣어 자신의 손에 담았다. 그러자 영지는 숨결보다도 고요한 목소리로 말했다.

"저는 마마께서 이 나라 녹월을 사랑하는 진정성을 보았습니다. 그 진정성은 분명 한 치의 거짓도 없었지요. 좋은 곳으로 가셨을 전하께서도 아마 저와 같이 마마의 속에 있는 진정성을 알고 계셨을 것입니다. 그러니 숙부이신 마마를 원망하지는 않으실 것입니다."

그녀의 고요한 말에 혜는 눈물이 가득한 얼굴을 향기로운 머리타래에 깊이 묻으며 아무런 말도 하지 않았다.

"안아드릴게요. 안아드리고 싶어요."

'안타깝고 가여운 내 사람. 나의, 이혜.'

"영지……."

혜는 영지의 이름을 부르며 눈을 감았다. 그의 눈에서 떨어진 눈물이 그녀의 새까만 머리카락에 촘촘히 스며들었다.

"이리 오세요, 마마. 제 품 안에서 울고 싶은 만큼, 눈물이 멈출 때까지 참지 말고 우세요. 이 밤, 제가 마마의 파수꾼이 되어 마마를 지켜드릴 테니까요."

그러자 혜는 영지의 몸 안에 있던 자신을 빼내고 그녀의 몸을 돌려 어미의 젖처럼 따스한 가슴골에 얼굴을 대고 울었다. 그녀의 품 안에서 나는 냄새는 아주 오래전 맡았던 어미의 흰 젖이 나오는 젖무덤처럼 편안하고 보드라워 좀처럼 눈물이 멈추지를 않았다.

영지는 소리도 내지 못하고 끅끅거리며 눈물만 흘려보내는 품 안의 사내가 너무나 안쓰러워 손에 닿는 그의 모든 몸을 어루만지며 속삭였다.

"소리 내어 울어도 좋아요. 우리 둘뿐이니까."

하지만 혜는 끝내 소리를 내서 울지 않았다. 그 모습에 영지도 눈물이 고여 드는 것을 느끼며 막사 천장의 틈으로 들어오는 별무리를 눈에 담았다.

아마도 이 사내의 가슴에 들어찬 비수의 수가 까만 하늘에 박힌 별무리의 수보다 많다는 생각에 여인의 눈에서 흘러내린 눈물 한 줄기가 눈꼬리를 타고 흘러내려 와 귀밑머리를 적셨다.

그렇게, 얼마나 오랫동안 별무리의 수를 세었던 것일까?

퉁퉁 부은 눈을 한 채 잠에 곤히 든 혜를 내려다보던 영지는 그의 어깨까지 얇은 홑이불을 끌어올려주며 뺨에 입을 맞췄다.

간밤에 그는 아주 오랜 시간 동안 눈물을 쏟아내다가 겨우 잠에 들었다. 그런 그가 안쓰러워 밤새 한숨도 이루지 못한 영지는 흐트러진 머리타래를 정리한 후 침상에서 멀어졌다. 그러자 그가 영지의 손을 붙잡으며 몽중의 말을 흘려보냈다.

"……명아. 너를 지켜주지 못한 이 숙부를 용서하지 말아다오. ……이 숙부가 너의 원한을 꼭 갚아줄 것이다."

몽중에 흘러나온 아픔의 말. 그 말을 귀 기울여 듣던 그녀는 그의 손안에 붙잡힌 손을 천천히 빼내며 안쓰러운 눈으로 정인의 얼굴을 눈에 담으며 마음속으로 빌고 또 빌었다.

부디, 이 새벽이 끝나고 밝은 빛이 찾아들면 그의 마음속에 가득 찬 죄책감이 조금은 옅어질 수 있도록.

그 옅어진 죄책감의 자리에, 단단한 지도자의 모습이 품어질 수 있도록.

병영까지 자신을 인도한 도승지 영감의 수하와 함께 새벽의 산기슭을 오르면서 영지는 이제 모든 것을 제 부친에게 말씀드려야겠다고 생각했다. 밀실에 남아 영지가 돌아오기까지 윤일 내외의 거동을 잠시 돌볼 수 있기를 청하던 도승지 나리께 이미 모든 것을 전해 들으셨을지도 모를 일이었다.

밀실의 앞에 다다른 그녀는 큰 숨을 들이마시며 폭포수 안의 공간으로 발을 옮겼다. 타닥 소리를 내며 타오르는 장작불의 불꽃 사이로 잠든 모친과 벽에 기대어 앉은 부친의 모습이 그녀의 눈에 들어왔다.

"월산군 마마를 뵈러 갔다고 도승지 영감께 전해 들었다. 그분께서는 맘을 어찌하고 계시느냐?"

"마음을 정리하고 계시는 중이시니 곧 그 마음을 바로 세우실 것입니다."

영지는 이미 부친이 모든 것을 알고 있음을 느끼며 짧은 한숨을 쉬었다.

"아가야. 네가 월산군 마마와 함께 이 책을 지었더냐?"

"예, 아버지."

"그리하여 그분과 연정을 나눈 것이고?"

윤일의 물음에 영지는 고개를 끄덕였다. 사실 윤일은 딸아이가 언제부턴가 은밀한 일을 하러 다닌다는 것을 예리한 촉을 통해서 대충 가늠하고 있어왔다. 그러나 윤일은 언제나 영지를 믿어왔고, 이 아이가 그릇된 일을 하지 않으리라는 것을 믿어 의심치 않았기 때문에 아무런 말도 하지 않았을 뿐이었다.

"이 아비는 네가 은밀히 어떠한 일을 도모하고 있다는 것은 전부터 알고 있었다. 하지만 네가 한 일에 대한 것을 처음부터 끝까지 모두 알고 나니……, 이 아비는 심히 두렵구나."

"아버지께서 물려주시고 가르쳐주신 재능을 음화를 그리는 데에 쓰이게 하여……. 면목이 없습니다, 아버지."

영지가 고개를 숙이고 치맛자락을 꾹 틀어쥐자 윤일은 고개를 저으며 말했다.

"그것은 너의 선택. 네 마음에 물어 네 선택이 옳았다 여긴다면 아비는 그것을 뭐라 할 자격이 없다. 이미 엎질러진 물을 어찌 주워 담을 수 있겠느냐. 그것이 너의 신념이었다면 아비는 너의 길을 지지한다고 말하였다. 하지만, 그 간사한 수괴 놈인 김익선이가 이 책의 작자인 월산군 마마와 너를 찾는다는 말을 도승지께 전해 들으니 이 마음이 불안하여 어찌할 바를 모르겠구나. 이미 한 아이를 그놈에게 잃었는데, 그놈이 눈을 희번덕거리며 나의 하나뿐인 아이를 또 죽이려고 한다니……. 아비는 너를 잃을까 봐 너무나 두렵구나."

"……."

"또 하나의 걱정은……. 모든 일이 잘되어 우리 모두가 무탈하다 하여도, 모든 일이 잘되었다는 것은 결국 용상의 주인이 월산군 마마로 낙점되신다는 것이 아니냐. 그것은 곧 월산군 마마가 이 나라 녹월의 주인, 임금이 되신다는 말이야. ……아가, 영지야. 마마께서 용상의 위를 받으시면 그분은 당신의 임의대로 지어미를 맞이할 수 없단다. 그분께서 너를 진정으로 연모하고 은애하신다 하여도 너의 손을 결국은 놓을 수밖에는 없을 것이다. 녹월의 국모는 모든 면에서 합당함을 인정받아야 하는 바. 이미 이런 음화를 통해 식솔을 부양하였던 너를 아는 이가 있음인데……. 도승지 영감을 비롯한 관료들이 그런 너를 국모로서 인정하겠느냐?

게다가 너의 부모는 누가 보아도 멀쩡한 몸뚱이가 아니니……. 그것 또한 국모로서 일을 합당하게 보지 못하고 사사로운 정에 이끌릴 수 있는 오점이 되는 바. 아가, 너는 월산군 마마께서 보위를 이으시면 절대로 그분의 곁자리에 앉을 수가 없단다."

"잘 알고 있습니다, 아버지. 그렇다고 하여 구질구질하게 후궁이 되어 그분의 곁에 남아 있고 싶은 마음조차도 없습니다. 그러니 그 점에 대해서는 심려치 않으셔도 되십니다. 그 점은 오래전, 강화의 전하께서 승하하시기 전부터 제가 늘 마음에 두던 것이었습니다. 월산군 마마께서는 제게 군부인 마마의 자리를 주겠노라 약조하셨지만 그때도 저는 그 자리가 제게 어울리지 않는다 여겼지요. 하물며 국모의 자리는 제게는 더욱 합당치 않겠지요."

"이 아비는 내 하나뿐인 딸아이의 맘이 다칠까, 그것이 참으로 마음이 아프구나."

윤일의 말에 영지는 애써 생긋이 웃으며 말을 이었다.

"아버지. 저는 아버지께서 생각하시는 것보다 훨씬 단단하고 강한 사람입니다. 어떤 일이 있어도 삶이 주어지기만 한다면 돌아가신 오라버니의 몫까지 당당하게 살 것입니다. 다친 마음은, 세월이 보상해주겠지요."

"아가야……."

"대업이 승기를 잡으면, 그래서 우리 가문이 복권을 하게 된다면, 우리 세 식구 도성을 떠나서 함께 살아요. 다른 것은 생각하지 말고 우리 세 식구의 행복만 생각하면서 말이에요."

"그래. 그것도 좋겠구나. 그때가 온다면 아가. 우리 세 식구,

온양으로 내려가자꾸나."

윤일은 어느 샌가 잠에서 깨어 옷고름으로 눈물을 닦는 지어미를 지그시 바라보며 말했다. 그러자 그의 지어미는 고개를 끄덕이며 눈앞의 딸아이에게 안타까운 눈빛을 보내었다.

부녀가 모든 이야기를 풀어내는 동안, 허참성은 밀실을 떠나지 못한 채 어둠을 깊게 담은 호수를 바라보았다. 그런 그의 기척을 느껴서일까. 그녀는 도승지가 자신에게 하고 싶은 말이 있음을 느끼며 폭포수를 벗어나 밀실의 바깥으로 몸을 내어 보였다.

"부친과 이야기는 잘 나누셨습니까?"

"예, 도승지 나리 덕분에 제 스스로 꺼내기 어려운 이야기를 구구절절 하지 않게 되었기에 진정 감사할 따름입니다."

영지가 고개를 숙이며 말하자 도승지는 그녀를 안타까운 시선으로 바라보며 물었다.

"마마께서는 어떠십니까?"

"주무시는 모습을 뵙고 나오는 길입니다."

그녀의 말에 허참성은 다시금 물음이 맺힌 눈길을 보냈다. 그러자 영지는 그 물음이 무엇인지 아는 듯 고개를 끄덕이며 말을 이었다.

"마마께서는 분명 선왕의 유지를 따르실 것입니다. 대업이 승기만 잡는다면 가장 사랑하셨던 분의 유지를 받들어 이 나라를 잘 다스리실 성군이 되실 것이니 그분께 조금만 더 시간을 드리심이 좋을 것 같습니다."

그녀의 말에 허참성은 옅은 숨을 내쉬며 다시금 입을 열었다.

“월산군 마마께서 옥좌에 오르시면, 낭자는…….”

“그것은 제가 알아서 하겠습니다. 용상의 주인에게 제가 어울리지 않음은 이미 저도 잘 아는 사실이니……. 그 걱정이 되시어 동이 트는 이 시각까지 저를 기다리신 줄, 잘 아옵니다.”

“그럼, 낭자의 옳은 판단을 믿겠습니다.”

“예.”

영지는 따끔따끔 메어 오는 목구멍의 아픔을 억누르며 고개를 끄덕였다. 괜찮은 척하였지만 동이 틀 무렵의 공기는 한없이 차갑고 서늘하여 그녀의 마음은 마치 북풍의 한설이 들이치는 것처럼 차갑게 얼어붙어만 갔다.

도성 안은 이미 발칵 뒤집어질 대로 뒤집어진 지 오래였다. 용의가 주도하고 간악하기 짝이 없는 형조판서 송팽현은 글과 그림을 가지고 먹고사는 이들을 모조리 들쑤시고 다니며 백성들을 핍박하고 억압했다.

“아악! 판서 나리! 살려주십시오! 저, 저희들은 그저 필사를 한 죄밖에 없습니다! 비월염사를 찾는 이들이 많아 먹고살려고 똑같이 베껴 쓰고 베껴 찍은 것뿐이란 말입니다!”

“이놈들! 뚫린 주둥이라고 어디 감히 입을 놀리느냐! 이런 버러지 같은 것들! 네놈들이 아니었다면 이 빌어먹을 책이 그렇게 널리 퍼졌겠느냐! 이런, 돌로 쳐 죽일 놈들! 여봐라! 이놈들이 실토를 할 때까지 매우 쳐라!”

형판의 집은 앞마당이고 뒷마당이고 매질을 당하는 이들의 고함 소리로 가득 찼다. 모진 매질에 정신을 잃거나 온몸을 경련에 떠는 이들이 속출하여 그 집의 하인들 또한 혀를 내두르며 고개를 돌렸다.

"이 글! 이 그림! 그림과 글은 분명히 그놈들의 특징이 배어 있을 것이란 말이지! 그것들은 쉽게 변할 수 없는 것이거든. 글이든 그림이든 이와 유사한 서체와 화체를 네놈들은 어디서든 분명히 보았을 것이다! 자아, 매질을 멈추어라! 그리고 다시 한 번 이 책을 잘 살펴보아! 그리고 기억을 해내란 말이다! 기억을 해내는 이는 내가 이 자리에서 바로 살려줄 것이다!"

필사를 하며 먹고산다는 죄명으로 매질을 당하던 이들은 경련기에 눈가를 바르르 떨며 자신들의 앞에 떨어진 비월염사를 떨리는 손으로 찬찬히 살폈다.

그러던 그때, 어디에선가 다 죽어가는 목소리가 힘없이 들려왔다.

"파, 판서 나리……."

"왜! 무엇이라도 생각난 것이냐?"

송팽현은 직접 그 앞으로 달려가 간악한 웃음을 지으며 물었다.

"이 그림……. 이와 비슷한 화체의 그림이 소인의 집에 있습니다."

"오, 그래? 허면, 그 그림을 그리는 자의 이름은 아느냐?"

"그것은 모릅니다. 그 춘화가의 그림을 찾는 이들에게 그림쟁이는 무명(無名)으로 불렸습니다. 그림이 하도 맛깔나서 소인도 큰 값을 주고 원본을 은밀히 구입한 적이 있었습니다. 이것이 저, 전부입니다. 소인이 아는 것은 이것뿐이니……, 부, 부디, 살려주십시오!"

'무명이라. 이름이 없다? 겨우 단서를 잡았는데 이름을 모른다니. 하지만 화체가 유사한 그림이 원본으로 존재한다. 그렇다면 일단 그것을 가져와야겠군.'

송팽현은 쓴 입맛을 다셨지만 눈을 부릅뜨며 소리쳤다.

"여봐라! 이자를 풀어주고 이자의 집에 가서 이자가 말하는 그림을 당장 가져오너라! 그리고 지금 당장 도화서의 수장이신 예판의 집으로 사람을 보내어 별제(別提)직에 있는 이를 이곳으로 보낼 수 있게 전하여라!"

무명이란 이름을 사용하는 이의 그림을 살피던 도화서의 별제 영감에게 송팽현은 다급한 듯 물었다.

"어떤가? 영감께서 보기에 이 그림에 무어, 실낱같은 단서라도 있겠는가? 내 보기에도 그 요망한 책의 그림과 이 그림이 무척이나 비슷한 느낌이 있단 말이지? 자아, 어떤가? 별제 영감의 생각은?"

그림을 한참 동안 살피던 별제 영감은 깊은 숨을 내쉬며 입을 열었다.

"이 그림만 보고서는 그림을 그린 이를 찾는 것이 쉽지 않겠습니다."

"뭐라? 그럼, 못 찾는다는 말이야?"

하루빨리 비월염사의 망할 탐색들을 찾아야 하는 송팽현은 영의정의 고함 소리가 떠올라 눈을 질끈 감았다.

"하지만……, 이 안료. 상당히 상급의 것을 썼습니다. 일개 춘화를 그리기에는 아까울 정도로 발색이 좋고 색감이 균일한 것이……. 전문 화공도 아니고 보통의 화인들이 쓰기에는 아까운 것입니다. 아마, 상급의 안료를 취급하는 곳은 드물 것이고, 이것을 사 가는 화인들도 꽤나 드물 것이니. 제 생각으로는 이 안료를 취급하는 곳을 찾으면 이 그림의 작자 또한 찾기가 쉬워질 것입니다."

"음. 별제 영감의 말이 일리가 있군. 상당히 이치에 합당해."

별제 영감의 말을 들은 송팽현은 즉시 도성 안에서 문방사우를 취급하는 이들을 모조리 잡아들이기 시작했다. 털어서 먼지 안 나는 사람 없고, 물어뜯어서 아니 우는 이 없다 하였다. 하루빨리 공을 내어야만 그에 합당한 부귀영화를 얻을 수 있는 법. 송팽현은 제 실리를 위해서라면 죄 없는 이들의 피와 살을 악랄하게 물어뜯는 개보다도 못한 존재였다.

"너희들은 안료를 팔아 생계를 유지한다고 들었다. 이 그림에 쓰인 안료는 상당히 상급의 것이라 하였다. 일개 미천한 그림쟁이들이라면 비싸서 감히 엄두도 못 낼 그런 안료로 그려진 그림이란 말이다. 하나같이 늙어빠진 연놈들뿐이라 노망이 날까 싶어 내 매질을 먼저 하지는 않을 것이다. 그러니 떠올려보아라. 분명히 너희 손님 중에 이 그림에 쓰인 안료를 사 간 이가 존재할 것이다.

맞아죽기 싫으면 말해라! 기억해내란 말이다!"

나무 기둥에 몽둥이를 휘두르며 직접 그 잔인함을 내보이는 송팽현의 앞에서 영문도 모르고 잡혀 모인 이들은 눈을 꾹 감아버렸다. 바닥 여기저기에 핏물이 밴 것을 보니 이전에도 한바탕 피바람이 몰아친 듯싶었다.

"뭐야! 이것들이 다 노망이 난 것이야! 죽고 싶어 환장들을 하였어! 몽둥이질을 맛봐야만 기억을 하겠느냔 말이다!"

험악한 얼굴로 몽둥이를 휘두르며 연약한 자들 앞에서 그 권세를 과시하는 송팽현의 모습은 가히 악랄한 사자와도 같았다. 힘없이 묶인 자들 사이사이로 붕붕 소리와 함께 몽둥이가 지나다니며 위협을 하는 모습은 그를 더욱 금수보다도 못하게 만들었다.

"……나리. 다, 다 죽이실 것입니까?"

가장 나이가 많아 보이는 이가 슬며시 입을 열자 금수의 손에 들린 몽둥이가 바닥에 내리꽂혔다.

"아무도 말하지 않으면 다 죽여버릴 것이야. 이놈 저년 할 것 없이, 싹."

킥 소리와 함께 입꼬리를 위로 틀어 비튼 송팽현을 보며 노인은 기어들어 가는 목소리로 입을 열었다.

"수상하고도 기이한……, 그런 그림쟁이가 있었습니다."

"수상하고 기이해?"

"항상 누더기를 둘둘 말고 다녀서 그 생김은 알 수 없었으나 차려입은 몰골에 걸맞지 않게 비싼 안료들만 추려서 사 가기에 이상하게 여겼지요. 후에도 수차례 자주 저희 집을 찾았습니다."

"그래서? 얼굴은 모르겠다, 그 말이야?"

"……헌데 목소리가 늘 기이하였지요. 가느다란 것도 아니고 그렇다고 두꺼운 것도 아닌 것이 흡사 계집 같기도 하였습니다. 꼭, 사내 흉내를 내는 계집의 목소리 같았지요."

"계집?"

"예. 그런데 음, 딱 한 번 그 목소리를 닮은 이가 맨얼굴로 찾아와 상급의 안료를 사 간 적이 있었습니다. 하도 목소리가 비슷하여 목을 쭉 빼고 삿갓 안의 얼굴을 본 적이 있었는데……. 형상이 도통 계집 같기도 하고 한창 어린 미동(美童) 같기도 하였지요."

"그래? 그렇다면 얼굴을 기억하고 있겠군."

"기억하고 있습니다. 왜냐하면……."

"……?"

노인은 한참 동안 뜸을 들이다가 어렵게 말문을 이었다.

"그 그림쟁이와 동행하였던 이의 얼굴도 어렴풋이 보았는데……. 왜, 그……. 반편이라고 소문난 군마마가 한 분 있지를 않습니까? 하도 술배기로 소문이 자자하여 그분의 얼굴을 모르는 이가 없어 이 늙은이도 그분의 얼굴 정도는 알고 살았는데……. 아, 그 그림쟁이 곁의 키 큰 삿갓쟁이 양반의 얼굴이 딱 그 반편이 군마마의 형상이라. 종친이신 군마마께서 일개 미친한 그림쟁이랑 왜 같이 다니시는가, 하도 기이하여 기억을 하고 있습니다."

그 말을 모두 들은 송팽현은 이제야 깨어진 조각들이 맞춰지는 것을 느끼며 입이 귀에 걸릴 만큼의 잔인한 미소를 머금었다.

"이보아, 늙은이. 지금 당장 그 그림쟁이의 얼굴을 별채에 계신 도화서 별제 영감에게 가서 상세히 전하도록 하여라! 후후. 이것 참, 일이 아주 재미있게 돌아가는구먼!"

이것은 송팽현에게 있어서는 아주 큰 건수였다. 대어가 그의 그물에 걸려든 것이다!

'영의정 대감께서도 그런 말씀을 하셨지. 월산군이 께름칙하다고 말이야. 그래, 못 할 것도 없지. 앞에서는 시국에 대해서 관심 없는 척하면서 뒷구멍으로 호박씨를 깠을 수도 있지. 아니! 오히려 모든 단서가 월산군을 가리키고 있어. 영의정 대감의 촉, 그리고 황희수가 붙여놨던 그림자가 두 번씩이나 월산군의 미행에 실패한 것도……. 미행을 하던 자도 비월염사를 줍다가 월산군을 놓쳤다고 했지. 그래, 모든 것이 확실해. 반편이 종친 놈과 그 그림쟁이 작자가 탐색임이 틀림없을 것이야. 게다가 병판, 이놈! 애써 월산군에게 미행의 그림자를 붙여놓더니 그것을 제 스스로 떼어놓아? 들어차지도 않는 변명질을 하면서? 병판, 이놈도 뒤가 구려. 흣, 평소에도 눈엣가시 같았는데……. 잘되었어. 이참에 다 몰아내어버리는 것이야.'

시꺼먼 목구멍이 다 보일 정도로 내뱉어지던 송팽현의 우렁찬 웃음소리는 앞으로 벌어질 피바람을 예고하듯 사방으로 을씨년스럽게 울려 퍼졌다.

송팽현의 느낌은 정확했다. 월산군을 미행했던 자가 알아냈던 글방을 급습하자 비월염사의 습작본으로 확인되는 것들이 발견되었다. 더욱이 월산군 이혜는 어디로 숨어버렸는지 도통 흔적을 찾을 수조차 없었다. 분명, 낌새를 차리고 종적을 감춘 것이리라.

게다가 계집인지 사내인지 가늠할 수 없는 자의 얼굴을 본뜬 방을 도성 곳곳에 붙이자 그를 보았다는 사람들의 증언이 끊이지를 않았다. 그 얼굴을 아는 이에게는 포상금이 지급되었으니 그림쟁이에 대한 자취도 곧바로 잡아낸 것이다.

"계집? 이 그림쟁이 놈이 계집이야?"

"그러믄요. 하도 옷 짓는 손재주가 좋아서 저희 마님 옷을 몇 번이나 지으러 왔던 것을 소인이 똑똑히 보았습죠. 사람들이 수군거리기로는 원래 양반집의 따님이었는데 아비가 반역에 가담하여 풍비박산이 나고 천민이 되었다고 하였습니다."

"그래?"

"예. 윤……. 성이 윤씨라고 들었는데……."

"혹, 윤일을 말하는 것이냐?"

"아! 맞습니다. 사람들이 수군거리기로 윤일의 딸이라고 하였는데, 제 아비 때문에 신세를 완전히 망쳤다고 하였죠."

"오호라. 이 계집이 정말로 윤일의 딸이다?"

윤일의 딸이라면 충분히 앙심을 품고 비월염사에 가담을 했을 수가 있다. 그의 아비가 영의정 대감과 맞서다가 가문이 풍비박산 나고 몰락하였으니 그 계집이 또 다른 탐색이 되어 영의정과 국모를 희롱하는 그림을 그릴 만한 이유는 충분하고도 남았다.

'충분해. 게다가 그때에 제 오라비까지 죽었지 아마? 그러니 그년이 얼마나 영의정 대감을 죽이고 싶었을 것인가. 아비는 반신불수가 되고, 어미는 말을 잃고 정신까지 오락가락해졌다고 하니,

아마 영의정 대감을 찢어 죽이고 싶은 마음이 간절하였을 테지. 손재주가 좋은 계집이니 그림도 곧잘 그렸을 것이고.'

송팽현은 좋은 덜미를 제공한 아낙에게 엽전 몇 푼을 던져주며 부리는 이들에게 소리쳤다.

"지금 당장 이 그림쟁이 년이 기거하던 곳을 찾아서 그 일가를 모조리 잡아오너라!"

기세등등한 송팽현의 말에 휘하의 사병들이 일사불란하게 움직였다.

"하하하! 곧 재미난 일이 벌어질 것이니, 너희들도 보면 아주 즐거울 것이니라!"

그날 밤, 송팽현에게서 모든 말을 전해들은 김익선은 누렇게 뜬 눈알에 핏발을 세우며 온몸을 부들부들 떨었다.

"무어라! 그 비월염사의 작자가 아마도 월산군일 것이라고? 녹월 땅의 풍기를 문란하게 한 장본인이 그 덜떨어진 놈일 것이라? 여기서 무엇 하는가, 형판! 어서 녹월 땅의 법도와 윤리를 문란하게 한 그자를 잡아들이지 않고! 이만하면 그자를 잡아들일 사유가 충분한데!"

김익선은 손에 들려 있던 비월염사를 마당에 집어던지며 고래고래 소리를 질렀다.

"하오나 영의정 대감. 지금은 월산군을 찾을 수가 없습니다. 어디론가 꽁꽁 숨어버린 듯한데……. 하여 제가 조금 더 캐어보니 비월염사의 음화를 그린 삽화가 말입니다? 재미있게도 계집의 몸을 한 자였습니다."

"계집?"

"예. 그것도 전 홍문관 대제학 윤일의 여식이 그 장본인이라 이 말입니다. 어떠십니까, 대감? 이것 참 흥미롭지 않습니까?"

"윤일의 여식이라면 오래전 내 며늘아이가 될 뻔했던 그 아이가 아니던가? 무어, 윤일과 나는 따르는 노선이 달라 모든 것이 틀어졌지만……. 하여 그 계집은 잡아왔는가?"

김익선이 형판 송팽현에게 물음을 던지자 그는 비릿한 웃음을 지으며 말했다.

"아직은 못 찾았습니다. 그 일가가 기거하는 빈가를 급습하였는데 어찌 된 일인지 그 종적을 감추었단 말이지요. 아마도 이것들이 낌새를 알아차리고 쥐새끼같이 숨어든 것 같습니다. 허나, 그 계집을 찾아낼 방도가 있기는 합니다."

"어떻게 찾아낸단 말인가?"

김익선의 입에서 원하는 물음을 끄집어낸 송팽현은 눈알을 번뜩이며 입을 열었다. 영의정 대감의 신임을 한 몸에 받던 병판 황희수가 그간 눈엣가시처럼 밟혔는데 드디어 그 눈엣가시를 뽑아 분지를 수 있는 시간이 그에게 주어진 것이다.

"병조판서 황희수를 잡아들이십시오."

"황희수?"

"예. 소신이 참으로 기가 막히고 분함을 누르기가 힘든 것이……. 대감께서는 그동안 간교한 호랑이 새끼를 키우고 계셨습니다. 그 의뭉스런 작자의 행적이 의심스러워 근간 병판의 행적을 밟아보니, 이놈이 월산군에게 붙여놓았던 그림자를 스스로 떼어 낸 것이 아니겠습니까? 대감, 황희수 그 작자가 일전에도 제 스스로 월산군을 감시하겠다는 뜻을 밝힌 적이 있지요. 생각해보면 대감의 눈을 어지럽게 하면서 그를 보호할 심산이었던 게 분명합니다. 저는 지금 그 간교한 자가 그동안 대감의 앞에서 호박씨를 까고 지냈다는 말씀을 올리는 것입니다."

"나도 그동안 내심 그자를 경계하긴 하였어. 하지만 증좌가 있는가?"

"확실한 증좌는 없사오나 하지만 심증이 확실하오니……. 대감, 만일을 대비하여 황희수를 잡아들이시지요. 황희수와 월산군이 정말로 관련이 있다면 그 그림쟁이 년도 결국에는 이리로 찾아들 것입니다. 황희수의 목숨을 담보로 그년을 불러들이는 것입니다. 이미 소신이 고 윤가의 계집과 알고 지내던 이들은 모조리 잡아들였습니다. 그것들의 목숨까지도 함께 담보로 삼아 그년을 불러들인다면 고것이 아니 오고 배기겠습니까? 이것은 제 생각이지만, 윤일의 여식을 잡아들이면 분명 월산군을 찾기도 수월할 것입니다. 생각을 해보십시오. 혹, 비월염사를 짓는 동안 혈기가 팔팔 끓는 청춘의 남녀가 정분이라도 났다면 그야말로 일거양득이 아니겠습니까? 제 계집이 상하는 것을 그대로 보고만 있을 월산군은 아닐 테니까요. 하핫!"

'하긴, 근자에 내심 황희수가 맘에 들지 않았단 말이지. 지난번에도 변방으로 군대를 올려 보내기를 청하는 그 입바른 말에 내심기가 많이 상하였기도 하고. 어차피 버릴 패로 낙점한 지 오래이니 그 패를 이런 식으로 써먹고 팽 시키는 것도 나쁘진 않을 것이야. 버릴 패에 억지 죄목 몇 개를 덮어씌운다 해도 내가 손해 보는 것은 아무것도 없을 테고 말이야.'

김익선은 어차피 버리려 했던 패를 가장 용이하게 사용하는 법에 대해 잠시간 골몰하다가 살뜰한 목소리로 입을 열었다.

"지금부터 황희수는 죄인일세. 그자에게 붙은 죄목은 그 음탕한 계집을 숨겨준 것에 있음이고. 심증만 있고 확실한 증좌가 없을 때는 때론 없는 죄를 갖다 뒤집어씌우는 것도 나쁘지 않지. 죄목을 만드는 일은 생각보다 어렵지 않거든. 만일 형판께서 이번 일만 잘 마무리지어준다면 그대는 나의 영원한 벗이 될 것일세. 형판은 내 말, 무슨 말인지 잘 아시겠는가?"

"대감께서 하시는 말씀, 무슨 뜻인지 잘 알아들었습니다."

송팽현은 간교함을 덧입은 김익선의 살뜰한 목소리에 간사한 웃음을 지으며 소리쳤다.

"내가 앞장을 설 것이니 병사들은 내 뒤를 따르라! 오만방자하고 음란한 계집을 감추어준 간신, 황희수를 이 손으로 잡을 것이다!"

악귀의 수족들이 어지럽게 움직이는 밤은 음울한 안개가 가득 끼어 있어 한 치 앞도 분간하기 힘들 만큼 깊었다. 사병의 거대 무리가 병판 댁의 대문을 무력으로 열고 닥치는 대로 그 댁의 식솔들을 향해 칼창을 휘두르기 시작했다. 그리고 잠시 후, 어지러운 수라지옥의 길 사이로 송팽현이 나타나 목청을 높여 으름장을 놓았다.

"녹월의 윤리와 법도를 어지럽힌 것도 모자라 땅에 내리꽂은 네 이년! 윤가(家)의 계집! 그만 숨고 어서 나오지 못할까! 나 형조 판서 송팽현이 엄히 말하니! 네년이 나오지 않으면 이 집에 살아 있는 모든 것들의 목숨을 이 손으로 작살을 내어버릴 것이야!"

순식간에 피바람의 한가운데 놓여버린 형판과 병판의 사병들은 서로 칼부림을 하며 찌르고, 베고, 죽이기를 시작했다. 모시는 주인에 대한 의무를 지닌 자들은 원한도, 또한 아무런 감정도 없이 의식하지 못한 채로 서로에게 칼끝을 겨눴고 곧 집 안의 곳곳에 죽은 이들의 시체가 쌓여가기 시작했다.

"이보시오 형판! 도대체 왜 이러시는 것이오! 이 집에 그런 이들은 없소이다! 나를 믿지 못하는 것이오이까? 대체 내가 무에 잘못이 있다고 저 사병들을 이끌고 이 집 안을 도륙 내는 것인 게요? 영의정 대감께서도 이 사실을 아시고 계신답니까!"

김익선의 무리들이 자신을 경계할 것이라고는 어느 정도 염두에 두었지만 이리도 불시에 습격을 당하게 될 줄은 미처 몰랐던 황희수였기에 그는 그 식솔들을 미리 피신시키지 못한 것을 염려하며 애써 의연하게 외쳤다.

그러나 송팽현은 손에 든 몽둥이로 황희수의 등을 부지불식간에 내리치며 소리쳤다.

"더러운 입 닥치지 못할까! 도대체 얼마나 긴 시간 동안 그 입 구멍으로 의뭉스런 호박씨를 까고 다녔냐는 말이야! 네 이놈, 너 오늘 잘 걸렸다! 그동안 눈엣가시 같았던 네놈의 가면을 내가 한

치도 남김없이 낱낱이 벗겨줄 것이야!"

송팽현은 몽둥이로 황희수의 온몸을 두들겨 패며 말했다.

"말해! 그년이 어디에 숨어 있는지!"

"이 사람아, 없다고 하지를 않는가!"

끝까지 황희수는 모든 것을 지키기 위해 몽둥이 아래에서도 입을 열지 않았다. 그러자 송팽현은 비릿한 웃음을 지으며 황희수의 귀에 대고 조롱의 말투를 지껄이기 시작했다.

"허울뿐인 병판. 그대는 아직도 상황 파악이 아니 되시는가? 그러게 어찌하여 근간, 병판께서는 그 행동을 조심하지 않으셨나? 이 송팽현이와 영의정 대감의 촉이 오죽 날 서 있다는 것은 병판께서도 아셨을 터인데……. 쯧쯧. 하여 영의정 대감께서는 방금 전 황희수라는 패를 분질러버리셨네. 그것이 무슨 뜻을 의미하는지 아시겠나? 오늘 밤은 이곳에 그 윤씨 계집이 있든 없든……, 그것이 중요한 게 아닐세. 중요한 것은 어차피 버릴 패에 죄를 씌워 고 앙큼한 계집과 월산군을 불러낼 미끼를 만드는 것이 오늘 이 집을 요절내는 가장 큰 목적이지. 병판과 고것들이 설령 관련이 없다 하여도 우리는 손해 볼 게 없는 장사이니 이만하면 그대의 목숨을 가지고 노름판 한번 장히 벌여볼 만하지를 않겠는가? 후훗, 그러니 병판께서는 고것들을 사로잡을 미끼가 되어주셔야겠네. 대어를 불러내려면 병판 정도 되는 미끼가 필요하지, 암!"

송팽현은 양옆으로 길게 찢어진 눈을 가늘게 뜨며 간사하게 웃었다.

"확실한 증좌도 없이 사람을 이리 험하게 대하는 것은 이 태조께서 세우신 녹월의 법도인가!"

황희수가 잇새를 악물며 묻자 웃음을 거둔 송팽현은 별안간 몽둥이로 황희수의 입술을 내리치기 시작했다. 그러자 악귀의 우악스러운 힘에 아래턱 부분이 바스러져버린 황희수의 몸은 곧 고통에 찬 경련을 일으키기 시작했다.

"이 나라가 지금 이가의 나라인가! 영의정 대감, 최고의 권세는 모두 그분께 있거늘, 감히 네놈이 이가의 나라를 운운해? 그놈의 입바른 주둥이! 늘 네놈의 그 주둥이가 맘에 들지 않았는데, 너 이놈 오늘 잘되었다! 내 친히 그 주둥이가 몽둥이찜질 맛을 흠씬 보게 해줄 것이니! 네놈의 주둥이가 얼마나 더 나불거릴 수 있는지 어디 한번 보자꾸나!"

황희수의 안면을 향해 있는 힘껏 몽둥이를 휘두르는 송팽현의 모습은 악귀, 그 자체였다. 말 못 할 고통에 신음을 흘리던 그는 얼마 되지 않아 눈자위를 허옇게 뒤집으며 실신을 했고, 그 미친 분기를 채 억누르지 못하던 송팽현은 씩씩대는 한숨을 참아내지 못하며 부리던 사병들을 향해 소리쳤다.

"여봐라! 내 이 더러운 종자를 잡았으니! 정신을 잃은 죄인의 몸뚱이와 죄인의 식솔들을 모조리 거두어 지금 당장 영의정 대감댁으로 가자!"

二十章. 먹

밀실 안에서 몸을 숨기고 있던 영지는 서늘하게 식어가는 모친의 몸을 주무르며 깊은 고민에 빠졌다. 잠시간 식솔들을 돌보아 줄 이를 붙여주겠다는 도승지 나리의 뜻을 거절한 것이 조금은 후회가 될 정도로 부친과 모친의 상태는 급속도로 나빠졌다. 강건치 못한 자들에게는 습하고 서늘한 밀실의 환경이 그다지 좋지 못하였음을 영지는 미처 알지 못했던 것이다.

"아버지, 아무래도 제가 의원님을 뵈어야 할 것 같습니다. 이곳의 한기를 어머니께서 이기시지 못하는 것 같아요. 이대로 가다간 곧 정신을 놓으실 것 같으니 저라도 약방에 다녀와야 되지 않겠습니까?"

그렇지 않아도 때때로 정신을 놓아버릴 때가 많은 병약한 어머니였기에 그녀는 한숨을 내쉬며 부친의 환부를 눈에 담았다. 부친의 환부 역시 밀실의 습기로 인해 검게 썩어 들어가고 있었다. 밀실 안에 퍼진 고름의 냄새도 부친의 병부가 상해가고 있음을 알려주고 있었기에 그녀로서는 더 이상 방도가 없었다.

산 아래로 내려가 약을 구해 오는 수밖에는…….

"아가야, 이 아비는 참을 수 있단다. 이제 며칠만 참으면 대업의 날이 아니더냐? 아비와 어미가 그 정도를 참지 못할까……. 지금 이곳을 벗어나면 사방이 온통 사지(死地)인데, 내 어찌 너를 보낼 수가 있겠느냐?"

윤일은 고름이 맺혀 썩어 들어가는 환부를 가죽 담요로 덮으며 말했다. 그러나 영지는 고개를 저으며 대답했다.

"아버지께서는 참으실 수 있으시겠지만, 어머니께서는 저러다가 큰일이 나실 것 같습니다. 의원이 늘 지어주던 탕약을 제때 드시지 못한 데다가 이리 험한 곳에 계시니……. 걱정 마시어요, 아버지. 약방에 가서 약만 받아 올 것입니다. 변복을 하고 조심스럽게 행동하면 아무도 저를 알아보지 못할 것입니다. 저러다가 미령하신 어머니께 사달이 난다면 제가 어찌 그 불효를 다 참아낼 수 있겠습니까? ……곧 다녀올 것이니 잠시만 어머니를 돌보아주셔요."

윤일의 만류에도 불구하고 영지는 땋아 내린 머리를 위로 틀어 올리며 자리에서 일어섰다. 밀실 구석으로 가서 사내의 옷을 주섬주섬 챙기는 딸을 눈에 담은 윤일은 시선을 돌려 밀실을 막는 폭포수를 대신 바라보았다.

어찌 저리도 성정이 대쪽 같은가? 스스로가 옳다고 믿는 일은 어떠한 일이 있어도 해내고야 말았던 자신의 성정. 그것이 그대로 딸아이에게 대물림 된 것 같아서 윤일의 입술에서는 깊은 한숨이 흘러나왔다.

"간단히 요기하실 것을 여기에 챙겨놓았습니다. 이 모닥불이 찾아들기 전에는 꼭 돌아올 것입니다."

도성의 상황은 생각하던 것보다도 더욱 심각했다. 곳곳에 김익선이의 사병들이 산재해 있었고 영지의 얼굴이 붙은 방이 군데군데마다 붙어 있어 사람들의 시선을 이끌었다. 삿갓을 고쳐 쓰며 사람들 틈에 끼어 방을 훑어보던 그녀는 입술을 발발 떨며 천천히 뒷걸음질을 쳐서 무리를 빠져나왔다.

'약방의 의원님도, 옷감을 떼어주던 포목점의 아재도, 생선전의 아주머니도, 안료를 팔던 할아버지도……. 저들이 모두 잡아들이다니! 게다가 병조판서 나리와 그 식솔들까지……. 저 악귀 놈들이! 저, 역신(疫神) 같은 놈들이 내 이 한 목숨을 얻기 위해 무고한 사람들의 목숨을 담보로 잡아들였다니! 아아, 내가 무엇이라고……. 내 한 목숨이 저들의 목숨보다 나을 것이 없을 것인데…….'

한참 동안 떨리는 가슴을 진정시키지 못하던 영지는 멀리서 말을 타고 오는 또 한 무리의 사병들을 보며 저도 모르게 평상 아래로 쪼그려 앉아 몸을 피했다. 그들이 그곳을 빠져나갈 때까지 숨 한 톨도 쉬지 못하고 제 입을 틀어막은 그녀는 눈물이 고인 눈동자를 끔벅거리며 이내 헛웃음을 토해냈다.

'사람이란 것이 이토록 간사하였다니. 너, 정말 이 정도밖에 안 되는 사람이었구나…….'

정체를 들키지 않기 위해, 잡히지 않기 위해, 죽지 않고 살기 위해 본능적으로 몸을 피했던 스스로의 모습이 몸서리가 쳐질 만큼 징그럽고 처절하여 헛웃음이 머물던 입가에는 이내 눈물방울의 짭짤함이 스며들었다.

지금이라도 내려왔던 산길을 다시 올라가 꽁꽁 숨으면 그만인 일이었다. 남의 목숨은 그저 '목숨 따위'인 것으로 생각하면 그만인 것이었다. 하지만 살고 싶다는 그 욕망 속에서 현실을 외면하고 숨어 들어가는 모습은 더 이상 그녀가 원하는 삶의 방식이 아니었다.

수괴에게 아픔을 입은 꽃심이에게 물빛의 댕기와 그림 몇 장을 전해주던 그날의 마음을 떠올린 영지는 쪼그려 앉은 무릎을 펴고 두 발에 힘을 주었다. 바들바들거리는 다리에 온전히 힘이 들어가지 않았지만 그녀는 억지로 힘을 주고 부모가 숨어 있는 산을 향해 두 손을 모아 고개를 숙였다.

'아버지, 어머니. 저는 그리로 다시 돌아가지 못할 것 같아요. 저들이 제 목숨을 찾고 있습니다. 아무런 죄도 없는 이들을 잡아 가두며 저를 찾고 있어요. 몰랐다면 그대로 숨어 있었겠지만 이렇게 알아버렸으니 저는 저를 원하는 그들의 소굴로 이 걸음을 돌려야 할 것 같아요. 제 한 목숨은 사라지면 그만이지만 제가 나타나지 않으면 잡힌 이들의 모든 목숨이 위험할 것이니……. 조금만. 조금만 더 육신의 아픔을 버텨내시면 월산군 마마께서 꼭 구해주실 것입니다. 저 또한 그것을 깊이 바라며 수괴의 소굴로 들어갈 터이니 부디, 꼭 다시 만나기를 바라요. 아버지, 어머니.'

숯금불이 타닥 소리를 내며 공기 중으로 싸하게 퍼져 나갔다.

작고 새빨간 숯금불 조각 사이로 김익선의 눈동자가 누렇게 변한 흰자위를 밴 눈알의 그것처럼 괴기스럽게 굴러가며 황희수를 주시했다.

턱이 함몰될 때 받은 충격으로 정신을 잃은 황희수의 몸뚱이는 오랏줄에 묶인 채 경련을 멈추지 못했다. 오랫동안 고여 있어 검붉게 변해버린 핏물처럼 찐득거리는 눈빛으로 황희수를 바라보던 김익선은 벌거튀튀한 핏물이 여기저기 스며들어 변색되어 버린 채 황희수의 몸뚱이를 받치고 있던 형틀의자를 발로 차며 소리쳤다. 수많은 목숨들이 그 생명을 잃었을 법한 형틀의자와 함께 나동그라진 황희수의 몸뚱이는 그 어느 때보다 애처롭고 연약해 보였다.

"일국의 병조판서라는 위인이 감히 음탕한 그림을 그린 잡년을 숨겨주어? 그것도 녹월의 국왕과 국모를 욕보이고 감히 영의정인 나를 음해한 글에 동조한 년을? 이런 천하에 둘도 없는 역적 도당 같으니! 내 네놈의 살을 고아 곤죽을 만들어 가축의 주둥이에 밀어 넣을 것이고 그 살가죽을 무두질하고 옷을 지어 네놈의 식솔들에게 입힐 것이다!"

김익선은 오래전부터 이미 정신을 잃은 황희수의 몸뚱이를 짓밟고 걷어차며 역정이 사그라질 때까지 그 몸짓을 멈추지 않았다. 그 모습을 지켜보던 김익선의 애첩 홍단과 그의 집에 모여 같은 노선을 타고 아첨을 부리던 간신들은 입가와 눈가에 만연한 비웃음을 감추지 않으며 수군거렸다.

그러던 순간, 멀리서 들려오는 사병들의 웅성거림에 수괴의 무리들이 일제히 비웃음을 멈추고 고개를 돌리며 그 연유를 찾았다.

"모시는 네 주인에게 고하라. 여기, 너희들이 찾는 탐색이라는 계집이 왔으니 내 목숨을 거두되, 죄 없는 자들은 당장에 풀어 방면시키라고……!"

영지의 얼굴과 방에 그려진 얼굴을 한참 동안 번갈아보던 사병들은 눈앞에서 바들바들 떨며 애써 아무렇지도 하는 것처럼 말하는 여인의 정체가 곧 자신들이 찾는 이가 맞음을 깨닫고 상체를 붉은 오랏줄로 묶었다. 그러자 대문에서부터 달려 나온 송팽현의 손가락이 그녀의 아래턱을 붙잡고 이리저리 움직이며 희번덕거리는 눈알을 굴려댔다.

"네년이 이 그림 속의 탕부와 꼭 닮았구나. 후훗, 음탕한 그림이나 그리는 년답게 그 생김 또한 음탕한 요물처럼 생겼구나. 네년이 그린 그림 속의 음부와 네년의 음부도 그 생김이 동일하더냐? 형조판서의 지위를 가진 내가 친히 확인해줄 수 있거늘……. 아쉽게도 나보다는 영의정 대감께서 너를 더 보고 싶어 하실 것이다! 가자, 네 이년! 가서 네년이 지은 죗값을 받아야 할 것이다!"

송팽현이 자신의 귓가에 더러운 말을 뱉어내자 영지는 그의 얼굴에 침을 뱉으며 말했다.

"너 같은 자가 형조판서라니! 그러고도 네가 녹월의 법률과 형옥을 관장하는 형조판서가 맞더냐! 내가 물으니, 너 같은 시정잡배에게는 얼마만큼의 형벌이 정당하더냐?"

분노 가득한 외침을 들은 송팽현은 눈가에 묻은 침을 닦더니 마치 광인이라도 된 듯 소발바닥만 한 손바닥으로 그녀의 따귀를 수도 없이 때리며 고래고래 소리를 질렀다.

"이년이 어느 앞이라고 제 주제도 모르고! 뚫린 입이라고 말을 함부로 하면 그 목숨이 남아나지 못한다는 것을 네년이 아직 모르는 모양이구나! 네 이년! 내 영의정 대감께 아뢰어 만인이 보는 앞에서 네년을 간음하고, 네년을 죽여 그 시체까지 능욕할 것이야! 음탕한 네년에게는 딱 맞는 형벌이 아니더냐!"

송팽현은 영지의 머리타래를 움켜 쥐고 질질 끌면서 금빛 칠을 한 의자에 앉아 짐짓 거룩한 눈빛으로 자신을 바라보는 김익선이를 향해 고했다.

"대감! 제 말대로 이 발칙한 계집이 그 미끼를 물고 찾아왔으니! 이년을 어떻게 요절을 내면 좋겠습니까!"

목청이 터져 나올 듯 소리치는 그 기고만장한 목소리의 뒤편에서 짐승처럼 끌려가던 영지는 이를 악물고 다짐했다.

절대로, 저들에게 지지 않을 것이라고.

절대로, 저들에게 이 한 목숨 따위 구걸하지 않을 것이라고.

한참 동안 황희수의 몸뚱이에 가했던 발길질을 멈춘 김익선은 형틀의자에 묶인 채 정신을 잃은 영지에게로 시선을 옮겼다. 제 발로 자신의 집을 찾은 후 한 시진 가까이 고문을 당한 계집은 잠시간 정신을 잃은 듯 아무런 기척도 내지 않았다.

"이 더러운 창부 년아! 멀쩡한 눈알을 도려내기 전에 어서 눈을 뜨지 못할까! 이년이 제정신을 번쩍 차려 눈을 뜰 수 있도록,

보아라 형판! 이 창부 년의 몸뚱이에 팔팔 끓는 물을 부어라!"

그의 가혹한 명이 떨어지기가 무섭게 송팽현은 직접 형틀 옆의 솥 안에서 팔팔 끓는 물을 수차례 퍼서 영지의 등에 연신 퍼부었다. 그러자 정신을 잃었던 그녀는 끓는 신음 소리를 토해내듯 뱉으며 까무룩 감겼던 눈꺼풀을 힘겹게 들어 올렸다.

등에서는 타는 듯한 고통이 느껴졌고 아랫배에서는 답답한 기운이 비틀린 빨래처럼 뭉치며 저릿한 고통으로 변하였다. 그러자 스멀스멀 피어오르는 정체 모를 두려움에 그녀의 양 턱이 저절로 악물려만 갔다.

'이 정체 모를 두려움의 존재는 도대체 무엇이지? 김익선의 집에 제 발로 걸어 들어와 붙잡힌 이상 이 목숨은 곧 파리 목숨과도 같다는 것 정도는 이미 다 알고 들어온 거잖아, 윤영지.'

그녀는 아랫배가 똘똘 뭉치는 기이한 아픔에 몸서리를 치며 눈가에 힘을 주었다. 김익선은 그런 그녀의 아픔 따위는 안중에도 없다는 듯이 아무렇게나 헝클어진 머리타래를 옭아 쥐더니 귓가를 더러운 혓바닥으로 핥으며 중얼거렸다.

"그래. 이 더러운 창부 년아. 잠시간 정신을 잃으면서 꾸었던 단꿈의 맛이 어떠하더냐? 네년의 그림처럼 단잠 속에서 어떤 사내놈의 육봉 맛을 보느라 이리도 잠을 깨지 못하였더란 말이냐?"

질척한 썩은 냄새가 더러운 말과 함께 귓가에 흘러들자 그녀는 온몸을 부르르 떨며 꽉 깨물었던 아랫입술에 힘을 풀고 비릿한 미소를 지으며 서늘한 목소리로 대답했다.

"단꿈? 그래, 아주 좋은 꿈을 꾸었다. 몽중에 맛본 사내놈의 육봉도 좋았지. 새끼손가락만 한 사내놈의 육봉 맛이라도 네놈의 축 늘어진 육봉보다는 낫지를 않겠느냐?"

"무엇이? 이런 고약한 년을 다 보았나! 네년이 지금 극악의 맛을 덜 본 것이지?"

김익선은 손바닥을 높이 들어 영지의 얇은 볼을 후려갈기며 광인의 소리를 내질렀다. 입술이 터졌는지 짭짤한 피 맛을 느낀 영지는 엷게 웃으며 오른편으로 돌아간 고개를 곧바로 꼿꼿이 쳐들었다.

"네놈 덕분에 오라비를 잃고 가문의 멸문을 겪은 처지이니, 이보다 더 극악한 삶이 또 있겠느냐? 극악의 맛을 이미 볼 만큼 보았으니 내게 이깟 아픔은 아무것도 아니다. 이 간사하고 요사스러운 수괴 놈아, 내 목숨을 얻기 위해 끌고 온 죄 없는 이들의 목숨은 지금 당장에 풀어주어야 하지를 않겠느냐!"

영지가 벌겋게 달아오른 눈으로 자신을 바라보며 악을 쓰자 김익선은 한동안 그녀의 벌건 눈동자를 뚫어질 듯 바라보다가 이내 큰 목소리로 쩌렁쩌렁한 웃음소리를 번져내었다. 너른 마당에 고약한 악취가 풍겨 나갔지만 모인 이들은 전혀 개의치 않았다.

"하하하핫! 이년이 배포 하나는 좋구나. 그래, 네년의 목숨을 손아귀에 쥐었으니 내 황희수를 제외한 상놈들은 모두 풀어줄 것이다! 여봐라, 지금 당장 잡아온 상놈들을 방면하여라!"

너른 아량을 베푸는 듯 거만한 웃음을 웃어젖히던 김익선은 주름이 자글거리는 손등으로 그녀의 솜털이 보송한 뺨을 쓸어내리며 말을 이었다.

"하긴, 이만한 배포가 있었으니 네년이 임금과 국모를 욕보이고 나를 음해한 그림을 그린 것이겠지. 하지만 하룻강아지가 범 무서운 줄 모르면 한낱 범의 배설물밖에는 될 수 없는 운명일 것이니……. 아쉽구나. 네 아비가 나와 노선을 같이 하였다면 네년은 진즉에 나 김익선이의 일가가 되어 일개 하룻강아지가 아니라 내 손주를 잉태할 큰 암호랑이가 되었을 것인데. 순해빠진 계집들보다는 네년처럼 앙칼지고 배포가 있는 계집이어야 독한 아이를 품을 수 있음이 아니더냐? 아아……. 너는 진정 아까운 계집이로구나."

김익선은 소름끼치는 손으로 영지의 턱을 질척하게 매만지며 누런 이를 드러내고 웃었다. 그 손길에 영지가 고개를 돌리자 그가 다시 그녀의 턱을 깨어버릴 듯 꽉 움켜쥐며 말했다.

"하지만, 한번 지나간 때는 다시 잡아들이기 어려운 법. 감히 녹월의 하늘을 능멸하고 대광보국숭록대부인 나를 욕보였으니. 이년! 내 너의 목숨을 아니 거둘 수가 없구나? 여봐라! 당장 이년의 모가지를 이 자리에서 난도질하고 그 사지를 네 등분으로 끊어내어 사대문 꼭대기에 걸도록 하여라! 하여 온 백성에게 이 나라의 임금, 그 임금의 위까지도 바꿀 수 있는 나, 김익선이의 권세를 널리 알리고 이번 일을 본보기로 삼아 앞으로는 그 어떤 누구도 나의 권세에 대항하지 못하게 그 싹부터 짓밟고 도려내어라!"

뱀의 눈알보다 더 악랄해 보이는 김익선의 눈동자를 또렷하게 바라보던 영지는 그의 명을 듣더니 이내 입술꼬리에 웃음을 걸며 꽉 다문 입을 열었다.

"이 나라의 대광보국승록대부인 간신이 내 비루한 목숨을 그토록 원한다면 당장에라도 내어주는 수밖에 무에 더 도리가 없겠지. 하지만! 네놈이 천지간에 티끌만도 못한 창부 계집인 나의 목숨을 거둔다 하여도 이 세상이 뒤바뀌겠어? 이미 하늘아래에 네놈의 더럽고 추잡한 만행이 속속들이 드러났는데 천민인 이 한 목숨의 사지를 갈가리 찢어 사대문에 걸어둔다 하여도 네놈의 만행을 아는 백성들의 입이 침묵 속으로 가라앉겠느냔 말이야? 이 몸뚱이가 한낱 고깃덩어리가 된다 한들 네놈의 더러운 악행을 가리기에는 감히 어림도 없을 것이다!"

표독스러울 정도로 독기가 가득한 목소리를 내는 영지의 모습에 김익선은 헛웃음을 내면서도 찰나에 등골이 서늘해지는 것을 느꼈다. 한순간 김익선의 눈동자가 불안하게 흔들리는 것을 감지한 그녀는 내뱉는 말끝에 더욱 힘을 주어 그를 압박했다.

"수백 수천 번 싹을 짓밟고 도려낸다 하여도 그 싹의 생명이 온전히 사라지겠느냐? 네놈에게 깊은 한을 가진 이들이 비단 하나둘이 아닐진대! 네놈에게 고통을 받은 모든 이들의 싹을 아무리 구겨 밟고 도려내어도 그 뿌리는 절대로 사라지지 않을 것이니. 아아, 이제 알겠다. 네놈의 뱀 같은 눈알이 붉은 기운으로 먹이 든 이유를! 네놈의 포악질에 삶을 다친 이들의 깊고 큰 원한이 매일 밤 네놈의 잠자리를 능멸하고 파멸하고 벌레처럼 갉아먹었겠지. 하니 어찌 두 다리를 쭉 뻗고 잘 수가 있었겠어? 어떠냐? 한 치의 틀림이라도 있으면 말을 해보아라!"

영지의 말은 독을 품은 화살촉의 위엄처럼 그 말에 힘과 깊이가 있었다. 그 말을 들은 김익선은 등골이 서늘하다 못해 뇌수까지 서늘하게 얼어붙는 것 같은 느낌을 받아 그저 형틀에 묶인 맹랑한 여인의 눈만 뚫어질 듯 노려보고 있었다.

매일 밤 실로 그는 얼굴도 기억할 수 없는 처참한 시신들이 자신의 온몸을 갉아먹는 꿈을 꾸었다. 몽중인 줄 알면서도 어찌나 그 고통이 생생한지 꿈에서 겨우 벗어나 눈을 뜨면 말로 형용할 수 없는 두려움이 매일 밤 그를 에워쌌다.

하지만 손안에 쥔 권력과 부귀영화를 놓을 수가 없어서 그는 더욱 많은 이들의 무고한 목숨을 짓밟고 능욕했다. 피 맛에 취하면 취할수록 몽중의 끔찍한 고통은 배가 되었지만, 이생에서의 모든 권세를 놓아버리게 된다면 권력을 얻기 위해 공들였던 모든 노력이 한순간 덧없는 종잇조각이 되어버릴까, 그는 늘 그것이 두렵고 염려가 되었다.

그 염려를 지금 창부 계집이라 일컬음을 받는 이의 입을 통해 확인한 순간, 김익선은 마치 몽중의 원혼들이 지금 당장이라도 나타나 자신의 몸을 갉아먹지는 않을까 하는 두려움에 심장이 옭죄어드는 공포심을 느꼈다.

"무, 무엇이? 이, 이, 이, 발칙하고 고약한 년이 있나! 이년아! 죽어라! 죽어! 지금 당장 뒈져버리란 말이다!"

김익선은 온몸을 휘감는 서늘한 한기를 잊고자 온몸에 천불 같은 열기가 다시금 솟을 때까지 영지의 복부를 향해 발길질을 퍼부었다. 그러자 흙바닥 위에 나동그라진 영지는 아까부터 아랫배에 느껴졌던 답답한 기운이 고통으로 화하는 것을 느끼며 미약한 신음 소리를 흘렸다.

수천 개의 칼날이 하복부를 향해 동시다발적으로 꽂혀 들어오는 아픔은 그 이전에는 미처 한 번도 느껴보지 못한 생경하고도 지독한 고통이었다. 등에 입은 화상의 아픔은 아무것도 아닌 것처럼, 아랫배 안의 깊고 좁은 어느 한 지점의 살덩이가 온 내장을 휘젓는 것만 같아 그녀는 저도 모르게 아랫배를 감싸 안았다.

그것은 어미 된 자만이 가질 수 있는 본능적인 태세였다. 거듭하여 그녀에게 두려움이 솟았던 이유는 다름 아닌 태중의 새 생명을 잃을까 두려워하던 어미의 본능이었던 것이다.

김익선의 발길질 아래에서 복부를 보호하고자 최대한 등을 구부리자 그의 발길질이 그녀의 마른 등을 가격했다. 끓는 물에 벌겋게 익어버린 등의 살갗은 물러 짓이겨진 채 핏물을 장히 머금고 있었다.

수괴는 붉게 배어 나오는 핏물을 보자 무지막지한 포악질을 부리며 날뛰는 광견처럼 그녀의 몸에 더욱 무자비한 폭행을 가했다. 그 폭행의 늪 속에서 신음을 애써 참던 영지는 어느 순간 자신의 뱃속에 무엇인가가 생겨났었고, 살아 움직였고, 천천히 그 움직임을 멈추려 하는 것을 알아차렸다. 그것이 혜와 자신의 아기라는 것을 깨달은 찰나, 그녀는 고개를 돌려 핏발이 선 눈동자로 김익선을 노려보며 소리쳤다.

"이 목숨이 끝나는 순간부터, 원귀가 되어 네놈의 사지를 매일 밤 갉아먹을 것이다! 네놈의 살과 오장육부의 어느 한 점도 남김없이 찢어발길 것이야! 내 비루한 목숨과, 내 안의……. 아, 아악!

아아아악!"

채 말을 잇지 못하던 영지는 자신의 배 안에 담겨 있던 아기의 숨이 끊어짐과 동시에 온몸으로 퍼져 나가는 고통과 슬픔에 미친 사람처럼 소리를 지르기 시작했다. 몸속 깊은 곳의 소중한 길에서 생을 잃은 목숨의 살덩어리가 핏물과 동화되어 몸 밖으로 빠져나오는 것이 느껴졌다.

태중에 자리 잡았음을 미처 알아차리지도 못했던 혜와 자신의 아기. 그 귀하고 순결한 목숨이 만신창이가 되어 자신의 몸 밖으로 빠져나와 속곳을 적시고 바지를 적시고, 누군가의 핏물이 배어들었을 흙바닥에 천천히 스며들었다. 그 참담하고 가혹한 아픔에 그녀는 온 마음이 찢김을 당하는 고통 속에서 광인처럼 소리를 지를 수밖에 없었다.

"아악! 아아악! 아아아아악!"

막 죽기 직전의 미물에게 소금을 치면 미친 듯이 발악을 하는 몸뚱이처럼 영지가 자신을 향해 핏발선 눈을 부릅뜨며 목구멍에서 쇳소리가 나도록 분노와 고통에 찬 내지름을 멈추지 않자, 그 몸뚱이에 가학을 퍼붓던 김익선의 몸이 삽시간에 주춤해졌다. 마치 그 모습은 언젠가 윤일의 장자가 죽던 모습과 같아, 그의 원귀가 누이의 몸속에 들어간 것 같은 착각이 김익선의 심장을 다시금 공포감에 떨며 조여들게 만들었다.

"이, 이년이 어, 어찌하여 이러는 것이야! 이년이 벌써부터 미치기라도 한 것이야?"

핏발이 잔뜩 오른 영지의 눈동자에서 검은자위가 사라지고 흰

자위만 남아 마치 그 모습이 귀의 형상과 닮게 보이자, 김익선은 막바지 하절의 덥고 습한 공기에도 불구하고 온몸에 돋는 소름을 막을 수가 없었다.

“여, 여봐라! 이년이 왜 이러는 것이야!”

그때, 영지가 폭행 아래에 몸을 떨던 모습을 모두 지켜보며 비웃음을 머금던 김익선의 애첩 홍단이 사뿐한 걸음걸이를 옮겨 수괴의 허리를 끌어안으며 속삭였다. 홍단의 새빨간 혓바닥에서 조롱에 찬 음성이 나긋나긋하게 흘러나왔다.

“대감마님? 이년. 아무래도 태기가 있었나 봅니다?”

“무어라? 태기?”

“예. 여기를 보셔요.”

홍단은 어느 순간부터 정신을 놓고 실신을 한 영지의 둔부를 감싼 바짓단을 슬쩍 끌어내리며 말했다.

“여기 이 핏덩어리들을 보셔요. 이년도 제 몸에 새 목숨이 생긴 줄 미처 몰랐던 모양인데……. 이 정도 하혈에다가 이년이 눈알을 뒤집고 기절까지 한 것을 보니 분명 태중의 아기가 낙태된 듯합니다.”

“낙태라? 하하핫! 이런 더럽고 추잡한 년을 보았나. 한때는 반가의 핏줄이던 년이 혼례도 올리지 않은 몸뚱이로 수태를 해? 에라이, 더러운 년! 이참에 아예 팍 뒈져버려라 이년아!”

온갖 상스럽고 추한 말이 영지의 온 몸뚱이를 뒤덮었다. 그러나 실신의 잠에 든 연약한 몸은 그저 흙바닥에 엎드린 채 꼼짝도 하지 않았다.

그런 그녀의 몸 위로 다시 한 번 김익선의 발길질이 어두운 그림자를 달며 쏟아지려 했다. 그때, 김익선의 곁으로 송팽현이 슬금슬금 다가와 그를 말리며 간사한 혓바닥을 놀렸다.

"영의정 대감. 이만하시면 되었습니다. 어차피 죽일 년, 며칠만 더 살려두다가 죽이시지요. 이대로 더 맞다간 이년의 목숨이 여기서 끝날 판이옵니다."

"형판은 지금 이년의 아랫도리 맛이라도 보고 싶은 게야?"

"……그것보다도 이년과 배를 맞춘 그놈을 잡아야 하지 않겠습니까? 죽은 아기의 아비 되는 사람 말입니다."

"아비?"

반문을 하는 김익선을 보며 간사한 웃음을 흘리던 송팽현은 호언장담한다는 듯 목소리를 높여 말했다.

"생각을 해보십시오. 음탕한 글을 쓰는 사내와 음탕한 그림을 그리는 계집이 만나, 희대의 음서를 만들어냈습니다. 그중 그림을 그리던 계집은 수태를 하였으니……. 과연 그 씨가 누구의 씨일는지요? 척하면 딱. 단번에 풀어지는 해(解)가 아니겠습니까?"

"……이년을 수태하게 만든 놈이, 월산군 이혜라는 말이지?"

"난잡한 연놈들이 배를 맞추고 질펀하게 놀아난 것이 틀림없습니다. 하오니, 이년의 목숨. 이대로 거두기에는 아깝지 않으십니까?"

"음……."

김익선은 고개를 끄덕이며 웃었다. 방금 전까지만 해도 영지에게서 느꼈던 공포심은 간데없이 사라지고 마음속에는 다시금 끝을 가늠할 수 없는 권력에 대한 욕망이 꿈틀거리며 발악을 했다.

"지금부터 이년의 몸뚱이는 완벽한 미끼이옵니다. 방을 붙이시옵소서. 꽁꽁 숨어버린 월산군, 그놈이 볼 수 있도록 이 밤부터 종일 사방 천지에 이년의 목숨을 찾고 싶거들랑 이곳으로 오라 하는 내용의 방을 붙이게 하시옵소서. 본디, 발 없는 말이 천 리를 가는 법. 방을 붙이면 그놈의 귀에도 들어갈 것이옵니다."

"방을 붙이면 월산군이 제 발로 이 사지에 들어오겠는가?"

"우리의 입장에서 보면 손해 보는 장사는 아닙니다. 어차피 지금도 그놈을 찾는 데 주력을 하고 있으니 약간의 시간이 흐르면 곧 잡을 고기이지 않습니까? 이년도 미끼를 물어 제 발로 찾아들게 한 것처럼 그자도 같은 수법으로 낚으면 될 일입니다. 제 자식이 죽었는데 눈을 까뒤집고 달려오지 않겠습니까?"

"그래. 그럼 이년의 목숨 값이 과연 얼마나 되는지 한번 지켜보지. 형판의 말을 들으니, 이년의 목숨을 가지고 놀음판 하나 더 벌이는 것도 좋겠구먼. 어차피 모든 것은 시간문제이니."

늙은 수괴의 말에 형판이 껄껄 소리를 내며 웃었다. 너른 마당에는 죽은 아기의 목숨이 피로 화한 비릿한 냄새가 가득했지만 아무도 그것을 가슴에 담는 이는 없었다.

오히려 홍단마저도 도톰하고 붉은 입술을 열어 김익선에게 청을 올렸다.

"대감마님? 청이 하나 있사옵니다."

"어어, 오냐. 그것이 무엇인데?"

검버섯이 꽉 들어찬 늙은 손바닥이 홍단의 가슴에 자리를 잡아 뽀얀 젖가슴을 주무르며 물었다.

"이틀 후에 제 생일을 축하해주신다 하시어 연회를 베푼다 하셨지요?"

"그랬지. 그런데 어찌하여 묻는 것이냐?"

"방에 써주셔요. 월산군에게 꼭 이틀 안으로 제 여인의 목숨을 찾으러 오라고 말이어요. 연회가 열리는 밤. 일국의 종친인 사내와 한때는 반가의 여인이었던 그들이 죽기 직전에 마당 아래 무릎을 꿇고 엎드려 넓고 높은 전각에 호사스럽게 치장하며 웃고 떠드는 저를 우러러본다면 태생부터 미천하였던 저는 참으로 기쁠 것이어요. 그 귀한 핏줄을 타고나신 분들네께서 한낱 미천한 제 발 아래 엎드려 무릎을 꿇는 것이니, 제 생에 있어 그보다 더 큰 선물은 없을 것입니다. 부디 제게 큰 선물을 하사해주셔요."

"정말 그 선물이면 되는 것이더냐?"

김익선의 진득한 되물음에 홍단은 고개를 끄덕이며 웃었다.

"그럼요. 천하디천한 저를 애첩으로 삼으시어 이런 부귀 권세를 주신 대감마님께 더욱 감사하는 마음을 품을 것이어요. 노리개며 옥가락지며 비단옷들보다도 귀한 집 자제들의 목숨이 더 호기심이 생기고 탐이 나는 이년의 마음을 헤아려주시어요."

"하핫. 그래? 그럼 좋다. 내 네년의 생일잔치 날에 고얀 연놈들의 목숨을 선물로 줄 것이야."

김익선은 홍단의 젖가슴을 주무르며 부리는 이들에게 명을 내렸다.

"형판은 당장 도성 안에 월산군을 향한 방을 써 붙이는 데 주력을 할 것이고! 여봐라! 간신 황희수와 이 창부 계집의 몸뚱이를 거두어 광에다 가두어라!"

축축하고 눅눅한 기운이 늦더위와 함께 맞물려 사람의 마음에도 텁텁한 자취를 남겼다. 막사 안에는 여전히 월산군을 향후 보위의 주인으로 모시려는 관료들의 입김이 가득했다. 그러나 혜는 그것이 곧 조카군주였던 명에게 죄를 짓는 것 같아 쉬이 마음의 결정을 내리지 못했다.

영지의 몸을 아프게 안았던 그날 밤, 마음이 녹아내리는 듯한 그 더운 품속에서 그녀는 파수꾼이 되어 그를 지켜주겠다고 했다. 그런 그녀가 다음날 이른 새벽, 막사를 벗어나기 전 그의 귓가에 대고 속삭였던 말을 혜는 또렷하게 들었다.

더 이상, 불행한 목숨들이 다치지 않게 마음을 바로잡아달라고.

승하하신 전하의 마음을 더는 아프게 하지 말라고.

승하하신 전하께서 믿었던 유일한 분이 월산군 마마, 당신이라고.

그러니 당신께서 그분의 믿음을 따라 이 나라의 곧은 나무가 되고, 백성들의 쉴 그늘이 되고, 이 나라의 버팀목이 되어야 한다고.

혜는 영지가 남겼던 속삭임을 떠올리며 한숨을 쉬었다. 그때였다. 성균관 대사성 권문수가 막사의 문을 젖히며 다급한 목소리로 말했다.

"월산군 마마! 큰일이 났습니다!"

"아니, 또 무슨 큰일이기에 대사성께서는 그리 호들갑이시오!"

전 좌찬성 심헌이 권문수에게 호통을 쳤다. 그러자 권문수는 얼굴에 맺힌 땀방울도 미처 닦아내지 못하며 덜덜 떨리는 손아귀에 쥐어진 종이를 혜에게 건네며 말했다.

"마마……. 병판 대감께서……. 그리고……."

권문수는 차마 뒤의 말을 더 이상 잇지 못하고 입을 굳게 다물었다. 그의 눈에 고인 것이 눈물인지 땀방울인지 모를 정도의 슬픔이 침통함과 함께 어우러져 가득히 젖어 있었다.

잔뜩 구겨진 종이를 받아 펴서 읽던 혜의 얼굴에도 곧 그나마 남아 있던 핏기가 점차 사라져만 갔고, 그 얼굴에 고스란히 드러난 비통함과 고통은 막사에 모인 관료들의 가슴을 조여들게 만들었다. 종이를 쥔 손가락의 뼈 마디마디가 하얗게 질렸고, 손등은 시퍼런 핏줄이 툭 불거진 채로 부들거림을 채 감추지 못했다.

대역무도한 죄인, 월산군 이혜는 보아라.

너는 종친의 본분을 망각하고 감히 알량한 글 몇 줄에 녹월의 하늘을 욕보이고 귀한 용상의 위를 땅에 떨어트린 바, 그 죄가 중하고 모질고 더럽기까지 하여 감히 주상전하의 귀하신 손을 더럽힐 수가 없노라. 하여 이 나라의 영상인 나 김익선이, 전하를 대신하여 너의 죗값을 물으려 하노라.

더러운 음서를 함께 지은 교활하고 음탕한 계집은 이미 잡아들여 지금 그 죗값을 묻고 있으니, 그년과 작당모의를 벌였을 것으로 짐작되는 전 병조판서 황희수도 지금 그 죄에 대한 형을 받고 있는 중이다.

죄인들이 그 죗값을 받는 것은 정한 이치이나, 슬프고도 슬픈 것은 죗값을 묻는 도중 계집의 태중 아이가 생을 다한 것이니. 죄 없는 어린 생명을 그리 만든 것은 죄 많고 더러운 어미와 아비의 탓이니라.

감히 추측하건대 이 천하고 독한 환쟁이 계집을 품은 사내는 왕가의 피를 받은 종친, 월산군 이혜일 것이니. 아이를 잃은 슬픔을 외면하고 품에 안았던 계집의 목숨을 뒤로하는 것은 사내 된 자가 할 바가 아니니라.

죄인인 네가 종친으로서의 명예를 지키고 죽을 수 있는 길을 영상인 내가 알려주노라. 네가 종친이고 한때 장부로서의 삶을 산 자라면 이틀 안에 너 혼자서 나 김익선이의 집으로 찾아오라. 그리하면 너를 도왔던 천한 계집의 생명만큼은 살려주겠노라.

종친이자 영종대왕님의 핏줄을 이어받은 왕자인 너의 귀한 피를 인정하여 나와 주상전하께서 네놈에게 베푸는 마지막 호의는 이것뿐이니. 죽은 네 아이의 생이 가엾고 슬프다면, 또한, 네 계집을 살리고 싶다면 나의 말을 헛되게 듣지 말라.

너는 역적, 그런 너를 도운 천한 계집도 역적이니. 네가 끝까지 종적을 감추고 숨어들려 한다면 그 역적 계집의 사지를 갈기갈기 찢고 그 뼛골까지 분리하여 도읍은 물론이고 녹월의 작은 고을에까지 살 조각과 뼛조각을 전할 것이다. 하여 역적의

최후가 어떤 것인지 만백성과 후세에 길이길이 본보기로 삼을 것이다.

진심으로, 마음이라는 것 자체가 모두 사라져버린 듯……. 하여 마음이라는 것을 엮어두던 모든 것들이 절단을 당한 것처럼 너덜너덜거렸다. 너덜거리는 단면마다 핏물이 뿜어져 나오는 것처럼 절규가 장히 흐르는 절박한 그 마음을 혜는 차마 그 어떤 말로도 설명할 수가 없었다.

목구멍에 창끝이 스미는 듯, 세상의 온갖 형벌의 나날들이 온몸에 손톱만 한 살점도 남기지 않고 잘라내려는 듯, 혜는 영혼의 끝까지 침범하는 고통에 숨을 쉴 수조차 없었다. 숨결 하나라도 내뱉는 순간 고통에 찬 절규가 뱉어질 것만 같아 잇새를 꽉 다문 그의 눈에 다시금 벌건 핏발이 올라오기 시작했고, 그의 손에 들린 종이는 거칠게 바닥으로 내리꽂혀졌다.

"이보시오, 대사성. 그 종이에 대체 무어라고 적혀 있기에……."

보다 못한 심헌은 바닥으로 떨어진 종이를 주워들어 한 줄 한 줄 읽어 나가기 시작했다. 그러자 곧 그의 얼굴에서도 핏기가 가시고 허옇게 주름진 입술이 발발 떨려갔다.

"마마. 도대체 이것에 적힌 말이 무슨……."

심헌의 말을 필두로 막사 안에 모인 단의 관료들은 혜를 향해 조심스럽게 물음을 던지기 시작했다. 그러나 혜는 그들의 물음에 단 하나의 대답도 하지 않은 채 심헌의 손에 들린 종이를 빼앗아 갈기갈기 찢으며 입을 열었다.

"대사성. 이 방(榜)의 내용이 사실입니까?"

"……."

권문수는 비통함에 아무런 대답도 하지 않고 그저 고개를 돌렸다. 그러자 혜가 목소리를 높여 다시 물었다. 그 음성은 마치 나무를 두 동강 내는 낙뢰처럼 서늘하고 고통스러웠다.

"어찌하여 말씀을 하지 못하는 것입니까!"

"방의 내용이 모두 맞으니……. 마마, 부디 마음의 길을 단단히 하시옵소서!"

대사성은 무릎을 꺾어 주저앉으며 충언을 고했다. 그러자 혜는 심헌을 바라보며 말했다.

"전 좌찬성께서는 방의 내용을 모두 보셨으니, 내가 어떤 길을 선택할 것인지 가늠을 하셨겠지요?"

"월산군 마마. 아직은 아니 되십니다. 홀로 그 수괴를 찾아가시는 것은 절대로 아니 될 말씀이십니다."

"허면, 김익선이에게 붙잡힌 병판과 그 사람을 이대로 잃으라는 말씀이십니까!"

"대를 위한 소의 희생이라 생각하시옵소서. 그 두 사람 때문에 오늘 밤으로 거사일을 앞당길 수도 없음입니다. 거사일을 앞당기게 된다면 이미 정한 일시에 동맹휴학하여 모이기로 한 성균관의 유생들에게 은밀한 전갈을 보내기 어려운 바이며, 백성들의 뜻을 도모하는 데에도 시간이 부족하여 한계가 있음입니다. 백성들의 뜻을 모으기 위해 준비한 방조차도 아직 붙이지 못한 바. 그것은 처음부터 큰 의미를 두었던 '백성들의 뜻을 함께 모아 거사의 승기를 잡는다.'는 단의 초기 목적에 위배가 되는 것입니다. 사사로운 정에 이끌리시어 용단을 꺾지 마시옵소서. 용단을 꺾으시는 날, 단이 품었던 뜻도 모두 수포로 돌아갈 수 있음입니다."

"병판이 잡혀 들어가고, 내 사람이 고통을 당하고 있습니다! 내 아이가……, 그리 목숨을 잃었는데도 대감께서는 어찌 그리 말씀을 하십니까! 내 귀한 사람들을 버리는 것만이 단의 뜻을 살리는 일입니까!"

혜가 분기에 찬 목소리를 높이자 막사 안에 모인 관료들의 웅성거림이 더욱 커졌다.

"지금 당장 나는 수괴를 찾아갈 것입니다. 하여 내 사람들을 다시 찾아올 것입니다."

"월산군 마마! 아니 되십니다! 부디 그 마음을 거두어주시옵소서. 너무나도 위험한 길이옵니다! 끝이 뻔히 보이는 길에 어찌하여 발걸음을 담으려 하십니까! 아니 되옵니다! 아니 되옵니다, 마마!"

"하면! 내가 그 용상의 위를 받으면 되겠습니까!"

혜의 외침에 웅성거렸던 막사 안의 울림이 순식간에 적막으로 변했다. 강화의 어린 군주께서 승하하시고 그분께서 남긴 유지를 종결까지 받아들지 못했던 혜의 입에서 그런 말이 나오자 모인 이들의 눈빛이 모두 그의 입술만 바라보고 있었다.

"나를 보내주십시오. 그 조건으로 나는 그대들께서 그토록 나를 앉히고 싶어 하시는 그 자리, 내가 받겠습니다. 대업이 승기를 잡으면 내가 이 나라의 임금이 되어 나무가 되고 버팀목이 되어드리지요. 이리하면 되겠습니까?"

"……진심으로 하시는 말씀이십니까?"

심헌이 되묻자 혜는 핏발이 선 눈을 감으며 고개를 끄덕였다. 감은 눈꺼풀이 고통으로 미세하게 떨렸지만 그는 입을 열어 명확한 정점을 찍었다.

"이미 아비 된 자였던 내가……, 지켜주지 못한 아이를 걸고 약조를 드립니다."

"그럼, 단의 거사는……."

"그것은 예정된 대로 김익선이 애첩을 위해 연회를 베푸는 그날, 도모할 것입니다. 내가 없는 자리는 심헌 대감께서 맡아주십시오. 대사성께서는 유생들이 만든 방을 곳곳마다 붙이시고 도성 안에 사는 백성들의 집에도 들어갈 수 있게 할 것이며, 여기 모이신 신료들께서는 심헌 대감의 말씀을 나의 명과 같게 여기어 행동해주십시오. 모든 것은 예정된 대로 진행됩니다. 다만, 그 선봉의 위치만 바뀌는 것이며 김익선이를 치는 때에 내가 다시 합류하도록 하겠습니다. 지금 내가 가지 않으면 그 사람들이 죽을 수도 있습니다. 수괴의 무리들은 쉽게 이 목숨을 거둘 수 없을 것이니, 그대들께서는 모든 준비를 단단히 하고 대업의 날, 이 사람을 찾으십시오."

"마마……."

"이것은 절대로 용단을 꺾는 것이 아닙니다. 내 사람들을 버리는 것이 용단을 세우는 일이라면 나는 내 용단을 수백 수천 번 꺾을 것입니다. 나를 믿으십시오. 단이 사람의 목숨을 귀히 여기지 않는다면 이미 단이 목적하였던 바를 잃는 것이니. 나는 단이 가졌던 용단이 더 이상 꺾여나가지 않도록 소중한 이들의 목숨도 구하고, 거사의 승기도 잡도록 할 것입니다."

"부디, 용체를 상하지 마시옵소서. 마마."

이미 그의 뜻을 꺾을 수 없음을 간파한 심헌은 무릎을 꺾고 큰절을 하며 마지막 충언을 잊지 않았다.

"여기 계신 관료들께서는 나를 향해 묻고 싶은 것과 듣고 싶은 대답은 내가 살고, 우리가 살아 다시 만나는 그날에 들어드리고, 대답해드릴 것입니다. 지금은 부디 아무런 물음도 가지지 말고 우리가 계획했던 대로 해주십시오. 여기 계신 분들께 나, 월산군 이혜가 간곡하게 부탁드립니다."

혜는 스스로 무릎을 꺾어 여러 관료들에게 진심이 박힌 말을 풀어냈다. 그리고 이내 막사를 빠져나갔다. 그 뒷모습을 물끄러미 바라보던 단의 관료들은 묻고 싶었던 모든 물음을 마음속에 밀어 넣은 채 고개를 끄덕였다.

거사가 승기를 잡게 되는 날 녹월의 하늘이 되실 분이셨다. 지금은 곧 하늘이 되실 그분을 끝까지 믿는 것밖에는 도리가 없었다.

밤은 깊고 달은 푸르렀다. 그 시린 푸름이 마음에 와 닿은 듯 혜의 가슴은 연신 시큰거렸다. 자신의 고통이 이리도 크고 깊은데 제 여인이 짊어졌을 고통을 생각하니 미처 그 깊이가 가늠이 되지 않았다.

'아이라…….'

변복을 하고 단도를 품 안에 밀어 넣던 혜는 차오르는 눈물을 막으려 눈을 길게 감았다가 떴다. 아비를 잘못 만난 죄로 생을 잃은 핏덩이와, 정인을 잘못 둔 탓으로 고통의 소용돌이에 휩쓸려버린 제 여인. 그리고 수괴의 가장 가까이에서 그 눈속임을 하다가 잡혀 들어간 황희수를 생각하니 진정 이 생 자체를 놓아버리고 싶을 정도로 온 마음이 무너져 내리는 감정에 혜는 잇새를 악물었다.

가장 소중하다 여겼던 조카군주 명을 잃으며 얼마나 깊은 슬픔을 느꼈던가. 그것은 차라리 이 목숨을 버리면 버렸지 다시금 느끼고 싶지 않은 그런 슬픔이었다.

그런데 영지와의 사이에서 생긴 아이가 죽었다니. 얼굴도 보지 못하고 이름도 지어주지 못한 그 생명을 잃어버렸다는 것은 명을 잃었던 슬픔만큼이나 깊고 짙은 것이었다.

'모든 것이 다 나의 잘못……. 죽은 목숨은 어쩔 수 없으나 그대들이 살아 있기만 한다면 나는 이 목숨을 버려서라도 그대들을 구할 것이야.'

한순간 그의 눈에서 물기가 흘러내렸지만 곧 어디선가 바람이 불어와 물기를 말려주었다.

"현아. 가자."

짙고 낮게 깔린 혜의 음성에 현이 갈 빛의 날개를 펼치며 맹금의 눈동자를 번뜩였다.

어디에선가 쥐새끼의 바스락대는 소리가 들렸다. 바닥에서 올라오는 찬 기운에 까무룩 하게 감긴 눈꺼풀을 들어 올린 영지는 제 몸이 광의 기둥에 단단히 묶여 있는 것을 알아차렸다. 옆을 보니 턱이 함몰되어 말을 할 수 없게 된 황희수가 자신을 바라보고 있었다. 그 역시 형틀에 단단히 묶인 몸이었다.

"아……!"

눈을 뜨자마자 온몸에 찾아드는 가혹한 통증에 영지는 신음을 흘리며 아랫입술을 깨물었다. 벗겨진 등에서 진물이 나는 듯 온몸에서 악취가 진동을 했다. 고통에 익숙해지려 입술을 깨물던 그녀는 곧 명확하게 정신을 갈무리하며 자신에게 어떤 일이 닥쳤는지를 다시 한 번 깨닫고 눈물을 흘렸다.

아직 손도 없고 발도 없는 그저 핏덩이일 뿐이었지만 그것은 영지와 혜의 기운을 받은 아기였다. 그 생명을 덧없이 흘려버렸음에 그녀는 가슴이 찢어지는 듯한 고통을 느끼며 아버지와 어머니를 떠올렸다.

어째서 어머니가 말을 잃고 종종 정신을 놓았던 것인지.

어째서 아버지가 한동안 식음을 전폐하고 그저 눈물로만 세월을 보냈던 것인지.

그때는 온전히 알 수 없었던 그 슬픔을 영지는 이제야 알 수가 있었다. 자식을 잃는다는 슬픔은 얼마나 가혹하고 지독한 하늘의 형벌인가. 그때, 부모의 마음을 온전히 이해하지 못하고 나라를 걱정하는 아비의 깊은 마음을 탓했던 잘못이 지금에 와서 이리도 깊고 모진 하늘의 형벌로 화했다는 생각에 영지는 마음 깊숙한 곳에서부터 솟구치는 눈물을 참아낼 수가 없었다.

'아가……. 내 아가……. 어미를 잘못 만난 탓으로 네가…….

아아, 불쌍하고 안타까운 내 아가야. 너를 지켜주지 못해서 미안하구나.'

영지는 바지 자락에 검붉게 밴 죽은 핏덩이의 잔재를 눈물로 바라보며 터져 나오려는 오열을 꾹 참았다. 차마 소리 내어 울 자격도 없다는 생각에, 그저 목구멍 밖으로 밀고 나오려는 그 메인 아픔만이 비수로 변하여 그녀의 심장을 도려내고 갉아내었다.

'네게 꽃도 보여주고, 나무도 보여주고, 고운 별과 달님도 보여주고……. 네 아버지의 얼굴도 보여주어야 했는데……. 불쌍한 내 아가. 아아……. 아아…….'

죽은 핏덩이를 끝까지 몸 안에 담아내고 지켜내지 못했음에 그녀는 깊고 슬픈 고통의 늪에서 신음하며 떨었다. 목구멍에 수천 개의 칼날이 고인 듯, 혓바닥에 수만 방울의 독물이 고인 것 같은 늪이 그녀의 온몸과 정신을 얼룩처럼 감싸 안았다.

'아가. 그래. 이 어미가 너를 따라가면 되겠구나. 우리 아가, 그 어둡고 무서운 저승길을 이 어미가 함께해주면 되겠구나.'

차라리 혀를 깨물고 죽자는 생각이 들자 잇새에 힘을 주어 혓바닥을 깨물었다. 끔찍한 고통이 엄습했지만 태중의 생명을 잃는 고통에는 비할 바가 아니었다.

그때였다. 광의 문이 열리고 희끄무레한 빛이 느껴졌다. 그 광문의 사이로 고운 모시옷을 차려입은 김익선의 애첩 홍단이 들어왔다.

"이년! 지금 무슨 짓을 하는 것이야!"

영지의 입술 사이로 시뻘건 핏물이 흐르는 것을 본 홍단은 부리는 종복에게 말했다.

"저 계집이 허튼짓을 하지 못하도록 어서 저년의 입에 재갈을 물리도록 해라!"

홍단의 명령에 종복은 영지의 입을 우악스럽게 벌려 입안에 천을 돌돌 말아 밀어 넣고 단단히 묶었다. 그러자 영지가 눈에 독기를 품으며 고개를 연신 좌우로 도리질 쳤다. 그 모습을 빤히 바라보던 홍단은 같잖다는 듯 붉은 입술을 활처럼 휘며 웃다가 천천히 입을 열었다.

"네년이 감히 내 부귀영화의 동아줄을 끊어놓으려 했다는 말이지?"

영지는 입안에 꾸역꾸역 차오르는 천 뭉치 덕에 끅끅거리는 소리만 내며 온몸으로 발악을 했다. 그러자 홍단은 고운 손바닥으로 그녀의 뺨을 후려치며 소리쳤다.

"감히, 네년이 내 금 동아줄을 썩은 동아줄로 만들려고 하다니! 내가 온갖 수단과 방법을 가리지 않은 덕에 나의 사내로 만든 영의정 대감인데! 앞구멍이고 뒷구멍이고 다 내어주며 내 것으로 만들려 용을 써서 겨우 잡은 내 화수분을 네년이 깨어 망가트리려고 해? 이런 고약하고 독한 년! 내가 그리 놓아둘 것 같아? 그분이 잘못되면 나도 잘못되는데!"

홍단은 어느 순간부터 일그러진 미소를 지으며 두 눈에 눈물을 머금은 채로 독한 소리를 내뱉었다.

"함부로 죽으려는 생각은 하지 마, 이 환쟁이 계집년아. 그깟 죽어버린 아기 생각에 질질 짜지도 말고. 애초부터 미천하게 태어난 나 같은 년은 네년이 양반 댁 여식으로 귀애받으며 자랄 때 이미 수도 없이 아랫도리를 훑어내며 생기는 아이를 족족이 버렸으니까. 내가 그렇게 고통 받으며 살아온 삶의 끝에서 만난 금 동아줄이 영상 대감이야. 나는 네년과 네년의 그 잘난 사내놈 때문에 다시 그 지옥 같은 삶으로 되돌아가고 싶지 않아. 이런 내 마음, 너도 이해해주리라 생각해. 그러니까 죽지 마. 네년이 죽어버리면 네 사내가 이곳에 찾아올 이유가 사라져버리는 거니까."

'찾아올 이유'라는 말에 영지가 미친 듯이 끅끅거리는 소리를 지르자 홍단은 다시 한 번 영지의 반대편 뺨을 후려치며 고운 목소리를 흘렸다.

"방을 붙였거든. 이틀 안에 혼자의 몸으로 너를 찾으러 오지 않으면 네년의 사지를 갈가리 찢어 죽이겠다고 썼는데……. 너의 그 잘난 사내놈이 올지 안 올지가 참으로 궁금해. 네 뱃속의 아이도 죽어버렸다고 써 붙였는데……. 후훗. 그가 너를 진정으로 귀애했다면 이 저승길로 찾아들 것이고, 아니라면……. 넌 그저 정조도 모르는 사내놈에게 다리나 벌려주고 기생 년처럼 애나 배는 그런 탕부가 되어 그 죽음까지도 천박하다 손가락질 받겠지. 그러니까 너도 네 사내놈의 진정한 마음을 알고 싶거든, 그리 쉽게 죽으려는 생각은 하지 말라고. 뭐, 네 사내가 이곳에 찾아들어 너에 대한 진정성이 확인된다 하여도 네년이나 그놈이나 둘 다 참형을 면치는 못할 테지만. 아아, 너의 그 사내. 그 외모가 반듯하고 수려하다고 들었는데……. 네년의 모가지와 네 사내의 모가지가 온전히 썩기 전까지는 방 안에 두고 감상하는 것도 나쁘지 않을 것이지?"

끔찍한 말을 아무렇지도 않게 내뱉는 김익선의 애첩을 보며 영지는 두려움에 몸을 부르르 떨었다. 혜는 분명 이곳에 올 것이다. 그는 그러고도 남을 사람이었음을 온전히 알았기에 그녀는 광인처럼 고개를 저으며 악을 썼다.

정말 이제는 더 이상 사랑하는 사람들을 잃고 싶지가 않았다. 오라비를 잃고, 복중의 아기를 잃었다. 그런데 또다시 사랑하는 이를 잃는다니……. 그것은 정말 인정하기도 싫고 있어서도 안 되는 일이었다.

그러나 홍단은 영지의 발악을 느긋하게 즐겨 보다가 그녀의 앞에 앉아 눈을 맞추며 입을 열었다. 진하고 향긋한 암향이 썩은 피 냄새처럼 추하게 피어올랐다.

"쯧쯧. 불쌍한 아씨야. 네 죽은 아기도 어미인 너를 잘못 만나 죽은 것이지만, 너도 네 아비를 잘못 만나서 천민이 되고 환쟁이가 된 것이니……. 그깟 신념이 무엇이라고 다들 이 난리통인지 모를 일이야? 잘 먹고 잘살게만 되면 신념이 무에 필요가 있다고……."

홍단은 길고 고운 손가락으로 영지의 찢어진 이마에 엉겨 붙은 머리칼을 떼어주며 말을 이었다.

"아무튼, 네 잘난 님이 찾아오실 때까지 죽지 말고 기다려보아. 미안하게도 오늘은 네 제삿날이 아니니까."

二十一章. 암전

소향은 전각 위에 올라서서 추적하게 내리는 빗방울을 하염없이 바라보다가 이내 깊고 쓴 한숨을 지었다. 가장 아름답고 언변이 화려한 기생을 뽑아 김익선이 애첩을 위해 베푸는 연회에 들여보내어 그곳에 모인 관료들을 만취하게 하고 판단력을 흐리게 하는 것이 그녀가 맡은 대업의 마지막 업(業)이었지만, 새로운 세상의 도래에 대한 설렘보다는 아픔과 상처만이 그녀의 가슴을 가득히 지배했다.

하루 사이에 도성 안에는 월산군과 그의 여인에 관한 이야기가 파다하게 퍼져 나갔다. 장안을 휩쓴 음서, 비월염사의 작자들이 그 두 사람이었음은 물론이거니와 김익선의 손에 잡힌 월산군의 여인이 태중 아이인 이가의 핏줄을 고문 중에 잃었다는 이야기까지도. 사람들의 입방아에 오르내리기 안성맞춤인 두 사람의 이야기는 도성 안에서 모르는 이가 없을 정도로 삽시간에 회자되고 있었다.

물론, 나랏일에는 등을 지고 종친으로서의 의무를 저버린 채 미색을 즐겨 찾으며 사는 줄로만 알았던 월산군에 대한 민심이 이

전과는 판이하게 달라졌다. 김익선이 내어 붙인 방을 본 백성들의 입에서 흘러나오는 월산군에 대한 말은 이러했으니.

과연 성군이셨던 영종대왕님의 핏줄임에 틀림이 없구나. 혹은, 태산을 넘어설 만큼 큰 사람이 되라는 월산(越山)의 호에 걸맞은 인물이니 수괴인 김익선의 손에서 이 녹월을 이끌어낼 마지막 왕제일지도 모른다, 라는 것이 그것이었다.

하지만 영지에 대한 반응만은 묘하게 달랐다. 백성들은 영지가 태중의 아이를 잃은 것에 대해서는 안타까워했지만 감히 여인의 신분이자 과거 양반의 몸이었던 처자가 어찌 혼례도 올리지 않은 몸으로 사내의 씨앗을 품을 수 있는가에 대한 조롱이 바로 뒤이어졌고, 미천해진 삶을 부양하기 위해 음탕한 그림이나 그렸음에 그녀의 삶 자체를 손가락질을 했다.

비록 처음에는 먹고살기 위해 월산군과 손을 잡았을지 몰라도 종결에는 단에 몸을 담은 관료들만큼이나 단에게 큰 힘이 되어준 사람이 윤영지라는 담대한 여인이었음을 아는 소향은 그녀에게 손가락질을 하는 민심의 향방이 못내 가슴이 아팠다.

더욱이 가슴이 아픈 연유는 그 담대한 아씨의 향방이 어쩌면 죽은 아기를 따라 사(死)의 길로 접어들 수 있음을 느꼈기에 소향은 미어지는 가슴을 부여잡으며 그만 나무 바닥에 주저앉아 소리 없는 통곡을 내었다.

'하늘님. 어찌하여 그 가련한 아씨께 그런 시련을 내리신 것이옵니까? 거사가 승기를 잡아 복권을 한다 하여도……. 여인에게 아픔이 되고 상처가 되고 부끄러움이 될 수도 있는 일을 곧 녹월 땅의 만인이 알게 될 것이니……. 그 마음과 육신에 생긴 상처는 물론이고 구경거리 보듯 아씨를 훑어볼 사람들의 눈을 어찌 아씨께서 감당해낼 수 있겠는지요. 아니, 그보다 급한 것은 영지 아씨의 생이 이대로 덧없이 끝나지는 말아야 할 것이겠지요. 아아, 부디……. 부디, 아씨의 목숨을 지켜주시어요. 제발 수괴의 간악한 손끝에 그 귀한 생이 끝나지 않게 굽어살펴주시어요. 아씨께서 잘못되신다면, 이 모든 일의 시작에 아씨를 끌어들인 제가 어찌 남은 생을 살아갈 수가 있겠는지요. 아씨께서 잘못되시면 저는 하늘님, 당신을 피를 토하는 심정으로 원망하며 이생을 놓을 것입니다! 이미 하늘이 버린 땅에서는 더 이상 살아갈 이유가 없기 때문입니다!'

소향은 눈물이 가득한 눈을 들어 달이 사라진 칠흑 같은 밤하늘을 우러러보며 하늘을 향해 원통하고 간곡한 마음을 내어 보였다.

그때였다. 마치 만물을 굽어 살피시는 하늘님의 눈동자와 닮은 금빛의 두 별이 높은 밤하늘에 그 번뜩임을 내었다. 눈물에 흐릿해진 눈을 비벼 그것의 정체를 다시 살핀 소향은 금빛을 번뜩였던 것의 정체가 혜의 사신, 맹금 현이었음을 곧 알아차렸다.

'……너는?'

현은 민첩한 몸놀림으로 전각의 난간에 착지하여 자신의 앞발을 부리로 쪼려는 듯 움직였다. 소향은 얼른 자리에서 일어나 현의 발목에 매인 서찰을 다급한 손길로 풀었다. 서찰에는 자신에게 도움을 청하는 혜의 심중이 깃들어 있었다. 간결하지만 다급하고,

침착한 듯하지만 일말의 여유도 느껴지지 않는 그의 휘갈긴 서체는 소향이 앞으로 그를 어떻게 도와야 할지에 대한 내용을 품고 있었다.

서찰을 읽은 소향은 다급하게 전각의 계단을 내려가며 부리는 이들에게 소리쳤다. 혜가 요청한 대로 준비한다면 만약의 일이 일어날 적에 분명히 큰 도움이 될 것이라는 생각이 들어 그녀의 가슴은 빠듯하게 뛰어오르기 시작했다.

"게 아무도 없는 것이냐! 지금 당장 내 방으로 일패(一牌) 아이들을 불러들여라!"

푸르고 시린 달무리와 빗물이 고통의 냄새를 침잠시키는 깊은 밤. 그 밤은 이미 짙은 새벽을 향해 그 걸음을 내달리고 있었다. 고통처럼 번진 달무리가 변심하여 어미와도 같은 달의 기운을 배반하고 삼키자 사방은 곧 먹색으로 뒤덮여갔다.

그 먹색의 공간 속에서 쉬이 눈에 띄지 않을 만큼의 미묘한 무엇인가가 빗물 사이사이로 재빠른 몸놀림을 한 채 고대광실의 담을 훌쩍 뛰어넘더니 하늘을 수놓는 유려한 매처럼 조용하게 기와지붕 위로 안착했다.

검은 옷에 감싸여 있는 자의 몸짓은 사뿐하고 간결한 인상을 주어 그 주위에는 팽팽한 긴장감이 맴돌았다. 아마도 핏발이 가득 선 두 눈에서 쏟아지는 분노와 고통이 마치 형체가 있는 것처럼 생생하게 피어올랐기 때문일 것이다.

등에 걸린 검날의 윗부분이 칠흑 같은 어둠 속에서도 이따금

씩 시퍼렇게 빛이 났다. 마치 그 누구의 목숨을 단번에라도 앗아야 할 듯 서늘하게 빛나는 그것은 새빨간 기운을 원하고 있었다.

혜는 귀신의 움직임처럼 기척도 내지 않고 재빨리 지붕 위를 달려갔다. 그의 머리 위에는 제 일을 마치고 민첩하게 날아든 영물 현이 금빛의 눈을 번뜩여 저 높은 곳에서부터 제 주인을 엄호하고 있었다.

김익선이 기거하는 곳에 가까워지자 누린내와 피비린내가 빗물의 추적한 내음과 뒤섞여 혜의 코끝을 스쳤다. 아래를 내려다보니 너른 앞마당에 불을 피우고 그의 침소를 지키는 사병들이 여럿 보였다. 과연 이 나라의 현 실세인 김익선의 이름답게 그의 집을 지키는 사병들만 해도 그 수가 엄청났다. 그만큼 그의 움직임은 도처에 위험이 도사리고 있는 길 위를 걷는 것과 다름이 없었다.

날렵하게 걷던 걸음을 멈춘 혜는 몸을 낮추어 기와지붕 아래로 내려갈 준비를 했다. 김익선의 처소답게 그의 목숨을 지키는 사병들이 쉴 새 없이 움직이며 수괴를 지키는 데 여념이 없었다.

'쉿.'

혜의 손짓에 현은 암흑의 하늘을 날던 날개를 접고 그의 곁에 안착했다.

'나의 맹금아. 지금부터는 영지, 네 여주인의 자취를 찾으라. 하여 그이가 부디 나쁜 마음은 먹지 않도록……. 다른 생각 따윈 하지 않도록 나보다 먼저 그녀를 지켜주어.'

날개를 접고 자신과 눈을 맞춘 맹금을 향해 혜는 작은 바람을 건네며 현의 머리통을 쓰다듬었다. 그러자 제 주인의 바람을 알아차린 듯 현은 조용히 날개를 펴며 다시금 하늘 위로 쏜살같이 날아올랐다.

곧 현이 제 주인의 눈앞에서 자취를 감추자 그는 천천히 기둥과 벽을 타고 아래로 내려갔다. 한순간 빗물에 발끝이 살짝 미끄러진 탓에 기왓장 하나가 바닥으로 떨어져 김익선의 사병들이 소란스럽게 그곳으로 달려왔지만 혜의 몸은 그들보다 훨씬 유연하고 민첩했다. 오히려 사병들의 신경이 소리가 난 쪽으로 쏠리게 되어 그는 보다 수월하게 김익선의 침소를 향해 진입할 수 있었다.

그의 침소로 통하는 길은 값비싼 그림과 서역에서 들여온 진귀한 물건들로 장식을 해두어 권력가의 과시욕을 완연히 드러내고 있었다. 금빛으로 칠한 문살은 어둠 속에서도 위용을 과시했고 진한 암향은 언제나 이곳에 김익선의 계집이 항시 거처하고 있음을 나타내주고 있었다. 그리고 통로를 밝힌 불빛의 흔들림은 다른 이들의 그림자를 은근히 비춰내고 있었다. 땀에 젖은 피의 냄새. 그 냄새는 진한 암향의 사이를 스쳐 혜에게도 전해지고 있었다.

'……당연히, 미리부터 나를 기다리고 있는 자들이 있겠지.'

그의 굳은 입매에 딱딱한 조소가 슬쩍 걸렸다가 이내 사라졌다. 금칠한 문을 열면 이 나라를 짓밟고 왕의 목숨을 앗은 수괴, 나라를 걱정하는 참 관리를 핍박하고 자신이 사랑하는 여인을 궁지로 몰아 품었던 생명마저 죽음으로 내몬 악귀, 김익선이 편안한 숨을 쉬며 잠에 들어 있을 것을 생각하니 다시금 혜의 목구멍은 화염을 머금은 듯 아프게 타들어갔다.

금칠한 문이 열리는 소리는 생각보다 간결했고 짧았다. 그 짧은 찰나가 흐르자 오래된 기름을 칠한 듯 반들거리는 김익선의 추한 얼굴이 어둠 속에서 천천히 드러났다. 곁에 누운 애첩의 얼굴은 희게 바른 분칠로 인해 마치 귀의 형상처럼 섬뜩했고 을씨년스러웠다.

혜가 애첩과 수괴의 얼굴 사이에 날선 검을 꽂으며 무릎을 꺾자 그를 기다렸다는 듯 김익선이 누런 눈알을 번뜩이며 눈을 떴다. 기름기 흐르는 그의 얼굴이 밤 손님을 바라보며 질척한 조소를 피워냈다.

"……실로 죽은 아이가 너의 아이였더란 말이지?"

아무렇지도 않게 '죽은 아이'라는 말을 입에 담으며 웃음을 짓는 김익선을 보며 그는 잇새를 꽉 깨물며 주먹을 말아 쥐었다. 한순간 품 안에 든 단도를 빼어들어 그 목을 따고 혓바닥을 잘라버리고 싶은 충동을 느꼈지만 아직은 때가 아님을 알기에 혜는 그저 마른침을 삼키며 온몸에 솟는 분기를 애써 참아낼 뿐이었다.

'죽은 내 아이의 가는 길에 갈기갈기 찢은 네놈의 살점을 비단처럼 깔아줄 것이다. 네놈의 가죽을 돛 삼아 떠날 수 있도록 내 손으로 너의 명줄을 따고 시체를 갈라내어 그 힘줄을 뜯어 삼킬 것이야.'

턱이 어긋나는 소리가 들릴 만큼 분기를 참던 혜를 물끄러미 바라보던 김익선은 이내 큰 소리로 웃기까지 하며 말을 이었다.

"방금 전까지만 해도 너는 분명 내 목을 칠 수가 있었다. 단번에 내 목구멍에 검을 꽂아 즉사를 시킬 수도 있었단 말이지. 헌데 왜 그랬느냐? 어찌하여 나를 죽이지 않은 것이지? 너에게 있어서 나는! 너의 조카를 죽이고, 네 계집과 너의 충신을 핍박했으며, 네 핏줄인 아이를 죽인 수괴이거늘…….”

김익선의 악랄한 물음에 혜는 표정 하나 뒤틀지 않고 잔잔한 파도처럼 말을 꺼냈다. 그러나 잔잔한 파도의 밑바닥에는 소용돌이치는 용솟음이 그 아래에 숨을 죽이고 있으리라. 곧 다가올 먹구름과 만나 광란의 날을 빚어내기 위해서.

“아직은…….”

“음?”

“아직은, 네놈의 더러운 핏물을 받아들일 땅 한 조각도 찾지 못했으니까.”

“……?”

“이 녹월의 땅 위에 네놈이 흘린 선량한 핏물들이 가득하여 네놈의 더러운 피를 머금어 삼킬 만한 곳을 아직 찾지 못했다는 말이다. 사람 목숨을 금수만도 못하게 여긴 네놈의 피를 그 어느 땅이 받아 마시겠느냐. 네놈의 핏물은 잘게 찢은 사지 육신과 함께 저승의 망도(亡道)가 되어 망자들의 발아래 짓밟힘을 당함이 옳을 것이다.”

“……이! 무어라! 죽어라, 네 이놈! 무엇들 하느냐! 어서 이놈의 세 치 혀를 잘라내지 못할까!”

김익선이 분노에 가득 찬 떨림을 만들어내며 포악한 성정을 끌어내자 침소의 곳곳에 숨어 있던 자들의 칼날이 일순간에 혜의 목을 빙 둘러쌌다. 그러자 곁에 있던 홍단이 김익선의 늘어진 양물을 보드랍게 어루만지며 달짝지근한 음성을 토해내었다.

"대감마님. 무에 득이 될 것이 있으시어 이 역적 놈의 말에 이리도 역정을 내시옵니까? 역적이옵니다. 역적이 이 정도 통도 없으면 그 짓을 감히 생각해내지도 못했겠지요. 다 그런 것이 아니옵니까? 그간 대감마님께서 처단해온 이 나라의 역적들을 보아도 다들 그 세 치 혀는 날렵하고 두려움이 없었으나 종결에는 하나같이 그 말로가 비참하였지 않습니까? 이놈도 그러할 것이니, 그리 노여워하지 마셔요. 이년은 저의 하늘이신 대감마님께서 혹 이놈 때문에 기운이라도 쇠하실까 항상 두렵사옵니다."

저고리에 달린 하얀 옷고름으로 눈물을 찍어내며 간사한 혓바닥을 놀리던 홍단은 아주 자연스럽게 칼자루를 쥔 자들을 향해서 명령을 내렸다.

"무엇 하느냐! 어서 이 역적 놈의 몸수색을 마친 후 질긴 오랏줄로 몸뚱이를 묶어 제 계집과 달큼한 해후를 맛보도록 하여라! 그년의 몸뚱이가 묶인 광의 기둥에 함께 묶어주면 그 해후가 달큼할 것이 아니겠느냐? 그래도 명색이 일국의 군마마이신데 죽기 전에 제 계집의 모습을 가장 많이 눈에 담을 수 있는 마지막 호사는 누리게 해주어야 할 것이지? 호호호! 아니 그렇습니까, 대감마님?"

"하하하! 옳거니! 만리장성을 쌓아 새 핏줄까지 만든 정인들인데, 아무렴 그 정도 호의는 베풀어야 사람이 아니겠느냐? 아아, 너는 어찌도 이리 마음이 순박하고 어진 것이더냐? 이런 앙큼한 요물 같은 계집아."

김익선은 홍단의 젖무덤에 얼굴을 묻으며 가래가 가득 낀 웃음을 천박하게 토해냈다. 그러자 홍단은 월산군을 향해 간드러진 말투를 꺼냈다.

"잘나신 역적 군마마님? 여기 계신 대감마님께서 군마마님과 그 천한 계집의 목숨을 제게 주셨습니다. 어쨌든 이리 어려운 걸음을 해주셨으니 약속대로 그 역적 계집의 목숨만큼은 살려드릴 것입니다. 하오니 허튼수작 따위는 부리지 마시어요. 만일 허튼수작을 부리는 낌새가 조금이라도 보일 시에는 내일 밤 연회가 열릴 때에 아주 큰 사달이 날 것입니다. 우리 잘나신 군마마님의 목을 따기 전에 먼저! 가장 천한 백정 사내를 시켜다가 연회에 참석한 조정의 많은 관료들이 보는 앞에서 그년의 자궁을 능욕하게 명한 후에, 도끼날로 숨 줄을 끊게 할 것입니다. 무어, 제 말을 만만하게 들을 시에는 아주 독하디독하고 지저분한 일이 벌어질 것이라, 이 말씀을 드리는 것이옵니다. 이미 만일의 사태에 대비하여 돈만 주면 어떤 더러운 일이라도 무엇이든 다 하는 시커먼 백정 놈도 준비되어 있으니……. 후훗. 부디 이년의 말을 새겨들으시어요. 호호호훗!"

홍단은 한바탕 간드러지는 웃음을 숨이 넘어가도록 짓다가 이내 사악한 요괴처럼 표독스런 말을 꺼냈다.

"보아라! 내 이 역적의 목을 들보에 달아 한동안 감상할 것이니 지금은 곱게 거두어 데려가라! 만일 이자의 얼굴에 상처 하나라도 남길 시에는 네놈들의 목을 먼저 딸 것이야! ……아참. 혹시 모르니 군마마의 입에 재갈을 물리는 것을 잊지 말도록 하거라.

그 요망한 계집처럼 혀를 깨물어 죽으려는 불상사는 없어야 하니 말이다!"

썩어가는 고름 냄새와 걸쭉한 피의 냄새가 가득하게 어우러진 광을 비추는 것은, 비가 그친 틈을 타서 잠시 얼굴을 내민 반쪽 달이 내는 슬픈 일렁임뿐이었다. 그 일렁임이 슬쩍 창가를 넘어드는 틈에 길벗을 함께한 현은 그토록 애타게 찾았던 여주인, 영지의 앞에 날아들었다.

그러나 안타깝게도 영지는 핏물이 맺힌 얇은 눈꺼풀을 감은 채 고개를 숙이고 있었다. 그런 여주인의 앞에서 짧고 도톰한 목을 움직이며 킷킷거리던 현은 맹수처럼 빛나는 눈동자를 두어 번 굴리더니 축축한 바닥에 나뒹구는 짚불 몇 조각을 주워 물고는 영지의 뺨을 가볍게 건드렸다.

고개를 숙인 채 눈을 감은 그녀는 지독한 꿈이라도 꾸는 듯 몸을 바르르 떨며 이를 악물다가 이내 눈물을 흘리기까지 했다. 굳게 닫힌 눈꺼풀의 끝에서 흐르는 눈물이 짚불을 적셔 이내 그것을 아래로 꺾이게 만들었다.

몽중의 꿈이 지독하여 이대로 놓아두다가는 그 꿈의 사신에게 제 여주인의 혼령이 먹혀버릴까 두려웠는지 현은 이내 눈동자를 표독스럽게 바꾸며 오랏줄에 단단히 묶인 얇은 손등을 날카로운 부리로 쪼아댔다.

그러자 사위가 검붉었던 핏빛의 땅 위에 홀로 서서 새빨간 강의 저편에 선 이를 향해 나의 아기를 돌려달라, 핏방울이 얼기설기 섞여든 울음을 토해내던 영지의 눈꺼풀이 서서히 들렸다. 그리고 곧 눈물에 젖은 눈동자에 담긴 것은 새까만 주위와 자신을 걱정스럽게 올려다보는 현의 얼굴이었다.

'……꿈, 이었던가.'

새빨간 강의 저편에 서 있던 이의 손짓에 이끌려 발악 같은 울음을 멈췄던 영지는 그 발 한쪽을 강물에 담그려는 순간에 날카로운 통증을 느껴 저도 모르게 눈을 뜬 것이다. 현이 얼마나 제 여주인을 깨우려고 노력한 것인지 그녀의 손등에는 붉은 상처가 가득 맺혔다.

'그냥……. 그냥 나를 그대로 두지 그랬니.'

영지는 공허함만이 가득 차오른 아랫배를 물끄러미 내려다보며 재갈이 물린 입술에 힘을 주었다.

'제발 입안에 가득 차오른 이 천 무더기들 아래에 짓눌려버린 혓바닥을 깨물 수만 있다면…….'

그렇게 할 수만 있다면 비참하게 죽은 나의 핏덩이를 따라 그 핏빛 강물을 건널 수 있을 것인데…….

영지는 아무리 힘을 주어도 눌린 혓바닥을 물어 잘라낼 수 없는 제 자신의 나약함을 원망하며 눈가에 고인 눈물을 흘려보냈다. 뱃속에 제 새끼를 수태한 사실조차 알아채지 못한 무지하고 어리석은 어미였던 몸뚱이에는 인(人)의 혼이 존재해야 할 이유가 없었다. 제 새끼도 제대로 지키지 못한 어미가 어찌 사람이라 할 수 있겠는가.

그녀는 핏물과 눈물이 범벅된 얼굴을 가로저으며 턱을 악물었다. 막힌 목구멍 깊은 곳에서 비통한 울음이 짐승의 그것처럼 괴기하고 흉물스럽게 광 안에 울려 퍼졌다. 흉물스럽기 짝이 없는 울음소리가 오랜 시간 동안 지속되자 울음소리의 끝에 쇳소리가 따라붙었다. 날카로운 쇳소리는 곧 창검이 되어 온전치 못한 영지의 몸뚱이와 정신을 갉아대고 부수었다.

이미 오래전부터 창백하게 질린 얼굴이 이제는 시퍼렇다 못해 허옇게 변해버렸다. 이미 많은 양의 피를 흘려보낸 몸이었지만 그 몸에서 쏟아지는 핏물은 그 향방을 멈추려 하지 않았다. 아주 더디고 느리게 몸 밖으로 빠져나가는 핏물은 영지의 몸 안에 남아 있던 더운 기와 함께 가늘게 붙어 있는 혼마저 느릿느릿 앗아가고 있었다.

그때였다. 광의 문이 열리자 여러 명의 사병들 사이에 둘러싸여 포박을 당한 채 굳은 표정으로 광 안에 들어서는 혜의 모습이 영지의 눈에 들어왔다. 이미 재갈이 물려진 상태로 광 안에 들어서는 혜를 보던 영지의 눈동자는 모든 것을 다 잃은 듯 공허하게 비어갔다.

마치, 이제는 더 이상 잃을 것이 없는 사람처럼.

마치, 이제는 더 이상 이생에 대한 미련이 한 점이라도 남지 않은 사람처럼.

그렇게 영지는 눈꺼풀을 한 번 감았다가 어렵게 들어 올리며 목구멍이 찢어지도록 울부짖었던 짐승의 울음을 멈췄다. 희망도, 그 어떤 빛 한 점도 느껴지지 않는 이런 상황에서는 더 이상 아픔과 절박함 같은 것은 무의미했다. 그때, 혜를 끌고 온 사병 중 어려 보이는 이가 축 늘어진 황희수의 몸을 확인하더니 제 우두머리를 향해 두려움이 묻어나는 목소리를 꺼냈다.

"이 사람. 숨 줄이 끊긴 것 같습니다. 어, 어쩌지요?"

한눈에 보아도 앳되어 보이는 사병의 떨림이 가득한 말을 들은 그들의 우두머리 격인 사내는 황희수의 상태를 확인하더니 이내 고개를 끄덕이며 아무렇지도 않은 목소리를 내었다.

"시신은 일단 오랏줄을 풀어 바깥으로 옮겨라. 흠……. 죄인이 죽은 것은 내가 말씀드릴 것이다."

우두머리가 그리 지시하자 온 머리가 피투성이가 된 채로 축 늘어진 황희수의 시신이 앳된 사병의 손에 이끌려 광의 바깥으로 옮겨졌다. 채 눈을 감고 죽지도 못한 황희수의 시신을 본 혜는 그 자신의 무능함과 무거운 죗값에 그만 눈을 감아버렸다.

김익선이의 최측근으로 지내며 단에 충심을 쏟았던 충신, 황희수. 그의 비참한 마지막 길을 차마 배웅할 수도 없는 나약하고 무능한 자신의 처지를 뼛속까지 느낀 그는 목에 덕지덕지 붙은 숨 줄을 모두 다 뽑아내버리고 싶은 마음뿐이었다. 영지 역시, 미처 눈을 감지 못한 채 죽음을 맞이한 황희수의 한 깊은 눈동자를 가슴에 묻으며 소리 없는 눈물을 흘렸다.

그러나 어린 사병과는 달리 우두머리 격인 자에게 있어서는 아무 일도 아닌, 그저 종종 일어나는 일상의 반복이었기에 그의 입에서는 다시 한 번 평이하고 무료한 듯한 목소리가 흘러나왔다.

"그런 그렇고. 작은마님께서 역적 놈의 몸과 계집의 몸뚱이를 함께 단단히 묶어두라 하셨으니, 지루하던 차에 솜씨나 한번 부려

볼까? 자, 오랏줄을 다오."

그 말이 끝나기가 무섭게 혜의 몸은 광의 굵은 기둥을 사이에 두고 영지의 몸과 함께 단단히 묶였다. 오랜 시간 동안 김익선의 명에 의해 사람을 죽여온 우두머리 격의 사내에게서는 그 어떤 감정도 엿보이지 않았다. 마치 영혼이 무엇인가에 잠식당한 듯, 그에게는 표정의 한 자락도 찾을 수 없었다.

"보시오, 이 나라 녹월의 기품이 철철철 넘치는 군마마님? 혹여라도 허튼수작 따위는 부리지 마시오. 이 광은 열 겹의 병사들이 지키고 있으니 말이외다. 그러니 내일까지 조용히 계시다가, 때가 되어 모가지가 잘리는 찰나가 되면! 저기 저 하늘나라로 가볍게 가시구려. 아셨소?"

감정이 없어 보이던 사내는 야차와도 같은 서늘하고 성마른 조소를 짓더니 이내 휘하의 사병들을 데리고 광을 나갔다. 쾅 하는 소리와 함께 광의 문이 닫히자 고요와 함께 다시금 어둠이 짙게 깔렸다. 짙게 깔린 어둠의 사이로 영지의 흐느낌이 번졌다가 이내 미약해졌다.

혜는 등 뒤에서 느껴지는 영지의 피고름 냄새에 그만 두 눈을 질끈 감아버렸다. 한없이 보듬고 보살펴주어야 할 만큼 연약해 보였던 마른 몸뚱이가 짊어진 상처의 무게는 과연 얼마만큼일까.

그는 오랏줄에 묶여버린 두 손을 원망하며 진한 울음을 토해냈다. 핏물로 범벅이가 된 채 서서히 몸의 기운을 잃어가는 영지의 손, 아니, 손가락 한 마디조차 잡아줄 수 없는 자신의 처지가 비참하게 다가와 그의 목구멍을 타고 솟는 분기는 그 끝을 알 수 없을 정도로 차올랐다.

이미 잃은 목숨이 벌써 둘. 그런데 영지마저 죽은 아기와 충신의 뒤를 따르게 될까. 이제는 온 세상을 통틀어 단 하나밖에 남지 않은 소중한 이마저 잃게 될지도 모른다는 불안감이 혜의 마음을 깊게 파고들었다.

'조금만. 제발 그대야. 조금만 더 버텨주오.'

혜는 자신의 온기를 차갑게 식어가는 영지에게 전하고자 안간힘을 쓰며 오랏줄에 묶인 몸뚱이를 조금씩 움직였다. 아주 조금씩, 조금씩. 혜의 몸부림으로 인해 그의 자리가 그녀에게 가까워지고, 그의 어깨가 그녀의 한쪽 어깨에 닿은 순간. 그녀는 눈물이 범벅된 얼굴을 돌려 제 사내를 바라보았다. 간신히 마주 닿은 어깨를 통해 혜의 체온이 영지에게 닿자 핏물과 땟국이 눈물과 함께 범벅이 되어 그녀의 얼굴 위에는 또다시 여러 갈래의 물길이 생겨났다.

아기를 지키지 못한 아비의 죗값, 충신을 지키지 못한 수장의 회한, 그리고 연모하는 제 여인을 이 사지로 이끌어들인 잘못된 시작에 대한 후회가 한데 어우러져 사약처럼 독하고 쓰게 솟아나와 그의 가슴을 무겁고 아프게 짓눌렀다.

'미안하오. 미안해……. 처음부터 그대를 이 위험한 길에 끌어들여 이런 참담한 상황을 마주하게 하여……. 그대를 아프게 하고, 그대에게 죄책감의 굴레를 씌우고……. 그 생명을 잃게 하여……. 아아, 그러나 부디 바라건대……. 이생을 놓지 마오. 모든 것을 다 잃어도……. 설령 내 이 목숨을 잃는다고 해도, 그대만

큼은……. 그대만큼은 이 땅에 살아 숨 쉬게 해주고 싶은 내 마음을 부디 외면하지 마오.'

혜는 마주친 제 여인의 눈을 보며 부디 그녀가 자신의 마음을 알아주기를 간절히 바라고 염원했다. 순간순간 떠오르는 '잃은 목숨들에 대한 아픔'이 만신창이처럼 짓이겨진 가슴에 되새김질이 되었지만 어찌 그 아픔이 영지의 아픔에 비할 수가 있을까. 몸 안에 품었던 생명을 잃은 고통과 슬픔은 아무리 그 목숨의 아비인 혜 또한 고통을 느낀다 하여도 어미 된 자의 슬픔만은 못할 것이다.

그것을 잘 아는 혜이기에 더더욱 영지마저 잃을까 염려가 되었다.

그는 문득 마주 닿은 여인의 어깨가 점점 차갑게 식는 것을 느끼고는 잇새를 꽉 깨물었다. 자신을 바라보며 눈물을 흘리던 그녀의 눈꺼풀이 다시금 천천히 감기는 것이 보였다.

'안 돼! 이대로 잠에 들면 아니 되오! 영소 작가! 내 말이 들리오! 들린다면, 제발! 정신을 놓지 마오. 영소 작가! 윤영지! 정신을 차리란 말이오!'

혜는 천 무더기에 막혀 터져 나오지 않는 말들 대신 괴이한 신음 소리를 내며 짐승처럼 몸부림쳤다. 그러나 어느 순간 그녀의 고개가 뚝 하고 꺾인 순간, 그의 몸부림이 멈추고 목구멍에서는 짐승의 억눌린 포효함만이 답답하게 번져 나올 뿐이었다.

포효하는 짐승의 눈동자에 명줄을 물어 찢어발길 것들의 얼굴이 하나둘 새겨지고 있는 시간. 먹잇감을 되새기는 짐승의 눈동자에서는 지독하리만치 잔인한 광기가 피어나, 마치 그 눈빛의 자태가 피를 머금은 꽃처럼 붉고 아찔했다.

곧 불어닥칠 한바탕의 진한 피바람을 예상하는 것인지, 도성의 깊은 새벽은 마치 살아 있는 모든 것들이 일부러 그 숨통을 바싹 조여 맨 듯 팽팽한 긴장감과 고요가 공존하고 있었다. 이 새벽이 흘러 다시금 깊은 밤이 찾아오면, 김익선의 집에서 열리는 연회에서는 무슨 일이 벌어질 것인가. 그것은 곧 도성 안에서 기거하는 모든 백성들의 마음에 내재된 공통된 물음이나 다름이 없었다.

월산군은 과연 제 여인을 위해 김익선의 집에 찾아들었는가. 실로 월산군과 그의 여인은 어떤 운명을 맞게 될 것인가. 수많은 물음들 속에서 해답은 단 한 가지. 곧 동이 트고, 그 동이 지는 저녁. 김익선의 집에서 벌어지는 일에 대해 촉각을 곤두세우면 될 일이었다.

“아버지. 월산군 마마께서 정말로 죽임을 당하실까요?”

예닐곱 정도 먹어 보이는 사내아이가 아비의 품에서 잠을 청하다 말고 한참 동안 뒤척대더니 역시 잠에 제대로 들지 못한 제 아비에게 대답하기 곤란한 물음을 던졌다. 그 물음에 아비 된 자가 쉬이 답을 꺼내지 못하고 한숨을 짓자 사내아이가 뒤척이며 말을 이었다.

“저는, 그분이 다치지 않았으면 좋겠어요. 그림을 그렸다던 아씨도 그만 다쳤으면 좋겠는데…….”

“쉬잇. 그런 말, 함부로 하는 것이 아니다, 말똥아. 그러다가 큰일이 날 수도 있단다."

"괜찮아요. 영의정 대감마님이 제 이야기까지 듣는 것은 아니잖아요. 하긴……. 영의정 대감마님은요? 얼굴도 도깨비같이 생겼고 막 소리 지르는 것도 무서운 도깨비 같고……. 아버지, 저는요. 영의정 대감마님의 그림자만 보아도 오줌을 쌀 것 같더라니까요?"

아직은 어린 사내아이조차도 김익선이라면 치가 떨린다는 듯 고래를 가로저었다. 그런 아들을 내려다보던 아비 된 자는 한숨을 쉬며 말을 꺼냈다.

"우리를……, 백성을……, 귀히 여기는 분이라면 기꺼이 하늘로 모실 수가 있음인데……."

"핏. 그런 분이 이 땅에 계시겠어요? 아아, 아버지. 영의정 대감마님 이야기를 했더니 갑자기 오줌보가 터질 것 같아요. 저, 마당에 좀……."

사내아이는 바지춤을 부여잡고 낡은 문을 열었다. 신을 신고 마당 한쪽에 서서 시원하게 오줌을 싸는데 싸리문을 넘어 무엇인가가 툭 하고 마당에 떨어졌다.

오줌을 싸다 만 사내아이는 새까만 옷을 입은 아재들이 이 집 저 집의 싸리문으로 돌에 묶은 무엇인가를 툭툭 던지고 이내 사라지는 것을 보았다. 그 모습을 보고 소리를 지를 법도 하였지만 사내아이는 어쩐지 입을 꾹 다물고, 마당에 떨어진 것을 주워 아버지께 보여드려야 한다는 생각에 얼른 바지 안으로 고추를 집어넣었다.

"저기요……. 아버지, 이것 좀 보세요."

꽤나 눈치가 있는 아이였는지 목소리를 최대한 낮추어 말하며 제 아비인 자에게 반듯하게 접힌 흰빛의 종이를 내밀었다.

“어떤 아재들이 우리 집 말고 섬섬이네랑 개똥이네에도 이걸 던지던데요?”

아이의 말에 아비 된 사내는 저도 모르게 마른침을 삼키며 흰빛의 종이를 펼쳐 읽었다. 백성들의 글인 언문이 빼곡히 담긴 그것을 본 사내는 등에 솟는 식은땀을 느끼며 얼른 제 아이의 손을 잡아 이끌고는 방으로 들어가 방문을 걸어 잠근 후 다시 한 번 종이에 적힌 글을 읽어 내렸다.

뭇, 녹월 땅에서 뿌리를 내리고 살아가는 모든 백성.

이 나라의 아비와 어미가 되어 녹월을 지키고, 녹월을 풍성하게 하는 귀한 반석들, 보시오.

본디 이 땅의 임금과 조정의 신료들은 이 나라의 주인인 그대들을 섬기고 보살펴야 함이 옳으나, 작금의 녹월은 권력에 눈이 멀고 제 탐심을 채우는 데 급급하며 그 귀한 본분을 망각한 자들의 극악한 횡포에 병들어 죽은 땅이 되어가고 있소이다.

본디 이 땅의 주인은 누구였던 것이오?

이 땅은 임금과 권력가의 것이 아니라, 이 땅에서 살아 숨 쉬는 그대들. 논을 일구고 밭을 일구고, 가축을 기르고, 자녀를 낳아 기르면서 이 땅을 윤택하게 만드는 그대들의 것이 아니겠소이까.

본디 하늘이 임금을 내린 연유는 무소불위의 권력을 휘두르라는 것이 아니라, 수많은 백성들의 말과 눈물에 귀를 기울여 백성들의 내일이 오늘보다는 덜 힘들게, 조금 더 웃을 수 있게 힘쓰라는 것에 있는 바. 임금과 그를 보필하는 신료들은 마땅히 맡은 바 본분을 다하며 백성들이 주인답게 살아갈 수 있는 나라를 만드는 것에 있소이다.

그러나 작금의 현실은 어떻소이까?

아비가 갓 태어난 사내아이의 양물을 자르며 통곡을 하는 세상. 어미가 제 뱃속으로 낳은 어린 애아를 푼돈 몇 푼에 부잣집의 첩실로 팔아넘기는 것이 녹월의 현실이니. 이 어찌 녹월의 땅에 미래가 있다고 감히 입에 올릴 수 있단 말이오.

녹월 땅에 악의 씨앗을 퍼트려 구석구석 곪아 썩게 만든 수괴, 김익선이는 감히 단언하건대 녹월의 미래에 새까만 암흑만을 몰고 오는 자이니. 이 어찌 수괴요 괴물이요 요괴라 부르지 않을 수 있겠소?

이런 수괴가 일국의 영의정 자리에 눌러앉아 임금보다도 더한 권세로 이 땅을 쥐락펴락 능멸하고 해하였으니. 간교한 수괴인 김익선에 대한 처단을 더 이상 미룰 수가 없어 나 월산군 이혜가 이 땅의 참 주인인 백성, 그대들의 마음이 모이기를 소원하는 바.

이 나라의 참 주인들이여.

이 나라의 참 백성들이여.

눈이 맑은 그대들의 아이들을 한번 떠올려보시오. 이 땅에서 삶을 이어 나가야 할 눈이 맑고 정결한 아이들에게 어떤 녹월을 물려주고 싶은지, 마음에 물어 한 점 거짓도 없는 정결한 답을 찾으시오.

이 땅의 아비와 어미가 아이들에게 물려주고 싶은 녹월은 누구나 사람대접을 받고 주인대접을 받는 사람들로 넘치는 땅이 아니겠소? 지금처럼 매 맞고, 업신여김을 당하고, 착취를 당하며 사람을 금수보다도 못하게 취급하는 땅은, 그대들의 아이들에게 물려주고 싶은 녹월의 모습은 아닐 것이외다.
산천에 핀 이름 없는 들꽃도 아름다운 땅이 이 땅, 그대들의 녹월이오. 이 아름다운 땅에 눈물이 스미고 핏물이 스미고 고통과 이를 악무는 외침이 더 이상은 스며들지 않도록 그대, 백성들이여. 나에게 그대들의 힘을 모아 보태주시오.
내 이렇게 그대들에게 나를 밝히고 서신을 보내는 이유는 그대들이 분명 나를 도와주리라는 것을 믿기 때문이오. 내게 그대들의 믿음과 힘을 모아준다면 나 또한 그 믿음을 배반하지 않으리다.
다가오는 깊은 밤. 수괴의 구중궁궐에서 국익보다는 제 배를 불리기에 급급한 수괴와 휘하의 간신들이 모이는 바. 나와 그 뜻을 같이하는 이들이 그 수괴의 무리들을 처단할 것이오. 모조리 이 땅에서 그 목숨을 섬멸하며 그들이 빼앗은 모든 것을 다시 제 주인의 품으로 돌려드릴 것이며, 다시는 이 땅에 그러한 대역 죄인들이 활개를 칠 수 없도록 그 씨를 멸할 것이오. 그러나 그들의 군사는 일국의 군대와도 맞먹는 군력을 가진 바. 이 녹월을 다시 바로잡기 위해서는 그대들의 낫과, 곡괭이의 힘이 절실히 필요한 바요.
이 글을 보시는 이 땅의 주인인 아비와 어미들이여.
부디 새 미래를 염원하는 밤, 피바람의 중심에서 이 땅의 용맹한 수호자가 되어 만납시다.

"아버지? 왜 그러세요?"
아비 된 사내는 어린 제 아들의 맑고 어진 눈동자를 한참 동안이나 지그시 바라보더니 이내 그 품에 아들의 따뜻한 몸을 꽉 끌어안았다.

"으왓! 아버지, 숨 막혀요."

사내아이가 발버둥을 쳤지만 아비는 아들의 몸을 놓아주지 않았다. 품 안에 담뿍 들어오는 제 핏줄에게 썩어 곪은 냄새가 진동하는 녹월의 땅을 물려주고 싶지는 않았다. 매일 아침마다 밀린 고리대금을 받으러 오는 사람들에게 욕지기를 듣고 얻어맞는 그 치욕스런 삶이 이 천진한 아이에게까지 대물림이 된다면 그것은 아비 된 자로서 지켜볼 수 없는 극한의 고통일 것이다.

사내는 어린 아들의 몸을 풀어주고 다시 한 번 그 눈을 맞추더니 이내 결심을 한 듯 방문을 열고 마루를 밟았다. 방문을 열고 눈을 멀리로 비추자 푸르스름하게 빛나는 이른 새벽의 하늘 아래로 사람의 모습이 너울거렸다. 싸리문 너머 가까이에 사는 섬섬이네도, 개똥이네도 그 아비와 어미 된 자들이 나와 서로 간에 아무런 말도 나누지 않은 채 그저 농기구를 꺼내어 묵묵히 녹을 닦고 있었다.

"말똥이 아버지. 어찌 잠을 더 주무시지 않고 이 이른 새벽에 이슬을 맞으신답니까?"

태어난 지 얼마 안 된 딸에게 젖을 물리다가 잠이 든 안해가 눈을 비비며 지아비를 불렀다. 그러자 사내가 안해의 부스스한 얼굴을 바라보다가 이내 엷은 미소를 띠며 말했다.

"곡괭이랑 낫이 잘 드는지 확인해보려고. 내 아이들을 위해서."

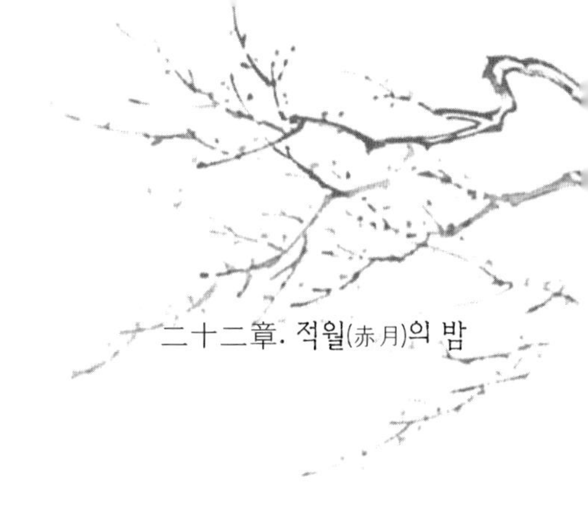

二十二章. 적월(赤月)의 밤

꽃이 피네. 꽃이 피네. 꽃이 피네.

파리한 입술, 손톱 밑에 흙 땟물이 낀 채로 말아 고부라진 손가락.

별로 아름답지도 않지만 그런 너라도, 꽃이라 위안하며, 피네.

꽃이 지네. 꽃이 지네. 꽃이 지네.

윤나는 입술, 손톱 위에 흰 윤기가 머물며 곧고 아름다운 손가락.

참말 누가 보아도 좋지만 그런 너라도, 여기가 끝이라며, 지네.

꽃이 피고 지는 것은 자연이 정한 이치이나

벌과 나비의 마음을 얻지 못하면

화려해도 꽃이 아니고, 어여뻐도 꽃이 아닐지니.

그네들의 마음을 얻지 못한 너의 모가지는

바싹 잘라내어 뒤엄 땅에 묻을 것이고,

그네들의 마음을 얻지 못한 너의 뿌리는

바싹 뽑아내어 불구덩이에 밀어 넣으리라.

화려하고 어여쁘나 벌과 나비의 마음을 얻지 못한 꽃들아.

꽃의 마음을 잃은 너의 육신은 핏물과 함께 뒤엉키어

파리한 입술의 생기가 되고

꼬부라진 손가락을 곧게 만드는 명약이 될지니.

꽃이 지네. 꽃이 지네. 꽃이 지네.

아무 보잘것없지만

그 여린 자태만으로도 어여쁘고

그 작은 미묘함으로도 향기로운

이제는

들꽃이 지네.

"이것이 도성의 벽에 빽빽하게 들어찼더란 말이지!"

밝은 날, 임금의 수랏상보다 더한 아침상을 받아먹고 이를 쑤시던 김익선은 댓바람부터 찾아온 송팽현이 건넨 종잇조각을 보고 역정을 부리며 물었다.

"일전, 월산군을 잡기 위해 붙였던 방이 다 떼어지고, 그 자리에 이 해괴한 방이 붙어 있었습니다. 아무래도 보통의 내용은 아닌 것 같습니다. 감히 입에 올리건대, 극악한 자가 영의정 대감을 음해하기 위해 붙인 것이 아니겠습니까? 몇 번을 읽어보아도 그 숨은 뜻은……. 음……. 참말로 송구스러워 제 입으로 차마 말씀드릴 수 없을 정도입니다."

송팽현이 뜸을 들이며 말을 잇자 김익선은 역정을 멈추고 별안간 실성한 사람처럼 히죽거리더니 이내 괴성 같은 웃음을 터트렸다.

"하핫! 하하하하핫!"

"대, 대감. 어찌 그리……."

민망해진 송팽현이 머쓱한 눈빛을 한 채로 묻자 김익선은 웃음을 멈추고 수염을 만지며 거드름을 피우듯 말했다.

"이 요망한 것들이 지금 나를 뒤엄 땅에 묻고 불구덩이에 밀어 넣는다고 하지 않아? 그러니 내가 웃음이 나올 수밖에. 지렁이 새끼 한 마리 밟아죽일 힘도 없는 것들이! 이 나라가 지금 누구 때문에 돌아가고 있는 것인데? 고마운 줄도 모르는 버러지 같은 것들……. 하긴, 버러지는 꿈틀대야 제맛이지. 꿈틀대지도 않으면 아무런 재미도 없으니까 말이야."

김익선은 통통하게 익은 명란젓 한 알을 입에 넣어 왈칵 베어 물으며 웃었다. 입안에서 터져 나가는 오동통한 식감 사이로 짭짤한 맛이 퍼져 나갔다.

"월산군. 그 역적 놈이 며칠간 쥐도 새도 모르게 종적을 감추었다면 누군가 그 역적을 도와주고 있었다는 말이지. 흐흐흣. 오늘 밤, 내 그놈을 도륙 낸다는 말은 이미 도성 안에 쫙 돌았을 것이고 그 역적 놈을 도와준 역적 도당들에게도 들어갔겠지. 그러니 마지막 발악을 하는 것이야, 요것들이."

"허면 어찌하올까요?"

추하게 잡힌 까치주름을 잔뜩 구긴 채 묻는 송팽현을 보며 김익선은 비릿한 냄새가 가득 품어진 입을 열었다.

"필경 고것들이 오늘 밤, 버러지들의 발악을 품어내겠지. 지금부터 이 집의 경계를 더욱 높이고, 측근의 관료들에게 전갈하여 역시 그 둘레의 경계를 높이라 하게. 또한 오늘 밤, 최정예의 사병을 추려서 이끌고 연회에 참석하라 전하게. 이 밤, 아마도 신명나는 피바람이 불 것이야. 월산군의 도당들이 모여봤자 얼마나 모였겠는가? 몰래 사병을 육성해봤자 얼마나 했겠어?"

"하긴, 그렇습니다. 영의정 대감을 모시는 휘하 관료들의 사병을 합치면 어마어마한 군대가 되니……. 그깟 역적도당들의 잔병들이 몰아친다 해도 감히, 어림도 없지요."

송팽현의 맞장구치는 소리가 히죽거리는 웃음과 함께 뒤섞였다.

"끔찍할 정도로 짓밟힘을 당해봐야 정신을 차리지. 무릇, 정신을 차리지 못하는 백성들이란 사흘에 한 번씩 후려쳐야 한다니까. ……그나저나 고것들 덕분에 오늘 밤, 무료했던 일상이 오랜만에 들썩들썩 재미지게 생겼군그래."

명란젓 한 알을 덥석 베어 무는 김익선의 입술 주변으로 벌건 젓국물이 핏물처럼 흘러내리고 있었다.

흐릿한 눈앞이 밝아졌다 다시 흐려지기를 반복했다. 음습하고 축축한 공기 사이로 전해지는 엷은 온기는 생에 대한 미련을 모두 잃어 차갑게 식어가는 혼을 덥혀주려 안간힘을 쓰고 있었다.

그만 이대로 생에 대한 모든 고리를 끊어내고 싶었지만 그 미열의 온기가 참으로 끈덕질 만큼 영지의 혼을 물고 보내주지 않았다. 제발 떠나지 말아달라, 제발 나를 혼자 두지 말아달라, 끊임없이 들려오는 곡소리 같은 처절함이 영지의 발끝을 애써 잡아 붙들고 있었다.

당신은 대체 누구시어요?

나는 제 살점에 붙은 목숨도 지키지 못한 미련한 어미인 줄, 당신도 알고 있으십니까?

그런데도 내게 이 온기와 울음을 전하는 당신은 대체 누구시기에, 나를 향해 그런 절절한 마음을 전하고 계십니까?

내가 대체 당신께 무엇이관데.

내가 대체 당신께 누구이관데.

영지는 끝까지 자신의 혼을 부여잡고 놓아주지 않는 그를 보기 위해 눈꺼풀을 들어 올리려 안간힘을 썼다. 눈꺼풀에 억겁의 무게가 붙어 있는 것처럼 밀려 올라가지 않았다. 마치, 이제는 감겨져야 마땅한 눈꺼풀인 것처럼. 아교라도 발린 듯 딱 달라붙은 눈꺼풀은 바르르한 떨림을 감추지 못했다.

"으음……."

잔뜩 부풀어진 천 덩이에 짓눌린 목구멍 속에서 살아 있음을 알리는 신음 소리가 가늘고 엷게 번져 나왔다. 그 소리에 혜는 오랏줄로 단단히 묶인 그 틈 사이에서 어렵게 빼낸 새끼손가락으로 바닥을 두드렸다.

제발 깨어달라고. 이 미약한 소리를 들을 귀가 있다면 부디 듣고 깨어달라고.

그런 혜의 간절한 진심이 와 닿았는지 영지는 죽은 듯 감았던 눈을 뜨고 끊임없이 자신을 향해 곡소리와도 같았던 울음을 내었던 사람을 찾아 눈동자를 움직였다. 불안한 듯 움직이는 눈동자의 끝에 제 사내의 기운이 와 닿자 그녀는 그만 다시 눈을 감아버렸다.

'당신이었군요. 나의 지아비, 나의 사내. 내게 그 온기를 나누어주며 끊임없이 내 혼을 붙잡던 사람이 당신이었어.'

감은 눈 사이로 물기가 번져 흘렀다. 어깨에 겨우 닿은 그의 어깨가 흔들리는 것이 느껴졌다.

그도 역시, 울고 있었다.

재갈에 말문이 막혀 아무런 소리도 낼 수 없는 처지였지만 그의 말소리가 들리는 듯했다.

죽지 않고 살아주어 고맙다고.

감은 눈을 다시 떠주어 감사하다고.

제발, 그 눈. 다시는 감지 말라고.

제발, 더 이상은 내가……, 사랑하는 사람들을 잃는 고통을 더는 느끼지 못하게 그대, 제발 내 손을 놓지 말라고.

그 진하고 깊은 사내의 진심이 전해지는 순간, 영지는 자신의 눈앞에서 쏟아져 나왔던 아기의 붉은 덩어리를 떠올리며 눈을 감았다. 홀로 사의 길을 걷고 있을 죽은 아기를 떠올리면 마음이 전부 다 사라진 듯 아팠지만 혜에게……, 사랑하는 사람을 너무나도 많이 잃은 이 사내에게 또다시 같은 고통을 안겨주고 싶지는 않았다.

사랑하는 사람을 잃은 고통이 얼마나 큰 것인지, 이미 너무나도 잘 알고 있는 그녀가 그런 아픔을 어찌 정인에게 또 안겨줄 수 있을까.

'살겠습니다. 살 것입니다. 스스로 이 목숨을 버리지 않을 것입니다. 하늘이 정해준 삶, 그 깊이와 길이만큼 감내하고 살아갈 것이니…….'

부디, 울지 마세요. 나의 사내이시여. 나의 지아비시여.

이 하늘 아래에 당신을 홀로 남겨두고 떠나지 않을 것입니다.

나는 절대로 당신의 슬픔이 되지는 않을 것입니다.

영지는 까무룩 감기려는 눈꺼풀에 힘을 주어 들어 올리며 이를 악물었다. 눈앞에 죽은 오라버니, 영소의 모습이 떠올랐다.

'절대로 죽지 않을 것입니다. 오라버니! 저는 살아서, 살아남아서! 오라버니의 목숨을 짓밟고 태중의 아기를 죽게 만들고, 이 땅의 주인이셨던 그분을 해한 그들이 비참하게 찢어발겨지는 그 마지막 순간을 똑똑히 지켜볼 것입니다. 그러니 부디, 제 목숨을 앗아가려는 사자들의 발목을 그곳에서 붙들어주셔요. 그들의 발목을 붙드시고, 오라버니의 조카인 아기를……, 먼저 간 이 누이동생의 아기를 살뜰히 안아 달래주셔요. 지금은 어미가 올 때가 아니니, 아직 남은 많은 날을 견디어달라, 이 어미의 말을 전해주세요. 미안하다고. 하지만 지금은 어미가 그 몸뚱이를 안아줄 때가 아니라고…….'

검은 구름이 걷히고 황빛의 달이 막사의 장막 사이로 그 얼굴을 내밀었다. 그 달을 물끄러미 바라보던 심헌은 목울대로 마른침을 삼키며 혼잣말을 내뱉었다.

"곧, 저 달은 붉은 피 칠갑을 하게 될 것인데……. 선한 이들의 피가 아니라 더럽고 추잡한 자들의 피를 칠할 수 있도록. ……전하, 부디 선한 이들에게 힘을 주십시오. 이 땅을 본디의 모양새로 돌리려 힘을 내는 단(單)과, 녹월의 주인인 백성들을 굽어살펴주십시오."

불꽃 사이에 그 생을 그을려 잃은 어린 임금, 명을 떠올리며 심헌은 눈을 곧게 감았다. 나이 많은 자의 깊고 굵은 주름 사이로 세월의 고단함과 고뇌, 그리고 영민한 판단력이 아로새겨졌다. 곧 심헌의 눈동자에 맹수의 눈빛처럼 날카로운 생명력이 덧입혀지자 늙은 몸 위에 얹어진 철갑은 살아 숨 쉬는 듯 어둡고 시퍼런 빛을 번뜩였다.

"대감. 모든 준비가 끝났습니다."

막사 안으로 들어온 허참성의 말을 들은 심헌은 단호한 입매를 열었다.

"오늘 밤, 모든 것이 온전한 제자리를 찾아가는 것인가."

"승기를 잡을 수 있다면……."

역시 몸뚱이에 철갑을 얹은 허참성은 무거운 철갑만큼이나 무거운 마음을 얹어 대답했다.

"승기의 존망은, 그들의 손에 달려 있네. 이 나라의 아비와 어미인 그들에게 달려 있어."

"언제나 짓밟힘을 당하고 두려움에 떨던 사람들이 주인으로서의 자의식을 깨달을 수 있었을지……."

"글쎄. 그것은 우리가 김익선을 치면 알 수 있겠지. 지금은 일단, 그들을 믿어야 하지를 않겠는가."

"그렇지요. 그 도리 말고는 별다른 도리가 없지요."

허참성은 깊고 무거운 숨을 한 번 내쉰 후 말을 이었다.

"그럼, 가십시다. 월산군 마마께서도 들끓는 피를 억누르시고 계실 것이옵니다. 단의 대업을 위해서……. 당장이라도 그들을 죽이고 싶은 마음을 애써 참고 계실 것이니, 이제는 그분의 한을 풀어낼 시간을 우리가 먼저 만들어드려야 하지 않겠습니까?"

그 말을 들은 심헌은 고개를 끄덕이며 허리춤에 찬 칼자루를 힘주어 쥐었다. 일찍이 문무에 능하여 젊은 시절의 오랜 시간을 변방에서 보낸 장수 출신의 심헌. 그런 그의 겉을 감싼 것은 노쇠한 몸뚱이라 할지라도, 몸뚱이 안에 깃든 용맹과 비범한 사리 판단은 젊은 날의 그것보다 훨씬 농후하고 짙게 무르익었으리라.

"갑시다, 도승지. 이 밤, 우리는 새 역사를 쓰고 새 녹월의 기틀을 마련할 것입니다."

"모두 다 준비가 되었느냐?"

짙은 화장과 화려한 치장을 마친 영락관의 주인, 소향은 자신의 거처 앞에 모인 기생들의 꾸밈새를 하나하나 눈으로 훑은 후 고개를 끄덕이며 말을 이었다.

"그래. 모두들 잘 준비하였구나. 오늘 우리는 귀한 분들을 모실 것이니 행여라도 그분들의 맘을 상하게 해서는 아니 된다. 홍에 취할 수 있도록 고운 웃음을 흘리고 술기운을 돋우는 것이 너희들의 일이니, 이 점을 명심하거라!"

"예! 행수님."

마당에 모인 기생들은 소향을 향해 아름다운 입술을 열어 일제히 대답했다. 그러자 소향은 맨 앞줄에 선 일패기생들과 눈을 맞추며 목소리를 줄여 말했다.

"너희들은 무슨 일이 있어도 준비한 춤을 끝까지 마무리하여야 할 것이며, 때가 되면 내가 미리 언질한 대로 대처하거라. 알겠느냐?"

"기억하여 새기고 있으니 걱정 마시어요."

"그래. 너희들을 믿는다. 그럼, 가자. 영의정 대감 댁으로."

소향의 말에 곱게 치장한 기생들이 조용히 그녀의 말에 따라 영락관의 큰 문을 향해 걸음을 옮겼다.

그때였다. 멀리서 어린아이, 꽃심이가 달려 나와 소향의 치맛자락을 왈칵 붙잡았다.

그간의 심적 고통이 컸는지 오래전 완쾌된 몸뚱이를 가진 아이치고는 그 안색이 검고 눈동자가 붉었다. 마치 오랜 시간 동안 눈물을 쏟아낸 사람처럼.

"……그, 그, 그곳에 가신다고 하여, 나왔습니다. 어, 어머니."

꽃심이는 처음으로 소향을 향해 '어머니'라 부르며 불안한 눈동자를 이리저리 움직였다. 김익선에게 고초를 당한 그날부터 지금까지 자신의 몸과 마음을 살뜰히 보살펴준 소향이 그 괴물 같은 자의 집에 간다고 하니 꽃심이는 마음이 놓이지 않았다.

"왜 그러는 것이냐, 꽃심아. 내가 걱정이라도 되는 것이야?"

아직은 어린아이. 그 아이가 가엾은 소향은 무릎을 굽혀 눈을 맞추고 이마를 매만지며 웃음을 지어 보였다.

"호, 혹여라도 저처럼……. 그, 그, 그자는 악한 자이니……. 어, 어, 언니들과 어머니가 다, 다, 다, 다칠까 봐……."

그날의 악몽이 떠오르면 마음이 불안하여 순간순간 심하게 말을 더듬는 버릇이 생긴 꽃심이의 말에 소향은 더욱 살뜰히 웃어 보이며 말했다.

"그런 일은 절대 없을 것이다. 그러니 걱정 말거라. 그냥 너는 그 어여쁜 네 모습이 그려진 그림을 보면서 좋은 생각만 하면 되는 것이다. 알겠느냐?"

"……그, 그때, 제게 그림을 그려주셨던 나리. 아니, 그 그림쟁이 아씨. 그, 그, 그 아씨는 무사할까요?"

이미 도성에 파다하게 퍼진 영지의 이야기가 꽃심이의 귀에도 아니 들어갔을 리가 없을 터. 꽃심이는 품 안에 곱게 간직한 그림을 꺼내어 소향에게 건넸다.

"무엇이니?"

"그림쟁이 아씨. 그 괴물의 집에 갇혀 있는 아씨를 혹 보신다면……. 혹, 괴물의 눈을 피해 그 아씨를 잠깐이라도 볼 기회가 생긴다면, 이것을 전해주세요."

꽃심이가 건넨 그림은 아주 서툴고 아주 볼품없는 붓놀림으로 그린 영지의 모습이었다. 아주, 환하게 웃는 그런 모습.

"늘 누더기에 감싸여 얼굴을 제대로 본 적은 없었지만……. 그래서 마음대로 생각하여 그린 것이지만……. 아씨께 전해드리고 싶었어요. 그때, 그 괴물에게 다쳤던 제게 주셨던 위로를 저도 그분께 전해드리고 싶었어요."

꽃심이의 말에 소향의 눈시울이 뜨겁게 타올랐다. 소향은 꽃심의 몸을 와락 껴안으며 그 귓가에 작지만 큰 약조를 속삭이듯 말했다.

"아가, 꽃심아. 약조하마. 이것을 꼭 전해주겠다고. 그리고 내가 이 목숨을 버리는 한이 있어도 꼭 그분을 구해드릴 것이라고."

소향의 말에 꽃심이는 왕방울만 한 눈동자를 뜨며 두 손으로 입을 꾹 틀어막았다. 그러자 소향은 애써 엷게 웃으며 꽃심이에게 당부했다.

"이 밤은 아주 깊고, 어둡고, 긴 밤이 될 것이다. 새날의 시작이 될 밤이니 말이다. 그러니 무슨 일이 있어도 영락관을 나오지 말 것이며, 너는 그저 그 아씨께서 주셨던 그림을 보면서 좋은 생각만 하고 있으면 되는 것이야. 나쁜 생각 말고, 좋은 생각만."

소향의 말에 꽃심이는 고개를 끄덕였다.

"그럼, 다녀오마."

"예, 어머니. 꼭 오셔야 해요. 다녀, 오셔야 해요!"

'어머니의 목숨도 버리지 마시고, 아씨도 꼭 구해주셔요. 제가 하늘님께 기도드릴 것이어요.'

꽃심은 김익선의 집을 향해 떠나는 이들이 눈에 보이지 않을 때까지 빈 마당에 우두커니 서 있다가 이내 방 안으로 뛰어 들어갔다. 뛰어 들어가는 꽃심이의 작은 등 위로 물빛의 댕기가 아롱

아롱 움직이고 있었다.

아직은 어리고 연약한 몸. 그 몸이 할 수 있는 일이 있다면 그저, 괴물의 집으로 불려 들어가는 영락관의 식구들과 괴물의 집에 붙잡힌 이들이 온전함을 보전할 수 있도록 하늘님께 기도를 드리는 일뿐이었다.

풍악 소리가 새까만 밤하늘을 촘촘히 수놓듯 울려 퍼졌다. 수괴의 집에 모인 흉악하고 무자비한 괴물들은 술과 음식을 탐하며 하나씩 꿰찬 여색들을 희롱하는 데 여념이 없었다. 그 중심에는 김익선과 그가 가장 아끼는 애첩이 있었고, 그들의 맞은편 앞마당에는 녹월의 참상을 글과 그림으로 고발한 두 탐색, 혜과 영지가 오랏줄에 묶여 있었다.

"으하하핫! 어떠냐? 저 두 연놈들이 마당에 꿇어 앉아 너를 우러러보는 모습이? 이만하면 네 생일에 큰 선물이 되었느냐?"

김익선의 말에 홍단은 살짝 고개를 가로저으며 새빨간 입술을 열어 말했다.

"저것들을 보셔요. 손을 묶은 오랏줄을 풀어주는 은혜를 베풀었더니, 저 손을 꽉 잡고 있는 눈꼴신 꼴을 말예요. 감히 어느 안전이라고 저런 짓을……."

"허어, 그래? 그럼 어떻게 해줄까?"

"저 계집의 손을 꽉 잡은 저 역적 놈의 손가락을 하나 잘라주셔요. 하나, 하나씩. 천천히. 소지(小指)부터 엄지까지. 단번에 죽여버리면 재미가 없지를 않겠습니까? 대감마님."

"흐흣. 옳거니! 그렇지! 이 연회에 들인 기생 년들이 많은 춤을 준비하였다 들었다. 그 춤을 보기 전에 소지를 하나 자르고, 춤 하나 보고 또 자르고. 그리하면 이 밤을 길고 재미나게 즐길 수 있을 것이야! 여봐라! 당장 저 창부 계집의 손을 잡은 역적 놈의 손을 떼어내고! 이 사달 속에서도 정신을 못 차리고 정분을 나누게 한 저놈의 소지를 지금 당장 잘라버려라!"

김익선의 분부가 떨어지기 무섭게 어디선가 나타난 망나니가 영지의 손등을 어루만지며 온기를 나눠주던 혜의 손을 거칠게 잡아떼며 희게 빛나는 도끼날로 그의 왼손 소지를 단번에 절단 내었다.

"으윽!"

"아아아아악!"

새끼손가락이 잘려나간 혜의 고통에 찬 신음 소리와 그 모습을 지켜보던 영지의 목구멍에서는 분기가 뒤섞인 음성이 동시에 재갈 틈으로 새어 나왔다.

그러나 그 두 사람의 처절한 모습을 지켜보던 수많은 간신들과 김익선은 박수를 치며 박장대소를 뿜어냈다.

"그 잘린 소지를 이리로 가져오너라! 그딴 손가락을 통해 감히 나를 음해하는 음서를 썼겠다? 내 그 모양이 어떤지 친히 보아야겠다!"

수괴의 명에 망나니는 은빛 쟁반에 혜의 잘린 소지를 담아 바쳤다. 시뻘건 핏물을 덮어 쓴 소지가 자잘한 경련을 내며 은빛 쟁반에 피 칠갑을 하는 광경을 가만히 들여다보던 김익선은 별안간 그것을 쥐어 마당에 내던지더니 목구멍이 찢어지도록 쇳소리를 내며 말했다.

“자! 보아라! 이것이 나 김익선이를 욕보인 자의 말로이니라. 놀이판이 하나씩 끝날 때마다 네놈의 살점을 잘라내며 즐거워하리라! 무엇 하느냐! 이 흥이 깨지기 전에 내게 춤을 선보이거라!”

쇳소리가 나는 그의 고함 소리에 전립을 쓴 여덟 명의 기생이 남색 치맛자락과 붉은 쾌자를 너울거리며 혜와 영지를 둘러싸고 두 줄로 바르게 섰다.

그 맨 앞에 선 소향이 먼저 공손하게 예를 다해 고개를 숙이며 상냥한 말머리를 꺼냈다.

“작은마님의 생신을 감축 드리기 위해 제가 직접 준비한 춤사위이옵니다. 부디 즐겁게 보아주시옵소서.”

소향의 말을 끝으로 삼현과 육각의 소리가 하절의 끝 무렵에 불어오는 진득한 바람을 타고 울려 퍼졌다. 애절하고 처절한 가락 소리가 한 자락씩 터져 나갈 때마다 예인(藝人) 여덟의 발끝이 바람을 타고 넘을 듯 사뿐하게 움직이며 혜와 영지를 둥글게 감쌌다.

마치 그 두 사람을 보호하려는 듯 서서히 장단을 타며 여덟의 발끝은 재빠르게 두 사람에게 가까워졌다 퍼져 나가기를 반복했다. 그리고 곧 예인들의 두 손 끝에 시퍼런 날이 번뜩이는 칼이 들렸다.

챙강. 여린 팔목의 움직임과 피리 소리를 타고 너울거리던 시퍼런 칼날의 번쩍임이 달빛을 받아 이리저리로 그 서늘한 자태를 내뿜었다. 나무 칼자루를 감싼 붉은 비단의 광택이 방울 소리와 맞물려 핏물과도 같은 투명함을 빛내며 줄줄이 매어진 색실들을 유린했다.

둥둥둥. 북과 장고 소리가 고조될 때마다 춤사위가 빨라지고 칼등에 매달린 금빛 방울들이 요란한 소리를 내며 김익선의 고대광실을 쩌렁쩌렁하게 울렸다. 겸손하고 온유해 보이던 예인들의 눈빛이 점차 굶주린 야성을 가진 맹수들의 그것처럼 매섭게 타올랐다.

분노와 분기를 머금은 눈빛으로 돌변한 소향은 두 손에 쥔 칼을 들고 마당 자리에 앉은 하급 관리들의 목을 향해 칼날을 들이대며 두루루루 돌았다. 비록 목 끝에 칼이 닿은 것은 아니었지만 한순간 그네들의 간담이 서늘해진 듯 기생들의 젖무덤을 주무르던 사내들의 손길이 멈추고 북소리가 더욱 크게 울려 퍼졌다.

'……?'

너른 마루에 앉아 그 모습을 지켜보던 김익선은 한순간 소향의 칼날이 관리들의 목줄을 따는 것 같은 착각에 간담이 서늘하게 내려앉은 것을 느꼈다.

'아니야. 저것은 그저 춤사위일 뿐이야. 저깟 춤사위에 나 김익선이의 간담이 서늘해지다니. 아랫것들이 알면 나를 얼마나 우습게보겠어? 자, 진정하자. 진정해.'

김익선은 얼음이 동동 뜬 냉수 한 사발을 벌컥벌컥 들이켜며 지레 놀란 새가슴을 진정시켰다. 역시, 북소리가 고조될수록 칼날이 움직이는 모양새가 급박해졌지만 그것은 그저 춤사위일 뿐, 아무런 일은 일어나지 않았다.

'잠을 깊이 들지 못해 몸이 상한 것 같군. 내일부터는 다시 동녀를 들여 기를 보충해야겠어.'

김익선은 애첩이 따라주는 술잔을 기울이며 이마에 솟은 식은 땀을 슬쩍 닦았다.

그때였다. 멀리에서 북소리를 집어삼킬 듯한 함성 소리가 들려왔다. 마치 우레와도 같은 그 함성 소리에 김익선의 목구멍을 넘어가던 술이 역류했다. 세차게 토악질을 하는 그의 눈에 새빨간 핏발이 돋아 올랐다.

"무, 무슨 일이냐! 저 소리는 무엇이야!"

"제가 살펴보고 오겠습니다. 안심하십시오. 대감의 뜻을 따르는 여기 모인 모든 관료들의 사병이 이 집을 둘러싸고 있습니다. 저것들은 기껏해야 저 월산군의 잔당들이 아니겠습니까?"

"이, 이! 이런 발칙한! 당장 저 함성 소리를 없애버려라! 내 집의 잔치를 망치는 저 소리를 다 쥐어 틀어버리란 말이닷!"

김익선의 역정 소리와 함께 검무의 가락 소리가 최대로 고조되던 그때! 소향은 손에 든 칼날을 높게 쳐들어 혜의 몸을 포박한 오랏줄을 단번에 끊어내었다.

그러자 몸이 자유로워진 혜는 입에 물린 재갈을 풂과 동시에 소향의 쾌자에 꽂혀 있던 검집에서 긴 검을 뽑아들고 앞으로 나아갔다.

"어서 아씨를 보호하라! 아씨의 몸을 엄호하라!"

소향의 명에 예인 일곱은 손에 든 짧은 칼날을 버리고 쾌자 속에 품었던 검집에서 검을 뽑아들어 영지의 몸을 빙 둘러쌌다. 소향이 단의 거사에 힘을 쏟으면서부터 은밀하게 길러낸 일곱의 검객. 영락관의 이름난 일패기생임과 동시에 검술에 능한 그녀들은 자신들을 향해 검을 내뿜는 수괴의 사병들을 향해 칼을 겨누고 그들의 몸을 가르며, 괴성을 지르다 또다시 실신한 영지의 몸을 지켰다.

"저, 저것들이! 여봐라! 어서! 저, 저 역적 놈을 죽여라! 저, 저 한통속들을 다 몰살시키란 말이다!"

자신을 향해 맹렬하게 달려오는 혜를 보며 김익선은 두려움이 가득 찬 목소리를 내뱉었다. 그러자 그의 사병들이 셀 수도 없을 정도로 쏟아져 나오며 혜의 앞을 맹렬하게 가로막고 검과 창을 휘둘렀다.

"우아아악!"

고함 소리와 함께 혜는 자신의 앞을 가로막는 사병들을 하나하나씩 베어가기 시작했다. 그 순간만큼은 잘려나간 소지의 아픔 따윈 전혀 느껴지지 않았다. 오직 단 하나의 생각은, 김익선의 죽음뿐. 그 외에는 어떤 생각도 그의 머릿속을 꿰찰 수가 없었다.

'네놈을 죽일 것이다. 네놈의 질긴 명줄, 내 손으로 끊어낼 것이야! 너로 인해 죽어간 수많은 목숨 값도 안 되는 네놈의 더러운 목숨! 그것을 오늘로 끝내버릴 것이야! 내가! 이 손으로!'

더운 바람이 크게 몰아칠 때마다 혜의 육신에 칼의 상흔이 아로새겨졌다. 그러나 그는 마치 광기에 가득 찬 괴수처럼 자신의 몸에 생겨나는 아픔을 전혀 느낄 수 없다는 듯 날렵하게 몸을 움직여 김익선과 자신의 사이를 가로막는 자들을 베어 나갔다.

핏물이 튀고 비록 수괴의 사병이었으나 역시 이 나라의 백성인 자들이 혜의 검에 죽어 나갔다. 오로지 '죽여야 한다'는 생각만이 가득 찬 광기의 괴수는 그저 자신의 앞을 가로막는 이들을 베고 또 베며 굵은 피눈물을 가슴에 묻고 또 묻을 뿐이었다.

"으아악! 저 역적 놈이 무엇이라고 저놈 하나를 베어내는 자가 없어!"

"영의정 대감! 여기서 이러실 게 아니라, 일단은 저를 따라 이쪽으로 몸을 피하십시오! 곧 이 댁의 문이 뚫릴지도 모를 일입니다!"

"그, 그래!"

송팽현은 혜가 사병들과 칼을 겨루고 있는 틈을 타서 김익선과 그 애첩을 빼돌리려 했다.

"비켜! 비키란 말이다! 저자를 베려는 내 길을 막지 말라! 내 앞을 막지 말란 말이다!"

혜는 어디에서 쏟아져 나오는지 쉼 없이 자신을 향해 창칼을 휘두르는 사병들을 베며 목이 찢어지는 울분을 쏟아내었다. 간신 송팽현의 손을 잡고 어디론가 몸을 숨기려는 김익선의 모습이 눈에 와 닿았지만 그 간신들의 목숨을 지키고자 끝까지 제 목숨을 버리는 사병들은 좀처럼 그 수가 줄지 않았다. 오히려 점점 더 늘어나 혜의 기운을 점점 갉아먹고 있었다.

그때였다. 고대광실 같은 집답게 그 위용이 남달랐던 그 집의 두터운 문이 열리고, 단(單)의 기를 든 병사들이 흰 옷을 입고 창칼을 든 백성들과 함께 김익선의 집으로 쏟아져 들어왔다.

반 시진 전. 심헌의 지휘를 필두로 김익선의 집까지 당도한 단의 군대는 그의 집을 철벽처럼 감싸고 있는 수백 명의 사병들과 함께 불가피한 대치 상황을 맞았다.

"너희들은 이 나라 녹월의 백성! 그대들의 피로 이 녹월의 땅을 물들이고 싶지 않으니! 악랄한 수괴, 김익선의 더러운 목숨을 위해 그대들의 귀한 목숨을 버리지 말라!"

숨 한 톨 쉴 수도 없을 만큼의 팽팽한 대치 상황에서 심헌의 말은 멀리서 들려오는 북과 장구 소리의 위용과 맞물려 사병들의 마음을 깊게 파고들었다. 그러나 사병들은 하나같이 저마다의 슬프고 잔혹한 속사정이 있었다. 부모의 고리대를 끊어내기 위해서, 또한 빚 대신 팔려갈 상황에 처한 어린 누이동생을 대신하여 수괴의 집에 자청하여 온 이들만 해도 그 수를 헤아릴 수조차 없었다.

행여 그릇된 판단을 하여 단(單)의 깃발 아래 무릎을 꿇었다가 아비가 다시 매질 아래 짓밟힘을 당하고 어린 누이동생이 돈 많은 집에 노비로 팔려가게 될까, 염려스러운 마음에 김익선의 집을 둘러싼 수백 명의 사병들은 심장 깊숙한 곳에서부터 일어난 감정의 동요를 애써 묵살하며 손에 쥔 창칼을 차마 내려놓을 수가 없었다. 그러나 그 손에 쥔 창칼이 발발발 떨리는 것은 무엇이었을까.

그것은 멀리서 곡괭이를 들고 걸어 나오는 자신의 늙은 아비를 보았기 때문일 것이다. 또한 또 다른 길목에서 낫과 호미를 들고 젖먹이 누이동생을 업은 채 걸어 나오는 제 어미를 보았기 때문일 것이다.

"아, 아버지!"

수괴의 사병 무리에서 앳된 소년의 목소리가 터져 나왔다. 그 목소리를 필두로 사병들은 제 눈앞에 펼쳐진 현실을 다시 한 번 확인해보려는 듯 두 눈을 끔벅거렸다.

단의 군사들 앞으로 백부와 조부, 백모와 사촌들까지. 제 살붙이이고 피붙이인 사람들이 그 손에 허름한 농기구를 들고 서서 하나둘 모여들어 어느 샌가 흰 옷을 입은 군사가 되고 단을 엄호하는 귀한 수호자로 변해 있었다.

수괴의 사병들은 창칼을 쥔 손에 힘을 꾹 주며 곡괭이와 낫 사이로 보이는 사람들의 얼굴을 부릅뜨고 바라보다 이내 울먹임을 터트렸다. 서로 날카롭게 선 날 사이로 대립하는 이들은 누군가의 가족이고, 벗이고, 사랑하는 사람들이었다. 서로 매일 얼굴을 보고, 서로 밥을 먹었고, 서로 다투기도 하며 부대낌의 정을 나누고 살았던 사람들. 그런 사람들끼리 날선 대립을 한다는 것은 참으로 이 땅을 스쳐 지나간 수많은 비극 중 하나였다.

"여보! 제발, 집으로 돌아가, 당장!"

이제 막 아비가 됨직한 젊은 사병이 제 지어미를 향해 눈물 젖은 고함을 외치고 있었다.

"오지 마! 가까이 오면 당신을 죽여야 한다고!"

그러나 젊은 사병의 안해는 지아비를 향해 걸어 나오더니 그가 겨눈 창끝을 손으로 만지며 말했다.

"이 갓난아이를 위해 서방님께서 할 수 있는, 아니, 해야만 하는 일은 그깟 간신을 지키는 일은 아닐 거예요. 서방님께서 그 간신을 위해서 목숨을 바친다면 저는 기꺼이 지아비의 창끝에 이 몸뚱이를 꿰뚫려 죽기를 각오하고 싸울 거예요. 우리 두 사람의 아이를 위해서. 이 아이가 살아갈 새 녹월을 위해서."

지어미의 말에 젊은 사병은 그만 손에 힘을 풀며 주저앉았다. 그의 손에 든 창과 방패가 바닥으로 나동그라지자 일개 군대를 이루던 수백의 사병들이 일제히 창칼을 떨어트리며 간신의 집으로 통하는 문을 비켜섰다.

비록 서로 싸워야만 하는 사람들이었으나 결코 목숨을 해할 수가 없었을 것이다. 서로가 서로에게는 가장 소중한 사람들이었기 때문에. 잘못 태어난 세상 속에서 결국은 모두가 멍이 들고 피고름에 밤잠을 이루지 못하는 연약한 사람들이었기에.

그러나 연약한 꽃잎도 모이면 탐스런 꽃송이가 되고, 연약한 낟알 한 알 한 알도 모아 밥을 지으면 먹음직스런 한 끼의 끼니가 되는 법. 허참성은 무장을 해제한 사병들을 향해 더없이 굳건한 믿음의 말을 남기며 그들의 가슴을 다시금 일으켜 세웠다.

"이 밤! 우리 단(單)은 무혈입성 하여 이 땅을 짓밟는 모든 수괴를 한 번에 처단할 것이니! 낫을 든 백성이든, 창과 칼을 쓰는 백성이든! 모두가 한뜻을 모아 수괴를 처단하고 새 녹월을 이룩하는데 그 힘을 모아주시오! 이 목숨을 걸고 맹세하니, 새로 세울 녹월은 결코 그대들의 피땀을 헛되이 하지 않을 것이며, 보다 나은 미래를 보답할 것이외다! 자! 돌진하여 백성의 힘으로 이 땅의 간신들을 척결합시다!"

그 말에 창칼을 내려놓은 사병들은 다시금 그것들을 두 손에 들며 그간 어쩔 수 없이 지켜야만 했던 더러운 목숨들을 향해 창칼을 겨누며 진격했다. 우렁찬 고함 소리와 함께 열린 김익선의 집은 이미 시작된 칼부림으로 인해 아수라장이 되어 있었다.

"이 집에 모인 모든 간신들을 위부터 아래까지 한 놈도 남기지 말고 모두 죽여라! 간신의 뿌리까지 척결하여 대의를 드높이고 이 땅을 새롭게 할 것이다!"

노장, 심헌의 말을 끝으로 곡괭이와 창칼을 든 사람들이 한데 어우러져 술에 취한 채 허둥지둥대는 간신들을 향해 날선 마음을 마음껏 내질렀다. 그간의 숱한 압박과 인간 이하의 모멸감을 받고 살았던 백성들의 손에 들린 낫은 지금 이 순간 간신들을 처단하는 가장 적절한 수단이 되고 있었다.

"네 이 간신 놈들! 네놈들의 살덩이로 퉈엄을 만들어 곡식을 가꿀 것이야!"

백성들의 분노가 하늘을 찌르고 땅을 가르는 이 시간. 그들의 손에 죽어 나간 자들은 한낱 아무짝에도 쓸모없이 축 늘어진 시체가 되어 고대광실 같은 집의 마당을 뒹굴며 검붉은 피를 콸콸콸 쏟아내고 있었다.

"도승지 나리! 아씨를! 아씨를 일단 안전한 곳으로 모셔주시어요!"

영지의 몸을 들쳐 업은 채 안전하게 피할 곳을 찾던 소향이 허참성을 발견하자 그쪽으로 내달렸다. 그 옆으로 소향과 영지를 업호하던 일패기생들이 자신들을 해하려는 수괴의 잔당들을 향해 검을 휘둘렀다.

"연 행수! 그대는 괜찮은 것이오?"

이미 실신하여 축 늘어진 영지의 몸을 받아 안던 그가 소향을 향해 걱정스런 물음을 던졌다. 그러자 소향이 고개를 끄덕인 후 다시금 칼을 든 손에 힘을 주고 이곳저곳에 숨으려 날뛰는 간신들을 향해 달려갔다. 그런 그녀의 모습을 눈에 담던 허참성은 말 위에 영지의 몸을 고정시켜 안으며 목구멍으로 터져 나오려는 말을 애써 억눌렀다.

'……부디, 그대. 살아주시오. 살아서 다시 만나면 그간 그대가 그토록 내게 듣고 싶었던 그 말. 꼭 해드릴 것이니.'

허참성은 말의 고삐를 바싹 잡아당기며 심헌에게 말했다.

"이분을 안전한 곳으로 모시고 다시 돌아오겠습니다."

"이, 이게 무슨 변고인가! 이게!"

김익선은 형조판서 송팽현의 손을 붙잡고 미친 듯이 달렸다. 그러나 두툼하게 나온 배때지가 극심하게 출렁거려 그리 속도를 내지는 못했다. 게다가 애첩 홍단이 그의 팔을 꽉 붙잡고 있으니 더욱이 속도가 나지 않았다.

"에잇! 이년아! 썩 이 팔을 놓지 못하겠느냐!"

"아아. 대감마님. 저를 버리지 마시어요. 저도 같이 안전한 곳으로 데려가 주시어요! 제발!"

그러나 홍단의 간절한 외침에도 불구하고 김익선은 방금까지 귀애하고 어여뻐했던 애첩의 복부를 무자비하게 발로 걷어차며 소리쳤다.

"이놈 저놈에게 몸뚱이나 내팔던 창부 주제에. 이만한 호사를 누리게 해주었으면 광영으로 알고, 이만 꺼져줘야지! 따라붙지 말거라, 이년! 이보게 형판, 어서 가세! 어서!"

홍단은 고통이 번져가는 복부를 두 손으로 감싸며 흙바닥에 주저앉았다.

"제발……. 이대로 저를 버리지 마세요, 대감마님!"

그것은 절규와도 같았고 다시금 과거의 궁핍했던 시절을 떠올리게 만드는 웃지 못할 촌극의 시작이 되는 순간이기도 했다. 홍단은 복부를 움켜쥐며 두 무릎으로 앞을 향해 질질 기어갔다. 어찌된 영문인지 음부의 깊은 곳에서 자꾸만 미끄덩한 것이 흘러나오는 것 같았다.

'서, 설마……!'

홍단은 치맛자락 안쪽으로 손을 집어넣어 미끄덩한 것의 신원을 확인했다. 그리고 곧 사색이 된 얼굴을 하며 복부에 강하게 퍼지는 통증에 흙바닥을 떼굴떼굴 굴렀다. 그 뱃속에는 김익선이 뿌린 씨앗이 자라나고 있었던 것이다.

"아아악! 대감마님! 제 뱃속에 대감마님의 핏줄이 자라고 있어요! 아악! 제, 제발! 저도 데리고……!"

이미 사라진 수괴를 향해 손을 뻗어 절규를 내뱉던 홍단은 어느 순간 그 절규를 멈추고 뒤를 돌아보았다. 뒤에는 온몸에 새빨간 피 칠갑을 한 채 벌건 눈을 번뜩이는 혜가 서 있었다.

"으, 으악! 사, 살려줘. 사, 살려주세요!"

"너 따위의 목숨을 거두러 온 것이 아니다. 어디로 갔느냐. 김익선! 그자, 어디로 갔느냔 말이다!"

피를 뒤집어쓴 야차처럼 맹렬한 분기를 뿜는 혜를 보며 홍단은 김익선이 사라진 곳을 손가락으로 가리켰다. 그러자 그는 홍단의 곁을 재빨리 지나치며 말했다.

"네 목숨을 거둘 사람은 내가 아니나, 이 자리가 너의 무덤 자리가 되겠구나."

김익선을 따라 사라진 혜의 자취만을 멍하니 바라보던 홍단은 어느새 자신을 빙 둘러싼 자들을 향해 시선을 주며 사색이 된 채로 엉금엉금 뒷걸음질을 쳤다. 새하얬을 옷에 핏물이 얼룩진 백성들의 눈동자가 모두 그녀를 향하고 있었다.

"살려주세요. 제발……."

두 손을 모아 빌고 또 빌었지만 그네들의 손에 들린 낫 여러 개가 단번에 공중 위로 솟구쳤다.

"으, 으아아악!"

자신을 향해 곧 내리쳐질 낫을 피하려고 더 뒷걸음질을 친 홍단의 몸뚱이가 별안간 괴성을 뿜어내며 깊고 긴 어둠 속으로 떨어져 내렸다. 그녀가 떨어진 자리는, 김익선의 총애를 받은 시절, 그에게서 선물 받은 뒤뜰의 인공연못이었다.

수많은 장정들의 피땀과 눈물로 완성된 그곳. 오늘 밤, 그녀의 생일이 지나면 시퍼런 물을 가득 대어 잉어며 자라를 넣어주겠노라 약조를 받았던 그곳. 그곳이 그녀의 몸뚱이가 거꾸로 파묻힌 마지막 무덤 자리가 될 줄은 그녀 자신도 미처 몰랐을 것이다.

거꾸로 떨어져 모가지가 고꾸라져 죽은 홍단의 마지막 참상을 지켜보던 그들은 낫을 든 손을 내리며 가만히 돌아섰다. 그 죽음이 불쌍하다 혀를 차는 사람 한 명 찾아볼 수가 없을 정도로 낫을 든 이들의 얼굴은 한없이 무표정했다.

“어디로! 어디로 가는 것이야!”

“대감마님, 궐로 가시지요. 그곳은 임금님께서 계시는 곳이 아닙니까? 궐에는 그곳을 지키는 군사들이 있으니 그곳이면 우리 두 목숨, 일단 연명은 할 수 있을 것입니다. 날이 밝으면 군권을 장악하여 저 역모를 꾀한 작당들을 모조리 섬멸할 수도 있지 않겠습니까?”

“하! 그렇지! 그럼 어서 가세!”

“얼른 말 위로 오르십시오!”

김익선은 송팽현과 함께 마구간에 묶인 말에 올라 뒷문을 통해 궐로 향했다. 멀리서 그 두 사람을 쫓아 달려온 혜는 말을 타고 사라지는 둘을 보며 잇새를 악물었다.

그때, 영지를 안전한 곳에 피신시키고 오던 허참성이 혜를 발견했다.

“월산군 마마! 다친 곳은 없으십니까?”

“지금은 그런 말을 할 시간이 없습니다. 저 수괴가 지금 궐을 향해 달아나고 있으니. 그대의 말을 내게 빌려주시오.”

혜의 명에 허참성은 곧바로 말에서 내렸다.

"그의 집에서 생포한 간신들을 붙잡아두고, 남은 병력들과 백성들을 모두 궐을 향해 집결시키시오. 내 궐로 가서 저 간신을 잡아 백성들이 보는 앞에서 죽이고, 간악한 국모와 허수아비 왕을 끌어내릴 것이오!"

"예! 마마!"

혜는 재빨리 말에 채찍질을 가하며 궐을 향해 내달렸다. 더운 밤바람의 사이사이로 추입을 맞이하는 빗방울이 하나둘씩 떨어지고 있었다.

궐로 통하는 문에 다다랐을 때, 김익선은 이제야 살았구나 싶었다. 그러나 그 앞을 지키고 선 유생들의 무리에 그는 입을 쩍 벌릴 수밖에 없었다.

"이, 이놈들! 어느 안전이라고 이 길을 가로막는 것이야! 문을 막고 선 네놈들의 몸뚱이를 어서 썩 비켜서지 못할까!"

송팽현이 호통을 쳤지만 유생들은 그 뜻을 굽히지 않았다.

"임금이 병들고 녹월이 병들었는데, 네 이놈! 감히 수괴의 몸뚱이를 궐 안에 담으려 하다니! 이 문, 절대로 못 연다!"

유생들은 서로의 손에 깍지를 끼고 다섯 겹으로 서며 김익선의 이동을 막고 섰다. 그들은 협심으로 궐기하여 백성들에게 보내어졌던 단의 서찰을 읊으며 수괴들의 앞을 가로막기를 멈추지 않았다.

그러자 송팽현이 안 되겠다는 듯 품 안에서 단도를 꺼내어 아무런 무장도 하지 않은 유생들을 위협하기 시작했다.

"글밖에 읽을 줄 모르는 것들이 감히 이 나라의 영상을 위협해?"

"목숨을 버린다 해도 수괴의 길을 열어줄 마음이 우리 유생들에게는 추호도 없음입니다! 우리 유생들은 오늘, 수괴의 칼날에 목숨이 끊긴다 하여도 다시는 그 더러움에 몸을 사리지 않을 것입니다! 그것이 이 나라에 유생이 있고 선비가 있는 진정한 이유가 아니겠습니까! 그간 수괴의 발아래 죽을까 두려워하였던 우리의 모습이 부끄럽고 치욕스러우니! 다시는 그 치욕 속으로 들어가 부끄럽게 살지는 않을 것입니다!"

유생들은 죽기를 각오하고 서로 바특이 붙어 꿈쩍도 하지 않았다. 그러자 혜가 멀리서 말을 타고 궐문을 향해 전력으로 내달리고 있었다.

"어디 감히 버러지 같은 놈들이 유생들을 겁박하는 것이야!"

혜는 말에서 내리지도 않은 채로 검을 휘둘러 형조판서의 등을 단번에 갈랐다. 그러자 단도를 들고 유생들을 위협하던 그의 몸이 한순간 종잇장처럼 바닥으로 고꾸라졌다.

"히익!"

김익선은 핏물을 뒤집어쓴 채 자신의 목덜미에 검을 겨누는 혜를 바라보더니 겁에 질린 소리를 내며 뒷걸음질을 쳤다. 그러자 혜는 김익선의 왼팔을 향해 검을 휘둘렀다.

터억. 수괴의 육중한 왼손이 흙바닥에 떨어져 피를 쏟아냈다.

"으아아악! 내 손! 내 손!"

김익선이 땅바닥에 떨어진 자신의 손을 보며 눈을 뒤집자 혜는 말에서 내려 수괴의 목덜미를 낚아채며 낮은 목소리를 내었다.

"……이건 아무것도 아니다. 그간 네가 능멸한 수많은 목숨 값에 비하면. 자, 궐 안으로 들어가고 싶다고 했었지? 그래, 같이 가자. 가서 너와 간통을 저지른 국모를 대면하게 해줄 것이다."

혜는 김익선의 옷깃을 강하게 잡아끌며 유생들에게 말했다.

"문을 열어주시오. 내 친히 주상전하를 뵈어 수괴의 말로를 보여드리고 음탕한 여인을 끌어내릴 것이외다!"

그의 말에 유생들이 막았던 길이 열리자 혜는 궐문을 지키는 자를 향해 목청을 높였다.

"문을 열라! 나 월산군 이혜와 이 땅의 영의정이 이 밤, 주상전하와 중전마마를 뵙기를 청하노라!"

용호영(龍虎營)의 군사들이 혜와 영의정을 빙 둘러쌌다.

"월산군 마마, 검을 내려놓으시지요. 무장을 해제하셔야 전하와 중전마마를 뵈올 수 있으십니다."

그러자 혜는 핏물이 흥건한 미소를 엷게 띠며 손에 든 검을 버리고 김익선을 질질 끌고 가다시피하며 걸음을 옮겼다.

"으아악! 주, 주상전하! 이 몸을 사, 살려주십시오!"

검은빛이 찬란하게 깔린 궐 안을 비명 소리로 수놓는 김익선을 보며 혜는 마치 벌레를 보는 듯한 차가운 조소를 머금었다.

"전하께서는 어디 계시느냐."

"……두 분께서는 편전에 계십니다."

"너는 궐 밖에서 지금 어떤 일이 벌어졌는지 알고 있느냐."

"예, 월산군 마마."

"그럼 내가 어찌하여 궐로 발을 들였는지도 알고?"

"……예."

"헌데 어찌하여 용호영의 수장인 너는 나를 베지 않는 것이냐."

혜의 물음에 용호영의 수장은 잠시간 걸음을 멈추고 그의 곁으로 다가가 나지막하게 입을 열었다.

"저의 숙부께서 형조판서의 손에 목숨을 잃으셨습니다. 제 숙부께서는 이 나라의 병권을 쥐고 계신 분이셨으니……. 저는 그분께서 충심으로 모셨던 당신께서 이 땅의 새 주인이 되실 것임을 이미 알고 있었던 바. 제 숙부의 바람이 헛되지 않도록 하는 것이 저의 마지막 임무가 되겠지요."

용호영의 수장은 휘하의 군사들과 함께 편전까지 혜와 동행했다.

"자! 지금부터는 나 홀로 월산군 마마와 영의정 대감을 모실 것이니! 너희들은 이곳, 편전 밖에서 기다리라. 알겠느냐!"

수장의 말에 휘하의 군사들은 일제히 대답하며 그 자리에 머물렀다. 그러자 혜는 김익선의 멱살을 힘주어 틀어잡으며 수장과 함께 편전으로 향했다. 편전 안으로 걸음을 내딛을 때마다 김익선의 잘린 자리에서 뿜어져 나오는 핏물에 통로 바닥이 붉게 물들였다.

"으, 으아아아아아악! 주, 중전마마! 제발 소, 소신을 지켜주십시오. 소신을 살려주십시오!"

편전에 앉아 마치 올 때를 기다리는 듯 월산군과 자신을 맞이하는 중전을 보며 김익선은 온갖 떼 고함을 질렀다. 그러자 중전은 아랫입술을 꽉 깨물며 월산군을 향해 입을 열었다.

"네 이놈! 여기가 어느 안전이라고 이 깊은 밤에 전하의 침수를 방해하는 것이냐!"

발발 떨리는 목소리를 애써 참으며 지아비를 대신해 말을 꺼내는 중전은 잔뜩 부푼 배를 두려움이 가득한 손으로 어루만지고 있었다. 그러자 혜는 편전 바닥에 김익선의 몸을 내동댕이치며 말했다.

"감히 이 땅을 능멸한 간신을 처단하여 잡아왔나이다. 중전마마."

"무, 무어라! 이, 이놈이!"

마지막 발악이라도 하듯 신경질적인 목청을 질러대던 중전은 어느 순간부터 실성한 사람처럼 깔깔거리며 웃기 시작했다.

"죽여라. 어차피 네놈이 이곳에 온 이유는 전하의 보위를 찬탈하기 위함이 아니더냐! 영의정 대감이 이렇게 된 마당이니 더 이상 나와 전하를 지켜줄 이가 없지를 않으냐! 그러니, 지금 당장 전하와 나를 죽여라."

중전은 어린 강아지새끼처럼 발발 떨기만 하는 모자란 지아비를 바라보며 한숨을 지었다. 그러더니 이내 자신의 손안에 쥐었던 환 몇 알을 갑자기 지아비의 입에 꾸역꾸역 밀어 넣기 시작했다. 그것은 미처 손쓸 틈도 없이 아주 짧은 찰나에 벌어진 일이었다.

"전하! 뱉어내십시오! 전하!"

혜는 임금의 앞으로 달려가 그의 등을 두드리며 소리를 질렀다. 비록, 옥좌에서 끌어내려야 할 왕이었으나 그의 불쌍한 목숨까지 거두고 싶지는 않았다. 그러나 허수아비 왕은 곧 목구멍에서 벌건 피와 가래가 뒤섞인 토물을 뱉어내다 이내 경련을 일으키며 고꾸라졌다.

"승하하셨을 것입니다. 이 환은 먹는 즉시 죽음에 이르게 하게 하는 독약이니. 어떻습니까? 월산군. 이렇게 그대의 손에 한 사람의 피라도 덜 묻히니, 그대는 참으로 좋을 것입니다. 아니 그렇습니까?"

간악한 중전은 자신의 부푼 배를 어루만지며 간교한 혓바닥을 날름거렸다.

"내 어렵게 얻은 태중의 아기씨였습니다. 비록, 그대가 왼손을 잘라버린 저 늙은 몸뚱이와 합방을 하여 얻은 아기씨였지만 내게는 진정 소중했단 말입니다. 사내구실 자체를 하지 못하는 지아비에게서 나는 절대로 수태를 할 수가 없었으니 말입니다."

"이런, 간악한……."

마지막까지 간교한 혓바닥을 멈추지 않는 중전을 보며 혜는 할 말을 잃어버렸다. 그러자 중전은 다시금 깔깔거리며 말을 이었다.

"이 아이는 이 땅에 태어난다 해도 저 수괴의 씨앗이라 일컬음을 받아 결국은 죽게 되겠지요. 그러니 아직은 어미가 품고 있는 이 시간, 이 어미의 목숨을 끊어주십시오. 어차피 나는 국모의 몸으로 간통과 살인이라는 큰 죄를 지은 몸. 더 이상 중전의 위는 내 것이 아닙니다. 그러니 월산군께서……. 아니, 아니지요. 월산군께서는 곧 용상의 주인이 되실 것이니 그 손을 더 이상 더럽히면 아니 되겠지요. 이보게, 자네. 용호영의 수장인 자네가 내 마지막 목숨을 거두어주겠는가?"

중전의 물음에 용호영의 수장은 고개를 끄덕이며 날이 선 검을 공중으로 치켜 올렸다가 단번에 중전의 몸을 갈랐다. 그러자 중전은 엷게 웃으며 차갑게 식어버린 지아비의 곁으로 쓰러졌다. 혜의 얼굴로 튀어버린 중전의 더운 핏방울이 그의 코끝에 피비린내를 전했다.

더 이상 말을 잇지 못하고 숨을 거둔 주상과 국모의 시신을 바라보던 혜는 처절한 소리를 내질렀다. 편전 안에서 죽어간 목숨. 그리고 지금 이 순간도 격렬한 전투를 치르고 있을 자들을 떠올리며 그는 가슴속에 치솟는 뜨거운 감정을 애써 억눌렀다.

임금의 자리가 무엇이관데 이리도 많은 피 값이 치러진다는 말인가.

임금의 위가 누구를 위함이기에.

임금의 위가 도대체 무엇이라고.

혜는 모든 것의 잘못된 시작에 간신 김익선이 있었음을 다시금 깨달으며 그를 찾았다. 희번덕거리는 그의 눈동자가 구석을 향해서 버러지처럼 기어가고 있는 김익선의 몸뚱이를 담았다.

"……네놈의 목숨. 너의 버러지 같은 목숨. 그 목숨을 위해, 너의 부귀영화를 위해! 도대체 몇 사람의 피를 그 값으로 취한 것이더냐! 나와라, 이놈! 죽일 것이다! 만인이 보는 앞에서 너를 죽일 것이야!"

혜는 김익선의 멱살을 다시 한 번 움켜쥐었다. 편전 밖으로 향하자 이미 궐 안을 장악한 단(單)의 군사가 새 임금을 모시기 위해 그 준비를 다하고 있었다. 그러나 혜는 아무런 말도 없이 그저 김익선이의 몸뚱이를 질질 끌고 다시금 궐 밖을 향해 걸음을 옮겼다.

"차라리, 그, 그냥! 여기서 주, 주, 죽여라! 나를 제발 죽여달라고!"

오래전부터 매일 밤 몽중에서 보던 사귀들이 눈에 보였다. 아직 생의 목숨인데도 불구하고 사귀가 보이는 것을 보니 이제는 모든 것이 다 끝났다 싶었다. 잘린 손의 고통은 상상도 할 수 없을 정도로 끔찍했다. 이 끔찍한 고통에서 벗어나는 것은 죽음뿐이리라.

그러나 혜는 김익선의 목숨을 거두지 않았다. 그저, 궐 밖을 향해 묵묵히 그의 몸을 끌고 갈 뿐이었다.

"어디로! 어디로 가는 것이냐!"

"……너의 무덤 자리."

한쪽 입꼬리를 올리며 차갑게 말하는 그는 야차였고, 냉귀였다. 그의 미소는 김익선의 온몸과 마음을 얼어붙게 했다. 그는 혜의 미소를 보자마자 이빨이 달달달 떨리고 온몸에 한기가 솟는 것을 느꼈다. 그리고 곧 열린 궐문 밖에선 희뿌연 것들의 모습이 김익선의 눈에 들어왔다.

"여기다. 너의 무덤 자리는. 나 대신 너의 살점과 창자를 갈기

갈기 뜯어줄 이들의 얼굴을 똑똑히 기억하라."

혜는 궐 밖에 서서 기다리고 있던 백성들의 앞에 김익선의 몸뚱이를 내동댕이쳤다. 그러자 커다란 도끼를 들고 있는 백정 골가 씨의 모습이 가장 먼저 김익선의 눈에 들어왔다.

"흐, 흐아악!"

김익선의 돼지 같은 몸뚱이가 그의 도끼를 피하려고 꾸물거리며 흙바닥을 기어갔다. 그러자 그는 눈물이 고인 커다란 눈을 끔벅이며 도끼날을 휘둘러 그의 발목을 잘랐다.

"내 딸. 죽었는지 살았는지도 모르는 내 딸의 목숨 값이다. 자, 이번 도끼날은 딸년 걱정에 밥 한 술도 못 먹고 병을 얻어 죽은 내 마누라의 목숨 값이다!"

골가 씨는 다시 한 번 도끼날을 휘두르며 뜨거운 눈물을 흘려보냈다. 흙바닥에 나동그라진 잘린 수돼지의 발목이 자잘한 경련을 내었다. 두 번의 도끼날을 휘두른 골가 씨는 무리에서 빠져나와 소리 없는 눈물을 멈추지 못했다.

골가 씨가 벗어난 자리는 핏물을 뒤집어쓴 백성들이 대신했다. 그네들의 낫과 호미가 혼이 아직 붙어 있는 김익선의 몸뚱이에 그 날을 내리꽂으며 그간의 울분을 쏟아내기 시작했다.

그 밤은 아주 깊고, 긴 밤이었으며 아무도 그네들의 몸짓을 막아낼 수가 없었다.

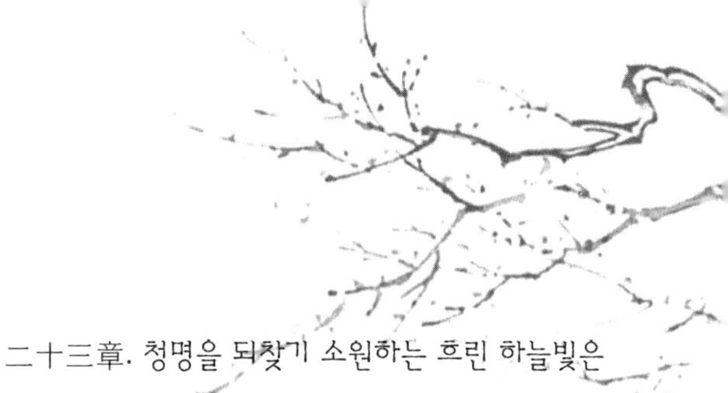

二十三章. 청명을 되찾기 소원하는 흐린 하늘빛은

사위(嗣位)인가, 반정(反正)인가. 그 갑론을박 속에서 허수아비 임금이었던 선왕의 목숨을 찬탈한 이는 엄밀히 말하자면 혜가 아니라 선왕에게 극약을 먹였던 지어미인 간악한 국모의 짓이었음이 드러나자 혜가 보위를 잇는 그 정통성은 사위(嗣位)라는 것으로 결론이 났다.

비록 초기에는 강화의 전하께 다시 보위를 찾아드리려는 반정을 도모한 단(單)이었으나 수많은 논의 중 단(單)의 행동은 수괴, 김익선을 처단하는 데 그 초점이 맞추어진 바. 종친들과 관료들이 도모한 결론은 반정이 아니라 이 땅의 정의를 실현하고자 했던 민과 관의 합심된 의국 활동으로 종을 맺었다.

선왕이 승하한 후 낙점된 후계자가 왕위에 오르는 사위(嗣位). 선왕은 후계가 없었기 때문에 종친부의 뜻을 따라 현 녹월의 마지막 왕제인 혜가 다음 보위를 이어받게 되었다.

이로써 혜는 반정이 아니라 사위 즉, 왕위 계승의 정통성을 인정받을 수 있게 되었을 뿐 아니라 그 어떤 임금보다도 백성들의 추대를 한 몸에 받아, 천심이라 일컬어지는 민심을 그 초석으로 다질 수 있게 되었다.

깊은 어둠의 비단결이 내려앉은 밤. 추입이 가까워졌음을 알리는 바람결에는 아직도 궐 안팎을 물들인 피 냄새가 너울거렸다.

혜는 눈을 들어 핏물이 요동쳤던 편전을 눈동자에 담았다. 곧 새 주인이 사용할 편전답게 그곳 어느 한군데에도 핏자국은 남아 있지 않았다. 마치 아무 일도 없었다는 듯. 이곳에서는 그 어느 목숨 하나 떨어지지 않았다는 듯 밤의 먹물을 머금은 그곳은 고요하고, 쓸쓸했다.

"무슨 생각을 그리 하시옵니까, 월산군 마마. 앞으로 나흘 후, 장례 중에 사위를 열 것인데……. 마음이 많이 어지러우신 모양이십니다."

곁으로 다가온 허참성이 차분하게 묻자 혜는 혼잣말을 하듯 입을 열었다.

"죽은 병조판서의 조카였다는 그 용호영의 수장 말입니다. 모시는 주인을 끝까지 지키지 못한 죄로 스스로 자결하였다 들었습니다. 의윤대비께서도 승하하신 전하를 따라 목을 매어 자결하셨고……. 아아……. 도승지, 이 궐 안팎으로 말입니다. 피 냄새가 진동을 합니다. 아니, 피 냄새는 이 사람에게서 가장 심하게 진동할 것입니다. 그날, 이 손에 묻힌 피가 얼마만큼인지……. 도승지, 나는! 내 손에 피를 묻히고 나서야 사람이 피 묻은 손을 새 물에 씻고 아무 일도 없었던 것처럼 살아간다는 것이……, 얼마나 끔찍하고 얼마나 위태로운 것인지를 새삼 느끼는 중입니다."

혜는 눈꺼풀을 살짝 떨며 편전을 바라보던 눈동자를 덮었다.

"한 번도 나는 내가 용상의 주인이 될 것이라 생각해본 적이 없었습니다. 모든 일이 끝나면, 그저 한 여인의 지아비가 되어 그이와 함께 오순도순 살 것이라는 바람뿐이었습니다. 가만히 서책을 읽다가 그이의 이마에 땀방울이 맺히면 그 이마를 쓸어주고 싶었고, 눈이 많이 내리는 날에는 그이의 작은 몸을 등에 업고 설경을 함께 바라보며 이런 저런 담소를 나누고 싶었습니다. 그런데……. 그 소박했던 소망이 이제는 덧없는 것이 되어버렸군요."

혜는 아직도 진득한 핏물의 기운이 남은 것 같은 손가락을 움켜쥐었다. 왼손의 소지가 잘린 자리에 매인 천 조각의 무게마저도 지금은 그에게 있어서 버거운 짐과 같았다.

"마마……."

허참성은 들어 올려진 눈꺼풀 틈으로 나타난 혜의 성마른 눈빛을 보며 마음이 욱신거림을 느꼈다. 녹월이 잃고, 녹월이 버렸고, 녹월이 다시 찾았던 왕자. 산골도령으로 살던 어린 혜가 어미를 잃은 후 임금의 부름을 받아 왕자의 삶을 찾으면서부터, 그는 허참성에게 또 하나의 아들이나 마찬가지였다. 긴 세월 혜를 가르치고 이날까지 보필함을 게을리 하지 않았던 이유는 단 한 가지. 혜에게 그가 아들의 정을 가졌기 때문일지도 모른다.

"그 사람에게 가보아야겠습니다. 조금 나아는 졌는지, 정신은 들었는지……. 몽중에 울고 있지는 않을지……. 죽은 아이의 꿈을 꾸며 슬퍼하지는 않을지……. 그 사람 생각에 하루 온종일 여기, 이 마음이……. 아픕니다. 아파서 죽을 것 같습니다, 나는. 사실 아무것도 하고 싶지 않고, 그이만 들여다보고 싶어요. 그이의 얼굴만 들여다보며 그이의 손을 꼭 잡아주고 싶어요, 도승지. 나는 늘, 그렇습니다."

너르고 단정한 혜의 어깨를 감싼 삼베 도포의 까슬한 실결에도 살이 베일 것 같은 아픔에 허참성은 그만 아무런 대답도 하지 않고 눈을 꽉 감아버렸다.

귀또리 소리만이 처연하게 울려오는 밤. 영지가 머물며 치료를 받는 곳에 다다른 혜는 탕약을 들고 마당을 가로지르는 어린 소녀와 소향을 보며 걸음을 멈추었다. 낯설지 않은 인기척에 걸음을 멈춘 소향은 촉촉하게 젖어드는 눈가를 말리지도 못한 채 물끄러미 한참 동안이나 혜를 바라보다 어렵게 입을 열었다.

"……들어가보시겠습니까, 마마. 제가 넣어드리는 탕약보다는 정인의 정성이 닿은 것이 더욱 효험이 있을 것입니다."

"그이는 아직, 혼절은 멈추지 못한 것인가."

그 물음에 소향은 고개를 끄덕이며 혜의 손에 탕약을 건넸다. 혜는 묵직한 탕약을 들고 그보다도 더 무거운 마음을 껴안은 채 방문을 열었다. 그러나 발목에 바윗덩이라도 매단 것인지 그는 그 방문을 넘어설 용기조차 나지 않았다. 임시적으로 윤일 내외를 보호하고 있는 도승지에게 전해 듣기를, 하나밖에 남지 않은 딸아이의 모진 모습을 보고 그들 내외 또한 통곡과 혼절하기를 거듭하며 식음을 전폐하고 있다 하였다.

그는, 영지에게 있어서 악질 중의 악질인 죄인일 뿐이었다. 그녀의 모든 것을 망가트리고 짓밟은 이는 다름 아닌 혜, 자신이라는 사실이 그의 뼛속과 정신을 갉아먹었다.

“어찌하여 들어가지 않으시옵니까?”

뒤편에서 느껴지는 소향의 물음에 혜는 어렵게 입을 떼었다.

“들어갈 수가 없다오. 저이를 저렇게 만든 것은……. 저이를 이 위험한 굴레로 밀어 넣은 것은 바로 나란 놈이니까 말이오. 이 죄인이 어찌 저이의 얼굴을 바로 볼 수가 있단 말이오.”

그러자 소향은 혜에게 올리려던 냉 찻물이 든 사발을 들어 맨바닥에 내던지며 분기가 섞인 목소리를 내었다. 바닥에 산산이 조각난 사기 파편들이 내는 소리가 마치 상처 입은 사람들의 슬픈 아우성 같아, 소향과 혜의 가슴이 미어지듯 아려 왔다.

“도망치시는 것이옵니까?”

그 목소리에 혜는 못이 박힌 듯 장승처럼 서서 소향을 내려다보았다.

“들어가십시오. 아씨께서는 마마를 기다리고 계실 것이옵니다. 마마께서 아씨를 지키시려면, 마마께서 아씨를 얻어내시려면! 이보다 더 큰 아픔도 감내하셔야 하실 것이옵니다. 감히 말씀드리건대, 녹월의 임금이 되실 분은 이 나라를 지키고 이 나라의 반석이 되어주셔야 할 몸. 그런 분께서 비겁하게 제 여인 하나도 지키지 못하고, 제 여인의 반석자리도 되어주지 못하신다면 그깟 용상의 자리가 무에 소용이 있겠습니까?”

소향은 맨바닥에 무릎을 꿇으며 간청하듯 말했다. 그러자 혜는 정신이 든 듯 마른 손바닥으로 물기가 차오른 눈가를 비비며 운을 떼었다.

"저이가 나를 놓지 않는 한. 저이가 나를 버리지 않는 한. 나는 꼭 저이를 내 곁에 두고 지킬 것이네. 저 여인의 반석자리가 될 것이야. 약조하네."

그는 마른침을 삼키며 영지가 누운 방의 문턱을 넘고 문을 닫았다. 촛불만이 어두운 방 안을 비추는 그곳에, 세상에서 가장 소중하게 여기는 이는 마치 죽은 사람처럼 누워 있었다.

"영소 작가. 내가 왔어. 내가 왔는데, 나를 반겨주지도 않을 것이야?"

모진 고초를 당한 것을 숨길 수 없는 듯, 영지의 얼굴은 차마 눈 뜨고 볼 수 없을 정도로 멍과 상처 자국이 가득했다. 아주 흉악한 꿈이라도 꾸는 듯 간간이 눈꺼풀을 파르르 떠는 그녀의 모습에 혜의 마음은 수천수만 번 무너져 내리는 것 같았다.

"눈을 좀 떠보아. 도대체 언제까지 눈을 감고 있을 것이야. 죽은 사람처럼 그리 누워 있지 말고 제발 나를 좀 보아. 그날, 그대의 속엣말……. 내가 잘못 들은 것이었나. 분명 나는 그대의 속마음을 들었는데……. 그대가 나의 슬픔이 되는 일이 없도록, 나를 떠나지 않는다고……."

혜는 영지의 앞에 앉아 뜨거운 탕약을 한 숟가락씩 떠서 후후 불어 식혔다. 언젠가, 주막에서 함께 국밥을 먹으며 그녀의 국밥을 식혀줬던 것이 떠올라 그의 눈에는 눈물이 차올랐다.

"……그대는 뜨거운 것을 잘 넘기지 못하는데."

짙은 갈빛의 액체를 영지의 입술에 조금씩 흘려 넣던 그는 그만 깊은 눈매 속에서 눈물을 뚝뚝 흘려보내고야 말았다. 그의 눈물이 탕약을 담은 은빛 숟가락 속으로 떨어져 갈빛의 동화를 이루었다.

"미안해. 미안하오. 내 금방 새것으로 떠줄게."

혜의 눈에서 솟아나는 소낙비처럼 굵은 눈물이 쉼 없이 그 길을 내리긋고 있었다. 아무런 소리도 못 내고 그저 흐느낌에 강인한 어깨가 한없이 들썩거리던 찰나. 그는 그만 탕약을 내려놓고 제 여인의 이마와 아랫배를 어루만지며 자신의 뺨을 여인의 뺨에 마주 비볐다. 뺨과 뺨이 만난 자리가 그의 눈물로 촉촉하게 젖어갔지만 그는 그 안타까운 행동을 멈출 수가 없었다.

온기가 남지 않은 자리. 이렇게라도 하면 그녀의 몸에 열을 나눠줄 수도 있지 않을까.

이렇게 얼굴을 부비며 매달리면 그녀가 흉악한 꿈속에서 빠져나와 눈을 떠주지 않을까.

타들어가는 듯 뜨거운 탄식의 음성을 제 여인의 귓가에 흘려보내며 그는 그녀의 홀쭉한 아랫배를 안타까운 손길로 매만졌다.

"그대가 눈을 떠야……. 그대가 나를 버리지 않아야, 여기 이곳에, 여기 이 자리에……. 그대와 나를 닮은 아이를 다시 품을 수 있지 않겠어. 내게 가장 소중한 사람은 이제 그대뿐이야. 그대를 잃으면 나는 어찌 살라고 이렇게 눈을 뜨지 않아……. 아이를 잃은 것은 그대의 잘못이 아니야. 나의 잘못이고, 나의 죄악이지. 내 곁불이 하나 온전히 지키지 못한 나의 잘못이니, 그대가 눈을 뜨지 않으면 나는 평생 이 죄악을 사죄치도 못하고 살아갈 것이 아니겠어."

가죽만 들러붙어 홀쭉하게 파인 그녀의 아랫배를 매만지던 혜의 손바닥에는 한없이 버석거리는 슬픔만이 가득 느껴졌다.

"그러니까 눈을 떠. 제발 나를 다시 바라봐주오. 내가 그대의 곁에서 평생 이 죄악을 사죄하고 살아갈 수 있게. 내가 그대를 바라보며 죽는 그날까지 안타깝고 또 안타까운 그 아이의 목숨을 기억하고 살아갈 수 있게……."

내가 끝까지, 그대를 지킬 수 있게.

그대가 이대로 내 곁을 떠나면, 나는 더 이상 지켜내야 할 사람이 없어.

그 누구도 내게 그대보다 중한 이는 없으니.

"영지……. 영지……. 윤영지……. 나의, 영소 작가야……."

혜는 식은땀이 송골송골 맺힌 영지의 이마에 마른 입술을 부비며 그녀의 이름을 거듭 속삭였다. 부디, 이 이름의 주인이 그 소리를 듣고 사(死)의 흉몽 속에서 깨어나길 바라며.

눈이 맑은 여자아이가 있었다. 너덧 살 쯤 먹어 보이는 아이의 눈은 푸른 호수처럼 맑고 투명해서, 영지는 자신이 집으로 돌아갈 길을 잃은 처지인 줄 알면서도 그 아이의 눈을 자꾸만 들여다보고 싶었다.

그런데 이 아이는 왜 이곳에 있는 것일까? 집도, 나무도, 그 어느 것도 보이지 않고 그저 흐린 하늘빛의 안개만이 자욱한데.

「저기. 아가야? 왜 이곳에 이렇게 혼자 서 있니? 어머니랑 아버지는? 아니면 유모는? 혹시 너도 나처럼 길을 잃은 것이니?」

영지는 무릎을 꺾고 앉아 여자아이와 눈을 맞추며 물었다. 그러자 아이는 볼우물이 쏙 패어 들어가는 눈웃음을 지으며 고개를 설레설레 저었다. 그녀는 아이의 볼우물을 보며 갑자기 마음이 아련하게 젖어드는 것을 느꼈다.

어디에선가 보았는데, 잘 기억이 나지 않는 그 모습. 불현듯 눈가에 차오르는 눈물에 그녀는 저도 모르게 눈물 한 줄기를 흘려보내고야 말았다. 그러자 아이가 고사리같이 어여쁜 손바닥을 내밀어 그녀의 눈물을 닦아주며 말을 꺼냈다.

「울지 말아요. 자꾸 자꾸 울면 더 슬퍼지니까요.」

말랑말랑 보드랍고 어여쁜 아이의 손짓이 영지의 눈물을 꼼꼼히 닦은 후, 분홍빛 입술로 후후 입바람을 불어 마지막 남은 눈물 한 방울까지도 사악 말려주었다.

「너는 참 친절하구나. 참말로 마음도 곱고.」

왜 이렇게 눈물이 나는지 모르겠지만, 여하튼 여자아이의 따스한 몸짓에 영지는 기분이 한결 나아지는 것을 느꼈다. 그래서 저도 모르게 그녀는 여자아이의 정수리를 쓰다듬으며 웃었다. 어쩐지, 이 아이에게는 이렇게 웃어주어야 할 것만 같았다.

「거봐요. 웃으니까 좋잖아요. 웃으니까 기분도 좋아지고, 얼굴도 어여뻐지고.」

「그래. 그렇구나. 참, 아가야? 그럼, 길을 잃은 것이 아니라면 너는 왜 이곳에 혼자 있는 것이니? 어머니랑 아버지는?」

영지의 물음을 들은 아이는 손을 내밀더니 활짝 웃으며 대답했다.

「돌아가는 길을 가르쳐드리려고요.」

「응? 나를? 왜? 너는 나를 아는 것이니? 나는 내가 누구인지도 모르겠고, 내가 왜 여기 있는지도 모르겠고, 내가 어디로 돌아가야 할지도 모르겠는데?」

아이의 뜬금없는 대답에 영지는 이런 물음, 저런 물음을 쏟아내었다. 그러자 아이는 다시 한 번 활짝 웃으며 말했다.

「자요. 내 손을 잡고 일어서서 나를 따라오세요.」

유리구슬 굴러가듯 맑고 투명한 아이의 음성. 영지는 마치 그 음성대로 해야 할 것 같은 기분에 아이의 따스하고 작은 손을 잡았다. 그러자 아이가 기분이 좋은 듯 콧노래를 흥얼거리며 어디론가 앞장섰다.

콧노래 사이사이로 살랑살랑 꽃내음이 어우러져 그녀의 아련했던 마음을 따스하고 향긋한 기운으로 채워주었다. 아이를 따라 걷자 흐린 하늘빛의 안개가 서서히 걷히더니 푸르고 높은 하늘빛의 색감이 눈앞에 펼쳐졌다.

「아가야? 너는 누구니?」

영지의 손안에서 꼼질꼼질 손가락을 움직이던 여자아이는 그녀의 물음에 왼쪽 볼우물을 쏙 패며 대답했다.

「알지 않아도 돼요. 기억하려고 애쓰지 않아도 되고요.」

「응?」

「아픈 기억보다는 좋은 기억, 행복한 기억들만 생각하고 살았으면 좋겠어요.」

영지는 눈을 동그랗게 뜨며 물음과는 달리 전혀 엉뚱한 대답을 하는 아이를 내려다보았다. 그러자 아이는 하얗고 고른 치아를 내어 보이며 희게 웃었다. 정말 누군가를 아주 많이 닮은 미소였다.

아주 그립고, 아주 보고 싶고, 아주 마음이 설레는 그런 미소.

「집에 가서 한숨 자고 일어나면 생각이 날 거예요. 그렇지만……. 울지 않았으면 좋겠어요. 자책하지도 않았으면 좋겠어요. 스스로를 미워하지도 말았으면 좋겠어요. 그저…….」

그저, 아버지랑 어머니랑 오래오래 행복하게 살았으면 좋겠어요.

내 동생들 많이 낳아 기르면서 오순도순 사이좋게 살았으면 좋겠어요.

여자아이는 하고 싶은 속엣말을 삼키고 큰 숨을 한 번 내쉬더니 영지를 향해 말을 이었다.

「여기 이 길로 쭉 걸어가면 돌아가야 할 곳이 나올 거예요. 도착해야 할 곳이요.」

「그럼 너는?」

영지의 물음에 아이는 고개를 설레설레 저으며 대답했다.

「이 길은 제가 갈 곳이 아니에요. 저기 저 반대쪽으로 가면 제 집이거든요. 빨리 가보아야 해요. 외삼촌이 맛난 복숭아 열매를 따주신다고 하셨거든요.」

「외삼촌?」

「응.」

아이는 고개를 끄덕이며 영지의 손에서 자신의 손을 슬그머니 빼내더니 그녀를 향해 두 손을 벌리며 맑은 음성으로 말했다.

「한 번만 안아주세요.」

「응?」

영지의 반문에 아이는 두 팔을 벌린 채로 그녀에게 더 가까이 다가서며 재촉하듯 말했다.

「한 번만이요. 딱 한 번만 안아주세요. 이번이 마지막이니까.」

아이는 먼저 영지의 치마폭에 담뿍 안기며 발그레한 두 뺨을 비볐다. 그 모습에 그녀 또한 어린 여자아이의 향내 나는 작은 몸을 담뿍 끌어안으며 속삭였다.

「고마워. 돌아갈 길을 가르쳐줘서.」

왜 이렇게 눈물이 솟으려는 것일까. 영지는 품 안에 끌어안은 따스하고 작은 몸뚱이를 더욱 꽉 끌어안으며 마음속 깊은 곳에서 샘솟는 저릿함에 눈을 감았다. 그러자 여자아이가 먼저 그 품에서 빠져나오려는 듯 버둥거림을 내었다.

「앗, 미안. 너무 꽉 끌어안았구나.」

영지는 아이를 끌어안았던 손을 풀며 가르쳐준 길을 향해 한 걸음을 내딛었다. 그러자 아이는 빨리 가라는 듯 영지의 치맛자락을 두 손으로 밀며 말했다.

「어서 가요. 안 그러면 나쁜 아재들이 올 수도 있으니까요.」

「아, 으응.」

한 발 두 발 떼며 길고 좁은 외길을 따라 걷자 영지는 아이와 점점 멀어지고 있었다. 그러다 문득 뒤를 돌아보면 어여쁜 여자아이는 고사리 같은 손을 흔들며 활짝 웃고 있었다. 무어라, 입술을 움직이며 말을 하는 것 같은데 어쩐지 아무런 소리도 들리지 않아 영지는 그저 아이를 향해 손을 흔들어줄 수밖에 없었다.

싱그러운 봄 햇살의 미소보다도 더 맑은 미소를 지닌 아이. 영지는 그 아이를 꼭 기억하고 살 것이라 다짐하면서 외길의 끝을 향해 내딛는 걸음에 힘을 주었다. 길의 끝에 있는 작은 초가집. 그 안에 어떤 사내가 서서 그녀 자신을 바라보고 있었다.

한 발 두 발. 사내와 점점 더 가까워지자 사내의 목소리가 영지의 마음을 울렸다.

「영지……. 영지……. 윤영지……. 나의, 영소 작가야…….」

초가집에 다다르자 사내의 두 팔이 자신의 몸을 감쌌다. 그 절실한 사내의 몸짓에 번뜩 눈이 떠졌다. 그러자 푸른 하늘빛의 공간과 초가집은 사라지고 두 팔을 벌려 자신의 몸을 감쌌던 사내만이 남아 뺨에 그 얼굴을 비비며 한없이 어떤 이름을 속삭이고 있었다.

영지의 이름을.

자신의 이름을.

문득 영지는 자신을 생의 길까지 인도한 이가 죽은 아기였음을 깨닫고 이불 속에 감추어져 있던 손을 움직여 아랫배를 찾았다. 그러자 이미 그녀의 아랫배에는 혜의 손길이 닿아 냉하고 습한 그곳에 그의 온기를 나누어주고 있었다.

영지는 아랫배에 얹어진 혜의 손등에 가만히 자신의 손을 얹었다. 그러자 여린 짐승의 움직임처럼 가늘고 연약한 기운을 느낀 혜는 미친 듯이 그녀의 이름을 불렀던 행동을 멈추고 고개를 들어 가만히 제 여인의 눈을 바라보았다.

눈물범벅이 된 혜의 얼굴을 바라보던 그녀는 쓴 내가 나는 입을 어렵게 떼며 물었다.

"왜 울어요……. 어째서 그렇게 울어요."

왜 우냐니. 어째서 우냐니.

혜는 목구멍이 턱 막히는 기분에 잠시간 아무 말도 하지 못하다 어렵게 입을 열었다.

"그대를……. 나의 가장 사랑하는 백성, 영소 작가를……. 나의 영지를……. 이대로 잃게 될 것만 같아서……. 이대로 그대를 잃어버리고……, 나의 이 무거운 죗값의 한 톨도 치르지 못하게 될 것만 같아서……."

자신을 바라보는 아프고 야윈 얼굴을 들여다보던 그는 차마 더 이상 어떤 말도 잇지 못한 채 그녀의 몸을 껴안으며 어린아이처럼 소리 내어 울었다. 그런 제 사내의 몸짓에 영지는 두 팔을 들어 그의 등을 쓸어내리며 작고 고요한 목소리를 전했다.

"꿈속에서……, 눈이 맑은 여자아이를 만났어요."

영지의 목소리에는 짙고 푸른 호수의 물기가 진하게 배어 있었다.

"마마를 꼭 닮은……, 어여쁜 볼우물이 있는 아이를 말이에요."

'아이'라는 말에 혜의 떨림이 한순간 잦아들었다.

"정말……, 마마를 꼭 닮아 너무나도 영민하고 어여뻐 보였던 아이였어요. 생각해보니, 마마의 속눈꺼풀도 닮았던 것 같아요."

정말로, 너무나도 총명해 보였던 여자아이. 영지는 그 아이의 웃는 얼굴을 떠올리며 습기가 묻어나는 숨을 흘려보냈다.

"제게 그 아이가……, 돌아가는 길을 알려주었어요. 정말 활짝 웃고, 손을 흔들면서……, 떠나는 저를 배웅해주었죠. 그 아이가 알려준 길의 끝에……, 마마께서 제 이름을 부르며 저를 안아주셨어요. 그래서 제가 누구인지, 제가 있어야 할 곳이 어디인지, 어디로 가야 하는지……. 저는 알 수 있었어요."

묵묵히, 꿈속의 이야기를 꺼내던 영지는 눈에 고이는 눈물을 애써 참으며 말을 이었다.

"이곳이었어요. 마마의 곁이 저의 자리라고……. 그 아이가 알려주었어요. 마마와 저의 아이가……."

그 말에 혜는 영지의 몸을 끌어안았던 팔을 풀며 다시금 그녀의 눈을 가만히 들여다보았다. 눈물이 잔뜩 고여 있었으나 울음소리 하나 내지 않는 제 여인. 그런 여인이 다시금 혜에게 엷고 따스한 목소리를 전했다.

"울지 말래요. 웃는 모습이 어여쁘다고. 저더러 행복한 기억들만 생각하고 살아가래요. 울지도 말고, 자책도 하지 말고, 스스로를 미워하지도 말래요. 아마, 그 아이가 마마를 만났더라면 마마께도 같은 말을 했을 거예요."

"영지……."

영지는 힘겹게 손을 들어 눈물에 젖어버린 혜의 얼굴을 어루만지며 말을 이었다.

"그러니까 울지 말아요. 그 아이를 생각하며, 더 이상 울지 말아요. 이렇게 제가 마마의 곁을 떠나지 않았으니……. 이 목숨을 버리지 않았으니……. 울지 말아요. 그 아이의 마지막 바람처럼."

'아이'라는 말이 그의 가슴에 대못처럼 들어와 박혔다. 혜는 절대로 가슴에 단단히 박힌 그 못을 빼지 않고 평생 동안 사랑하고 기억하며 살 것이라 다짐하며 마른 손바닥을 들어 얼굴에 범벅이 된 눈물을 비벼 닦았다. 그러자 그녀가 그의 옷깃을 붙잡으며 옅게 웃었다.

"이렇게 다시 보게 되어, 다시 볼 수 있어서……, 다행이에요."

영지가 깨어났다는 소식을 들은 윤일 내외는 그제야 식음을 전폐하던 일을 멈출 수 있었다. 그러나 두 다리를 쓸 수 없는 윤일의 몸과 가끔 정신이 온전치 못한 지어미는 영지의 병수발을 들 수가 없었다. 그때 묵묵히 영지의 병수발을 들며 그녀의 곁자리를 지킨 이는 오래전부터 이미 지아비였던 혜였다.

"마마……. 오늘도 이곳에서 하루를 나신 것이옵니까?"

영지가 머무는 거처에 들른 허참성은 손수 탕제를 달이는 혜를 보며 입을 열었다. 그러자 그는 묵묵히 불기운을 조절하며 입을 열었다.

"고작 사흘뿐이었습니다. 저이가 깨어난 지 사흘이 지났는데……. 도승지께서는 내가 이곳에 있는 것이 못마땅하신가 봅니다. 목소리에 가시가 가득 돋친 것을 보니……. 아니 그렇습니까?"

"내일입니다. 내일이면 사위를 열어 국왕의 보위를 이으실 분이십니다. 그런 분이 이곳에서 이렇게……. 엇흠."

허참성은 긴 수염을 매만지며 더 이상 말을 잇지 못했다. 방에서 피고름을 닦아낸 광목천 바구니를 들고 나오는 소향과 눈이 마주쳤기 때문이다. 그러자 혜는 탕제를 달이던 불을 끄고 그것을 탕약 그릇에 담아 소향의 손에 들려 방으로 보낸 후 입을 열었다.

"그대는 이 피고름의 흔적을 보고도 그런 말이 나오십니까? 저이는……. 나의 지어미는 이렇게 아픕니다. 이렇게 고통스러워하고 있어요!"

혜는 벌건 핏물과 노란 고름이 덕지덕지 묻은 오염된 천을 도승지에게 내밀며 말했다. 그러자 허참성은 깊은 한숨을 쉬며 입을 열었다.

"임금의 위를 받으실 분입니다. 내일이면! 이 나라에 새로운 태양이 뜬다는 말씀이옵니다. 단언컨대 그 태양은 바로 월산군 마마가 아니시겠습니까?"

"압니다. 나도 잘 알고 있는 바. 내가 수괴의 집에 홀로 들어가기 전 약조 드린 대로 나는 내일 용상의 자리를 물려받아 이 나라 녹월의 임금이 될 것입니다. 그 약조, 절대로 저버리지 않을 것인데 어찌하여 이리도 모진 말씀을 하시는 것입니까! ……내일이 되면 내가 내 지어미의 병수발조차 제대로 들 수가 없는데. 내가 저이의 곁자리를 지켜주기 힘든데……. 그대는 어찌 내게 인두겁을 쓴 금수가 되라 하시는 것이오?"

곧 용상에 오를 군주의 말에 허참성은 그의 손을 강하게 붙잡아 이끌며 영지가 머무는 거처를 벗어났다. 차후 녹월의 임금이 될 몸인 바, 많은 호위무사들이 그들의 뒤를 따랐다.

"이 손, 놓지 못하겠소!"

"마마! 부디 평정을 되찾으시고 사사로운 정에 이끌리지 마시옵소서. 어찌하여 윤일의 여식에게 '지어미'라는 말을 쓰시는 것이옵니까! 마마의 지어미라 함은 곧 이 나라의 국모가 되는 이를 뜻하는 것입니다. 냉정하게 판단하시옵소서. 윤일의 여식은 마마의 여인은 될 수 있을지 몰라도 이 나라의 국모가 될 수는 없음입니다."

"무엇이라! 지금 그대는 나의 지어미를 욕보이는 것이오? 저이는 나의 아이를 가졌고, 나를 위하여, 우리 단을 위하여 제 목숨을 잃을 뻔하였어! 우리 때문에! 나 때문에! 저이를 저렇게 만든 이가 우리이고, 나인데! 도승지 그대는 지금 저이의 충정을 짓밟고 저이의 충심을 욕보였음이야!"

"마마!"

허참성은 혜의 발아래 무릎을 꿇어앉으며 말을 이었다.

"월산군 마마! 아니, 이제는 이 나라의 태양이 되시고 백성의 반석이 되실 전하! 전하께서 저 여인을 버리실 수 없다면 차라리 후궁으로 취하시옵소서. 후궁으로 취하시어 곁에 두시고 살피시옵소서. 그러나 이 나라 녹월의 국모가 되기에 저 윤일의 여식은 합당치 않사옵니다! 이미 전하께서도 잘 알고 계신 사실이 아니시옵니까? 그것은 윤일 내외도 알고, 저도 알고, 전하께서도 알고, 윤일의 여식 또한 알고 있는 일이옵니다."

"그만! 도승지! 제발 그만하라고 하지 않는가!"

"아닙니다! 끝까지 들으시옵소서! 일국의 국모라 함은 예의바른 가문에서 태어나 지성을 겸비한 분이셔야 하옵니다. 또한 그 몸에서 원자아기씨를 생산하셔야 하는 바, 국모가 되실 분은 강건하고 흠이 없어야 하실 분이옵니다. 백성들이 인정하고 백성들이 우러러볼 수 있는 태양의 곁붙이가 되실 분이 국모의 자리에 앉으실 분이라는 말씀입니다. 그런데 윤일의 여식은 어떻습니까? 만백성이 다 아옵니다. 혼례를 올리기도 전에 수태를 하였고, 또한 아이를 잃었습니다. 이 점 하나만 보아도 큰 흠이 될 것인데, 춘화를 그려 생계를 연명하였습니다. 여인이 남녀의 음탕한 몸놀림을 그리며 살았습니다. 이 어찌 또 다른 흠이 아니 될 수 있겠습니까? 게다가……, 금번에 수괴를 처단하는 과정에서 그 몸에 큰 고초를 겪었습니다. 이것은 훗날 강건한 아기씨를 생산하는 데에 결정적인 문제가 될 수도 있음입니다. 여러모로 흠이 많은 윤일의 여식임을 전하께서도 잘 아시면서 어찌하여 그 귀를 막으려 하시옵니까!"

지어미를 버리라 청하는 그 말에 혜는 곁을 지키는 호위무사의 검집에서 칼을 꺼내어 허참성의 목에 겨눴다. 벌겋게 핏발이 선 그의 눈에는 분노와 한이 어지럽게 뒤섞여 있었다.

"그만……. 한 마디만 더 하면 내 지금 이 자리에서 그대의 목을 베어버릴지도 모를 일이야."

"차라리 소신의 목을 베시옵소서. 소신의 목을 베어 마음이 그 길을 달리한다면 소신은 죽어도 여한이 없음입니다."

허참성은 흙바닥에 머리를 쾅쾅 찧으며 눈물로 말했다. 그러자 그의 목에 드리워졌던 칼이 시퍼런 빛을 번뜩이며 바닥으로 떨어졌다.

"나 때문에……. 우리의 열망 때문에……. 망가지고 짓밟힌 저이의 삶을……, 그대는 어찌하여 그리도 냉정한 목소리로……, 버리라, 나더러 지금 저이를 버리라, 그 말을 하는 것인가. 그대는 그 마음에 감정도 없는가. 오로지 단단한 바위 같은 이성만이 그대를 움직이는 것인가."

창끝에 심장이 단번에 꿰뚫린 듯한 아픔에 혜는 가슴을 쥐어 잡으며 말했다.

"전하. 세상에 여인은 많사옵니다. 윤일의 여식보다 더 아름답고 총명하고 충심이 깊은 여인은 분명 있을 것이옵니다."

허참성의 말에 혜는 차가운 목소리를 공기 중에 흘려보내며 뒤돌아섰다.

"그런 여인이 어딘가에는 분명히 존재하겠지. 하지만 그런 사람이라 해도 내게 '저이'가 될 수는 없음이네."

"자아, 이제 그 저고리 좀 벗어보아. 어의가 이 연고(軟膏)를 잘 발라야 상한 등이 빨리 낫는다고 하였어."

혜는 영지의 옷고름을 풀며 자상하게 말했다. 그러자 얼굴이 붉어진 영지는 풀려가는 옷고름을 부여잡으며 천천히 돌아앉아 스스로 저고리와 치마를 벗어 등을 내보였다. 벌겋게 익어 핏물과 고름이 아직도 배어 나오는 뼈만 앙상한 등.

깨끗한 천으로 자주 닦고 연고를 바른다고는 하지만 깊은 화인을 입은 등은 쉽게 그 본연의 깨끗한 모습을 찾지는 못했다. 그 참상을 대면할 때마다 혜는 마음이 아파 와 견딜 수가 없었다.

차라리 영지의 아픔이 멎는 대신 자신의 손가락을 잘라낼 수만 있다면 나머지 아홉 손가락 모두를 잘라낼 수도 있다는 것이 그의 솔직한 심정이었다. 그는 연고를 찍어 넓게 퍼진 등의 상처에 섬세하게 바르며 따끔거리는 목구멍으로 마른침을 삼켰다.

"미안하오. 늘 하는 말이지만, 그대가 이렇게 될 때까지 먼저 나서지 못하고, 그대를 지켜주지 못해서 미안해."

그러자 영지는 등의 상처를 애써 참으며 대답했다.

"……잘하신 것이옵니다. 순간의 분기를 참지 못하였으면 그날, 수괴와 그를 따르는 무리를 소탕하지 못하였을 것입니다. 마마께서는 내일이면 이 나라 녹월의 임금이 되실 분이시니 앞으로는 더욱 더 스스로 감정을 자제하고, 순간순간 솟는 분기를 잘 참아내시어 올바른 판단력을 발판삼아 성군의 삶을 걸어 나가셔야 할 것입니다."

어쩐지 혜는 그녀의 말이 '당부'처럼 느껴져 연고를 바르던 손길을 멈추고 그녀의 이름을 부르려 했다. 그러자 영지는 조곤조곤한 목소리를 다시 울렸다.

"얼른 연고를 발라주시어요. 곧 가을이라 그런지 밤바람이 선선한 것 같았습니다. 잠시 마마와 밤나들이를 다녀오고 싶은데……. 아니 되겠습니까?"

영지의 물음에 혜는 고개를 저으며 말했다.

"아니 될 게 무엇이겠어. 그대가 원한다면, 나 역시도 원해. 그대의 마음이 곧 나의 마음이니까."

약간의 서늘함을 머금은 밤바람은 산책을 하기 딱 좋을 정도로 불어오고 있었다. 머리칼을 살랑살랑 건드리는 그 간지러움에 영지는 옅게 웃었다.

"어찌하여 웃는 것인가."

영지의 손을 꼭 잡고 그녀를 부축하던 혜는 눈을 뜨고 사흘이 지난 후에 처음으로 맞이하는 미소에 그 또한 옅은 미소를 지으며 물었다.

"다시는 못 걸을 것 같던 이 길을 마마와 함께 걸을 수 있어서……. 이렇게 조금씩 몸이 나아지고 있으니 이 또한 감사해서……. 그래서 웃었습니다."

그녀의 대답에 혜는 마음의 욱신거림을 애써 참으며 고개를 끄덕였다. 낮에 궁의 어의가 다녀가면서 확정적인 말을 했었다. 모진 고문을 당한 터라 평생 동안 영지는 다리를 절룩거리며 살아갈 것이라는 말. 아직 곁의 여인은 그 사실을 알지 못했다.

"마마."

"응."

"그 손……. 상한 자리에 손가락이 다시 솟을 수는 없겠지요?"

영지는 천으로 동여맨 혜의 상한 자리를 바라보며 말했다. 그러자 그는 아무렇지도 않다는 듯 말했다.

"그저 소지 하나 잘린 것뿐이야. 오른 방향도 아니고 왼 방향의 것이니, 살아가는 데 큰 무리는 없을 것이야. 남들 보기에는 조금 나쁠지도 모르겠지만."

"하지만……."

"괜찮아. 이렇게 그대와 내가 함께할 수만 있다면 이깟 아홉 손가락이 다 잘려나간다 해도 나는 다 참아낼 것이야. 모두 다."

그 말에 영지는 못내 마음이 아픈 듯 입술을 꾹 다물었다. 그러자 그의 손이 꾹 닫힌 영지의 입술을 지분거리더니 참말로 짓궂게도 그녀의 입술 사이로 손가락을 쑥 하니 밀어 넣었다.

"무, 무슨 행동이십니까? 저, 사내들도 다 보는 앞에서……."

영지는 아까부터 자신들을 일정 거리를 두고 따라오는 호위무사들을 바라보며 말했다. 그러자 그는 그녀의 입안에 들어간 손가락을 쑥 빼어 그것에 묻은 타액을 한 번 훑어 삼키며 입을 열었다.

"그러니까 그런 슬픈 표정, 하지 마오. 나는 괜찮으니까. 정말로 괜찮으니까."

그런 그의 음성에 그녀는 안심이라도 되는 듯 고개를 끄덕이며 앞으로 천천히 걸음을 옮겼다. 절룩, 절룩. 묘하게 어긋나는 애처로운 발걸음이 마치 도끼날의 움직임처럼 그의 가슴에 깊은 자국을 남기며 새겨졌다.

아프고 또 아픈 소리. 평생 걸음을 옮길 때마다 그 아픈 소리를 담고 살아갈 지어미를 생각하니, 차마 미치도록 아프다는 말로는 그 아픔을 표현할 방도가 없어 그는 그저 먼발치를 향해 시선을 옮겨버렸다.

'이런 그대를 어떻게 내가 버릴 수가 있겠어. 이렇게 마음 아프고, 이렇게 가엾은 그대를……. 아아, 나는 절대로 그대를 버리지 못해. 사랑하는 그대를, 연모하는 그대를 아프게 한 내가 어찌 이 사랑과 죄의 무게를 다 버리고 새 사람을 맞아들일 수가 있겠어. 무슨 일이 있어도 나는 그대를 홀로 두지 않을 것이야. 꼭 그대를

나의 곁자리로, 궐의 여주인으로, 나의 태양으로 만들 것이야.'

혜는 마음속으로 굳은 다짐을 하며 제 여인의 손을 힘주어 잡으며 다시금 눈을 맞췄다. 자신을 빤히 바라보는 그 눈빛이 부끄러웠는지 그녀는 주위를 살피다가 가지가 축 늘어진 능수버들을 가리키며 말했다.

"보는 사람이 너무 많습니다. 저곳으로 들어가요, 우리."

영지의 말에 혜는 그녀와 함께 초록빛 이파리가 발처럼 드리워진 능수버들 아래로 몸을 감추었다. 그저 호위무사들에게 보이는 것은 두 사람의 발끝뿐, 그들이 무슨 말을 나누는지 어떤 표정을 짓는지, 버들 밖의 검은 사내들은 그저 그 주위만 빙 돌며 두 사람을 지킬 뿐이었다.

싱그러운 버들 한 잎이 영지의 머리에 바람을 타고 내려앉았다. 그는 그녀의 정수리에 달랑달랑 붙은 이파리를 떼어주며 낮은 음성으로 물었다.

"그대. 언젠가 나와 했던 약조, 기억나오?"

"어떤……."

"그대가 나의 안해가 되어준다는 약조 말이오."

"아……."

그의 말에 영지는 혜의 눈빛을 피하며 발끝으로 시선을 옮겼다. 그러자 혜는 영지의 턱을 부드럽게 말아 쥐며 다시금 시선을 맞추었다.

"분명히 그대는 나의 안해가 되어준다, 내게 금석 같은 언약을 하였어. 그렇지?"

"……."

달뜬 마음으로 되묻는 사내의 눈을 바라보던 여인은 아무런 대답도 할 수가 없었다. 이미 자신의 처지는 그녀 스스로가 아주 잘 알고 있었기에 이대로 그가 원하는 대답을 해버린다면 아마 영지는 혜가 군주로서 임하는 기간 동안 가장 큰 흠으로서 낙인 될 것이다.

영지는 국모의 자리에 합당치 않은 흠 많은 여인. 그 몸에 남은 흠도 그러하거니와 세상이 모두 다 아는 천박한 업을 통해 생계를 꾸려왔던 여인이 윤영지 자신이었다. 게다가 부모의 병환 또한 위중하니 그 어느 면으로 보아도 영지는 혜의 곁붙이에 설 수 있는 여지가 전혀 남지 않은 사람이었다.

'모두가 반대할 길이다. 그런데도 이분께서 굳이 나를 택하신다면 그 미약한 왕권에 반기를 드는 자가 분명히 나타날 터. 윤영지, 절대로 너는 이분의 곁자리를 탐내어서도, 눈길을 주어서도 안 돼. 그건 너 스스로가 너무나도 잘 알잖아?'

영지는 혜의 눈을 바라보는 그 순간에도 스스로에게 수차례 반문을 하다가 이내 그의 입술에 먼저 입술을 맞추었다. 허옇게 각화된 입술이 자신의 입술에 닿자 그는 안타까운 눈빛으로 제 여인의 눈망울을 들여다보았다. 그윽하고 맑은 눈망울이 어떤 대답을 품고 있는지 느껴져 그의 마음은 무너져 내렸다.

"제발, 대답을 해주어. 내가 듣고 싶은 대답. 나의 안해가 되어주겠다, 이 나라 녹월의 국모가 되어주겠다, 하여 나를 홀로 두지 않겠다. 제발 그 대답을 내게 들려주어. 응?"

'그렇다면 나는 그대를 내 곁에 두기 위해 그 어떤 싸움이라도 모두 감내해낼 테니.'

혜는 영지의 마른 입술을 자신의 혀로 축이다가 이내 그 입술을 광폭하게 삼키며 그녀의 손을 마주 잡았다. 맞닿은 입술 사이로 서로가 서로에게 가지는 애틋함이 쉼 없이 전해졌다. 버들 냄새와 함께 어디선가 물 냄새가 두 사람에게 파고드는 찰나. 두꺼운 굵기의 소낙비가 버들잎 사이사이를 헤치며 두 사람의 몸뚱이에 젖어들었다.

그 순간 입술을 먼저 뗀 영지가 그의 가슴에 얼굴을 묻으며 아주 작지만, 단호한 어투로 그에게 자신의 속내를 전했다.

"도승지 나리의 뜻을 따라 행하십시오. 마마, 아니, 전하께서 지금은, 그러셔야 할 때이옵니다."

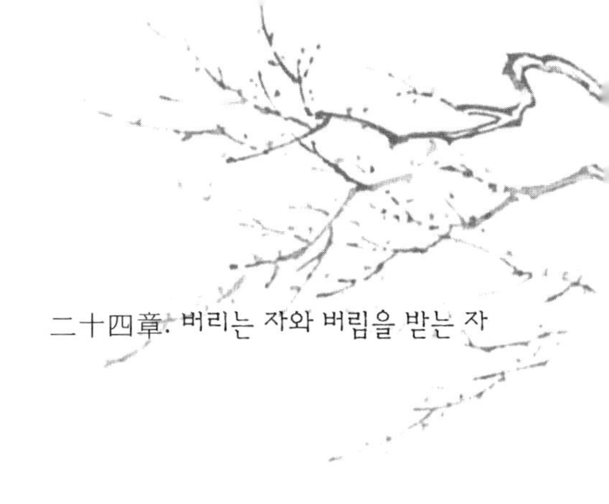

二十四章. 버리는 자와 버림을 받는 자

극약을 먹고 힘없이 죽어간 선왕. 그런 선왕이 승하한 지 엿새째 되는 날, 경희궁의 문에서는 녹월의 새 국왕을 맞이하는 의식이 거행되고 있었다. 새 임금을 맞이하는 문무백관과 종친들 사이로 구류 면류관을 쓴 혜의 눈빛이 어둡고 검게 빛나고 있었다.

구장복을 입은 혜가 한 걸음씩 그들의 앞으로 걸어 나갈 때마다 검은 바탕에 수놓인 양 어깨 위의 금빛 용이 새파란 하늘 위로 날아오를 듯이 움직였다. 누가 보아도 일국의 국왕다운 수려하고 늠름한 용태에 허참성은 저도 모르게 눈을 감았다. 감은 눈앞으로 강화에서 돌아가신 어린 군주가 떠올라 마음에 아릿한 고통의 물결이 고여 왔다.

'전하. 그곳에서 보고 계시옵니까? 전하의 숙부께서 녹월의 새 임금이 되시는 것을 말이옵니다. 비록 전하께 찾아드리지 못한 용상의 위이오나, 전하의 유언대로 그 자리를 숙부께서 받으셨으니……. 이제 지금 계신 그곳에서는 모든 슬픔을 다 지우시고 편히 눈을 감으십시오, 전하.'

허참성은 마음 깊이 소원했던 바람을 묻으며 감았던 눈을 뜨고 새 군주의 용태를 다시 한 번 눈 안에 품었다. 그 강건한 어깨에 지워진 무수한 짐들을 혜가 잘 감당해내어 이 나라 녹월의 위대한 성군이 되기를 진심으로 바라는 그의 눈가가 벅찬 감동으로 인한 자잘한 경련을 내었다.

초가을의 새파란 하늘 아래로 맑은 기운을 품은 햇살이 청명함을 가로질러 혜의 이마에 살며시 와 닿았다. 검미 아래 깊고 총명한 눈빛을 가진 새 임금은 대보를 받고 어좌에 올랐다. 어좌에 앉은 새 임금은 날 때부터 어좌의 주인이었던 것처럼 그 용태가 늠름하고 바르며 곧았다.

종친과 문무백관의 산호와 국궁사배를 받은 혜는 사위의 예를 따라 구장복을 벗고 다시 상복으로 갈아입었다. 강화에서 불꽃 아래에 돌아가신 조카전하와, 비록 허수아비 임금이었지만 지어미의 간악함에 목숨을 잃은 선왕을 생각하니 혜의 까만 눈빛에는 침통함이 어렸다. 그러나 그는 곧 침통함을 감추며 눈을 들어 문무백관의 모습을 눈에 담았다.

다스리고, 때로는 회유도 하고, 또한 정사에 대한 고민을 함께 나누어야 할 조정의 문무백관들. 혜는 앞으로 이 길을 함께 걸어나가야 할 신료들을 머릿속에 담으며 두 어깨를 더욱 폈다. 그러자 비록 상복으로 갈아입은 모습이었으나 옥좌의 주인이 될 분임에 일언의 의심도 할 수 없을 만큼 용태가 근엄하고 기품이 있어, 보는 이들의 마음을 든든하게 만들었다.

곧 즉위교서가 반포되자 혜는 명실공히 이 나라 녹월의 임금이 되었다. 늘 고민해야 하고, 때로는 싸워야 하며, 언제나 인내가운데 현명한 길을 찾아야 하는 외로운 자리의 주인. 그 자리에 오른 그의 양 어깨에는 오늘보다 더 나은 내일의 길을 만들어야 할 책임이 깊고 무겁게 지워져 있었다. 문득 이 나라의 젊은 임금은 그 외로운 길의 곁자리에 함께 있기를 가장 소원하는 이가 없음을 절실히 느끼며 짧은 찰나 동안 한없는 슬픔을 경험했다.

자신의 곁자리에, 이 외로운 길의 곁붙이 자리에 영지가 없다는 것이 그를 한없이 고독하게 만들었다. 불현듯 머리 위로 비치는 추입 햇살의 기운이 한겨울의 북풍처럼 차갑고 매섭게만 느껴져, 혜는 어깨를 작게 떨었다.

"……즉위식은 잘 거행되고 있는 것이겠지요."

애써 궐의 방향으로는 눈길 한 번 주지 않은 채 마루에 나와 앉은 영지를 보며 소향이 입을 열었다.

"예. 그럴 것입니다. 사위는 흉례라 그 절차가 간소하고, 짧은 시간 동안 두 분의 임금님께서 붕어(崩御)하시어 그 슬픔이 깊은 바. 축하연회도 열지 않는다고 하였으니 즉위식은 곧 끝날 것입니다."

"……그럼, 이제는 그분을 뵈옵기도 어렵게 되었겠네요. 아니 그렇습니까, 연 행수님."

영지의 말에 소향은 깊은 한숨을 내쉬며 말을 꺼냈다.

"어찌하여 그분의 곁자리를 탐내지 않으십니까? 그것은 탐이 아니라, 아씨께는 당연한 자리이옵니다. 주상전하의 곁자리를 떠나서 아무 일도 없었던 것처럼 살아갈 수 있으십니까? 지금 이 순간에도 애써 궐을 바라보지 않으려 노력하는 것이 이 눈에 훤하게 보이는데……. 아씨께서는 이 나라가 뒤바뀔 수 있는 데 많은 공헌을 하신 분이십니다. 모든 것을 다 내어주신 분께, 국모의 자리는 당연한 것이 아닙니까? 게다가 두 분, 그토록 연모하고 계신데……."

소향은 가슴이 메여와 더 이상 어떠한 말도 잇지 못하고 영지를 바라보았다. 그러자 그녀는 소향을 향해 말간 미소를 지으며 입을 열었다.

"도승지 나리께 약조를 드렸어요. 그분은 저의 옳은 판단을 믿는다고 하였지요. 저로 인해 그 몸이 상한 이들도 여럿 되고 말입니다. 게다가 이런 병들고 온전치 못한 몸으로 어찌 전하의 곁붙이가 될 수 있단 말입니까? 도승지 나리의 생각은 모든 면에서 옳은 판단입니다. ……저를 진찰한 어의가 전하께 드린 말, 저는 들었습니다. 평생 절름발이로 절룩거리면서 걸어야 한다는 그 말을요. 생각해보셔요. 일국의 국모가 절름발이라니요. 이 얼마나 전하의 면을 상하게 하는 볼썽사나운 모습입니까?"

"아씨……."

일말의 흐느낌도 찾을 수 없는 고요하고 낮은 음성에 소향은 안타까운 이를 빤히 바라보았다. 검은 오디 빛깔처럼 새까만 두 눈망울은 건드리면 눈물이 왈칵 터져 나올 듯이 부풀어 있었지만 그녀는 울지 않았다.

"전하께서는 힘이 있고 절개가 높은 집안의 여식을 국모로 맞이하셔야 합니다. 아직은 왕권이 미약한 바, 분명 이번 일로 인해 공신들의 권세는 높아지겠지요. 그들의 드높은 신권 속에서 아직 기반을 잡지 못한 채 정사를 돌보실 전하. 그분께서는 당신의 기반을 다지실 때까지 그 곁에서 힘을 보태주고 그분을 잠시나마 보호해드릴 수 있는 집안의 여식을 교태전의 주인으로 맞아들이셔야 합니다. 안타깝게도 이미 제 일가는 집안이 멸절하여 그 대가 끊겼으니, 그 누구도 전하를 보호해드릴 수가 없지를 않습니까? ……아마도 곧 가문이 복권되겠지만 이미 과거의 권세는 어디에서도 찾아볼 수 없을 정도로 완벽하게 멸절한 가문입니다. 연 행수님. 저도 사람입니다. 저라고 어찌 연모하는 분의 곁자리를 원하는 마음이 없겠습니까? 하지만 고고한 황새를 따라가다간, 뱁새는 지쳐 죽는 법입니다. 어쩌면 그 다리 짧아 느려터진 뱁새를 기다리느라 황새가 먼저 목이 빠져 죽을지도 모를 일이고 말입니다."

영지는 혜와 처음 맞대면을 했던 날을 떠올리며 살포시 웃음을 머금었다. 그가 자신을 향해 뱁새 다리라고 칭하며 면박을 주었던 그날. 그날의 우스꽝스러운 기억이 이렇게 소중한 추억이 될 줄, 그때는 미처 알지 못했었다.

"비록 여인의 몸이지만 저는 전하의 충직한 신하. 신하가 감히 사랑하는 군주의 참된 길을 방해할 수는 없는 것이지요. 황새는 더욱 고고하고 아름답고 기품 있게 날아야 하는 법입니다. 오물을 뒤집어쓴 절름발이 뱁새 때문에 그 흰빛을 더럽힐 수는 없습니다. 저는 절대로 그럴 수가 없어요."

이런 슬픈 말을 담담하게 나누는 날, 그녀의 머리맡에 부서져 내리는 햇살은 어찌 이리도 살가울 정도로 맑고 따뜻한 것인가. 소향은 뒤로 돌아앉아 초록빛의 이파리를 눈에 담으며 살며시 눈을 감았다.

영지의 그 아린 마음을 소향 또한 이해할 수 있을 것만 같았다. 연소향, 그녀 또한 영지와 같은 이유로 연모하는 이에게 단 한 번도 연모한다는 말조차 건넬 수가 없었으므로.

"그간 녹월 땅을 짓밟고 군주와 백성을 능멸한 간악한 간신들의 살점과 뼈를 분리하여 이 나라의 가장 작은 고을에까지 그들의 뼛조각을 보낼 것이오! 이는 그들의 지난 악행에 대한 영겁의 속죄를 위함이고, 또한 그와 같은 악행이 후대에 다시는 일어날 수 없도록 그 죄악의 일벌백계함을 만천하에 알리는 것이니! 무릇, 이 자리에 있는 과인의 충직한 신하인 그대들도 간신들의 말로가 어떠한지를 뼛속까지 깊이 새기어, 그대들의 충심을 오래도록 지키고 보전하여 정사를 바르게 함에 마음을 힘써야 할 것이오! 그리고 금번 수괴를 처단하는 데에는 민과 관의 충성된 합심이 가장 큰 힘을 발휘했던 바, 그대들은 지금부터 도승지가 하는 말을 잘 듣기를 바라오."

혜의 말에 대전에 모인 대신들은 머리를 조아리며 대답했다. 그것은 곧 공신들의 신권을 경계하는 새 임금의 첫 엄포이기도 했다. 그들의 모습을 보며 허참성은 임금이 내린 교지를 꺼내어 찬찬히 읽어 내리기 시작했다.

"금번 김익선과 그 수괴를 추앙하는 무리들을 단죄하는 데에는 충성된 신료들의 힘과 또한 그 힘에 용맹함을 더한 백성들의 충정도 깊은 바. 하여 과인은 충성된 신료들에게는 각자의 기여함에 따라 벼슬과 재물을 내릴 것이니 그것은 차후에 여러 관료들이 의논하여 조정할 것이다. 그러나 그대들이 본디 이 나라를 사랑하는 충정에서 시작한 일에 사사로운 물욕이나 벼슬에 대한 욕망은 감히 없었을 줄로 짐작하는 바. 벼슬과 그에 따르는 재물은 하사하되 이미 나라에서 그 벼슬에 맞는 토지를 하사받은 이들에게는 더 이상 토지를 내리지 않을 것이다. 이는 본디 이 땅의 주인이 백성들임을 잊지 않는 바, 백성들이 경작하고 일구는 토지를 빼앗아 신료들의 발 앞에 내어준다면 과거에 존재하였던 백성들에게 지독한 수탈을 일삼는 간악한 무리가 차후에 어찌 다시 나오지 않는다 단언할 수 있겠는가? 이미 그대들에게는 나라에서 정한 녹이 나가는 바이니 백성을 사랑하고 백성이 이 나라의 주인임을 뼛속 깊이 알고 있는 신하들이라면 과인의 뜻을 따를 것이라 생각하노라."

혜의 말이 이어졌다.

"또한 과인이 알기로 이곳에 모인 공신들 중 헐벗고 굶주린 자들은 없을 것으로 사료되니, 금번 간신들에게서 몰수한 재산과 전답은 온전히 백성들에게 되돌려주어 이 땅의 뿌리가 되는 백성들을 배불리 먹이고 입힐 것이다. 이는 이 땅의 뿌리가 곧 백성이고, 그들이 살기 좋은 나라를 만드는 것이 그대들과 이 용상의 주인인 과인이 해야 할 평생의 과업임을 가슴깊이 깨달아, 그 과업을 이루어 나가는 첫 발임을 천명하니. 그대들이 진정 백성을 사랑한다면 과인의 깊은 뜻을 이해하여 따를 줄 믿노라."

교지를 읽는 허참성의 말에 그곳에 모인 신료들 중 몇몇의 안색은 어두운 흙빛으로 변해갔다. 그러나 정확한 명분을 가진 임금의 교지에 차마 반대를 말할 수 있는 자는 없었다. 말이 '사위'이지 실질적으로는 '반정'을 통해 옥좌의 주인이 된 혜가 가진 힘은 깊고도 컸다.

물론 일반적인 '반정'은 공신들의 세력이 주축이므로 새로 권좌를 물려받은 왕은 그들의 눈치를 아니 볼 수가 없었다. 하지만 이번 거사는 기존의 반정과는 확연히 달랐다. 간신들을 때려잡고 수괴들의 목숨을 처단하는 데 큰 공을 세운 이들은 다름 아닌 힘 있는 자들이 아무런 힘이 없다고 업신여기고 짓밟아왔던 백성들이었기 때문이다.

백성들의 곡괭이와 낫질 아래에 사지 육신이 갈기갈기 찢겨 피범벅이 되어 죽은 수괴, 김익선의 처참한 말로. 그것을 눈에 담은 신료들은 언제고 자신들도 백성 위에 군림하려 하다가 그와 같은 말로를 당하게 될까 두려움에 떨었다.

그런 그들이 감히 '백성'의 이름을 앞세워 그 명분으로 삼은 임금의 명을 거역할 수는 없었다. 신료들의 낯빛을 바라보던 혜는 교지를 읽던 도승지의 말이 끝남과 동시에 입을 열어 또 다른 명을 내렸다.

"그리고 과거 수괴의 악행 속에서 이 나라를 지키려다 목숨을 잃고 가문의 멸절을 당한 이들을 다시금 일으켜 세워 그 권세를 돌려줄 것이니. 도승지는 멸문의 화를 당한 이들의 명부를 추려

수일 안으로 과인에게 올릴 것이며 또한 단을 위해 힘을 쏟은 백성들의 이름을 무릇 천민에서 백정에 이르기까지 세세히 밝혀 적으라. 과인이 그들의 공을 알고, 마음에 깊이 묻어 품을 것이며 개인의 공에 적절한 치하를 할 것이다."

눈을 들어 가을밤의 산세를 눈에 담던 젊은 임금은 곁을 지키는 중신을 향해 입을 열었다.

"도승지. 그대는 그 자리에 만족하는가. 그대 또한 공신 중의 공신이자 초기의 단을 꾸린 이이니 지금의 그 자리보다 더 높은 자리를 달라 하면 내 그대에게는 더 높은 지위를 줄 것이야."

초가을. 입추의 문턱을 넘어선 자리의 빈 곳을 채우던 선선한 밤바람은 붉은 용포 자락을 건드리며 노닐었다.

"소신에게는 이 자리가 적격입니다. 이제야말로 군왕의 명을 모실 수 있게 되었으니, 소신이 제 녹의 값을 할 때는 바로 지금부터입니다."

허참성의 말에 혜는 까만 밤하늘에 하얗게 빛나는 별빛을 눈에 담으며 말을 꺼냈다.

"신료들이 저마다 모여서 말들을 꽤나 나눌 것이야. 사실상 우리 단은 반정을 하였어. 사위가 아니라 반정을. 그 반정의 끝에 승기를 잡아 임금의 위를 바꾸고 단의 신료들은 공신록에 이름을 올렸지. 아무리 물욕이 없는 청백리들이라 한들 세상이 바꾸어진 지금, 그들의 마음에 벼슬과 재물에 대한 탐욕이 싹트지 않았다고 장담할 수는 없는 것이 아닌가."

"전하. 물욕에 젖은 관료의 최후를 전하께서도 보지 않으셨습니까? 하오니 전하께서는 일찍부터 신권을 누르시옵소서. 허나 폭군이 되라는 말씀을 드리는 것은 아니옵니다. 채찍이 필요할 때에는 채찍을 내리시고 어주가 필요할 때에는 그들을 불러 어주 한 잔을 내어 주시며 격려를 하시면 되실 것입니다. 그러나 무릇 물욕과 벼슬길에 욕심을 부리는 관료는 이 나라 녹월의 신하, 전하의 신하가 될 자격이 없음이니 그 과정에서 충신의 자질이 없는 자는 곧바로 내치시옵소서."

허참성은 머리를 조아리며 혜에게 말했다. 그러자 한 일 자로 굳게 다물어진 그의 입술 끝이 살짝 비틀리다가 이내 열렸다.

"신권을 장악하고, 백성들의 진정한 버팀목이 되려면 자질이 없는 자를 내치라. 도승지 그대는 말이야? 때때로 '내치라'라는 말을 참으로 쉽게 하는군."

혜의 비틀린 목소리에 도승지의 눈빛이 어둡게 가라앉았다.

"말해보아. 나의 그 사람. 그 사람도 충신의 자질이 없는지. 충신의 자질이 부족하고 모자라서 그대는 끝없이 내게 '그 사람, 가장 소중한 그이'를 내치라 간곡하게 말을 하는 것인지……."

새까만 밤하늘에서 어디선가 하늘을 누비는 매의 울음소리가 번지는 듯했다. 마치 그 울음소리가 젊은 임금의 속마음 같아 그를 아끼는 충신, 허참성의 마음에 아련한 눈물이 젖어들었다.

"전하의 그분은……. 여인으로 태어난 것이 아까울 만큼 뜻이 깊고 영민하신 분이십니다. 물론, 충신이십니다. 그분의 재능과 그분의 마음씀씀이가 없었다면 감히 단은 승기를 잡기 어려웠을 것이고, 전하 또한 용상의 주인이 되지 못하셨을 것이옵니다. 충신의 자질은……, 부족함도 없고 모자람도 없거니와 감히 단언컨대 국모의 위에 앉으시어 교태전의 주인이 되시면 그 누구보다도 전하를 성심껏 보필하고, 슬기로움을 발휘하시어 녹월의 발전에 도움이 될 것입니다."

쓰리고 아픈 그 말끝에 혜는 눈을 감으며 영지를 떠올렸다. 화사하고 아름다운 꽃이 아니라 들에 핀 꽃 같았던 사람. 이름도 모를 하얀 들꽃처럼 얼굴이 희고 정갈했던 그 사람의 자취가 마음속에 깊이 남아 그 뿌리를 지독하게 내리고 혜의 심장을 옭아매어, 그의 마음은 단지 아프다는 말로는 형용할 수 없을 만큼의 고통이 자욱하게 서려 있었다.

"그래. 그 사람은 그런 사람이야. 도승지도 그것을 잘 알면서 어찌하여 내게 토사구팽을 하라고 하시는가?"

혜의 아픈 물음은 허참성에게도 깊은 상처를 전했다.

"아직 전하께는 누군가를 지켜줄 만한 힘이 없으시기 때문입니다."

허참성은 타액으로 마른 입술을 축이며 말을 이었다.

"냉정하게 말씀을 고한다면, 지금 전하께는 토끼를 잡는 데 충실했던 사냥개 한 마리를 지켜줄 힘도 없으시기에……. 그래서 전하의 불안정한 힘이 걱정이 되어 윤일의 여식을 내치라 말씀드린 것이옵니다. 임금의 권력을 끌어올리는 데에는 여러 가지 방법이 있지요. 그중, 지금의 전하께 가장 합당한 방법은 적당한 집안의 여식을 지어미를 맞아들이신 후 그 집안의 권력을 이용하여 전하의 미온한 힘을 끌어올리는 것입니다. 저는 전하께 지금 고한 그 방법을 권하고자, 윤일의 여식은 아니 된다 말씀드린 것입니다. 하지만…….”

말끝을 흐리는 허참성의 목소리에 혜는 고개를 돌려 검미를 추켜올리며 깊고 어두운 그늘이 드리워진 눈동자를 빛냈다.

“하지만……, 전하께서 그 방안을 극구 원치 않으신다 하시면 소신 또한 더 이상 전하의 마음에 상처를 드릴 수는 없는 노릇입니다. 언제나 저는 전하를 제 피붙이처럼 여겨왔습니다. 산골에서 영민한 눈을 빛내며 흙바닥에 손가락으로 글을 쓰는 모습을 뵈온 그 순간부터 전하는 제게 이제껏 소중한 분이셨습니다. 그런 전하의 마음에 더 이상의 깊은 상처가 생기지 않기를 원하는 것이 소신의 바람이오니. 전하, 진정으로 마지막으로 한 가지 물음을 올리건대 전하께서는 꼭 그분이셔야 하옵니까? 진정, 다른 여인은 전하의 마음을 얻지 못하는 것이옵니까?”

허참성의 물음에 혜는 흔들림 없는 간절한 눈빛을 내며 입을 열었다.

“과인은……. 그 사람이 아니면 안 돼. 내게는 그 사람뿐이야. 도승지, 그대도 잘 알 것이야. 나는 한번 마음을 연 이에게는 마음을 쉽게 닫지 못해. 그리고 한번 닫힌 마음은 쉽게 열지도 못하는 사람이고. 그대는 나를 오랫동안 보아왔으니 나를 잘 알고 있지 않은가.”

혜는 도승지의 손을 꽉 붙잡으며 말을 이었다.

“도와주오. 나를……. 그리고 그 사람을…….”

그 간절한 목소리에 허참성은 깊고 긴 한숨을 내쉬며 대답했다.

"지금은 그분을 버리셔야 하옵니다. 버리셔야만 얻으실 수 있고, 멀리 두셔야만 지키실 수 있습니다. 근간에 공신들은 자신들의 여식을 국모로 만들기 위해 허울뿐인 국혼준비령을 내리자 청할 것이옵니다. 그때 전하께서는 연이어 승하하신 두 분의 전하를 위한 삼년상을 빌미로 국혼을 준비코자 하는 이들의 청을 물리시옵소서. 만일 전하께서 그 자리에서 영지 낭자를 국모로 맞을 것이라 하신다면 그들은 쥐도 새도 모르게 영지 낭자의 목숨을 해할 수도 있음입니다."

"도승지……."

"이후부터는 전하께서 모든 것을 일으켜 세우셔야 하십니다. 그러니 그동안 전하께서는 만백성의 아버지가 될 수 있도록 정사에 더욱 힘쓰시고 채찍과 어주를 사용하시며 천천히 신권을 누르시옵소서. 또한 신진세력을 발굴하고 등용하시는 것에 주력하셔야 하실 것입니다. 전하의 세력을 키우셔야만 영지 낭자를 얻기 위한 그때에 그들이 전하의 편에 서서 힘을 실어줄 것이옵니다. 모든 것은 전하께서 이 나라를 어떻게 돌보고 신권을 얼마나 적절히 누르냐에 따라 그 결말이 달라질 것이니……. 저 또한 그리 멀지 않은 어느 날, 전하의 뜻을 보필하고자 마지막 총기를 쏟아부을 것입니다. "

허참성은 물기가 게즘거리는 눈을 들어 젊은 임금의 용안을 눈에 담았다. 아직은 권력을 장악하지 못한 젊은 임금. 허참성은 이 임금에게 순백의 녹월을 품을 수 있도록 해드리고 싶었고, 항상 소중하게 여기시는 그분을 되찾게 해드리고 싶었다.

"강해지시옵소서. 강해지는 데에는 시간이 필요하오나 전하의 노력이 깊고 크다면 강함을 얻는 데에 드는 시간은 한순간의 찰나와도 같을 것이옵니다. 그 시간 동안 영지 낭자를 향한 전하의 마음이 변치 않는다면 전하께서는 필경 그분을 얻으실 수 있으실 것이옵니다. 그러니 저를 믿으시고, 전하의 마음을 믿으시옵소서. 또한 지금 제가 전하께 드리는 이 약조는 그 누구에게도 새어 나가면 아니 되옵니다. 비단 영지 낭자라 할지라도 말입니다."

이제는 제법 선선한 바람이 뺨을 스치고 사라지는 계절이 되었다. 영지는 저고리를 벗어 딱딱하게 각화된 등의 껍질을 제 손으로 매만지다가 눈을 감았다. 아직도 등의 상처는 아려 왔고, 한쪽 다리는 쭉 펴지지 않았다.

'아프고, 아프다. 하지만 몸보다 더 아픈 것은 이 마음인데……. 정확히 마음의 어디, 어느 쪽이 아픈 줄 알면 그 자리를 도려내어버리고 싶을 정도로 마음이 아프다니……. 내 이 깊은 연심을 어찌하면 접어버릴 수 있을까?'

영지는 무릎 위에 고이 접어둔 손수건을 내려다보며 옅은 한숨을 내쉬었다. 그때, 방문을 열고 소향이 들어왔다.

"아씨. 오늘은 몸이 좀 어떠시옵니까?"

"어제보다 많이 좋아졌습니다. 이렇게 탕약도 제때에 먹고 있으니 너무 염려치 마십시오."

영지는 그리 말하며 탕약을 한 모금씩 입안에 머금었다.

그때 소향은 영지의 무릎 위에 얌전히 얹어져 있는 손수건을 보며 물었다.

"그것은 전하의 영물, 현의 형상이 아닙니까?"

"아……."

소향의 물음에 영지는 탕약 사발을 내려놓으며 황급히 손수건을 두 손바닥으로 가렸다. 그러자 소향은 안쓰러운 눈길로 그녀를 바라보며 말했다.

"어찌하여 전하여드리지 않은 것입니까?"

그 물음에 영지는 옛 생각이 나는 듯 입가에 미소를 띠며 양 뺨을 붉혔다.

"어쩌다 보니……. 하지만 어차피 드릴 수가 없는 것입니다. 보셔요. 현의 다리 한쪽을 다 수놓지 못하였으니 말입니다. 이렇게 보니 조금은 우습습니다. 꼭 다리 한쪽이 없는 형상이 제 몰골을 닮지 않았습니까? 그러니, 더욱 더 버려야 할 것인데……. 참말로 미련이라는 게 무서운 것이라, 버리면 그만인 것을 이렇게 버리지도 못하고 물끄러미 바라보기만 하면서 마음 앓이만 하는 것이……, 우습습니다. 그리고 또한, 슬픕니다. 연 행수님."

엷게 웃고는 있지만 입가에 슬픈 미소가 만연한 영지를 바라보던 소향은 옅은 한숨을 내쉬었다. 그러자 영지가 다시금 말을 이었다.

"연 행수님. 이제 더는 이곳을 찾아오지 마시어요. 근간에 이곳을 비울 것입니다. 이제 몸이 어느 정도 회복이 되었으니 객은 떠나야 하지 않겠습니까?"

"하오시면 아씨의 가문이 복권을 하면서 나라에서 새로 내려준 집으로 들어가실 것이옵니까? 아직 그곳은 단장이 덜 끝나 새살림을 꾸리기에는 당장에 무리가 있는 것으로 알고 있는데……."

소향의 음성을 듣던 영지는 가만히 고개를 저으며 말했다.

"도성을 떠날 것입니다. 이 땅의 모든 곳에서 전하의 숨결이 묻어나는 것만 같아 가슴이 시리고 차갑습니다. 나의 온기, 나의 숨결로 만들고 싶은 이 마음을 참기가 힘들어 이 가슴이 서늘하고 매섭게 아픕니다. 하여 저는 이곳에서는 도저히 살 수가 없어요."

"아씨……."

"이 차갑고 매서운 마음을 따뜻하게 녹일 곳이 필요합니다. 그분의 온기는, 그분의 따스한 숨결은 이미 제 것이 될 수 없음을 알기에……, 이 아픈 마음을 따사롭게 어루만져줄 땅으로 가고자 합니다."

"하지만 아직 덜 나은 몸이십니다. 도성에 계시면 아씨의 상한 몸이 하루빨리 쾌차할 수 있도록 지금처럼 어의의 도움도 받을 수가 있지를 않겠습니까?"

소향은 안타까운 마음에 그녀의 마음을 돌리려 애를 썼다. 하지만 그녀의 입술에서는 단호하고도 냉정하기까지 한 목소리가 흘러나왔다.

"어의는 왕족의 병을 구완하는 자입니다. 아무리 신분을 복권하였다 한들 저는 그저 이 나라의 백성. 이 또한 어찌 보면 공신의 딸이라는 미명으로 권력을 남용하는 것이 아니겠습니까? 하여 전하의 도움도 그만 받을 것입니다. 몸의 병은 시간이 지나면 나을 것이나 마음의 병은 다릅니다. 연 행수님. 저는요, 이 마음에 든 병 때문에 이곳에 더 이상 있을 수가 없습니다. 이 꽁꽁 얼어버린 마음. 새하얗게 얼어버린 마음에 생겨나는 무수한 상처 자리가 차갑고 아파서 견딜 수가 없어요. 이 얼어버린 마음, 녹이면 낫겠지요. 하여 떠나려는 것입니다."

"……."

"너무 걱정하지 마십시오. 그저 처음으로 다시 돌아가는 것입니다. 부모님께서 물려주신 그림 그리는 재능을 춘화를 그리는 데 쓰려고 했던 그때. 그 누구의 도움도 받을 수 없이 스스로 서야 했고, 스스로 길을 개척해야 했던 그때로 다시 돌아가는 것뿐입니다. 이 아픔은 스스로 낫게 할 것입니다. 과거에 제가 그랬던 것처럼 다시 홀로 서는 것뿐이니……. 너무 심려치 마세요. 연 행수님께서도 잘 아시지 않습니까? 제가 얼마나 강하고 독한 사람인지."

영지의 깊고 맑아 보이는 눈은 한없이 아득하고 짙었다. 그 눈빛에 묻어나는 짙은 슬픔과 메마른 울음소리는 소향의 마음을 싸하게 만들었다.

"처음부터 내 것이 아니었습니다. 그것은 그분을 이 마음에 담았던 그 순간부터 잘 알고 있었습니다. 언젠가 때가 되면 이 마음을 접어야 한다는 것도. 그 불꽃을 재 한 줌도 남지 않도록 모두 태워버려야 한다는 것도. 이 마음을 모두 버려야 한다는 것도 다 알고 있었습니다. 그 '언젠가'가 바로 지금이겠지요."

밤길을 걸었다. 반짝이는 물빛처럼 아름답게 펼쳐진 별들의 강 아래를 홀로 걷는 것은 제법 운치가 있었다. 절룩. 그리고 또 절룩. 빠르게 걷지도, 달리지도 못하게 되었으나 이 또한 좋았다. 아주 느릿느릿 걸어 나가며 천천히 그분을 지워내도 좋은 작은 욕심을 부려도 될 듯했기 때문이다.

어차피 아무에게도 드러내지 않을 혼자만의 작은 미련이고, 작은 욕심인데 무에 큰 흠이 될까. 영지는 꽃심이라는 아이가 그렸다는 그림을 물끄러미 바라보다가 잠시 동안 눈을 감았다.

그 그림 속의 여인처럼 맑게 웃을 수 있는 그날이 오기는 할까.

지아비의 볼우물을 쏙 빼닮았던 그 아이의 바람처럼 아무런 근심 없이 웃을 수 있는 그날을 감히 꿈꾸어볼 수는 있을까.

'울지 마. 그 아이가 울지 말라고 당부했잖아. 윤영지, 너의 아이가. 그분의 아이가. 그러니까 울지 마. 제발.'

영지는 스스로에게 되뇌며 시큰거리는 눈가를 두 손바닥으로 꾹꾹 누르며 눈을 뜨고 다시금 앞으로 걸음을 옮겼다. 이 어지러운 마음이 가라앉을 때까지 그녀는 이 가을밤의 길을 걷고 또 걸을 참이었다.

그런데 언제부터였을까. 절룩, 그리고 또 절룩. 그 기이한 걸음 소리의 뒤안길에 또 다른 이의 걸음 소리가 겹쳐지기 시작한 순간은.

또 다른 걸음 소리를 가진 이의 몸에서는 젊고 푸른 냄새가 났다. 마치 먹 향 같기도 하고, 얼음을 동동 띄운 녹차 향 같기도 한 냄새. 영지는 그런 냄새를 가진 이를 잘 알고 있었다.

사랑한다, 사랑한다, 사랑한다.

연모한다, 연모한다, 연모한다.

그 냄새를 가진 사내의 넓은 가슴에 얼굴을 묻고 입맞춤을 하며 수도 없이 고백했던 아름다운 밤에는 꼭 그 냄새가 났었다. 한차례 사랑의 물결을 품은 후 노곤한 육신을 바닥에 늘어뜨리면 그는 자신의 귓불을 핥으며 귀밑머리를 다정스레 귀 뒤로 쓸어 넘겨주며 말하곤 했다.

나 역시도 그대를 진심으로 사랑하고, 연모한다고.

그 입술에서 언제나 맡아졌던 냄새. 싱그러운 풀 냄새처럼 깨끗한 체향은 노글노글해진 그녀의 육신을 담뿍 보듬으며 젖가슴에 맺힌 땀방울마저도 싱그러운 향으로 바꾸어놓곤 했었다. 그래서 둘은 어느 순간부터 같은 냄새, 같은 체향을 지니게 되었다.

'전하……?'

같은 냄새를 가진 이가 지금 자신의 뒤를 따라 걷고 있다는 사실에 영지는 솟아오르는 눈물을 참으려 이를 악물었다. 하지만 가슴속에 솟는 이 아련한 연심과 설렘을 어찌하면 좋을까.

바들바들 떨리는 손가락을 그러모아 쥔 영지의 손등을 마르고 옹이 진 손바닥이 살며시 감싸 왔고 곧 그녀의 흰 목덜미에 그의 숨결이 내려앉았다.

"전하……."

그녀의 상한 등에 혹여 아픔이라도 전할까, 차마 끌어안지도 못한 채 목덜미에 입술을 묻은 혜는 무겁게 가라앉은 음성을 풀어내며 제 여인의 손등을 더욱 힘주어 감쌌다.

"아니. 그대는 나를 그리 부르지 마오."

"……."

"혜. 나는 그대에게만큼은 그저 '혜'였으면 좋겠어."

목덜미에 내려앉은 더운 숨결에 영지는 저도 모르게 몸을 돌려 제 사내의 단단한 몸을 끌어안았다. 싱그러운 체향이 한 몸이 되는 순간, 그녀의 입술에서 그의 이름이 흘러나왔다.

"혜. 이혜. 나의 마마. 나의 전하."

나의 지아비. 나의 온기인 당신.

영지는 지금 이 순간이 그의 온기를 탐내는 마지막 순간이라는 것을 직감하며 마지막으로 작은 탐심을 내어 그를 더욱 힘껏 껴안았다.

'마지막이니까요. 전하, 제가 이 온기를 이 품 안에 느껴볼 수 있는 날은 마지막이니까요. 오늘이, 그런 날이니까요.'

이토록 절박한 몸짓을 나누어본 적이 있었던가. 연약하게 흔들리는 사금불 아래에서 두 사람을 감싸고 있던 모든 것들이 떨어져나가고 완연히 본연의 모습으로 서로를 마주한 연인. 그 두 사람은 지금 그 어떤 것도 부끄럽지 않았다.

평소 같았으면 작은 초가를 빙 둘러 지키고 선 호위무사들의 작은 기침 소리에도 부끄럼이 일 것만 같았지만 오늘은 달랐다. 서로가 서로에게 오늘이 마지막이라는 것을 이미 아는 듯 혜와 영지는 서로의 벗은 몸을 오롯하게 눈에 담았다.

"그대,"

한 번의 가벼운 입맞춤이 영지의 입술을 간질이듯 스쳐 지나갔다.

"나의,"

두 번의 달금한 입맞춤이 영지의 입술을 촉촉하게 머금었다.

"사랑하는 백성."

세 번의 묵직한 입맞춤이 영지의 입술을 애달프게 두드렸다. 그러자 곧 그녀의 입술이 작은 틈을 내보이며 더운 훈김을 내었다. 그 틈을 비집고 들어선 혜는 그녀의 긴 머리타래를 한 손으로 매만지며 입안의 타액을 모두 마시려는 듯 강렬하게 흡입했다.

'아아…….'

영지는 두 팔을 들어 혜의 넓은 등을 끌어안았다. 자잘한 근육들의 움직임과 땀 한 방울마저도 모두 기억하려는 듯 그녀의 손바닥은 쉴 새 없이 그의 등을 어루만지며 탐했다. 그 적극적인 몸짓에 혜의 몸에는 달뜨고 더운 기운이 강하게 몰려왔다.

그러다 문득 어루만진 그녀의 등에 새겨진 딱딱한 껍질. 각화되어버린 등을 살며시 매만지던 혜는 그녀의 뒤로 돌아서서 화인을 입은 등을 한 곳 한 곳 섬세하게 핥았다.

"이 밤. 내가 그대의……. 내 지어미의 연고가 되어줄게."

마치 상처에 약을 바르듯 섬세하게 혀를 움직이는 그 몸짓은 애달프고 안쓰러운 몸짓이었다. 고문을 받아 뒤틀린 골반 뼈에도, 작디작은 발가락까지도 그의 입술이 내려앉아 그 아픔을 달래주었다.

무릎을 꿇고 못난 새끼발가락까지 입을 맞추는 그를 내려다보던 영지는 천천히 무릎을 굽히고 몸을 숙여 그를 끌어안고 속삭였다.

"저의 서방님이 되어주세요. 이 밤, 단 하루의 밤만 부디 저의 서방님이 되어주세요. 저의 낭군이 되시고, 동이 틀 때까지 저의 이 차가운 밤을 지켜주세요."

그 떨리는 고백에 혜는 천천히 그녀를 이불 위로 눕혔다. 등이 아파 바르게 눕지 못하고 모로 돌아눕는 그 몸짓 하나하나가 모두 다, 눈물이 되어 혜의 가슴을 적셨다.

"되어줄게. 그대의 낭군이, 그대의 지아비가 되어줄게."

돌아누운 영지의 앞에 누워 그녀를 물끄러미 바라보던 혜는 배꽃처럼 희게 빛나는 둥근 이마에 입술을 맞추며 속삭였다.

"이 밤. 그대의 견자도 되어주고, 그대의 침자도 되어줄게. 이 밤, 그대가 춥지 않게. 그대의 등이 쓸려 아프지 않도록 내가 그대를 보듬어줄게."

혜는 영지의 양액 사이에 손을 끼워 넣어 그 마르고 연약해진 몸뚱이를 자신의 가슴 위에 올려 눕혔다. 옥경에 힘이 들어갔지만 오늘 밤은 이 연약한 사람의 몸을 범하여 가지고 싶지 않았다. 그저 검은 머리타래를 쓸어주며 심장 고동 소리를 들려주고 싶었다.

내가 그대를 얼마나 연모하는지.

이 심장이 얼마나 그대를 사모하는지.

이 마음이 얼마나 외쳐대는지. 내게는 오직 그대여야만 한다고.

쉼 없이 뛰는 고동 소리를 들려주며 말하고, 전하고 싶었다.

부디, 나의 지어미여. 내게 그대를 지킬 수 있는 힘이 생길 때까지 나를 기다려달라고.

나를 잊지 말고, 나를 잃지 말고, 나를 그대의 가슴에 품으며 기다려달라고.

"……혜. 나의 서방님."

그의 가슴에 귀를 대고 심장 고동 소리를 듣던 영지는 작은 목소리로 그를 불렀다.

"나중에……. 만일 영겁의 시간이 흐르고 흘러 후생이 있다면……."

"……."

"그때는 수천 수만의 밤을 이렇게 저와 함께 보내주세요. 음침한 흉몽의 기슭을 지날 때 저를 붙들어 깨워주시고, 차가운 겨울밤을 지새울 때 이 온기로 제 몸을 덥혀주세요."

"영겁의 시간이 흐르는 동안, 그대 나의 지어미야. 그대는 나를 잊지 않을 수 있겠어?"

그의 물음에 영지는 작게 고개를 끄덕였다.

'조금만. 조금의 시간만 참아주어. 영겁까지 긴 시간은 내가 참지 못할 테니까. 내가 그대를 지킬 수 있는 굳건한 힘을 키울 때까지만.'

혜는 가슴에서 끓어 나오는 말을 애써 억누르며 자신의 가슴에 손을 댄 영지의 손을 붙잡았다. 그러고선 소지가 잘려나간 왼손으로 그녀의 정수리를 천천히 쓰다듬었다.

"착하고 선한 나의 지어미. 끄덕끄덕, 대답도 참말로 어여쁘게 하네. 나의 지어미야. 이 밤, 그 누구도 그대를 아프게 하지 못하도록 내가 지킬 것이니 어서 고이 눈을 감고 주무시오. 내가 노래도 불러줄게."

그 말을 들은 영지는 새털처럼 가벼운 속눈썹을 가늘게 떨며 눈을 감았다. 귓가에 들리는 고동 소리가 그녀의 마음에 안식과도 같은 평안을 주었다. 그러자 혜는 낮고 듣기 좋은 음성으로 아주 어릴 적, 어머니가 불러주던 몽가(夢歌)를 불렀다.

어여쁜 나의 작은 새야.
새까만 눈을 고이 감고 솜털 날갯짓을 멈추면
나의 작은 새, 너의 꿈에는 내가 있을 테야.
빨간 해님 떠오르는 꿈결의 끝까지
나의 작은 새, 너의 꿈에는 내가 함께 있을 테야.
어여쁜 나의 작은 새야.
소중한 나의 작은 새야.
꿈속에 호랑이가 나타나면 곶감으로 물리쳐줄게.
꿈속에 도깨비가 나타나면 부렴 소리로 쫓아줄게.
그러니 나의 작은 새야.
우지 마라, 우지 마라, 우지 마라.
그러니 나의 고운 새야.
고이 자라, 고이 자라, 고이 자라.
새근, 새근, 새근.

그 노래를 얼마나 불렀을까. 새근새근, 색색거리는 숨소리가 그의 귓전에 녹아들었다. 고이 눈을 감은 영지가 단잠에 젖어 색색거리는 숨소리를 내고 있는 것이었다. 그 모습이 안쓰럽기도 하고 어여쁘기도 해서 혜는 그 밤 내내 숨소리 한 번을 크게 내지 못했다. 그저 아주 깊은 밤을 지나 동이 틀 무렵까지 그녀가 두려워하던 차가운 밤을 묵묵히 지켜내며 고요하고 새근한 숨소리를 지켜주었을 뿐이었다.

"전하! 이 나라의 국모를 맞이하는 국혼입니다! 그 중대사를 미루시다니요! 이는 아니 될 일이옵니다! 국모의 위가 비어 있는데 어찌 이 나라가 바르게 설 수가 있단 말이옵니까? 전하, 부디 성총을 흐리지 마시옵소서!"

혜가 왕위에 오른 지 보름도 채 되지 않아 중신들은 혜에게 국모를 맞아들이기를 청했다. 명목상으로는 국모의 위가 비어 있으니 그 중한 자리를 절대로 비워둘 수 없다는 충심의 발로에서 나온 청이었으나, 그 뒤를 살펴보면 대다수 중신들의 속내에는 검은 탐심이 자라나고 있었다.

나의 누이가, 나의 여식이 국모의 자리에 앉아 외척이 되려는 중신들. 그들의 속내를 젊고 총명한 임금은 이미 속속들이 꿰뚫고 있었다.

"지금 그대들은 과인의 총기가 흐려졌다고 말하는 것이오? 그대들의 말처럼 국모의 위는 중요하오. 허나! 그 어떤 것이라도 사람의 인덕보다 더 중한 것은 없소이다! 과인은 반정이 아니라 사위를 통해 왕위의 정통성을 인정받았습니다! 그런 과인이 안타깝게 승하하신 두 분 선대왕의 삼년상도 치르지 못한다니! 임어하신 선왕들께서는 연치가 미령하시어 삼년상을 치를 후사도 없는 바. 하여 과인이 불미스럽게 승하하신 두 분의 삼년상을 치른 후에 국모를 맞아들이겠다는 것이오! 과인이 국모를 맞이하지 않겠다는 것이 아니라, 다만 그 시일을 늦추자는 것인데 어찌하여 경들은 과인에게 인두겁을 쓴 금수가 되라고 하는가! 경들은 다들 아비어미도 없이 하늘에서 녹월 땅으로 뚝 떨어진 사람들이랍니까!"

"하, 하오나! 전하! 하루 빨리 중전마마를 맞아들이시어 강건한 후사를 보셔야 할 것이 아니옵니까? 어서 원자아기씨를 보셔야 보위가 굳건하여지고……."

"무어라! 예판께서 지금 과인에게 원자를 운운하였어? 과인이 보위에 오른 지 고작 보름도 채 지나지 않았거늘! 원자가 탄생하여야만 보위가 굳건하여지는 것이 아니라, 이 나라 백성들이 배불리 잘 먹고 화평해야 이 나라가 굳건하여지고, 그들을 위해 이 자리를 지키는 과인의 보위도 굳건하여지는 것이 아닌가! 설마……. 벌써부터 과인의 다음 후계를 일찌감치 점지한 후 그대의 알량한 권세를 가지고 쥐락펴락하려는 것인가! 내 듣자하니 예판의 여식이 혼기가 꽉 찼다고 들었는데……. 설마 중전의 자리에 예판의 따님을 앉히시어 외척의 기세를 잡으려 하시는 것이신가?"

"저, 전하. 그, 그런 것이 아니오라!"

"그런 것이 아니라면 무엇이오!"

젊은 임금, 헤의 불같은 진노함에 예조판서는 머리를 조아리며 입을 열었다.

"전하께서 사저에 계시던 때에 정을 주시던 윤일의 여식이 마음에 걸리어……. 그것 때문이지 소신에게 진정 다른 뜻은 없사옵니다! 통촉하여주시옵소서!"

예조판서의 말에 혜의 눈빛이 차갑게 얼어붙었다.

"그 누구든지 적절한 때가 되어 금혼령이 내려지면 혼기가 찬 명문가의 규수는 간택령에 따라야 하는 것이 법도. 그것은 윤일의 여식뿐 아니라 이곳에 계신 경들의 여식들도 마찬가지가 아니겠는가! 어찌하여 지금 과인에게 윤일의 여식을 운운하는 것인가! 혹여, 과거 김익선이가 그랬던 것처럼 외척이 권세를 잡아 이 나라를 쥐락펴락하려 한다면 내 이 자리에서 못을 박건대, 그들을 발본색원하여 삼족을 멸하고 그 씨까지 짓밟을 것이오! 내 다시는 김익선이와 같은 간악한 자의 피를 이 손에 묻히고 싶지 않으니, 경들은 두 번 다시 이 이야기를 어디에서든지 꺼내지 마시오! 과인은 아직 젊고 언제든지 후사를 볼 수가 있소이다. 그런 과인을 두고 앞으로 삼 년간 원자나 세자책봉을 운운한다면 그것은 곧 반역으로 간주하여 처단할 것이니, 모두들 그리 알고 계시오!"

젊은 임금은 서늘하게 얼어붙은 눈빛으로 대전에 모인 중신들의 얼굴을 한 명 한 명 훑어보며 어좌에서 일어났다. 그가 일어난 자리에는 차갑고 매서운 바람만이 남아 중신들의 마음을 휘감고 사라졌다.

'영지…….'

한바탕 분기를 쏟아내고 나서 그의 발걸음이 향한 곳은 주인을 맞아들이지 못한 교태전이었다. 혜는 교태전의 현판을 바라보며 영지와 보냈던 마지막 밤을 떠올리더니 이내 쓴 미소를 지었다.

며칠 전, 그 안타까운 밤이 끝나고 동이 틀 무렵. 잠에서 깬 영지는 옷매무새를 정리하고 나서 길게 땋은 머리를 감아 올려 쪽을 틀고 비녀를 꽂았다. 그녀는 스스로 머리를 올린 후 잔잔한 눈동자를 들어 혜를 바라보았다.

「이제 전하께서 계셔야 할 곳으로 돌아가십시오. 저 역시도 오늘, 이곳을 떠날 것입니다.」

「……그대의 아비, 윤일은 내가 그대의 가문에 내린 도성의 집을 받지 않겠다고 전하였어. 허면 그대와 그대의 가족은 어디로 떠나려 하는 것인가?」

혜의 물음에 영지는 엷은 미소를 띠며 온화한 음성을 조곤조곤 내었다.

「아마도 제게 다가올 앞으로의 모든 밤은 참으로 춥고 고단할 것입니다. 하여, 따뜻한 땅으로 떠나려 합니다. 그곳에서 저는 전하의 온기를 잊기 위해 부단히 노력할 것입니다. 잊지 못하겠지요. 절대로 잊지는 못할 것입니다. 그래도, 잊으려 몸부림을 칠 것입니다. 부단히 노력하고 몸과 마음이 피곤할 정도로 다른 일에 몰두를 하면 머릿속에 전하를 담는 시간이 그만큼 줄어들지 않겠습니까.」

「기어이 그대는 나를 떠나려는 것인가.」

「미련이 묻어나는 그런 말씀, 거두십시오. 전하께서는 저를 버리셔야 합니다. 저를 버리시고 새 사람을 담으십시오. 그리고 새 사람과

평생 해로하시면서 성군이…….」

「아니! 내게 '새 사람'은 없어. 처음부터 종결까지 내게는 그대만이 '새 사람'이야. 그대는 절대 헌 사람이 아니라고.」

혜는 영지의 손을 꽉 붙잡으며 안타까운 음성을 내었다. 그러자 그녀는 그의 손안에 붙들린 자신의 손을 빼내며 미소를 거두더니 서늘하고 차가운 입술을 열었다.

「전하께서 저를 버리지 못하시면 제가 전하를 버리는 것으로 생각하시옵소서. 제가 버리는 것이옵니다. 전하를.」

그 말을 끝으로 영지는 자리에서 천천히 일어나 문고리를 잡았다. 그러자 혜는 그녀의 손을 다잡으며 말했다.

「이 차가운 사람아. 어찌 그리도 속에 없는 말을 내게 꺼내는가?」

「……속에 없는 말이 아니옵니다. 전하를 마음에 담았던 그 순간부터 언젠가는 이런 이별을 맞이할 것이라 늘 생각하고 있었습니다. 전하, 부디 마음을 다잡으시고 저를 잊으십시오. 저는 전하를 잊지 못할 것이나 전하는 저를 잊으셔야 하옵니다. 하오면 제가 먼저 사라져드리겠습니다.」

영지는 문고리를 잡아당겨 문을 열고 절룩거리는 걸음을 옮겼다. 초라한 신에 작은 발을 꿰어 넣은 그녀는 아직 동이 트지 않은 어스름한 새벽길을 천천히 걸어 나갔다.

단정하게 쪽진 머리. 그것은 곧 지아비 된 자를 잊어버리지 않겠다는 여인의 애끓는 정표이기도 했다.

서서히 멀어지는 그녀의 뒷모습을 보며 혜는 그녀를 향한 마지막 당부를 간절하게 외쳤다.

「나 또한 그대를 잊지 않을 것이야! 그러니 그대도 나를 잊지 마오! 영겁의 시간이 흘러도 우리는 서로를 잊지 않을 것이니. 시간이 흐르고 흘러 그 어느 날이 되면, 서로의 곁붙이는 반드시 우리여야만 하오!」

그 간절한 외침에도 영지는 뒤를 돌아보지 않았다. 혜는 고개를 떨구어 마루 밑의 디딤돌을 바라보았다. 그러자 그곳에 희게 빛나는 무엇인가가 보였다. 영지의 낡은 신이 사라진 자리에 남은 것은 정갈하게 접힌 손수건이었다.

혜는 반듯하게 고이 접어진 손수건을 펼쳤다. 그러자 채 완전히 수놓지 못한 현의 형상과 함께 언젠가 혜가 그녀에게 선물했던 물빛의 비취반지와 반쪽짜리 명경이 그의 눈에 들어왔다.

모든 것을 다 놓고 가겠다는 뜻.

모든 미련을 다 털어버리려는 그녀의 굳은 마음. 그 딱딱한 마음이 그의 가슴까지 전해져 와 혜는 그만 그 자리에 주저앉아버리고 말았다.

아직 푸른빛이 감도는 그날의 새벽은 비취반지의 서늘한 푸른빛이 그의 가슴에 차갑고 깊은 눈물의 웅덩이를 만들어내며 어서 빨리 해가 뜨기를 바라고 있었다.

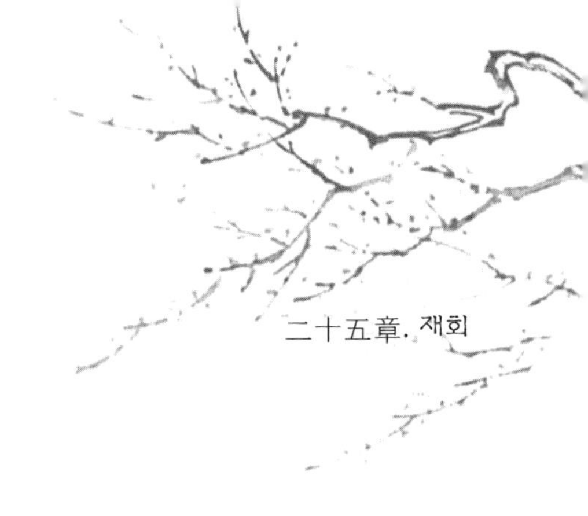

二十五章. 재회

청명한 가을 하늘. 그 아래로 아직은 새파란 나무 이파리들이 가을바람을 타고 그 초록의 윤기를 장히 내어 비치는 모습이 가히 싱그럽고 푸르러, 혜는 불현듯 싱그러운 체향을 간직했던 지어미를 떠올리며 왼편의 가슴을 손바닥으로 짓눌렀다.

"가마를 멈추어라. 여기서부터는 과인이 직접 걸음 할 것이다. 고을의 백성들이 길을 다니는 데 문제가 되지 않도록 이 덩치 큰 가마를 사람들의 발길이 뜸한 곳으로 옮기고 가마꾼들은 과인이 내려올 때까지 이곳에서 한숨 돌리고 있으라. ……사람 한 명 타고 다니는 가마의 크기가 쓸데없이 덩치만 크구나. 규모와 호사로움을 줄여 다시 만들라 해야겠어."

혜는 가마에서 내리며 곁의 도승지에게 명했다. 그러자 도승지는 고개를 끄덕이면서도 걱정스런 입술을 열었다.

"전하. 지금부터의 길은 산성으로 통하는 길이라 가파르고 험한데……. 그냥 가마를 타고 가심이……."

걱정스러움이 묻어나는 허참성의 목소리에 혜는 그의 어깨를 가볍게 건드리며 말했다.

"그래서 일부러 가마에서 내린 것이 아니겠습니까. 저 덩치 크고 무거운 가마를 메고 갈 가마꾼들이 가파른 길을 걸으면 얼마나 고역스럽겠습니까? 가뜩이나 좁은 길인데 저 덩치를 피해 다닐 백성들은 또 얼마나 불편스럽겠고 말입니다. 자, 간소하게 갑시다. 매일 올라오는 상소문을 읽고 신료들과 갑론을박을 하고 밤에는 글을 읽고……. 매일이 이러하니 몸이 지치는 것 같습니다. 사람이 때로는 힘든 일도 하고 몸도 좀 써주어야 강건해지는 것이 아니겠습니까?"

허참성은 혜의 말을 들으며 다시 한 번 고개를 끄덕였다. 아직도 성에 닿으려면 한참이나 남은 길을 임금이 스스로 걸어가겠다 하는 것은, 모두 백성을 사랑하고 귀히 여기는 마음에서 나오는 행동이었기 때문이다.

"자, 가십시다. 도승지도 오늘 땀 한번 쭉 빼시고 퇴청하신 후에 등목이나 시원하게 하고 주무시면 몸이 얼마나 개운하겠습니까? ……기대가 됩니다. 신형 화포의 위력이 얼마나 센지 말입니다."

혜는 그리 말하며 곁을 지키는 신하 및 호위무사들과 함께 가파르고 험한 길을 걸었다. 몸이 지치고 숨이 가쁘기도 했지만 신형 무기의 위력을 직접 눈으로 마주할 수 있다고 생각하니 일국의 군왕으로서 설레는 마음을 감출 수가 없었다.

"도승지. 설레지 않습니까? 게다가 장계를 보니 이번 화포는 과거에 비해 그 소음이 많이 줄었다고 하였지요? 부디 지난 두 해간의 노력이 헛수고로 돌아가지 말아야 할 것인데 말입니다."

젊고 강건한 군주, 혜의 물음에 도승지는 마른 입술을 열어 골질을 약간 섞어 대꾸했다.

"헉, 허헉. 전하. 제발, 묻지 마십시오. 소, 소신은……, 숨이 차 죽을 것 같습니다."

"아니, 도승지……. 그래가지고서 어디 늦바람 놀이나 제대로 하시겠습니까?"

농을 건네는 혜의 목소리에 도승지의 눈이 가늘어졌다. 땀이 범벅되어 벌건 얼굴이 되어버린 중년의 충신은 젊고 강건한 임금에게 대놓고 분기를 낼 수는 없었다. 다만 둘 사이에서만큼은 약간의 툴툴거림이 가능했다.

"젊디젊으신 용체와 이 늙은 몸이 어, 어디 같겠습니까? 참말로 이 늙은이, 어디 서러워서 살겠냐는 말이옵니다. 게다가 늦바람 놀이라니요. 전하께서 이 늙은 몸을 하루도 쉬지 못하게 부려 먹으시니 늦바람이 들었어도 그 사람 얼굴도 제대로 못 봅니다. 무어."

차마 '흥' 소리는 낼 수가 없었던 도승지는 고개를 돌려 벌게진 얼굴로 구시렁댈 뿐이었다. 그러자 혜가 그의 어깨를 두어 번 두드리며 말했다.

"알겠습니다. 내 이번에 행궁을 다녀온 후에 사흘 정도 쉴 수 있는 말미를 내어드릴 것이니 그분과 함께 단풍구경이라도 다녀오십시오. 그때쯤 되면 단풍의 자태가 참으로 보기 좋을 것입니다. 대신, 사흘치의 녹은 삭감입니다."

"정말이옵니까, 전하? 제게도 드디어 쉴 수 있는 시간을 내리시는 것이옵니까?"

"어찌 군왕의 말이 거짓일 수가 있겠습니까. 게다가 도승지께 드리는 약조인데요. 그러니까 골질 그만 부리시고 얼른 갑시다. 저기, 저 위로 현이 맴맴 도는 것을 보니 당도해야 할 곳이 얼마 안 남았습니다. 아니 그렇습니까?"

그리 말하며 혜는 도승지의 앞을 가로질러 걸음을 옮겼다. 허참성은 저기 저 높은 곳을 뱅뱅 맴도는 혜의 영물, 현을 바라보며 눈앞이 샛노래지는 것을 느꼈다.

아직도 가야 할 길이 백만 리는 되는 것 같았기에.

쾅쾅. 웅장한 소리와 함께 저 멀리 산까지 날아가는 탄을 보며 혜는 감탄을 내지 않을 수가 없었다. 멀리 보이는 산기슭에서 불꽃과 함께 거대한 연기가 피어올랐고, 연이어 터지는 소음에 귀가 예민한 현은 깜짝 놀라, 파드득 날아올라 제 주인의 발밑으로 숨어버렸다.

"어떠시옵니까? 전하의 기대에 부응을 하옵니까?"

장계를 올린 목사와 도승지의 물음에 혜는 고개를 끄덕이며 입을 열었다.

"내가 보위를 받은 지 얼마 되지 않았을 무렵. 그러니까 그것이 거의 세 해 전의 일이지요? 그때 보았던 무기보다 훨씬 성능이 좋은 데다가 폭음도 줄었으니……. 신형 무기를 연구하는 데 지원을 시작한 지 두 해 만에 참으로 대단한 일을 하였습니다."

젊은 임금은 자신의 발밑에 숨은 현을 품에 안으며 흡족한 미소를 지우지 못했다.

“압록에서 올라온 장계를 보니 근자에 외적이 자주 출몰하여 백성들의 삶이 곤궁하다고 합니다. 도승지. 하루 빨리 저 신형 화포를 대량으로 만들어내어 압록의 혜산진에도 보내야겠습니다.”

“예, 전하. 어디 혜산진뿐이겠습니까? 보급이 되는 대로 녹월의 모든 강토에 배치하라 이르겠습니다.”

“그래요. 그래야지요. 감히 이 땅의 백성을 해하는 자들이 없도록……. 앞으로도 전폭적으로 지원을 할 것이니 화포뿐 아니라 기존의 다른 무기들도 개량하고, 새로운 무기 또한 발명을 거듭해야 할 것입니다. 외적과 왜구들도 그들의 무기들을 쉼 없이 발전시키려고 노력 중일 것이니 우리도 이 강토를 지키려면 끊임없이 노력해야 합니다. 다들 아시겠습니까?”

젊은 임금은 자신을 따라나선 신하들을 보며 대쪽같이 매섭고 근엄한 명을 내렸다.

녹월의 임금이 바뀌고 세 해가 흘렀다. 중신들에게 젊은 임금이 천명한 삼년상이 며칠 후면 끝이 나고 젊은 임금에게는 곧 중신들의 청이 올라올 것이 자명했다.

삼년상이 끝났으니 이제는 국모를 맞을 때가 되었다는 청이.

혜는 자신을 향해 머리를 조아리는 신료들을 보다가 문득 따사로운 햇살에 눈가가 시리는 것을 느꼈다. 따뜻하고 청명한 햇살. 자신에게 와 닿는 그 햇살이 그 어여쁜 사람에게도 똑같이 와 닿기를 소원하며 혜는 시린 눈을 잠시간 감았다.

‘보고 싶고, 만지고 싶고, 함께 얼굴을 마주하기 소원하는 그대야. 그대, 나의 영소 작가야. 그대도 나와 같이 이 햇살을 느끼고 있으면 좋으련만……. 이 햇살을 받아 그대의 차가운 밤이 조금이라도 따스하게 데워지면 좋으련만…….'

자신의 눈에는 언제나 어여쁘고 고왔던 그 사람을 떠올리며 혜는 품 안에서 빛나는 눈동자를 데구루루 굴리는 현을 향해 속삭였다.

"현아. 이제 그만 데려와야겠다. 네 여주인을 말이야."

주인의 음성에 현은 킷킷 소리를 내면서 그 몸을 바르르 떨었다.

"그래. 너도 많이 보고 싶지? 나 또한 그렇구나. 그래서 이제 그만 데려와야겠어. 네 여주인의 차가운 밤이 얼마나 데워졌는지 모르겠지만, 여전히 차가운 밤이 지속된다고 해도……. 그 밤, 이제부터는 내가 덥혀주면 되니까."

엄지 검지 엄지 검지.

아비 손가락 어미 손가락.

매일 마냥 붙어 있어 연지곤지 정을 나눠.

쏙 솟은 새끼아기 앙증맞은 새끼아기.

어여쁘다 어여쁘다 귀엽도다 귀엽도다.

헌데 이게 웬 날벼락.

천둥벼락 웬 날벼락.

번뜩이는 벼락칼날 새끼아기 앗아가네.

앗아가네 앗아가네 새끼아기 앗아가네.

새끼아기 보필 못한 겁지어미 실신하니
내쫓아라 내쫓아라 겁지어미 내쫓아라.
내쫓긴다 내쫓긴다 겁지어미 눈물바람.
헌데 이게 웬 용태야.
볼품없이 웬 용태야.
새끼 잃고 겁지 잃고 엄지마저 몽당하니.
아이 추태 아이 추태 눈뜨고는 못 보겠네.

새하얀 햇살이 둥글게 쪽진 정수리 위로 따갑고도 살갑게 내려앉았다. 마루에 앉아 내다 팔 그림을 그리던 영지는 문득 열린 대문 앞에서 돌멩이로 공기놀이를 하던 여자아이들의 노랫소리에 귀를 기울였다. 새까만 먹물이 고인 벼루 위에 붓을 올려두고 절룩거리는 걸음을 옮겨 여자아이들의 곁으로 다가간 영지는 온화하고 다정한 물음을 꺼내며 미소 지었다.

"우리 어여쁜 아기 아씨들이 부르는 노래가 무엇이야?"

"아. 스승님! 이거요. 우리 동네 친구들 사이에서 엄청 퍼진 가락이어요. 놀이할 때 부르면 재미져요. 흥이 나거든요."

"그래? 노랫말은 좀 무서운데?"

"좀 그렇긴 한데요……. 저기 임금님이 사시는 도성의 아이들이 즐겨 부르는 노래라고 하더라고요."

"누가?"

"어떤 아재가요. 말을 타고 달리던 어떤 아재가 아주 오래전에 가르쳐준 것이어요."

"오래되었다고? 그 아재 얼굴은 어떻게 생겼는데?"

"아. 얼굴에 점이 있는 아재였어요. 이쪽이던가? 요쪽이던가? 아무튼요."

공기놀이를 하던 여자아이는 자신의 복숭앗빛 뺨을 매만지며 생글생글 웃었다. 그 모습을 바라보던 영지는 아이의 뺨을 매만지며 말했다.

"그만 놀고, 이제 저 방으로 들어오렴. 곧 친구들도 올 시간이니까."

"우와, 벌써 글공부 할 시간이 된 것이어요?"

"그럼. 재미나게 놀다 보니 글공부가 하기 싫은 것이니?"

"아니요. 스승님의 글공부는 너무너무 재미있는 것을요? 게다가 저같이 치마 두른 계집아이한테 글을 가르쳐주시는 분이 어디 계시겠어요? 얼른 손 씻고 들어갈게요."

"그래. 난 부엌에 가서 인절미를 구워 올 테니 우리 영특한 어린 아기 아씨들은 흙 묻은 손 깨끗이 씻고 들어가서 어제 가르쳐주었던 글을 읽고 있으면 좋겠구나."

"네, 스승님!"

아이들이 우물가로 손을 씻으러 달려 나가는 모습을 보던 영지는 불현듯 궐이 있는 방향으로 고개를 돌리며 이 생각, 저 생각을 하다가 이내 고개를 가로저었다.

'설마……. 아니야. 아닐 것이야. 무슨 그런 말도 안 되는 생각을…….'

뺨에 점이 있는 아재라는 말에 도승지가 떠오른 그녀는 헛웃음을 지으며 부엌으로 걸음을 옮겼다. 여전히 절룩거리는 걸음걸이였지만 말랐던 얼굴에 뽀얀 살이 적당하게 오르고 걸음걸이도 예전보다 많이 나아 보이는 것이, 그간 볕이 잘 드는 온양 땅에서 햇살의 굽어살핌을 많이 받은 듯했다.

문득 부엌에 들어가려던 걸음을 멈춘 영지는 고개를 돌려 속눈썹을 따갑게 만드는 청명한 햇살을 우러러보며 눈을 감았다. 감은 눈 사이로 초록과 발간 점들의 잔상이 지나갔고 곧이어 떠오르는 형상은 이 땅의 젊은 군주, 혜의 모습이었다.

'전하. 도성에서 잘 지내고 계시는 것이겠지요? 저는 말입니다. 이제 그럭저럭 살 만은 합니다. 차가운 밤은 여전히 계속되지만……, 온양 땅에 내려와서는 먼저 보낸 그 아이가 바랐던 것처럼 단 한 번도 울지 않았습니다.'

여전히 잊지 못하고 연모하는 제 사내를 떠올리던 영지는 가슴 한편이 묵직하게 내려앉음이 느껴졌다.

'그립습니다. 가끔, 오래된 옛 기억을 떠올릴 때마다 마음이 싸하게 쓰려 오는 이유는 제가 아직도 전하를 지워내지 못함 때문이겠지요. 글방에서 힐끔힐끔 곁눈질을 나누고, 산의 밀실에서 가죽 담요를 덮은 채 밀어를 속삭이던 그때가 너무나도 그립습니다. 그때는 마음만 먹으면 서로의 얼굴을 들여다보며 웃을 수 있었는데 말입니다. ……아아, 전하. 보고 싶습니다. 보고 싶어요. 이 가을 햇살을 전하와 저, 이렇게 둘이서 다정하게 맞을 수 있다면 얼마나 좋을 것인지……. 곧 붉어질 단풍을 함께 보며 담소를 나눌 수 있다면 얼마나 좋을 것인지……. 우리 둘이서 손 꼭 잡고 눈을

들여다보며 웃는다면 얼마나 좋을 것인지……. 아아, 전하. 아아, 나의 지아비시여.'

영지는 눈앞에 일렁이는 혜의 얼굴을 만져보려 손을 뻗었다. 그러자 혜의 얼굴은 곧 사라지고 손안에 잡히는 것은 그저 가을바람 한 자락뿐이었다.

마치 태어날 때부터 곤룡의 옷을 입고 태어난 듯, 용포를 입고 후원을 거쳐 대전으로 들어서는 젊은 임금의 모습은 수려하고 훤칠했다. 지난 삼 년 동안 싱싱한 육체를 가진 궐 안의 나인들은 젊은 임금의 눈가에라도 들어보려 그 앞에서 일부러 넘어지거나 은밀한 교태를 부리기도 했지만, 젊은 임금은 그들에게 눈길 한 번 주지 않았다.

오히려 그런 일이 있을 때마다 궐 안의 불필요한 나인들을 추려 다시 사가로 돌려보내라는 명이 떨어졌으니. 젊은 나인들은 수려하고 잘난 군왕의 마음을 사로잡은 여인에 대해 궁금함이 솟아 저들끼리 종종 밀담을 나누곤 했다.

"도대체 우리 잘나고 잘나신 임금님을 삼 년 동안 수절하게 만든 여인은 어떻게 생겼을까?"

"예전에 홍문관 대제학을 지내신 분의 여식이라고 하던데. 풍문에 의하면 양귀비처럼 엄청나게 고운 외모도 아니라고 하던데 말이야."

"그러게……. 그런데 말이야? 여기 이 책을 보면 말이지, 이렇게 써져 있더라고. 눈빛이 맑고 피부가 뽀얀 타락죽처럼 희고, 몸짓이 바르고 정갈한 여인이라고. 또한 백성을 제 몸처럼 사랑하는 충신이기까지 했대. 게다가 임금님의 아기까지 가졌다고 하던데? 무어……. 삼 년 전에 있었던 피바람 때에 아기를 잃었다고 하지만……."

"세상에……. 어마낫, 망측해라. 혼례도 치르지 않고 아기를 가졌었단 말이야?"

"그런데, 무어 임금님께서 사저에 계실 적에 임금님이랑 그 여인이랑 물 떠놓고 둘이서 혼례를 올렸다는 내용도 있던데? 당시에는 사정이 좋지 않아서, 나중에 평안한 날이 오면 그때 정식으로 축복을 받으며 혼례를 올리기로 약조를 했지."

"그런데, 도대체 그런 세세한 내용까지 써진 책은 무엇이야?"

"아, 몰랐어? 어마맛? 이걸 몰라? 유명하잖아. 지금 녹월 팔도에 이 책을 모르는 사람이 없을걸?"

"책 제목이 무엇인데?"

"아. '애담'이라고. 말 그대로 사랑 이야기인데……. 이게 우리 임금님이랑 그 여인의 이야기라는 말이 쫙 퍼졌단다? 여기서야 사량국의 임금님 이야기지만 글월비자 아이가 그러던데 이게 우리 녹월국의 현 임금님을 주인공으로 쓴 이야기란다. 내가 몇 날 며칠 밤, 밤마다 잠도 못 자고 요 책을 끼고 살면서 얼마나 눈물 콧물을 질질 쏟았는지. 무어, 처음에야 내가 우리 임금님의 승은을 입으면 얼마나 좋을까? 하고 생각했지만……. 이걸 읽으니까, 우리 임금님이 너무너무 안타까운 거 있지? 비어 있는 중전마마 자리에 우리 임금님께서 연모하시는 분이 들어오셨으면……, 하는 생각이 들더라니까?"

"그래? 그럼 나도 그 책 한번 빌려주어보아."

"응. 그러나 저러나, 이 책 때문인지 몰라도……. 매일 궐 문 앞에 유생들이 잔뜩 진을 치고 앉아서 임금님께 소리 높여 통곡을 한다고 하더라."

"무슨 통곡?"

"세상 어느 곳에도 지어미를 버리는 지아비는 없다고. 정당한 이유도 없이 조강지처를 버리는 이는 금수만도 못한데 어찌 일국의 군왕이신 전하께서 조강지처를 외면할 수가 있느냐고. 집안이 바로 서지 못하는데 어찌 이 나라 녹월이 바로 설 수가 있냐면서 눈물을 쏟고 통곡을 하는 유생들이 허다하다고 글월비자 아이가 그러더라?"

입이 가벼운 두 명의 나인은 대전으로 들어가신 젊은 임금님의 자취를 눈에 담았다가 김 상궁과 눈이 딱 마주쳤다.

"너희 둘. 궐 안에서 입을 가벼이 놀리면 아니 된다고 하였다. 그 입 꼭 다물고 있지 않으면 바늘로 꿰어버릴 것이야."

"조심하겠습니다. 김 상궁 마마님."

김 상궁의 훈계에 두 명의 나인은 고개를 푹 숙이며 종알거리던 입을 꾹 다물었다.

"전하. 이제 삼 년의 시간이 흘렀으니 중전마마를 모시는 첫발인 국혼준비령을 윤허하여주시옵소서!"

좌의정의 말이 끝나자 공조판서가 그 뒤를 이었다.

"그렇사옵니다, 전하. 이제 더 이상 중전마마의 위를 비워놓을 수는 없사옵니다. 하지만! 국혼준비령을 내리시기 전에 소신이 전하께 드릴 말씀이 있사옵니다."

"그렇습니까, 공판. 공판께서 과인에게 하고 싶은 말씀을 해보십시오."

"근자에 아주 요망한 책이 돌고 있습니다. 게다가 어린아이들에게도 아주 듣기 거북한 노랫가락이 막을 새도 없이 전해지고 있다 하여, 그 요망한 책과 거북한 노래를 지어 퍼트린 이를 찾으려고 힘을 써보았으나 얼마나 꽁꽁 숨어버렸는지 도저히 찾을 수가 없었습니다."

공조판서의 목소리를 듣던 혜는 검미를 좁히면서도 진노함이 섞이지 않은 음성으로 말했다.

"아, 그 책과 노래요. 과인도 압니다. 과인의 눈과 귀에까지 들어온 것이니 이미 녹월 땅에는 퍼질 대로 퍼졌겠지요. ……헌데 공판께서 요망하다고 말씀하시는 책을 읽어보니 없는 말도, 틀린 말도 아니기에 과인은 알면서도 잠잠히 있었습니다. 나름대로 잘 쓴 책이던데……. 혹여 공판께서는 과인의 면이 땅에 떨어질까를 염려하신 것이십니까? ……그런 이유라면, 되었습니다. 없는 이야기도, 틀린 이야기도 아닌데 그 글의 작자를 애써 쥐 잡듯이 찾는다 한들 바뀌는 것이 있겠습니까? 이미 퍼질 대로 퍼진 이야기와 노랫가락이 아닙니까? 그렇다고 해서 그 책을 접한 백성들과 철없이 그저 노랫가락을 읊는 어린아이들에게 벌을 내릴 수는 없는 일이 아니겠습니까?"

아무렇지도 않게 말하는 혜의 모습에 공판은 고개를 가로저으며 말했다.

"소신이 걱정하는 것은 그 책과 노래가 아닙니다. 그것들 때문에 전하의 지엄하신 권위가 땅에 떨어질까 함을 걱정하는 것이지요. 전하께서 옥좌의 주인이 되시면서 지금까지 민심은 늘 전하의 편이었습니다. 어진 정사를 펼치시는 성군이신 전하로 인해 백성들의 삶이 많이 나아짐뿐만 아니라 국방력 또한 견고해졌기 때문입니다. 헌데……, 그 요망한 책과 노래로 인해 민심이 요동치고 있습니다. 제 뼈와 살을 다 바쳐서 보필한 조강지처를 저버린 사량국, 아니 이 나라 녹월의 군왕이신 전하께 그들이 삐딱한 시선을 보내기 시작했다는 말씀을 드리는 것이옵니다."

공판의 말에 대전에 모인 신료들의 표정도 제각기 달라졌다. 그러자 혜는 일그러트렸던 검미를 반듯하게 펴며 잠잠한 목소리로 그들에게 물었다.

"그래서, 공판께서 지금 과인에게 하고자 하는 말씀이 무엇입니까? 혹여 지금 나더러 그 사람……, 을 맞아들이라는 무어, 그런 말씀이라도 하고 싶은 것입니까?"

"그것이……."

혜의 물음에 공판이 말끝을 흐리자 그 잠잠한 얼굴에 조소인지 미소인지 구분하기 힘든 엷은 웃음이 번졌다.

"아니겠지요. 설마하니 공판께서 그런 말씀을 하실 리가 없지요? 그것은 여기 모이신 경들께서도 같으실 것입니다. 아니 그렇습니까?"

혜의 잔잔한 음성의 반대편에 실린 서늘함에 대전에 모인 신료들은 모두 서로의 얼굴과 눈치를 보며 입매를 꽉 다물었다.

지금 이 나라에서 민심은 곧 천심이고 어심이었다. 민의 마음을 헤아리지 못하는 신료는 가차 없이 젊은 임금에게 관직을 내려놓고 쫓겨나야만 했다. 게다가 젊고 강건한 임금은 듣지 못하는 것이 없었고 보지 못하는 것이 없었다.

중업을 맡은 신료, 그들의 신권을 견제하기 위해 젊은 임금은 언제나 그들의 행적을 보고받았으며 그것은 비단 털어도 먼지 한 톨 나오지 않을 것 같은 청백리에게까지도 동일하게 적용됐다. 임금이 은밀하게 보낸 자들은 청백리부터 의심이 가는 신료에 이르기까지 그 모든 행적을 보고했고, 젊은 임금은 신료들의 먼지 한 톨, 한 치도 안 되는 흠까지 모두 보고받으며 셈을 하고 있었다. 그랬기에 신료들은 젊은 임금을 칭송하면서도 한편으로는 두려워했다.

“벌써 세 해 전의 일이지요? 그때 그 자리에 계셨던 분들께서는 아마도 기억하고 계실 것입니다. 지금처럼 국모를 맞아들이라, 과인에게 청을 할 때에 그 자리에 계셨던 분들께서는 과인에게 무엇이라고 하셨습니까? ……과인의 그 사람은 국모의 위에 합당치 않다. 수족이 병들었고 복중의 아이까지 사산한 몸. 그 몸으로는 훗날 강건한 원자를 낳을 수 없다. 경들은 과인에게 그리 말하였습니다. 기억들 나십니까?”

잔잔한 물음이 하나둘, 신료들의 발 앞에 떨어질 때마다 그 서늘한 음성이 마치 칼날과도 같아서 대전에 모인 신료들은 작게 몸을 떨었다.

"공판. 한번 말씀을 더 해보시오. 그래요. 공판의 말이 맞습니다. 과인은 제 뼈와 살을 다 바쳐 과인을 보필했던 여인을 버렸습니다. 토사구팽이란 말은 다들 알고 계시지요? 하하하. 과인은 말입니다. 개만도 못합니다. 토끼를 잡는 데 제가 할 수 있는 모든 것을 다 바친 충견을 버렸으니, 이 사람은 개만도 못한 사람이 아닙니까? 그런데 이제 와서 이 사람더러 무엇을 더 어쩌란 말입니까? ……무어라고 했습니까? 조강지처요? 그 사람은 나의 조강지처가 아닙니다! 내 어찌 그 사람에게 미안하고 부끄러워, 감히 조강지처라는 말을 입에 담을 수가 있겠습니까! 혹여 과인에게 삐딱한 시선을 보내는 민심을 돌리기 위하여 그 사람에게 중전의 자리를 내어주어야 한다는 그런 말씀은 꺼내지도 말 것입니다! 아시겠습니까!"

결국 진노함이 가득 솟은 젊은 임금의 음성이 대전의 공기를 가득 채우며 그 노여움은 신료들의 폐부까지 파고들었다.

그러자 우찬성이 조심스럽게 입을 열었다.

"전하. 부디 진노함을 멈추시고 이곳에 모인 신들의 충정을 곡해하지 마시옵소서. 다만 이 나라 녹월과 전하를 염려하는 충정에서 비롯된 일이니 노여움을 거두시고 소신의 말을 들어주시옵소서."

김영은 서얼 출신이었지만 그 명석한 두뇌와 올바른 판단력으로 혜의 신임을 받아 우찬성의 자리에까지 오른 인물이었다. 두 해 전 초국에서 수백 명의 여아와 수천 마리의 말을 조공으로 바칠 것을 강요했을 때, 그 위기를 슬기롭게 잘 헤쳐 나갈 수 있도록 조언을 준 이가 김영이었다. 그로 인해 혜는 녹월의 인삼을 불로장생의 명약이라고 말하며 초국에서 온 사신들의 마음을 돌릴 수가 있었고 결국 여아와 말 대신 개정 땅에서 나는 질 좋은 인삼을 조공으로 대체할 수 있었다.

초의 속국과 다름없는 녹월의 현실에서 그들의 부당한 요구를 슬기롭게 헤쳐 나갈 수 있도록 한 김영은 당시의 공을 인정받아 우찬성의 자리에까지 올랐고, 도승지와 함께 혜를 보필하는 젊고 당찬 신진관료의 한 축이 되었다. 말 그대로 우찬성 김영은 온전히 혜의 사람이었다.

"우찬성께서는 아무 말씀도 하지 마시오. 우찬성은 세 해 전, 이 대전을 밟지 못했으니 당시의 상황을 제대로 알고 계실 턱이 없지 않습니까?"

"예, 전하. 소신은 당시의 상황을 정확하게 알지는 못하옵니다. 하지만 민심의 향방은 정확히 알고 있습니다. 분명 전하의 말씀대로 전하께서는 토사구팽을 하셨습니다. 군왕의 자리를 위해 제 여인을 버리신 전하이시니 지금에 와서 백성들의 손가락질을 받으신다 하여도 전하께서는 그들을 탓하고 핍박하실 수 없으실 것이옵니다. 하오나 전하. 전하께서는 충견을 버리셨을 뿐, 충견의 숨까지 거두지는 않으셨습니다."

"경의 말이 무슨 뜻이오?"

"……고사 속의 개는 제 주인에게 잡아먹혔지만 전하께서는 전하의 그분을 버리셨다는 말씀을 드리는 것이옵니다. 이것은 즉,

전하께 아직 기회는 있다는 것이옵니다. 전하께 삐딱한 시선을 보내기 시작한 민심의 향방을 다시금 전하께로 향하게 할 수 있는 기회 말이옵니다. 지금 궐의 문마다 유생들이 목소리를 높여 통곡하고 있습니다. 그들이 무엇 때문에 동맹휴학하여 목소리를 높이는 것이겠습니까? 전하께서 성군의 길을 걷게 하려는 선비의 마음이 아니겠습니까?"

김영은 혜의 눈빛을 피하지 않은 채 자신의 뜻을 더욱 확고히 내비쳤다.

"전하, 선비는 제 여인을 버리지 않습니다. 설령 제 여인이 간악한 짓을 하여도 올바른 선비는 그를 그대로 내치지 않습니다. 관아에 가서 잘잘못을 따진 후에 법으로 정한 혼례를 파기하는 것이 그 도리입니다. 하물며 전하의 그분은 전하의 일을 돕다가 몸을 상하셨습니다. 그것은 허물이 아니라 충정입니다. 그토록 충정이 깊은 분을 더 이상 버려둘 수는 없습니다. 아마 이 나라 백성들은 전하께서 올바른 판단을 내리시기를 기다리고 있을 것입니다. 세 해 전에는 전하께서 이제 막 보위에 등극하시어 여러모로 정세가 어지럽고 권좌 또한 안정되지 못하여 그 당시의 신료들께서는 전하의 그분을 국모의 위에 맞아들이기 어렵다고 판단하였을지 모릅니다. 하지만 지금은 다릅니다. 전하의 어진 정치에 백성들의 삶이 안정되고 강토가 굳건하니 이제는 그분께서 본디의 자리를 되찾으시는 것이 적합하다 사료되옵니다. 하오니 소신의 말을 마음에 새겨 담아주시옵소서."

그러자 영의정의 자리에 오른 심헌이 노쇠한 주름을 깊게 접으며 굵은 음성을 내었다.

"전하. 소신의 뜻도 우찬성과 다르지 않사옵니다. 이제 그만 전하의 그분을……, 전 홍문관 대제학 윤일의 여식을 전하의 곁으로 데려오시옵소서. 이 나라 녹월 땅에 그분만 한 배포와 충심을 간직한 여인은 드물 것입니다. 분명 그분께서는 전하의 곁에서 슬기로움과 현명함으로 전하께서 성군의 길을 걸으시는 데에 큰 조력을 해주실 것입니다."

"하, 하지만! 영상대감! 그, 그분은 아이를 잃으셨습니다! 그것은 곧 이 나라의 후사가 불안정할 수도 있다는 말이 아니겠습니까?"

좌찬성의 말을 들은 심헌의 눈빛이 날카롭게 빛났다.

"이보시오 좌찬성! 전 홍문관 대제학의 여식은 아직 젊습니다. 연치 젊으시고 앞으로도 충분히 수태가 가능할 것이며, 한 번 아이를 잃었다 한들 또다시 아이를 가지지 못한다는 법도 없지를 않습니까? 말이면 다인 줄 아시오? 이 사람의 안해도 복중에서 두 아이를 잃었지만 이후에 세 자녀를 낳아주었습니다. 알지도 못하면서 어찌 그리 입을 경거망동하게 놀린단 말씀입니까! 게다가, 그렇게 머리가 딱딱해서야 어찌 전하를 보필하는 신하라 할 수 있겠습니까? 윤일의 가문은 멸문을 하였어요. 윤일 내외 또한 몸이 온전치 못합니다. 이것이 무슨 뜻인 줄 아시겠습니까? 바로 역사 이래 쉴 새 없이 창궐했던 외척의 세력이 처음부터 존재할 수 없다는 말입니다! 무엇이 문제입니까? 외척에 대한 염려도 없고, 지금의 전하께서 보위를 잇는 데 큰 공을 세운 충정 높은 분이시며,

민심의 향방 또한 그리로 향하고 있는데! 그렇게 아둔해서야 어디 전하의 신하라 할 수 있겠습니까!"

심헌의 음성에 좌찬성은 입을 다물고 젊은 임금의 용안을 살피며 시선을 발밑으로 옮겼다.

"영의정. 이제 그만 노기를 가라앉히세요. 내 영의정의 생각은 잘 들었습니다. 하지만 일국의 국모를 모시는 일이니 어찌 과인의 뜻대로만 할 수 있겠습니까? 과인의 뜻은 접어두고 삼정승의 뜻도 한 번 더 들어볼 것이니 삼정승께서는 유시에 편전에 들르시오."

가을이 점점 깊어질수록 햇살은 경이로울 만큼 따사로웠다. 새파란 가을 하늘 아래에 임금의 위엄을 담은 긴 행렬이 온양을 향해 움직이고 있었다.

"이보게, 도승지."

"예, 전하."

어가 대신 허참성과 함께 나란히 말을 탄 채로 이동하는 혜의 얼굴에는 정말, 딱 삼 년 만에 맑은 웃음이 고였다. 뺨이 쏙 파인 웃음이 그의 심경을 더할 나위 없이 선명하게 대변하고 있었다.

"아무리 생각해도 공판과 좌찬성에게 조금 미안해. 중한 직책을 맡은 신료들 앞에서 너무 면박을 준 것 같아서 말이야."

혜가 검미를 누그러트리며 미안한 듯 웃자 허참성이 입을 열었다.

"온양에서 다시 도성으로 당도하시면 두 사람을 불러다가 어주라도 한 잔씩 내리시옵소서. 정말 전하의 연기 하나는 일품이셨지만 그래도 너무하셨습니다."

"과인도 그렇게 생각하고 있어. 하지만 사람의 감정이란 게 말이야. 한번 터져 나오기 시작하니까 평정을 찾으려 해도 쉽게 찾아지지가 않더란 말이야."

"아직 전하께서 젊은 용체를 지니셨기에 그런 것입니다. 무어, 젊음이란 다 그런 것이지요. 하하핫."

허참성이 농이 담긴 웃음을 내비치자 혜 또한 그를 따라 웃었다. 이 얼마나 설레는 감정인가. 지난 삼 년 동안 마음속에서 단 한 순간도 지워내지 않은 그 사람이었지만 그토록 그리워했던 사람을 이제 눈으로 직접 만날 수 있고, 또 곁자리에 고이 모셔두고 들여다볼 수 있다고 생각하니 혜는 마음속에 벅차게 부풀어 오르는 행복감을 감출 수가 없었다.

"그런데 말이야. 도승지. 우찬성은 어떻게 구워삶으신 것인가? 그 사람이 아무리 내 쪽의 사람이라고는 하지만 그 뜻이 고고하고 성정이 불같은 자가 아닌가."

"소신은 우찬성을 구워삶은 적이 없사옵니다. 그는 그저 자신의 소신대로 전하께 고하였을 뿐이지요."

"하긴, 우찬성이 어떤 사람인데……. 그 사람이 어디 생전 가야 남의 말에 휘둘리는 사람은 아니지."

"앞으로도 매의 눈을 닫지 마시옵소서. 우찬성 김영 같은 인재를 더욱 많이 발굴해내어 전하의 곁에 두셔야 하옵니다. 그래야 전하께서 얻으신 이 평화를 굳건히 지켜내실 수 있는 법이옵니다."

허참성의 충언에 혜는 고개를 끄덕였다. 새하얀 햇살이 곧고 반듯한 콧날에서 아름답게 바스러져갔다. 먹물처럼 깊고 맑은 눈빛과 새까만 눈썹은 젊은 임금의 잘난 용모를 더욱 돋보이게 만들었다. 그러자 가장 그를 돋보이게 하는 것은 뺨에 맺힌 작은 우물자리. 정인을 다시 만나는 설렘에 옴폭 파인 그곳에 웃음이 쏘옥 고이자 허참성의 입가에는 미소가 만연하게 드리워졌다.

'이제야 겨우 웃으십니다, 전하. 이토록 충만한 전하의 미소를 세 해 동안 뵈올 수가 없어, 이 노신의 마음이 얼마나 쓰려 왔는지 전하께서는 모르실 것이옵니다. 전하. 이제는 그리 웃으시옵소서. 그분의 곁에서 그렇게 웃으셔야 하옵니다.'

허참성은 아들 같은 젊은 임금의 얼굴을 우러러보며 속엣말을 멈추지 않았다. 그때, 불현듯 젊은 임금은 허참성의 얼굴에 자신의 얼굴을 가까이 가져다 대며 아주 작은 목소리로 물었다.

"참. 도승지."

"예, 전하."

"내 도승지께서 지으신 애담 말이야. 그 책……. 밤을 새워 다 읽고 어찌나 울었던지 다음날 눈이 퉁퉁 부었단 말씀이야?"

"예?"

"소질이 있어. 전직 음서작가인 이 몸이 단언컨대 도승지는 수중에 돈 한 푼 없이 낙향을 해도 먹고살 방도는 창창할 것 같다는 말이야."

"전하. 지금 이 늙은이에게 농을 부리시는 것이옵니까?"

"아니. 전혀 아니오. 어찌 과인이 과인의 충신에게 농 따위를 부릴 수가 있겠소? 그저……, 독자의 한 사람으로서 아주 감명 받았다, 변을 늘어놓는 것이오. 참으로 도승지는 당대의 문장가임에 틀림이 없소이다."

맑은 기운이 어린 혜의 목소리에 도승지는 저도 모르게 헛웃음을 지어버렸다.

"당대의 문장가는 제가 아니라 전하이시겠지요. 제가 비월염사, 그걸 보고 어찌나 당황스럽던지……."

"왜요?"

혜가 하얀 미소를 지으며 싱긋 웃자 허참성은 그만 말문이 막혀버리고야 말았다. 그는 차마 이 젊은 임금에게 이 말만은 할 수가 없었다. 어찌 꺼낼 수 있단 말인가!

어느 깊고 후텁지근했던 밤. 야하디야한 비월염사를 보면서 연 행수, 그 사람이 떠올랐다는 그 말을.

초록의 이파리에 발간 빛깔이 아주 조금씩 물들기 시작한 오후의 무렵. 시원하게 불어오는 가을바람에 이파리들이 우수수 소리를 내며 바람결에 제 몸을 맡겼다. 그 자태가 마치 정인에게 몸을 내어맡긴 연인 같다는 생각에 영지는 불현듯 또다시 도성에 계신 지아비를 떠올려버리고야 말았다.

'아아. 이러면 아니 되는데…….'

그녀는 두 손바닥으로 흰 얼굴을 가리며 짧은 한숨을 쉬었다. 그때였다. 어딘선가 어린 여아의 비명 소리가 들려왔다.

"아아악! 스, 스승님! 여기! 여기! 으, 으악! 너, 저, 저리 가!"

"무슨 일이야?"

절룩절룩. 그렇지만 최대한 빨리 여아의 비명 소리가 들린 곳으로 온 영지는 앙앙 울고 있는 여아의 앞에 눈동자를 굴리며 선황조롱이 한 마리를 보고 마음 한쪽이 아득하게 내려앉는 것을 느꼈다. 얼굴이 눈물로 얼룩진 여아가 제 치마폭에 머리를 묻고 울자 그 등을 감싸주면서도 영지는 눈앞의 새 한 마리에서 눈을 뗄 수가 없었다.

"너는……."

삼 년 만에 제 여주인을 만나러 온 영물은 그 재회의 선물로 그녀의 발 앞에 통통하게 살찐 쥐 한 마리를 얌전히 내려놓은 후 고개를 좌우로 흔들며 킷킷 소리를 내었다.

"설마……."

킷킷 소리를 내는 현의 모습에 영지는 분홍빛 입술을 발발 떨었다. 두 손이 모두 경련이 난 것처럼 주체가 되지 않아 영지는 그만 제 치마폭을 꽉 쥐어버렸다. 그러자 그녀의 치마폭에 얼굴을 묻었던 여자아이가 고개를 들어 제 스승의 얼굴을 살피더니 작은 음성을 내었다.

"스승님……. 눈에, 눈물……."

제 스승의 눈에 고이는 눈물을 처음 본 여자아이는 울던 것을 멈추고 가만히 그녀의 옆으로 섰다. 스승의 시선이 등 뒤의 누군가에게 고정이 된 것처럼 느껴졌기 때문이다.

"전……."

분홍빛 입술이 작게 떨리는 음성을 내었다. 이 순간, 어찌 왈칵 솟는 눈물을 막을 수가 있으랴. 투명한 흰빛으로 잔뜩 부풀어 오른 영지의 눈에서는 어느새 굵고 맑은 물빛이 뚝뚝 흘러내리고 있었다.

"전……, 하……."

영지의 입술에서 완벽한 한 마디가 흘러나오자 그 이름의 주인이 그녀에게 두터운 옹이 진 손을 내밀며 말했다.

"데리러 왔어."

꿈속에서라도 듣고 싶었던 그 음성이 가을바람과 어우러져 영지의 귓전에 가득하게 내려앉았다.

"그대. 나의 사랑하는 백성. 나의 사랑하는 영소 작가야. …… 너무 늦어서 미안하오. 그대를 너무 기다리게 해서 미안하오. 조금 더 빨리, 이렇게 오지 못해서 미안하오."

긴 시간 동안 만나지 못한 지어미를 눈에 담은 지아비의 눈가도 이미 촉촉하고 습윤한 기운이 가득 고여 푸른 물빛의 향취를 만들어내고 있었다. 그 향취에 혼령이 있어야 할 자취를 잃은 것처럼 순간 영지의 몸이 휘청거렸다.

"앗, 스승님!"

깜짝 놀란 여자아이의 음성이 마당 안에 울려 퍼졌지만 영지의 몸은 흙바닥에 주저앉지 않았다. 대신 그녀의 몸은 혜의 너른 품 안에 담뿍 안겨 있을 뿐이었다.

싱그러운 체향이 가득한 지어미의 몸을 꽉 껴안은 그는 그녀만이 들을 수 있는 달금하고 애틋한 음성을 들려주었다.

"정신을 잃지 마오. 그대야, 나를 보아주어. 오랜 시간 보지 못한 나를 눈에 담고, 나 또한 그대를 온전히 내 눈에 담을 수 있게."

'아아…….'

영지가 눈물에 담뿍 젖은 눈동자를 들어 지아비를 바라보자 그 역시 젖은 미소를 지으며 한동안 지어미를 아득히 들여다보았다. 이 온기, 이 숨결이 얼마나 그리웠던가. 이제 다시는 버리지 않으리. 이제 다시는 놓치지 않으리. 이제는 이생의 끝을 넘어서라도 영원히 지켜주리. 혜는 영지를 끌어안으며 수많은 다짐들을 마음속에 되새기다가 이내 속 안에 꾹꾹 눌러 담아두었던 가슴을 꺼내어 온전히 보여주었다.

"보고 싶었다오. 그대가 미치도록 그리워서 미쳐버리는 줄, 돌아버리는 줄, 죽어버리는 줄 알았다오. 진정, 그대를 볼 수 없었던 삶은 끔찍하였어."

혜는 영지를 끌어안은 팔을 서서히 푼 후 그녀의 하얀 이마를 매만지며 말을 이었다.

"이제 되었어. 이렇게 그대가 내 눈앞에 있으니."

우수수. 어디선가 바람결에 제 몸을 내어준 발가벗은 이파리들이 부끄러움에 잔뜩 성을 내는 소리가 들려와 영지는 그만 눈을 감아버렸다. 그토록 보고 싶었던 그의 얼굴이 눈앞에 훤하니, 설령 이것이 꿈결의 한 자락이라 할지라도 너무나 소중하여 그녀는 그저 눈물만 흐를 정도로 벅차오르는 가슴을 쉬이 감추지 못했다.

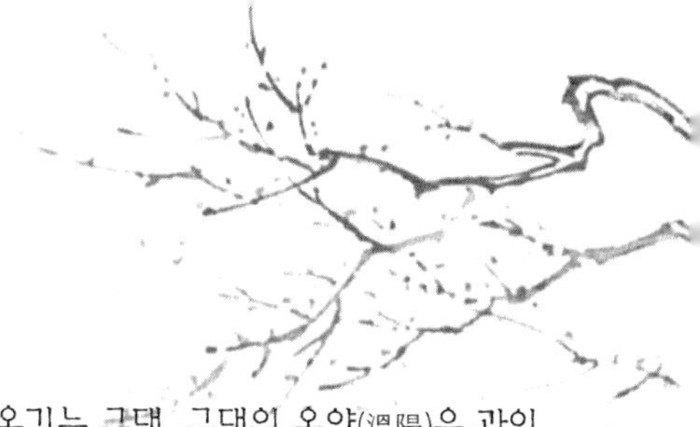

二十六章. 과인의 온기는 그대, 그대의 온양(溫陽)은 과인

"그대는 언제까지 나를 이렇게 세워둘 것이지? 이 어린 아씨께서 나를 뚫어지게 쳐다보는 눈빛을 계속 받고 있자니 참으로 민망스러운데……."

희고 고운 영지의 목덜미에 정겨운 숨결을 내뱉던 혜는 고개를 들어 지어미의 눈을 들여다보며 머쓱한 말을 흘려보냈다. 그러자 퍼뜩 정신을 차린 그녀의 작은 발이 천천히 뒷걸음질을 치기 시작했다. 그 모습이 마치 자신에게서 도망을 치는 것만 같아 그는 그녀의 팔목을 단단히 붙잡으며 속삭였다.

"또다시 나를 버리려고 하는 것인가?"

그 속삭임에는 아련한 그리움이 진득하게 묻어났다.

"오늘 나는, 그대에게 또다시 버림을 받으려고 그대를 찾은 것이 아니야. 그대에게서 이런 문전박대를 받으려고 도성에서 이곳, 온양까지 걸음을 한 것이 아니라는 뜻이야."

"전하. 하오나……."

그 간절하고도 애달픈 음성에도 영지는 고개를 저으며 입을 열었다. 그러자 현이 두 날개를 활짝 펴서 깃털로 오랫동안 기다려온 여주인의 입술을 스치며 화기가 뒤섞인 날카로운 울음소리를 내었다. 그러자 혜가 옅은 미소를 지으며 낮고 듣기 좋은 음성을 나긋나긋하게 풀어내었다.

"매정하게 굴지 마오. 이 녀석도 제 여주인의 말에 화를 내지 않는가?"

미소를 보이는 제 정인의 낯을 보며 영지는 그만 입술을 꾹 다물어버리고야 말았다. 세 번의 해가 바뀌는 동안 단 한 순간도 잊어본 적이 없는 사내의 얼굴에는 군왕의 위엄과 기품이 짙게 서려 있어 더욱 더 수려하고 멋스러웠다.

다만 임금의 길을 걷는 동안 수많은 고민과 고심을 한 듯 편평했던 검미의 사이에 옅은 선이 생겨났다. 미간의 주름이 안타까워 영지의 맘속에는 고민이 잔뜩 깃든 자리를 다정스레 매만져주고 싶은 감정이 몽글몽글 솟아올랐다.

그때였다. 사랑방의 문 안에서 윤일의 목소리가 흘러나왔다.

"아가, 영지야. 귀한 손님을 너무 오랫동안 마당에 세워두는 것 같구나. 누추하지만 방 안으로 모시고 맑은 차라도 내어 오거라."

윤일의 목소리에 혜의 표정이 눈에 띄게 밝아지기 시작했다.

"그것 보아. 내 그대가 부원군께 더욱 책망을 듣기 전에 얼른 부원군의 사랑방으로 몸을 숨겨야겠어."

누, 누구 맘대로 부원군이라는 말을 쓰시는 것인가!

영지는 삼 년 만에 만난 제 사내의 더욱 풍부해진 말주변과 넉살에 그만 머릿속이 아찔해지는 것을 느꼈다. 그런 그녀가 정신을 차렸을 무렵에는 사랑방 앞의 디딤돌 위에는 곱고 세련된 비단신 한 켤레가 반듯하게 놓여 있을 뿐이었다.

"일단 절부터 받으십시오. 부원군……, 아니, 장인어른."

방 안에 들어선 혜는 윤일이 미처 말릴 틈도 없이 큰절을 올리기 시작했다.

"전하. 어찌 일국의 군왕께서 신하에게 절을 하신단 말입니까. 어서 일어나시어 누추하지만 일단 이곳으로 오시어 앉으십시오."

윤일은 제 몸을 의지한 두 팔로 기어 나와 맨바닥에 몸을 대었다. 그러자 혜는 제 팔로 윤일의 몸을 막으며 말했다.

"어찌 장인어른께서는 한낱 사위에게 더운 자리를 내어주려 하십니까? 본디 계시던 자리에 좌정하시고 몸을 편히 하십시오."

윤일은 자신을 '부원군 내지는 장인어른'으로 칭하는 젊은 군주를 보며 옅은 한숨을 흘리더니 이내 아랫목으로 돌아가 벽에 기대어 앉으며 입을 열었다.

"전하. 부원군이니, 장인어른이니 하는 말씀은 멈추어주시옵소서. 소신은 그저 전하의 신하, 그 이상도 이하도 아닌 몸이옵니다. 게다가 낙향하여 이제는 전하께 도움을 드릴 재간도 없사옵니다. 혹여 영지, 그 아이를 데리러 오신 것이라면……. 소신이 간곡하게 청을 올리건대 그 어심을 거두어주시옵소서. 그 아이는 이제 겨우 살 만해졌사옵니다. 온양 땅에 내려와서도 한동안 마음을 잡지 못했던 그 아이의 숨통이 이제 겨우 트였는데, 어찌하여 전하께서는 다시금 그 아이의 숨통을 조이려 하시옵니까? ……아무리 전하의 청이라 하여도 하나 남은 제 여식의 아비로서, 그 아이가 다치는 꼴을 또다시 감내하기란 쉬운 일이 아니옵니다."

모진 시간을 겪은 후 이제 겨우 얼굴에 미소를 되찾은 제 여식의 얼굴을 떠올리던 윤일은 미어지는 가슴의 상처를 눈에 담으며 녹월의 군주를 바라보았다.

그러자 혜는 따끔하게 메어 오는 가슴과 목의 통증을 애써 억누르며 어렵사리 입을 열었다.

"전 대제학께서 그리 말씀하시는 것은 당연스러운 일이나 그 사람이 당하고 견뎌내야 했던 아픔의 깊이만큼……, 이 사람은 그이를 위해 모든 것을 다 내어주고 싶은 마음뿐입니다. 지난 삼 년의 시간 동안 단 하루도 그 사람을 잊어본 적이 없습니다. 그이를 다시 되찾고야 말리라는 희망으로 버텨온 삼 년의 시간입니다. ……그때는 아무런 힘도 없었고, 아무런 능력도 없었지만 지금은 다릅니다. 오직 그 사람을 곁에 두고자 함으로 이 사람은 힘을 키워왔습니다. 흐르는 강물처럼, 바람에 나부끼는 이파리들처럼 자유롭게 살고자 했던 그 한량의 마음을 버리고 한 번도 바란 적 없는 용상의 자리에 외롭게 앉아 오직, 대감의 여식만을 이 냉가슴 속에 품으며 마음의 칼을 벼리고 이를 악문 세월이 벌써 세 해가 흘렀단 말씀을 드리는 것입니다. 그 세월 동안 이 사람은 많은 힘을 키웠고 변하였으나, 이 속에 들어찬 그이에 대한 마음은 진정 한 점의 티끌만큼도 변함이 없었습니다."

혜는 깊고 바른 눈동자로 윤일의 눈을 마주하며 말을 이었다.

“이 변함없는 마음, 그이에게 모두 다 내어줄 것입니다. 이곳까지 와서 그이와 함께 되돌아가지 못한다면……. 전 대제학, 아니, 부원군. 나는 더 이상 이 군주의 자리를 버틸 자신이 없습니다. 내게는 그이가 있어야 해요. 그 사람을 되찾지 못하면, 미안함과 안타까움으로 주체할 수 없는 이 마음을 대체 어디로 돌릴 수 있단 말입니까? 이 사람이 그이에게 씻을 수 없는 죄악을 저질렀습니다. 그 죄악에 대한 사죄를 평생토록 하여도 부족한데, 시작조차 할 수가 없다면 나는 죽어야 합니다. 이 땅 위에 초라한 발 한 자리도 디딜 틈이 없어요. 그러니 부디 이 사람의 장인이 되어주시고, 부원군의 지위를 받아주세요. 이 사람이 이리도 간청합니다.”

방바닥에 이마를 부딪고 두 손바닥을 그러모아 쥔 혜의 모습을 한참 동안이나 눈에 담던 윤일은 어렵게 운을 떼었다.

“제게는 가장 소중한 아이입니다. 하나밖에 남지 않은 나의 가엾고 소중한 아이입니다. 영지, 그 아이는.”

“…….”

“사람들의 입방아에 오르내리고 수많은 구설수에 그 아이의 이름이 올랐지만 그래도 그 아이는 우리 내외에게만큼은 귀하디귀한 아이입니다. 그런 그 아이를, 끝까지 지켜주실 수 있으시겠습니까? 그 어떤 순간이 닥친다 하더라도 전하께서 그 아이의 마음이 다치지 않도록, 그 아이가 전하로 인해 또다시 울지 않도록, 그 아이를 귀하고 중하게 여겨주실 수 있으신지를 묻는 것입니다. 그 아이가 또다시 다친다면 제가 아무리 전하의 신하라 한들 어찌 전하를 용서할 수가 있겠습니까? 제 귀에 그 아이를 지켜주지 못하는 전하의 나약함이 들려온다면 소신은 당장에 혀를 깨물고 자결을 하여 전하를 단죄하는 원귀가 될 것입니다."

윤일의 말 한 마디 한 마디에는 긴 시간 동안 고통과 아픔을 감내해야만 했던 하나뿐인 여식을 묵묵히 지켜볼 수밖에 없었던 힘없는 아비의 깊고 뜨거운 부정이 배어 있었다.

"어느 순간에라도 대제학께서 원귀가 되는 순간은 필경 오지 않을 것입니다. 약조를 드리겠습니다. 어떤 순간에라도 그이를 지켜줄 것입니다. 목숨이 다하는 날까지 그이를 지키기 위해 더욱 굳건하게 힘을 키워낼 것이고 또한, 평생 그이 한 사람만을 바라보고 살아갈 것입니다. 한낱 후궁 따위로 그이의 눈에서 눈물을 쏟게 만드는 졸렬한 사내는 되지 않을 것이니, 전 대제학께서도 꼭 이 사람의 부원군이 되어주셔야 합니다."

믿음직스러운 혜의 음성에 윤일의 굳은 표정이 봄날의 기운을 받은 것처럼 천천히 풀려갔다.

"소신이 부원군이 되고 말고는 영지, 그 아이가 정하는 것입니다. 그 아이의 입을 통해 전하께서 원하는 답을 들으십시오. 아무리 아비가 정한 혼처라 한들 제가 싫으면 아니 되는 것이니……. 아아, 마당에 서서 이러지도 저러지도 못한 채 발만 동동 구르는 그 아이의 기척이 들리는군요. 전하, 그 아이가 준비한 찻상을 들어주시면서 함께 뒤뜰에 가시어 오순도순 차향을 나누십시오."

윤일은 그리 말하며 문밖에 선 딸아이를 향해 목소리를 높였다.

"아가, 영지야. 전하를 밖으로 모실 것이니, 준비한 차는 너를 끔찍이 아끼시는 분과 나누면 될 것이다."

그 말과 함께 혜는 성큼성큼 사랑방 문턱을 넘어 나와 영지를 내려다보며 웃었다. 방문을 꼭 닫고 비단신에 발을 꿴 그는 그녀의 손에 들린 찻상을 빼앗듯 들며 말했다.

"아버님의 말씀은 밖에서 다 들었을 것이니……. 자아, 갑시다. 그대가 가꾼 뜰이 그대의 자태만큼 아름다운지 한번 보아야겠어."

파아란 하늘. 그 아래에 발간 홍조를 살짜기 머금은 초록의 이파리들은 무척이나 아름다웠다. 조그맣고 아담한 정자에 앉아 아무런 말을 나누지 않은 채 평화로운 풍경을 눈에 담던 혜는 향긋한 찻물을 넘기며 입을 열었다.

"다르군."

"……무엇이, 말입니까?"

그토록 듣고 싶었던 그녀의 온화한 음성에 혜는 옅은 미소를 지으며 담담하지만 설레는 속내를 한 올, 두 올 풀어내었다.

"풍경. 도성의 궐에서도 이 하늘과 이 초록은 늘 보아왔던 것이지만, 그대와 함께 나누는 이 풍경은 더할 나위 없이 아름답고 그 어떤 것에도 비할 바 없이 새로워. 하늘의 빛깔이 이토록 맑고 깊은 것이었는지. 초록의 빛깔이 이토록 눈을 즐겁게 만드는 것이었는지. 지난 삼 년의 세월 동안 느껴보지 못한 즐거움이 그대와 함께하는 이 순간, 새록새록 솟아올라 나조차도 놀라움을 금할 수가 없어."

소박한 찻상을 사이에 두고 영지의 얼굴로 시선을 옮긴 헤는 자리에서 일어나 그녀의 옆자리로 다가가 앉았다. 사아아아. 온화한 땅의 온기를 담뿍 머금은 청명한 바람결에 흩날리던 이파리 한 장이 영지의 정수리에 달라붙어 달랑거리자 지아비의 손길이 지어미의 머리에 닿았다.

"보고 싶었어. 그대를, 나는 미치도록 그리워하였어."

헤는 영지의 손등을 자신의 더운 손으로 덮으며 물음을 꺼냈다.

"그대도……, 나를 그리워하였는지……. 지난 세월 동안 나를 잊고 살지는 않았는지……. 나의 영소 작가야. 그대의 마음도 나와 같았겠지?"

어찌, 다를 수가 있었겠습니까.

영지는 그 말을 마음속에 꼭꼭 숨기며 옅은 한숨과 함께 잔잔한 음성을 울렸다.

"어찌하여 온양까지 오신 것입니까? 혹여, 용체가 불편하시어 행궁이라도 하신 것입니까?"

그 물음에 헤는 입꼬리를 비스듬하니 올리며 웃었다.

"내가 아파 보이는가?"

"강건해 보이시기에 묻는 것입니다."

"아아. 이 몸뚱이라면 지극히 강건하지. 하지만 여기 이 마음이 말이야. 이 마음이 누구 한 사람을 간절히 그리워하는 상사병 때문에 썩을 대로 썩어 문드러졌거든. 하여 온천욕이라도 하면 나아질까……, 하는 간절한 소망이 샘솟아 바쁜 정사를 다 밀어두고 행궁 길에 오른 것이지.”

그리움이 가득 담긴 눈동자로 지어미를 곁눈질하던 그는 찻물을 넘기며 고개를 돌려버리는 제 여인의 턱을 잡아 돌려 시선을 맞췄다. 그 순간 영지의 손에 들린 작은 찻잔이 맑은 소리를 내며 바닥으로 굴러 떨어졌다.

“전하?”

“아니. 혜. 그대의 이혜. 그대의 앞에서 나는 그저 일개 필부일 뿐이지.”

스윽. 얼굴을 가까이 하여 그녀의 작고 둥근 콧방울에 날렵한 코끝을 마주 댄 혜는 어린 사내아이처럼 짓궂기도 하고 사랑스럽기도 한 미소를 짓다가 이내 그녀의 입술에 자신의 입술을 겹쳐 내렸다.

“읍……! 으음…….”

한사코 거부하고 싶었고, 이러면 아니 된다고 수도 없이 스스로에게 되뇌어보았지만 혜의 입술에서 느껴지는 따스하기도 하고 싱그럽기도 한 체향에 영지는 이내 그의 옷깃을 꽉 붙잡아버렸다.

얼마나……. 얼마나 간절하고도 깊게 바라 마지않던 일이던가. 사랑하는 이의 온기를 느끼고 그와 함께 동질의 시간을 나눌 수 있다는 것이.

영지는 마치 첫 연모의 설렘과도 같은 심장의 고동을 느끼며 그의 가슴에 살며시 손을 대어보았다.

쿵쿵. ‘혜’라는 이름을 가진 일개 ‘필부’의 가슴에 설렘이 가득 담긴 고동소리가 울려 퍼졌다. 그 소리가 손끝을 타고 자신에게 전해지자 영지는 그만 저도 모르게 그의 목을 두 팔로 감고 삼 년 만에 다시 마주한 제 사내의 입술에 자신의 입술을 열정적으로 열어주었다. 거미줄처럼 가늘고 투명한 타액이 싱그러운 체향을 지닌 이들의 입술에서 생겨났다 사라지기를 반복했고 영지의 입술에서는 한숨처럼 뜨거운 흐느낌이 흘러나왔다.

"으음……. 하아……."

작고도 소름끼치도록 간절한 음성에 혜의 목울대에서는 금방이라도 터져 나올 것 같은 수컷의 긴장감이 가득 자리 잡았다. 역시나 꿈결 속에서 맛보던 입술보다는 실제의 입술이 더욱 맛이 좋다는 생각에 그는 마음속에 만족스러운 미소를 각인시키며 어렵게 입술을 떼고 속삭였다.

"어떻게, 이리도 좋은 그대를 그토록 긴 시간 동안 보지 않고 참아낼 수 있었을까?"

아주 오랜만에 해후를 맞이한 사내와의 입맞춤에 익숙하지 않은 듯 거친 숨을 내쉬던 영지는 제 눈을 동그랗게 뜨며 혜의 눈동자를 바라보았다. 그의 눈동자 속에, 자신의 모습이 비치자 마음속에는 눈물처럼 따끈하고 저릿한 어떤 기운이 우르르 몰려왔다 곧 사라졌다.

그의 눈동자에 담긴 자신의 모습이 정녕 믿어지지가 않았다.

평생 다시는 볼 수 없으리라 여겼던 그 모습을 다시 보게 되다니. 이 감격적인 기분을 무어라고 설명해야 할까. 영지는 가슴속에 벅차오르는 기분을 들킬까 봐 시선을 흰빛의 치맛자락으로 내리며 속눈썹을 파르르 떨었다.

"만약 지금 당장이라도 내가 죽어 이 몸을 불에 태운다면 사리가 한 병 정도는 족히 차고도 남을 것이지, 아마도."

싱긋. 제 사내의 하얀 미소가 마치 온양 땅에 내리쬐는 햇빛을 닮은 것 같다는 생각에 그녀는 따스하게 데워지는 제 가슴 결에 놀라 눈꺼풀을 끔벅였다. 그 순간, 별안간 혜가 외마디 소리를 내며 뒤통수를 매만지기 시작했다.

"윽!"

"어찌하여 그러십니까?"

영지의 물음에 혜는 마룻바닥에 떨어진 돌멩이를 바라보며 말했다.

"아주 좋은 찰나였는데……. 어디선가 우리 두 사람을 시기하는 인사가 숨어 있는가 보아."

그의 말을 듣던 영지는 주위를 살피다가 이내 나무 뒤에 숨어 자신들을 바라보는 사람을 찾았다.

"어, 어머니! 그곳에서 무엇을 하셔요?"

딸의 물음에 그녀의 모친은 마치 어린아이와 같은 천진한 웃음을 지으며 혜와 영지가 함께한 정자로 걸음을 옮기기 시작했다.

"전하. 용서해주세요. 어머니께서 장난을 치신 모양이십니다. 본디 정신을 가끔씩 놓으셨는데, 상황이 더욱 나빠진 지가 벌써 일 년이 훨씬 흐른지라……. 이제는 완전히 어린아이와 같아진 분이십니다. 사리의 분별이 정확하신 전하께서 너그러이 이해해주세요."

미안함이 잔뜩 묻어나는 영지의 음성에 혜는 고개를 젓더니 이내 자리에서 일어나 계단을 밟고 내려가기 시작했다.

"전하! 무엇을 하시려고요?"

"아아. 귀하신 분이니 인사를 드려야지."

혜는 뒤통수에 볼록 솟은 혹 자리를 매만지며 정자를 향해 느릿느릿 걸어오는 제 여인의 모친에게로 걸음을 옮겼다. 아마도 가까운 장래에 국모의 어미가 되실 분. 혜는 사사로이는 자신의 장모가 될 분의 모습에 마음이 아프면서도 한편으로는 귀한 여인을 낳아주셨음에 감사했다. 하여 예를 갖추어 인사를 하려는 찰나 정신이 온전치 못한 영지의 모친이 젊은 임금의 발을 꽉 밟으며 그의 얼굴을 천천히 살피기 시작했다.

"어머니! 전하이십니다! 발을 밟으시면 아니 되셔요!"

영지는 절룩이는 걸음걸이로 계단을 따라 내려오며 모친을 향해 목소리를 높였다. 그러나 그녀의 모친은 그저 혜의 발등에 내리꽂은 자신의 발을 거두지 않은 채 그의 얼굴을 이리저리 살피더니 곧 맑은 웃음을 터트렸다.

그 웃음이 어찌나 순박하고 천진하던지. 혜는 저도 모르게 그녀의 늙은 손을 잡으며 웃어버렸다. 그러자 영지의 모친은 혜의 손을 꼭 잡더니 뒤이어 오는 자신의 딸에게로 데려가기 시작했다.

"……?"

왜 그러는 것일까. 영문도 모른 채 여인의 손에 끌려가던 혜는 곧 함박웃음을 터트릴 수밖에 없었다. 늙고 병들어 어린아이가 되어버린 여인은 꼭 잡았던 혜의 손을 풀어 제 딸아이의 손등에 얹어주더니 띄엄띄엄 아둔한 음성을 내었기 때문이다.

"애기……, 많이……, 낳아. 연지랑……, 곤지랑……, 콕콕……."

어린아이처럼 퇴화하면서 그간 영지의 모친이 했던 말은 그저 단순한 낱말의 나열일 뿐이었다. 그런데 마치 제정신을 찾은 듯 나름의 의미를 지닌 듯한 말을 더듬더듬 풀어내는 모친을 보며 영지는 두 눈을 끔벅였다. 그러자 늙은 어미는 다시금 씩 웃으며 이내 발걸음을 옮기더니 팔랑팔랑 황토 빛의 나비가 날아다니는 곳을 향해 손을 뻗었다.

"어이. 그대, 영소 작가야."

"예?"

넋이 나간 듯 멍한 표정을 쉽게 거두지 못하는 제 여인의 이마를 톡톡 건들던 혜는 별안간 그녀의 흰 이마에 입을 맞추더니 작고 간질간질한 밀어를 속삭였다.

"그대는 효녀지? 아마 녹월에서 손에 꼽는 효녀일 거야?"

"그게 무슨……."

혜는 타락죽처럼 고운 흰빛의 뺨에 복사꽃 빛의 발간 홍조를 띄우는 어진 정인을 보며 말을 이었다.

"어머니의 바람대로 해드려야 할 것이 아니겠어?"

"전하……."

"아기. 많이 낳자고. 내가 그대의 이마와 뺨에 연지곤지를 찍어줄게."

"저는……."

영지는 아랫입술을 꽉 깨물며 그만 시선을 발아래로 떨어뜨리고야 말았다. 그러자 혜가 그녀의 턱을 보드랍게 감싸 쥐며 부드러운 음성을 내었다.

"데리러 왔다고 했잖아. 나는 그대를 나의 지어미로 맞아들이기 위해 이곳까지 온 것이야. 나를 버렸던 그대를 얻기 위해. 나의 가장 귀한 충신인 그대를 국모의 자리에 앉히기 위해. 비어 있는 교태전의 주인을 맞이하기 위해."

"하오나……."

무언가……, 그를 밀어낼 수 있는 말은 무수히도 많았지만 그녀는 어떤 말을 해야 할지 갈피를 잡지 못하고 그저 둥글고 맑은 눈동자를 이리저리 굴리며 시선을 피할 뿐이었다.

"아니 된다는 말은 하지 마오. 그대의 밤만 차가웠던 것이 아니야. 매일 밤, 비단 금침 속에서 홀로 잠이 들면 나는 외로움에 몸을 떨며 길고 긴 밤을 참아내야만 했어. 나의 온기인 그대가 없었기 때문에……. 아마 그대 또한 마찬가지였을 것이지. 아무리 온양의 땅에 머문다 한들 그대의 정인인 나를 볼 수 없음에 그대의 밤 또한 어제의 밤까지 모질도록 차갑지 않았는가?"

길고 뜨거운 한숨을 내쉬던 혜는 부드럽고 온화한 음성으로 영지의 마음을 달랬다.

"과인의 온기는 그대이고, 그대의 온양은 과인이야. 서로가 서로에게 볕과 같은 존재인데 어찌하여 우리 두 사람이 또다시 길고도 차가운 밤을 홀로 보내야 한다는 말이야? ……생각을 해보아. 다시금 이 밤이 올 때까지. 다시금 그대에게 찾아드는 밤. 그 차가운 밤을 평생토록 안고 갈 수 있는 용기가 있다면 어쩔 수 없겠지만……. 그렇지 않다면 부디 나의 말을 따라주어. 그대의 대답은 이 밤, 아주 깊은 시각에 다시 들을 것이야."

그는 그녀의 작고 여린 어깨를 한 번 보듬은 후 서서히 방향을 돌려 안타까운 걸음을 옮겼다. 그의 손길이 닿은 자리가 화인을 입은 것처럼 뜨겁다, 영지는 그리 생각하며 사내의 정갈한 뒷모습을 한없이 바라보고만 있었다.

더운물에 몸을 청결히 하고 이불 속에 들어가 몸을 뉘었다. 철과 맞지 않게 도톰한 이불 속에 몸을 뉘었지만 등골에 찾아드는 한기에 영지는 이불 속에서도 어린 벌레처럼 한참 동안이나 몸을 둥글게 말았다. 하지만 오늘의 밤도 어제처럼 춥고 외로웠다.

뼛속 마디마디, 골수의 아주 깊은 곳까지 찾아드는 한기에 몸을 바르르 떨던 그녀는 저도 모르게 가슴속에서 치솟는 울컥거림을 참지 못하고 상체를 일으켰다. 짜르르하니 느껴지는 등의 통증에 이맛살이 찌푸려졌지만 그깟 몸뚱이의 고통보다 더한 것은 마음속에 켜켜이 묵어 피떡이 되어버린 고통의 기억이었다.

'전하. 어찌하여 저를 찾으셨습니까. 잊고 사시면 되실 것을……. 그럭저럭 차가운 밤에 적당히 물들어간다……, 참아낼 수 있겠다 싶었는데 어찌하여 제게 전하의 온기를 다시금 깨닫게 한 것이십니까?'

헤에 대한 원망에 영지는 저도 모르게 자리에서 일어나 문을 열고 마루로 나섰다. 곧 보잘것없는 신을 꿰어 신은 영지는 절룩거리는 걸음을 옮겨 대문을 열었다. 그 문을 열면 마치 그가 서 있을 것만 같았기에. 하지만 기대와는 달리 그는 보이지 않았고 대신 아담한 가마와 가마꾼 몇이 있었을 뿐이었다.

"혹여……, 전하께서 보내신 것입니까?"

영지의 물음에 가마꾼들은 고개를 끄덕이며 가마의 문을 열었다.

"전하께서……, 이곳에서 기다리고 있으면 아씨께서 나오실 것이라 하셨습니다. 타십시오. 전하께서 기다리고 계십니다."

온천을 이용하여 임금의 병을 치료하기 위한 행궁. 가마 창을 열어 보니 삼엄한 경비가 이루어지는 행궁의 바깥문을 넘어서서 가마는 계속적으로 어딘가를 향해 이동하고 있었다.

"욕심내지 마. 네가 가까이하기를 원하기에는 너무나 높으신 분이야. 제발, 정신 차려."

가마가 지면에 닿고 문이 열릴 때까지 영지는 쉼 없이 자신을 향한 질책의 말을 중얼거렸다. 국모의 자리가 탐이 나는 것은 결단코 아니었다. 그저 가장 사랑하는 사내가 한낱 필부가 아니라 옥좌의 주인이었기에 마음이 어지러운 것이었다.

"오셨습니까. 전하께서 기다리고 계십니다."

혜를 보필하는 내관으로 보이는 이가 그녀를 맞이하며 모시는 주인이 계신 곳으로 안내했다. 그에게 점점 다가갈수록 몽롱하고 향긋한 냄새를 품은 습한 기운이 곳곳에서 흘러나왔다.

"들어가시지요. 전하께서는 아씨 외에는 아무도 들이지 말라 하셨습니다."

내관의 말에 영지는 고개를 끄덕이며 안내받은 곳의 문을 열고 발을 디뎠다. 그러자 방의 중앙에 만들어진 탕 속에 몸을 담근 채 눈을 감고 있는 지아비의 모습이 보였다.

"생각보다 빨리 당도한 것을 보니 보쌈을 당한 것은 아닌 모양이야. 자시가 되어서도 그대가 나오지 않으면 보쌈이라도 해서 데려오라 일렀으니 말이야."

감았던 눈을 뜨며 엷게 웃던 혜의 눈이 습기 때문인지 극도로 어둡고 깊어만 보였다.

"이리 가까이 와보아. 나의 사랑하는 백성, 영소 작가야."

혜의 손짓에 영지는 그만 마른침을 삼킬 수밖에 없었다. 나른하고도 깊은 그의 눈동자는 마치 주술을 걸 수 있는 힘이라도 있는 듯 그녀를 끌어당기고 있었다. 그녀의 발끝이 탕에 가까워지자 혜는 영지의 가늘고 흰 손목을 억세게 붙잡으며 물었다.

"오늘도……, 추웠을 것이야? 그대에게 찾아온 밤은."

"전하, 저는……."

그녀가 아랫입술을 분홍빛 혀로 핥으며 대답을 머뭇거리자 외로움이 뼛속까지 사무쳤던 젊은 군주의 목울대에서 나른하고 잔잔한 음성이 쏟아졌다.

"추웠다고 대답해. 나 또한 수많은 나날의 밤중이 미치도록 추웠으니 말이야. 가까이 있는 그대의 온기를 느낄 수가 없었으니……. 하여 이 더운물로 나의 차가운 밤을 잊어보려 하였지만 잊어지지가 않아."

혜는 꽉 붙들어 맨 영지의 손목을 놓아주지 않으며 물음을 내비쳤다.

"탕 속으로 들어오겠는가."

"……."

"이것은 그대가 나의 온기가 되어주기를 명하는 군주의 어심이야."

그렇게 말하던 혜는 꽉 잡았던 제 여인의 손목을 잡아당기며 기우뚱 기울어진 그녀의 몸을 낚아채듯 안아 성하지 못한 몸이 다치지 않도록 탕 안으로 인도했다.

"전하! 왜 이러십니까?"

삽시간에 몸을 감싸 안은 젊은 군주의 뜨거운 가슴 결에 영지는 깜짝 놀라 눈을 동그랗게 뜨고 물었다. 온천수의 더운 열기 때문인지, 아니면 제 사내의 품속 온기 때문인지 그녀의 흰 얼굴이 붉은빛으로 물들어갔다.

"이 영리하고 요망한 머리통으로 지어내는 그대의 수가 다 꿰뚫어보여, 화가 나."

"……."

"내가 그대를 데리러 왔어. 이보아, 그대. 내가 얼마나 그대에게 간청을 해야만 내 뜻을 알아줄 것이지? 이 가슴팍을 벼린 칼끝으로 도려내 보여주어야만 알겠느냔 말이야. 그대를 되찾기 위해 나는 지난 삼 년간 온갖 수고로움을 마다하지 않았어. 그대가 언젠가 내게 말했었지? 이 땅의 이름 없는 들꽃까지도 지켜내는 사람이 되라고. 하여 나는 그대의 말대로 이 나라의 백성과 강토를 위해……, 또한, 나의 가장 사랑스런 충신인 그대를 찾기 위해 신권을 견제할 만한 힘을 기르고 정사의 안정을 도모하려 부단히도 노력하였어. 헌데 그대의 눈에는 어찌하여 나를 믿지 못하는 것 같은 불안함이 여전히 가득한 것이지? 대답을 해보아. 아직도 그대의 눈에는 내가 나약한 군주로만 보이는가? 외척의 기세를 빌려서라도 힘을 키워야 할 그런 초라한 군왕으로 보이느냐고 묻는 것이야!"

혜는 제 여인의 말간 얼굴에 용안을 가까이하며 날카로운 수컷의 음성을 쏟아냈다. 그러나 그녀는 아무런 말도 하지 않은 채 그저 입술을 꾹 다물고 그의 눈만 들여다볼 뿐이었다. 결국 그의 목울대에서 풀이 잔뜩 죽은 한숨 같은 음성이 흘러나왔다.

"……그대야. 내 말을 잘 들어보아. 응?"

옹이 가득 박인 투박한 손바닥으로 제 여인의 볼을 쓰다듬는 군왕의 눈빛은 한없이 쓸쓸하게 가라앉았다.

"그대를 얻기 위해 우리의 이야기를 닮은 책을 퍼트리고, 그대와 나의 고통이 담긴 노랫말도 퍼트렸지. 민심이 살짝 요동치기는 했지만 내가 그대를 다시 얻을 만큼의 것은 아니었어."

"……."

"하지만 그대를 다시 내 곁으로 데리고 올 수 있는 시발점은 되어주었지. 그대를 국모로 올리는 일을 공론화시킬 수 있는 그 시작점 말이야. 하여 이래저래 여차저차……, 종친부의 윤허를 얻고 삼정승의 결정도 내가 원하는 대로 이끌어낼 수 있었어. 하지만 삼정승의 뜻을 온전히 이끌어내는 데에는 어려움이 있었지. 그

중 한 사람이 끝까지 그대를 반대했거든. 그렇지만 내가 이겼어. 어떻게 하였는지 알아?"

혜의 물음에 영지는 고개를 가로저었다. 그러자 그의 얼굴에 차가운 조소가 덧입혀지며 서늘한 목소리가 이어졌다.

"협박. 나는 그대를 얻기 위해 나의 신하를 협박했어. 지난 삼 년간 나는 중요한 관직을 맡은 신료들에게 항시 그림자를 붙여 뒷조사를 했지. 늘 미행을 붙여 그들의 행적을 일일이 보고받고 기록으로 남겼어. 물론 그 증거까지 모두 모았고. 그래서 말이야. 끝까지 그대를 반대하는 우의정에게 그의 오금을 저리게 만드는 기록을 보여주며 말 그대로 협박을 한 거야. 뒤가 진진하니 켕기는 기록을 본 우의정은 낯빛이 새파랗게 질려서……, 크. 그 다음부터는 찍소리도 못하고 예, 예 대답만 하면서 굽실굽실하더란 말이야."

차가운 미소를 엷게 흘리던 그는 영지의 눈을 똑바로 바라보며 쓰게 웃었다.

"그대는 내가 성군이 되기를 바라지?"

"……예."

"그런데 어쩌면……, 나는 폭군이 될 수도 있겠다는 생각이 들어."

"전하, 어찌 그런 말씀을……!"

영지는 손을 들어 자신의 뺨을 매만지는 혜의 손을 붙잡았다. 잘려나간 소지의 뭉툭한 자리에서 그의 아픔이 전해졌다.

"그러니까 내게는 그대가 있어야 해. 내 이 가슴은 긴 시간 동안 그대에게 아프게 한 것에 대한 못난 죄스러움, 그리고 연모하는 그대를 만나지 못하는 고독감 때문에 퍽이나 차가워졌거든. 이 차가워진 가슴으로 어찌 내가 성군이 될 수가 있겠어? 이 땅에서 나의 온기인, 나의 온양인 그대를 얻어가지 못한다면 나는 사납고 난폭한 광견이 되어 닥치는 모든 것을 물어뜯고 협박하여 죽일지도 몰라. 본디부터 나는 왕좌를 탐하던 이가 아니었으니 이 자리를 지켜내야 할 의지를 소멸하는 순간, 광인이 되어 온갖 광기를 부릴지도 모를 일이 아닌가?"

차갑고 서늘한 미소를 지으며 말하는 혜를 바라보던 그녀는 그만 두 팔을 들어 그의 목을 끌어안고 속삭였다.

"그러지 마십시오. 제발……, 그러지 마세요, 전하. 어찌 그런 무서운 말씀을 하십니까? 되어드릴게요. 전하의 여인이 되어드리고, 전하의 곁붙이가 되어드리고, 언제든 편안하게 다녀가실 수 있는 교태전의 주인이 되어드릴 테니, 제발 그런 끔찍한 말씀은 꺼내지도 마세요."

울먹임이 가득한 그녀의 목소리에 서늘함이 가득했던 그의 눈빛에 점점 온화함이 감돌기 시작했다.

"약조한 것이야."

"응."

터져 나오려는 울먹임에 영지는 목구멍으로 짧은 소리만 내며 고개를 끄덕였다. 그러자 혜는 다시금 그녀의 보드라운 뺨을 매만지며 미소를 머금었다. 옴폭 패어 들어간 볼의 자리가 영지의 가슴을 설레게 만들었다.

"어여쁘다, 내 사람."

"……."

"언젠가 이야기했지만, 그대는 나의 온전한 약점. 나의 가장 합당한 역린. 그러니 나는 더욱 힘을 키울 것이야. 그대를 지키기 위해……."

"전하, 하지만 성군이 되셔야……."

온기에 발갛게 물든 영지의 입술에서 어린 짐승의 순결한 살 냄새가 피어오르는 것만 같아 혜는 그 아찔함에 눈을 질끈 감았다가 떴다.

"내 곁에 그대만 있으면 나는 성군이 될 수 있어."

"전하. 그렇지만……, 저는 몸이 아주 많이 불편합니다. 잘 걷지도 못하고, 등의 몰골도 아주 흉한 것을요."

"괜찮아. 잘 걷지 못하면 내가 그대의 느린 보폭을 맞추어 걸으면 되고 흉 진 등도 아주 많이 어여뻐해줄 테니까."

"어쩌면……, 아이를 가질 수 없을지도 몰라요."

젊은 군주는 제 여인의 이마며 뺨에 자잘한 입술 자국을 남기며 대답했다.

"괜찮아. 내가 꼭 아이를 가질 수 있게 해줄 것이야. 아주 많은 아이들을. 그 몸속에 아기가 생겨날 때까지 수백 수천 번이고 아주 깊은 곳에 씨앗을 넣어줄 테니까."

그 은밀하고도 농도 깊은 약조에 영지는 몸을 바르르 떨며 눈동자를 수줍게 내렸다. 그러자 혜는 그녀의 목덜미를 혓바닥으로 맛보며 저고리 안쪽으로 찬찬히 손을 집어넣었다.

"살집이 약간 올라서 그런지 감촉이 좋아."

왼손으로는 젖가슴을 주무르며 다른 한 손으로는 옷고름을 잡아당기는 군왕의 눈빛은 정욕에 물든 맹수마냥 사납게 번뜩였다.

"삼 년이야. 그동안 내게 교태를 부리는 나인들이 얼마나 많았는지……. 헌데 그들의 교태에도 전혀 몸이 반응을 하지 않더란 말이야. 이 마음팍에 목석을 새겨 넣은 듯 전혀 동하지 않았는데……."

제 여인의 옷고름이 풀어헤쳐지고 곧이어 뽀얀 어깨와 흐드러지게 피어난 젖망울이 더운물 속에서 모습을 드러내자 젊은 군왕의 목울대가 욕정의 물결을 맞이한 듯 펄떡펄떡 움직였다.

"상상해보아. 그대의 사내인 내가 다른 여인의 몸을 취한다는 것을. 이렇게 그대의 입술을 맛보듯이 다른 여인의 입술을 맛보고……."

혜는 영지의 입술 안으로 혀를 집어넣어 광폭하게 휘감았다가 풀어주기를 수차례 반복한 후 자신의 입술을 떼며 말을 이었다.

"또한 이렇게, 그대가 아닌 다른 여인의 젖가슴을 희롱하고……."

배꽃처럼 하얀 살결. 그 둥근 젖가슴 사이에 올록하게 솟은 정점을 깨물었다가 보드레하게 달래주는 혀의 움직임에 여인의 나긋한 몸뚱이가 바르르 떨렸다.

"이렇게……, 이 깊은 곳에 씨앗을 뿌리고 파정의 낙을 즐긴다고……. 그대는 보통 여인이 아니고 그 성정 또한 매서우니 감히 단언컨대 나를 모신 여인에게 매질이라도 할 것이야."

그의 옹이 진 긴 손가락이 치마 사이를 헤치고 들어가 속곳을 젖히더니 이내 좁디좁은 길 속으로 천천히 잠입했다. 그러자 아픔이 밀려오는 듯 영지의 입술에서 고통의 신음이 흘러나왔다.

"저, 전하……. 아앗! 천천히……."

긴 시간 동안 이물질의 침입이 없었던 음부의 깊은 곳은 꽉 맞물려 있어서 그의 손가락 한 마디조차 받아들이기 힘들어했다.

"쉿. 괜찮아. 조금만 더 힘을 빼고……, 내게 기대. 여기 이곳에, 이렇게."

젖가슴을 희롱하던 손을 뺀 그는 그녀의 등을 가볍게 누르며 상체를 제 가슴팍에 기대게 만들었다. 넓고 단단한 가슴팍에 얼굴을 묻은 그녀의 입술에서 색색거리는 숨결이 뱉어졌다.

"더 이상은 힘들어. 그대야, 조금만 참아보아. 아픔의 기운 대신 아기씨를 많이 넣어드릴 테니."

동굴 속으로 침입한 손가락을 빼고 좁고 작은 엉덩이를 한 손으로 받친 헤는 잔뜩 솟아오른 그곳에 그녀의 정점을 맞춘 후 서서히 연약한 어깨를 눌렀다. 그러가 긴장이 살짝 풀려 있던 여인의 몸에 옥경이 단번에 쑤욱 들어가며 내벽과 함께 단단하게 맞물렸다.

"아흐흣! ……아아, 부디 보드랍게……. 전하……."

물결에 잔뜩 젖은 군주의 옷섶을 꽉 붙잡은 영지가 물기가 고인 눈동자로 자신을 바라보자 헤는 더 이상 그녀의 몸 안에서 인내하고 있을 수가 없었다. 머릿속에 치솟는 욕정대로라면 그녀의 작은 몸을 바특이 껴안으며, 새끼사슴을 향해 돌진하는 범처럼 맹렬하게 움직이고 싶었지만 마치 처음과도 같은 그녀의 몸 상태에 혜는 긴 숨을 천천히 내쉬며 느릿하고도 잔잔하게 움직이기 시작했다.

찰랑찰랑. 탕 안에 고인 뜨거운 물이 바깥으로 넘쳐흐르고 그의 몸이 움직일 때마다 건조하고 메마른 여인의 동굴에 물기가 서서히 젖어들기 시작했다.

'어쩌면 그대의 몸 안에서만큼은 영원히 광견처럼 날뛸지도 모를 일이야. 이 몸 안에서만큼은 폭군이 될지도 모르겠어.'

그 좁은 곳에 옥근을 담고 움직임을 더욱 빨리하던 혜는 불현듯 그런 생각을 떠올리며 만족스러운 미소를 머금었다. 여전히 여리고 선이 가느다란 몸이었고 한없이 볼품없어 보일지도 모르는 몸이었지만 그에게 있어서는 영지의 몸이 볕을 나누어주는 온양이었다.

'아무도 모르겠지. 이 몸속 깊은 곳에 더운 온천수가 미끈하게 흐르는 나만의 온양이 숨어 있다는 것을.'

어느 순간 머릿속을 관통하는 자르르함에 혜는 그녀의 온양 자리에 아기씨를 잔뜩 퍼트리며 고른 숨을 내쉬었다. 가슴팍에는 기력이 모두 빠져나가 축 늘어진 어여쁜 몸이 작은 아기 새처럼 그의 가슴팍에 담겨 있었다.

"약조할게. 평생 후궁 따위는 맞아들이지도 않을 것이며 그대의 몸만을 탐하고 살 것이라고."

노글노글해진 귓바퀴 안으로 스며드는 제 사내의 음성에 아주 작은 미소가 그녀의 입가를 따라 동동 피어올랐다.

"그대를 아주 많이 사랑하고 연모해."

까무룩하게 감겨드는 눈꺼풀을 들어 올릴 힘도 없이 자꾸만 온몸이 나른해져 와 영지는 그의 고백에 차마 제대로 된 대답을 하지 못했다. 다만 마음속에 그 대답을 떠올려볼 뿐이었다.

아주 부끄럽고, 아주 소중한, 그런 대답을.

二十七章. 꽃을 품은 임금, 용을 품은 중전

가만히 들여다보고 있노라면 마냥 가슴속에는 따스함이 피어올랐다. 제 여인에게 버림을 받았던 순간부터 품어왔던 차갑고 공허하고 헛헛함만이 감돌던 가슴이 이리도 단번에 변할 수 있음에 찰나의 순간마다 혜는 감탄을 내지 않을 수 없었다.

'그대가 이리도 내 눈앞에 잠들어 있다는 것이 지금도 실감이 나지를 않아.'

혜는 단단한 손바닥을 펴서 가만히 그녀의 숨결을 느꼈다. 정갈하고 고급스러운 이불 위에 모로 누워 낮잠이 든 여인의 말간 얼굴 위로 부서져 내리는 햇살이 콧방울에 아롱아롱 걸려 탐스럽고 따스한 빛을 만들어냈다.

"그만 일어나보아."

자그마한 귓바퀴 안으로 조곤조곤한 목소리를 흘려보내는 사내의 용안은 마냥 평온하면서도 조금은 짓궂었다.

"으음……."

조금만 더 자고 싶은데. 정말 너무나도 오랜만에 찾아온 단잠이라 깨고 싶지 않은데.

하지만 영지의 바람과는 달리 혜의 손가락은 이미 흰빛의 저고리 안으로 쑤욱 들어가서 힘없이 잠들어 있는 올록한 정점을 문지르며 제 여인의 혼이 얼른 잠결에서 깨어나기를 청하고 있었다.

"이 어여쁜 것이 발칙하게도 고이 잠들어 있다니……. 이렇게 톡 불거져야 더욱 더 어여쁜 것을……."

마디마디에 옹이 진 엄지와 검지로 여인의 정점을 문질거리며 붉은 유실에 톳이 서게 만드는 그의 손길에 그녀의 눈꺼풀이 사르르 들어 올려졌다.

"혜……."

위로 들어 올려진 얇은 눈꺼풀 사이로 쏟아져 들어오는 흰빛이 곧 깨알처럼 부서져 사라지고 눈앞에는 싱긋 웃으며 자신을 바라보는 혜의 미소가 나타났다. 길고 흰 손가락으로 제 여인의 흰 이마를 만지는 손길 아래에 따스하고 정겨운 감촉이 녹아내렸다.

"그래. 나는 그대의……, 지금 이 순간만큼은 올곧이 그대만의 필부인, 이혜."

그리 말하며 미소를 머금던 혜의 입술이 곧 영지의 입술에 살며시 내려앉았다. 닿은 살결 사이에 피어오르는 더운 느낌은, 맑은 어느 날 햇살을 받아 따뜻하게 데워진 물방울처럼 촉촉하고 청결했다.

싱긋 웃는 그를 따라 영지의 얼굴에 번지는 미소 또한 싱긋…….

언젠가 이런 날이 온다면 눈물이 날 정도로 행복할 것이라고 여기며 숨겨두었던 은밀한 바람. 애써 덮어두었고 꺼내보지 않으려 했던 비밀스럽고 아련한 기억의 바람을 떠올리던 그녀는 문득 마음속에 벅찬 감정이 솟는 것을 느꼈다.

“지금이라도 당장 그대의 싱그러운 육신을 이 품 안에 거두어 뒹굴고 싶지만, 아쉽게도 곧 떠나야 할 것 같으니……. 흐음, 이후의 회포는 궐에 당도하여 풀기로 하고. 그대야, 이제 그만 일어나 보아. 내 그대에게 드릴 것이 있다오.”

혜의 음성에 금침 위에서 몸을 일으킨 영지는 머리맡의 자개함을 들어 자신의 앞에 내려놓는 그의 행동에 맑은 눈을 둥글렸다.

“열어보아.”

“무엇이옵니까?”

“아, 그냥 열어보래도. 자아, 열어보면 알 수 있지를 않겠어.”

그리 말하며 영지의 손을 잡아 자개함에 올려놓는 혜의 음성에는 자잘한 떨림이 묻어났다.

“선물……, 입니까?”

“그리 사치스러운 것은 아니고. 그대도 알겠지만 나라의 머리부터 검소하게 사는 것이 나의 뜻이라……. 나라의 가슴인 백성들의 곤궁함을 잊지 않기 위함이니 큰 기대는 하지 말고, 일단은 보기부터 하여보아. 응?”

그리 말하며 괜스레 머쓱하고 부끄러운 것인지 콧잔등을 매만지며 시선을 다른 곳으로 돌려버리는 혜의 모습에 영지의 입술 사이로 피식 하는 소리가 흘러나왔다.

“그럼 한번 볼까요?”

“어서, 빨리.”

거듭 재촉하는 혜의 음성에 깃든 기대감에 그녀의 입술 끝에 작은 초승달이 걸렸다. 지금 이 순간이 마치 옛날이야기 속의 어여쁜 한 장면 같아서 마음이 울렁거리면서도, 곧 사라질 것 같은 꿈결 같아 조금은 두렵기까지 했다.

떨리는 손끝으로 살며시 자개함을 열자 엷은 복사꽃 빛깔의 비단결이 그 모습을 드러냈다. 사아아아. 손끝으로 비단결을 매만지자 보드라운 촉감이 손끝에 느껴졌다.

"어여쁘지?"

왼편 뺨에 볼우물을 머금은 채 묻는 혜의 눈빛이 마치 천진한 사내아이처럼 반짝였다.

"고와요. 참말로 곱습니다, 전하."

넓은 폭의 복사꽃 치마와 진한 자줏빛의 저고리를 차례로 꺼내는 영지의 입술에서 감탄 같은 음성이 흘러나왔다.

"언제였던가. 아직 그대가 여인인 줄 몰랐던 그때 말이야. 그대와 함께 포목점에 들러 그대의 얼굴을 감쌀 흰 광목천을 산 적이 있었지. 참 아둔하게 말이야. 그리도 눈치가 없었을까? 색색의 비단 천에서 눈을 떼지 못하던 그대를 알아차리지 못하고 멋도 없이 흰 천 무더기를 선물이랍시고 품에 안기다니……. 돌이켜 생각해보니 얼마나 서운하였을까 싶은 것이……. 그래서 이렇게 그대, 영소 작가에게 곱디고운 새 옷 한 벌을 선물해주고 싶었어."

그의 보드레한 마음결이 전해지는 눈빛으로 시선을 옮긴 영지는 자신의 행동을 깨닫기도 전에 그의 목을 와락 끌어안아버리고 말았다.

"이리 다시 뵈올 수 있는 것만으로도 진정 하늘님께 감사드릴 일이 아니겠습니까? 제게 전하만 계신다면 아무것도 바랄 것이 없습니다."

쳇. 이 여인은 어찌도 이리 덥고 어여쁜 말만 풀어내는 것인가.

애써 잠재웠던 욕망의 끝에 다시금 혈기가 몰려드는 것이 느껴져 혜는 저도 모르게 두 눈을 질끈 감았다. 머릿속에 참을 인(忍)자만이 속절없이 떠올라 그의 가슴이 커다란 나발소리 같은 울림을 내었다.

"아. 덥다, 더워."

"하절도 아닌데 어찌 덥다고 하십니까?"

다 알면서, 암고양이처럼 괜히 모르는 척 질문을 던지는 제 여인의 작은 교태에 혜의 입술에서 헛웃음이 흘러나왔다.

"요 앙큼하고 어여쁜 이 때문에 덥지? ……아니지. 더운 것이 아니라 절절 끓는 구들방 아랫목처럼 참말로 뜨겁지?"

영지의 이마에 살짜기 자신의 이마를 콩 맞추며 말하던 혜는 소매 안쪽에서 무엇인가를 주섬주섬 꺼내어 그녀의 손안에 꾹 쥐여주었다.

"그대가 잃어버린 것. 필경 이것은 협박이니, 다시는 이것을 잃어버리지 말 것."

무서움 한 점 일지 않는 그의 목소리를 들으며 영지는 제 오른 손바닥을 펴보았다. 손바닥 안에서 시퍼런 물빛을 내는 반지와 반쪽짜리 작은 명경이 그 빛감을 발하고 있었다. 삼 년 전 그의 곁을 떠나면서 버렸던 것이 다시금 영지에게 찾아들자 그녀의 마음에 벅찬 설렘의 물결이 둥글고 매끈한 원을 일으켜만 갔다.

"자, 손."

"……?"

둥근 눈망울이 혜를 살짝 올려다보자 그가 그녀의 손을 잡아 본디부터 비취반지가 있어야 할 제자리로 살며시 그것을 밀어 넣으며 말했다.

"다시는 빼지 말 것. 설령 그대가 국모의 위를 버거워하여 스스로 폐서인을 시켜달라 청하여도 내 곁에 꼭 붙들어 매고 보내주지 않을 것이니, 그리 아오."

"협박이신가요?"

"협박치고는 순하고 어여쁜 협박이지. 깜찍하기도 하고. 아니 그러하오?"

혜의 둥근 물음을 가만히 듣던 영지는 잔잔한 눈동자 속에 그를 비춰내며 작지만 단호한 음성을 내었다.

"설령 전하께서 폐서인을 시키신다고 하여도 저는 절대로 전하의 곁을 떠나지 않을 것이옵니다. 폐서인이요? ……만약, 아주 긴 시간이 흘러도 제 몸이 또 다른 수태를 맺지 못한다면 누군가가 전하께 저를 폐서인시키라 청할지도 모릅니다. 하오나 전하. 따지고 보면 지난 삼 년간, 저의 삶과 폐서인의 삶이 얼마나 달랐겠습니까? 일국의 군왕을 지아비로 품고 살며 태중의 아이까지 잃었지만 전하의 조강지처로서 인정받지 못했던 삶. 그것은 정녕 폐서인의 삶과 다를 바가 한 점도 없었습니다."

그녀는 지난 삶을 반추하듯 되돌아보며 마음 한구석이 늘 아릿하게 만들었던 슬픔의 감정들을 연이어 털어놓았다.

"오래전부터 우리는 서로에게 지아비가 되었고, 지어미가 되었던 사람들이었습니다. 누가 무어라 해도 우리 두 사람은 서로에게 그런 사람들이었지요. 저라고 어찌하여 욕심이 없었겠습니까? 전하의 곁자리를 누구에게도 내어주고 싶지 않은 마음. 언제까지고 전하의 곁에서 사랑을 주고 사랑을 받는 사람으로 살고 싶었던 것이 솔직한 저의 속마음이었습니다. 용상에 오르실 지아비께 누가 되지 않으려고……. 미약한 왕권에 힘을 보태드릴 재간이 없는 줄 알아 스스로 폐서인의 삶을 자처하며 전하를 버리고 떠나온 저를……. 그런 저를 다시 찾으신 이는 바로 전하이시니 지금 이 순간부터 저는 죽어서도 전하의 곁에 머물 것입니다. 절대로 폐서인 따위는 되지 않을 것이고, 기필코 전하를 닮은 왕손과 공주를 낳아드릴 것이니, 부디 다른 여인 따위는 쳐다보지도 말고 오로지 저만……. 비록 전하의 첫정은 아니었지만 마지막 정이 될 저에게만 전하의 씨를 품을 수 있게 해주십시오."

"어허. 이것 참……."

제 여인의 말을 처음부터 끝까지 다 들은 젊은 임금은 짐짓 고민이 되는 듯 검미 사이를 꾹꾹 누르며 운을 떼었다.

"감히 일국의 군왕에게 협박을 하는 여인이라니. 대놓고 다른 여인 따위는 쳐다보지도 말라니."

"기분이 상하셨습니까?"

영지의 물음에 혜는 고개를 끄덕이며 그녀의 어깨를 붙잡았다.

“투기를 해본 적은 없지만……. 혹여 전하께서 다른 여인을 보려 하신다면 저는 아마도 투기를 참지 못할 것입니다. 언젠가, 도승지 나리께서 제게 그런 말씀을 하셨습니다. 정, 전하의 곁을 떠나기가 힘들다면 후궁이 되어 머물 것을요. 그런데 저도 참 아둔하고 겁쟁이였던 것이……, 온전한 곁붙이의 자리를 다른 여인에게 내어주고 그저 뒷방의 후궁이 되어 전하의 사랑이 닿는 순간만을 오매불망 기다리며 살고 싶지는 않았습니다. 그깟 알량한 자존심이라는 것이 무엇인지, 저의 자리가 온전히 되기를 순간순간 소원하였던 조강지처의 위에 다른 꽃이 들어서는 것을 저는 사실 인정할 수도 없었고 묵묵히 바라보며 감내할 자신도 없었던 것이지요. 그래서 차라리 모든 것을 다 내려놓자 여기며 제 스스로 먼저 전하를 버리고 떠나온 것입니다. 하오니 전하께서도 일평생 저만 바라보며 살아갈 용단을 내리실 수 없으시다면 차라리 홀로 돌아가십시오. 저라는 여인 말고 또 다른 후궁을 들이실 작정이시라면 이대로 돌아가시란 말씀을 드리는 것입니다. 그럴 바에야 저는 영원히 이곳에서 폐서인 같은 삶을 사는 편이 나을 것입니다.”

그 말에 혜가 제 여인의 턱을 보드랍게 말아 쥐며 눈을 맞추더니 이내 씩 웃었다.

“왜, 웃으십니까?”

“그대의 협박이 우습고, 아둔해서.”

“무엇이 우습고 아둔……!”

살짝 목청을 높여 묻는 영지의 음성. 그러나 그 음성은 곧 혜의 목울대 안으로 깊이 번져 들어가 더 이상 흘러나올 수가 없었다. 짧지만 강한 입맞춤. 그리고 달큼한 향내가 두 사람의 입술 사이에서 진하게 피어오를 무렵, 입술을 먼저 뗀 그가 낮은 음성을 그녀에게 들려주었다.

"그대가 나의 첫정이야. 마지막 정이기도 할 것이고, 또한 첫정이기도 해. 헌데, 첫정이 아니라니……. 세상에 나를 이토록 화나게 하는 말이 또 있을까?"

"하지만 전하께서는 사저에 머무시던 때에, 혼례를 올리셨지를 않습니까?"

"물론, 나는 그 사람을 사랑하였어. 하지만 그 사람은 너무나도 어렸고, 마냥 귀여웠지. 마치 누이처럼 말이야. 나 또한 그때는 아직 미숙한 소년이었기에 욕정이 들끓기도 했지만 그 사람을 취하지는 않았지. 취할 수가 없었어. 그 눈이 얼마나도 맑고 어렸는지……. 보호해주고 싶은 어린 여동생 같아서 내 욕정에 내 스스로가 짐승 같고 더럽게 생각된 적도 많았지. 하지만 나는 그대의 몸을 품고 그 몸속에 나를 담그며 내 스스로가 짐승 같지도 않았고 더럽게 생각되지도 않았어. 그대의 사내가 될 수 있음에…….

그대를 품을 수 있음에 얼마나 감사하였는지. 그러니 그대가 나의 첫정이야. 온전한 나의 첫정."

온전한 나의 첫정. 그 말에 당황스러웠던 마음을 누그러트린 그녀의 볼이 발갛게 달아올랐다. 어찌도 이리 둥글둥글, 오목조목하게 말씀도 잘하실까? 괜스레 부끄럼이 솟은 그녀는 입술을 슬쩍 내밀며 말했다.

"참 말씀은 잘하십니다? 초국의 사신들이 불시에 들이닥쳐도 대처 하나는 잘하시겠습니다?"

"그럼. 당연한 말씀을. 그러니 내 개정의 삼을 세상에 둘도 없는 불로장생의 명약이라고 하여 그들의 혼을 쏙 빼놓았을까?"

은근히 제 자랑도 빼놓지 않는 젊은 임금의 말주변에 영지는 저도 모르게 소리를 내며 활짝 웃었다. 해사하고 맑은 웃음소리가 혜의 마음에 따스하게 번졌다.

"약조하오. 평생 다른 여인은 아니 둘 것이며 온전히 그대만을 품을 것이야. 그러니까, 앞으로는 그대가 나로 인해 슬퍼하는 일이 없도록, 늘 그대를 지킬게. 나의 지어미야."

"저 역시도 전하께서 저로 인해 슬퍼하시는 일이 없도록, 늘 제자리를 지키고 또한 전하를 지킬 것입니다. 나의 지아비시여."

아름답고 어여쁘니 이보다 더 귀한 여인이 하늘아래에 또 있을까? 여인의 작은 몸으로 감내해야 했던 그 모든 슬픔이 걷히자 청명한 늦가을의 바람이 궐 안 한 바퀴를 두르르 휘감으며 그녀의 발 앞에 붉은 단풍잎 한 자락을 남기고 사라졌다.

화려한 가채를 머리 위에 얹고 붉은빛의 대례복을 입은 여인은 발 앞에 떨어진 단풍잎 한 자락 위를 절룩거리는 걸음으로 사뿐히 넘어서며 멀리 옥좌에 앉은 제 사내를 눈에 담았다. 용태가 늠름하고 눈빛이 맑은 제 사내. 영지는 속으로 그의 이름을 곱씹으며 천천히 앞을 향해 나아갔다.

혜. 절대로 내 것이 될 수 없었던 지엄한 위의 주인. 그가 진정으로 내 사람이 되는 오늘. 그녀는 고난 끝에 얻은 이 사랑을 다시는 내어버리지 않으리라 다짐했다.

물론 여전히 그녀가 중전에 책봉되는 것을 못마땅해하는 대신들이 있음을 그녀 자신 또한 명백히 알고 있었다. 그렇다고 해서 또다시 이 자리를 마다하며 그의 곁을 떠날 마음은 추호도 없었다.

그 단단한 사랑을 뒤편에 남기고 돌아선다는 것은 그간 자신을 되찾기 위해 부단히 노력한 지아비의 지극한 사랑에 죄악을 입히는 것이라는 생각이 들었기 때문이었다. 영지는 지아비에 대한 자신의 사랑을 다시 한 번 마음속에 되새기며 깊고 단단한 눈빛을 반짝였다.

'일국의 국모로서 지켜야 할 모든 수고로움을 견디어내어야 해, 윤영지. 또한 그분의 곁에서 명분과 의로움 없이 제 배만 불리기 위해 힘쓰는 관료들을 늘 귀에 담으며 경계할 것이니. 과거에는 비록 발톱과 맹기를 감춘 한낱 병든 삵과 같은 것이 이 내 처지였지만 저분의 곁에 함께 앉는 순간부터 나는 암호랑이가 되어 맹렬하고도 비범하게 나의 지아비를 지키고 보필할 것이고 또한, 용상의 위엄이 더 이상 땅에 떨어지지 않도록 항시 깊은 눈길로 엄호해야만 할 것이야.'

그녀의 반석 같은 속엣말이 그의 마음속에 전해졌던 것이었을까. 격식을 갖춘 화려한 적의를 입고 자신을 향해 한 발을 내딛는 제 여인의 모습을 한없이 바라보던 혜의 얼굴에 문득 빙긋, 작은 웃음이 지어졌다.

'나의 사랑하는 그대, 영소 작가야. 어서 내게로 걸어오오. 나를 향해 걸어오는 그대가 가까워질 때마다 이 가슴이 설레는 것을 참을 수가 없다오. 아아, 잠시 후 그대가 나의 지어미로서 문무백관과 백성들에게 정식으로 인정을 받게 되면 내가 보고 싶을 때마다 그대를 늘 들여다볼 수 있으니 이 얼마나 하늘님의 자애로운 은덕인가.'

수수하지만 용모가 반듯하고 아름다운 자태의 꽃 한 송이. 오직 임금만이 들여다볼 수 있고 임금만이 품을 수 있는 귀한 꽃이 제 사내의 앞으로 다가와 깊고 정갈한 향내를 피워내는 순간. 서로를 그윽하게 들여다보는 혜와 영지의 눈동자 속에 눈물처럼 맑은 미소가 품어졌다.

자고로 사내는 장가를 들어야 진정으로 철이 들고 안정을 찾는다고 하였던가. 그것은 일국의 임금이든 일개 필부이든 다름이 없는 것 같았다. 게다가 비어 있던 교태전에 새 주인이 들어서자 궐 안의 무겁고 침울했던 분위기가 한결 밝아졌다. 그것은 곧 교태전의 주인이 된 중전, 윤씨의 낯빛이 맑고 정갈했으며 고요하게 웃는 모습은 항상 해사하고 밝았기 때문이다.

"우리 중전마마는 웃으시는 모습이 참으로 자애로우셔. 어쩌면 그렇게 반달처럼 예쁘게 휘는 눈매를 지니셨을까?"

"그러게. 웃으시는 모습이 티 없이 순수하고 맑으셔서 보는 나도 참 마음이 좋아진단 말이지?"

"그러니까 주상전하의 성총이 그분에게만 머무는 것이겠지.

이래저래 궐 안에 두 분 마마의 웃음이 떠나지를 않으니 좋긴 한데……. 우리가 전하의 승은을 입는 일은 곧 죽어도 일어나지 않을 것이지?”

“이렇게 궐에서 평생 음식이나 만들면서 살다 죽는 것이지, 무어. 전하께서는 절대로 후궁도 들이지 않으시겠다 선언까지 하셨으니…….”

“내 팔자야…….”

저들끼리 숙덕거리면서 교태전의 앞마당을 쓸던 나인은 멀리서 들려오는 늠름한 걸음 소리에 입을 꾹 다물고 옆으로 비켜섰다. 아침부터 늦은 밤까지 신료들과 정사에 관한 논의를 쉬지 않는 젊은 임금. 덕분에 검미 사이에 그어진 내 천(川) 자는 쉬이 사라질 줄을 몰랐지만, 그런 젊은 임금도 교태전의 문턱을 넘는 순간만큼은 검미 사이의 내 천 자를 말끔히 펴며 웃는 낯을 감추지 않았다.

“전하. 고하올까요?”

“쉿. 아니다. 아무런 소리도 내지 말고 가만히, 여기서 가만히 있거라.”

저리도 좋으실까. 지난 삼 년간 이 넓은 궐 안에서 홀로 독수공방을 하던 혈기왕성한 젊은 임금이 언제나 안쓰러웠던 상선은 마치 개구진 사내아이처럼 미소를 거두지 못하는 주인의 뒷모습을 보며 저도 모르게 고즈넉한 미소를 지었다.

쉿. 쉿. 중전의 거처를 지키는 병사들부터 모시는 나인에 이르기까지. 그들의 입을 틀어막느라 젊은 임금은 체신도 다 잊고 자신의 입술에 검지를 세우며 '쉿, 쉿' 소리를 내며 걸음을 옮기고 있었다. 그 모습에 병사들이며 나인에 이르기까지 터져 나오려는 웃음을 참느라 얼굴이 빨개졌음은 물론이고 그 입술을 손바닥으로 틀어막는 모습까지 보였지만 혜는 아무런 신경도 쓰지 않았다.

오로지 지금은 그저, 등 뒤에 감춘 이것을 중전에게 드려야겠다는 생각. 그래서 그녀를 기쁘게 해주어야겠다는 생각. 그 두 가지 생각이 전부였다.

"이보아, 중전. 내가 왔……."

스스로 문을 열고 대뜸 중전의 방 안에 발을 밀어 넣은 혜는 수틀 앞에서 잠시 팔을 괴고 잠에 빠진 중전의 모습에 높였던 목청을 낮추고 곁의 상궁에게 물었다.

"중전마마께서 어찌 저런 불편한 자세로 주무시는가?"

"그것이……. 너무도 곤히 주무시어 차마 깨울 수가 없는지라……."

중전을 모시는 늙은 상궁의 목소리에 혜는 고개를 끄덕이며 말했다.

"그랬는가. 허면 내가 중전을 바르게 눕혀드릴 것이니 그대는 잠시 나가 있으라."

혜의 명에 김 상궁은 머리를 조아리며 방을 나서고 문을 닫았다. 오로지 단둘이 함께하게 된 방 안에서 지아비는 발꿈치를 들고 살금살금 걸음을 옮겨 지어미의 앞에 다가가 앉았다.

'수를 놓고 있었구먼?'

영리해 보이는 볼록한 뒤통수에 얌전하게 쪽진 머리가 어여뻐 보여 혜는 그녀의 뒤통수에 가만히 손을 가져다 대었다. 그러자 살짝 몸을 움직이며 잠덧을 하는 그녀의 머리 위로 흰빛의 햇살이 반짝거림을 내며 부서지더니 곧 그녀의 손에 들린 은빛 바늘을 감싸고돌며 사라졌다.

'굳이 새로 만들어주지 않아도 되건만…….'

혜는 품속에서 외다리 현의 손수건을 꺼내어 보며 미소를 지었다. 영지가 교태전의 주인이 되고 나서 얼마 지나지 않아, 서로 함께 누운 금침 속에서 혜가 반 투정으로 그런 말을 했었다. 다리가 없는 손수건 속의 현이 불쌍하지도 않으냐고.

그 소리를 듣고 나서 곧바로 새 손수건 만들기에 착수한 그의 지어미, 중전 윤씨였으니. 그 정성이 고마우면서도 괜히 일감을 준 것 같아서 지아비인 혜는 무척이나 미안해했다.

색을 따로 입히지 않은 흰빛의 비단 천 위에 새로 수놓인 현의 모습은 예전보다 더욱 기품 있고 늠름한 형상이었다. 물론 아직 수가 다 놓이지 않아 여전히 다리 한쪽은 없는 모습이었지만.

"자아. 이렇게, 바르게 누워서 두 다리 쭉 뻗고 자야지. 이보아, 중전. 편히 누워서 자래도."

영지의 손에서 수바늘을 걷어내 수틀에 꽂은 혜는 그녀의 어깨를 살살 흔들며 바르게 잠들기를 권했다. 그러자 깜빡 잠이 들었다는 듯, 두 눈을 깜빡이며 영지의 시선이 지아비의 용안으로 옮겨졌다.

"앗. 전하. 신첩이 깜빡 잠이 들었습니다. 언제 오셨습니까?"

영지는 수틀을 한쪽으로 정리하고 머릿결을 정돈하며 밝은 낯빛으로 혜를 맞았다. 그러자 혜가 그녀의 옆에 자리를 틀고 앉으며 짐짓 골질이 난 듯 물었다.

"근자에 잠이 늘은 듯하오?"

"그냥 괜스레 낮잠이 몰려오는 것이……. 아니, 아니옵니다. 괜스레는 아니지요. 어젯밤에도 전하께서는 신첩을……."

영지는 지난밤에 날이 새는 줄도 모르고 금침 위를 뒹굴며 사랑을 나누었던 혜의 모습을 떠올리더니 얼굴을 붉혀버렸다. 그러자 그녀의 머릿속을 다 읽은 지아비는 피식 웃으며 지어미가 하고 싶은 뒷말을 이었다.

"내가 그대를 재우지 않았다? 밤새 그대를 희롱하고 그 몸속에 자맥질하기를 멈추지 않았으니……. 그대의 낮잠이 는 이유는 그대를 재우지 않은 나의 탓이다?"

"없는 말은 아닌지라."

반달처럼 예쁘게 눈을 휘며 말대답 아닌 말대답을 하는 지어미를 보던 그는 대답 대신 짧은 휘파람을 불었다. 그러자 저기 먼 발치에서 얌전히 앉아 있던 현이 총총걸음으로 다가와 본디의 제 주인 앞에 다다랐다.

"그대가 이 녀석의 모습을 수놓겠다 하여 보냈건만, 이 녀석이 이제는 아예 내 거처를 찾지도 않아? 하여, 내 직접 어려운 걸음을 하였는데 그대는 낮잠이나 즐기고 말이야. 게다가 또박또박 말대답까지……."

"신첩이 없는 말을 하는 것도 아닐뿐더러 현이야 아마도 전하보다는 제가 더 좋을 것입니다."

"왜?"

"수컷이 암컷을 좋아하는 것은 자연이 정한 이치. 현이 대장부이신 전하보다는 치마 두른 신첩을 더 따르는 것도 그와 같지를 않겠습니까?"

"흥. 저 녀석이 제 여주인의 자태가 무척이나 고운 줄은 알아가지고. 그래도 나만큼 그대의 고운 자태를 잘 아는 이는 없을 것이야. 아니 그런가, 중전?"

자줏빛의 당의 안쪽에 숨겨진 희고 고운 살결이 달빛을 받으면 얼마나 하얗게 빛이 나는지. 꽃물로 목간을 하는 듯 그 살갗에서 피어오르는 단내는 얼마나 달큼하고 향기로운지. 쾌락에 달떠 경련이 가득한 목소리로 '혜'라는 이름을 부르는 그 오밀조밀한 목소리는 얼마나 또 듣기 좋은지.

혜는 간밤의 질펀했고 뜨거웠던 정사를 떠올리며 슬금슬금 영지의 치맛자락 안으로 손을 쑥 집어넣었다. 등 뒤에 감추고 전해주려 했던 용잠은 이미 그의 안중에서 사라지고 없었다.

"전하?"

"응."

"아직 대낮이온데……."

혈기가 펄펄 넘치는 젊은 지아비의 손가락이 곧 좁고 뜨거운 음부의 문을 문지르자 영지의 양 뺨 위로 붉은 작약의 빛깔이 곱게 내려앉았다.

"그래서?"

"상궁이며 나인들이 무어라고 하겠습니까. 신첩은 그저 전하의 면이 떨어질까 그것이 염려되어…….”

말은 그리하면서도 이미 지아비의 어깨에 흰 손가락을 얹은 지어미. 그런 지어미를 물끄러미 바라보던 혜는 문득 곤룡포를 젖히고 무릎 사이로 그녀의 가벼운 몸을 끌어 앉히며 말했다.

“아기씨가, 지금 몸 밖으로 나가고 싶다고 하는데……. 중전, 이 아기씨를 받아줄 이는 오로지 그대뿐일 것인데?”

“그렇지만…….”

“그럼 그냥 받아주어. 상궁이며 나인들이 알지 못하게 소리를 꼭 참아주면 내 최대한 빨리 끝내도록 할 것이니.”

음흉한 눈빛을 지닌 지아비의 입술에서 흘러나오는 말이 하도 능청스러워 영지는 멍한 눈빛으로 그를 바라보다가 이내 고개를 끄덕였다. 그러자 중전의 진녹색 치맛자락을 젖힌 임금은 지어미의 속곳을 다급히 끌어내리더니 핏줄이 불거진 옥경을 단번에 지어미의 좁고 뜨거운 온양 안으로 밀어 넣었다.

“앗!”

아직은 조금 메마른 온양에 자맥질을 한 젊은 임금의 혈기를 오롯이 감싼 지어미의 입에서 고통이 약간 서린 신음 소리가 짧게 흘러나왔다. 그러자 혜는 영지의 목덜미에 입술을 묻으며 말을 이었다.

“쉿. 아무도 우리 두 사람의 일을 알 수 없게.”

고급스러운 미닫이문 밖에는 김 상궁과 나인들이 대기하고 있을 터. 영지는 젊은 임금과 중전이 벌인 한낮의 정사를 그들이 알아챌까 염려가 되어 지아비의 목덜미에 입술을 꼭 묻으며 눈을 감았다.

약간의 고통이 수반된 움직임. 그러나 언제나 그랬듯이 그에게 익숙해져버린 몸은 곧 물길을 일으키며 아픔 대신 희락의 열기를 자아냈다. 찰박찰박. 질퍽질퍽. 젊은 필부의 허리가 용솟음을 내며 옥경의 움직임에 힘을 불어넣자 지어미의 얼굴은 더욱 벌겋게 달아올랐다.

"허벅지를 조금 더 오므려보아."

두 사람이 들을 수 있을 정도의 아주 작은 지아비의 속삭임. 그 속삭임과 함께 지어미의 뒤틀린 골반을 받쳐주는 단단한 손길이 이어지자 지어미는 제 허벅지에 힘을 주며 정확히 어떠한 지점인지 모를 그곳에 본능처럼 힘을 주었다.

"하아. 너무……, 조여."

"싫으십니까?"

"아니. 오히려 그 반대지."

"……."

"더욱 조여주어. 그대의 몸 안에 풀어낼 아기씨가 한 방울도 새지 못하도록."

혜의 음성에 영지는 고개를 끄덕이며 미묘한 그 지점을 향해 더욱 힘을 주었다. 그러자 온양을 지독하게 훑어 내리던 지아비의 옥경이 내벽을 긁어내리듯 용마처럼 내달렸고 곧이어 땀을 머금은 질펀한 살갖의 소리와 함께 그녀의 몸 안으로 흰빛의 아기씨들이 퍼져 나가기 시작했다.

영지는 제 몸속으로 퍼져 나가는 더운 느낌을 한 방울도 흘리지 않으려 끝까지 온양의 입구에 힘을 주며 하늘님을 향해 빌었다.

'아아. 제발 전하의 아기씨가 이 몸 안에 다시 자리를 잡았으면 좋을 것인데……. 하늘님, 부디 전하의 아기씨를 저의 태중에 심어주세요. 전하를 꼭 닮은 강건한 아기씨를……. 원자를……, 제게 허락해주세요.'

눈앞을 차갑게 얼릴 듯 새파랗고 커다란 물웅덩이. 비취빛 안료를 풀어놓은 듯 시퍼런 호수를 향해 새하얀 물줄기를 쏟아 내리는 폭포. 깜빡 선잠이 들었던 것 같은데 어디선가 들려오는 찰박찰박 소리에 눈을 떠버린 영지는 그저 눈앞에 펼쳐진 풍경이 믿기지 않는다는 듯 새까만 눈동자를 끔벅거렸다.

'밀실. 이곳은 전하와 나의 밀실이야. 헌데 전하께서는 어디에 가시고 나 홀로 이곳에 와있는 것이지? 여기까지는 또 어떻게 온 것이고? 이 절룩거리는 걸음으로는 산길을 오를 수가 없는데…….'

영지는 살짝 뒤틀린 골반께를 손바닥으로 매만지며 긴 한숨을 내쉬었다. 시퍼런 물빛과는 대조적으로 맑고 청명한 하늘 사이에서 느껴지는 햇살은 참으로 따스하고 정겨웠다.

그때였다. 어디선가 자신의 선잠을 깨웠던 찰박 소리가 또다시 그녀의 귓가를 사로잡았다.

'무슨 소리지?'

찰박 소리가 들리는 곳을 향해 고개를 돌리자 맨몸으로 물속에서 노는 사내아이의 모습이 눈에 들어왔다.

「얘, 아가야? 위험해. 얼른 이리로 나오렴.」

절룩거리는 걸음을 옮겨 자맥질을 즐기는 사내아이의 근처로 다가가자 인기척을 느낀 사내아이가 크고 맑은 눈동자를 데구루루 굴려 영지를 바라보았다.

「들어오실래요? 되게 시원하고 좋은데.」

여섯 살쯤 먹어 보이는 사내아이. 그 아이의 물음에 영지는 고개를 저으며 옅게 웃었다.

「난 물속에 들어가지 못해. 다리를 잘 쓸 수가 없거든.」

「그러세요? 아쉽다. 여기가 얼마나 시원하고 좋은데…….」

씩씩한 사내아이는 곧 물속을 향해 온몸을 밀어 넣더니 자유자재로 몸을 움직이며 찰박 질을 내었다.

「얘, 너 무섭지 않니?」

「하나도 안 무서워요. 전 이곳의 주인이니까요.」

「주인?」

「응.」

영지의 되물음에 고개를 끄덕거리던 사내아이는 물빛처럼 맑은 눈동자를 들어 그녀를 오롯하게 바라보았다.

「더워 죽겠지요?」

「무슨 말이니?」

「간절히 얻고 싶은 것이 있는데, 여의치 않으니까 속이 타들어가지요?」

「……난, 무슨 말인지 모르겠는데?」

어쩐지 지금 자신의 처지를 꿰뚫어보는 듯한 사내아이의 말에 영지는 천천히 무릎을 굽혀 아이와 시선을 맞췄다.

「속병 나면 안 좋대요.」

「누가?」

「우리 어머니가요.」

「어머니?」

「응. 천 년의 밤을 보내면 모든 것이 이루어졌을 텐데 천 년을 마치는 하루 전날에 일이 잘못되었거든요.」

「일?」

「응. 일. 아무튼 뭐가 좀 안 풀려가지고 우리 어머니가 되게 많이 울었거든요. 그래서 난요, 천 년 동안 꾹 참았어요. 일을 망가트리지 않기 위해서요.」

「그래서, 너의 그 '일'은 잘되었니?」

「당연하죠. 그래서 이 물빛의 주인이 되었잖아요?」

사내아이는 씩 웃으며 다시금 물속으로 자맥질했다. 그 순간, 영지는 아이의 왼편 뺨에 자리 잡아 쏙 패어 들어간 볼우물을 보았다.

「넌 내가 아는 누굴 많이 닮았구나.」

「누군데요?」

「아아. 내가 아주아주 많이많이 연모하는 분. 그분을 꼭 닮았어.」

영지의 말을 들은 사내아이는 별안간 그녀에게 작고 통통한 손을 내밀었다.

「나를 데려가실래요?」

「응?」

「아주아주 많이많이 연모한다는 그분. 한번 보고 싶거든요.」

아이의 음성에 영지는 고개를 가로저으며 미안한 듯 말했다.

「내가 사는 그곳은 이렇게 넓은 호수도 없을뿐더러, 사람이 자유롭게 나가고 들어가지 못하는 곳이란다. 그래서 너를 데리고 갈 수가 없어.」

「나를 그 속에 품고 들어가면 되지요?」

「너를 어떻게?」

「이렇게 하면 되지요.」

개구진 미소를 짓던 사내아이는 자신만만한 목소리를 내더니 이내 표정을 사악 바꾸고 무미건조한 눈빛으로 영지를 바라보았다. 영지는 자신을 바라보는 사내아이의 눈동자 빛깔이 새파란 물빛으로 변하는 것을 느끼며 두려움에 몸을 떨었다.

「너……. 너는 누구니?"

「이 호수의 주인. 그런데 너무너무 답답하거든요. 어머니의 소원을 이뤄드리기 위해 꼭 참아서 이룬 새 삶이지만……, 아무래도 나는 사람들이 더 좋아요. 여긴 너무 외롭거든요.」

사내아이의 벗은 살갗이 점점 푸른빛으로 각화가 되기 시작하더니 곧 새파란 비늘이 아이의 온몸을 뒤덮었다. 그 모습을 마치 귀신에라도 홀린 듯 멍한 눈빛으로 바라보던 그녀의 아랫입술이 자잘하게 떨려 왔다.

「무서워하지 말아요. 나를 데려가면 분명 모든 일이 다 잘될 거예요.」

새파랗고 투명한 비늘로 뒤덮인 사내아이의 무미건조했던 표정에 미소가 다시금 천천히 스며들었다.

「아무에게도 말 못 하는 그 타들어가는 속. 내가 시원하게 풀어드릴게요. 나는 시원한 물빛의 주인이니까.」

사내아이는 그리 말하더니 머뭇거리는 영지의 손을 먼저 덥석 잡았다. 그리고 곧 푸른빛으로 화하기 시작한 사내아이가 빙그레 미소를 짓던 아주 짧은 찰나의 순간 아이는 온데간데없고 대신 새파랗고 투명한 빛 덩어리가 영지의 몸 전체를 둥글게 감싸다 이내 사라졌다.

새파랗고 투명한 빛 덩어리가 사라지는 순간 영지는 번뜩 눈을 떴다. 온몸에 흐르는 식은땀에 잠자리마저 축축해진 것이 느껴져, 상체를 일으킨 그녀는 자신의 어깨를 감싼 채 잠이 든 지아비의 팔을 살짝 걷어냈다. 그러자 인기척에 눈을 뜬 지아비가 그녀의 몸을 다시금 감싸 누이며 물었다.

"무슨 꿈이라도 꾸었어?"

축축한 기운을 느낀 혜는 영지의 이마에 맺힌 땀방울을 손가락으로 닦아내었다.

"……왼편 뺨에 볼우물이 깊이 팬 아이를 보았습니다."

"혹, 오래전 먼젓번에 꿈속에서 만났다던 여자아이를 본 것이야?"

혹여, 아직도 태중의 아이를 지키지 못한 어미의 죄책감에 귀한 지어미께서 꿈속에서까지 시달림을 당했을까 싶어 지아비 된 혜는 그녀의 머리 아래로 팔베개를 해주며 물었다. 그러자 그의 가슴에 얼굴을 묻은 그녀가 작은 음성을 내었다.

"사내아이. 그 아이는 물빛의 주인이라고 하였어요. 자기를 데려가 달라면서 먼저 신첩의 손을 잡더니 이내 푸른빛과 함께 사라졌답니다. ……아마도 꿈속의 사내아이는 용이었던 것 같아요.”

영지의 말을 가만히 듣고 있던 혜는 별안간 무슨 생각이 들었는지 그녀의 납작한 배를 어루만지며 입을 열었다.

“용이, 그대더러 먼저 데려가 달라고 했다는 말이지?”

“예, 전하.”

지아비의 품 안에서 고개를 끄덕이던 영지를 내려다보던 혜는 그녀의 정수리에 입을 맞추며 속삭이듯 말했다.

“날이 밝는 대로 어의를 불러야겠어.”

“신첩은 불편한 곳이 없습니다.”

“아니. 어의를 불러 그대의 태중에 어린 용이 정말로 자리를 잡았는지 알아볼 것이야.”

“설마…….”

영지는 납작한 자신의 배를 매만지며 품속에서 고개를 떼고 지아비의 눈을 그저 물끄러미 바라보았다.

“이 배 안에 어린 용이 잠자고 있다면 내 그대를 매일매일 업고 다닐지도 모를 일이지.”

영지는 젊은 지아비의 얼굴을 바라보며 꿈속에서 보았던 사내아이의 얼굴을 떠올려보았다. 진하고 곧은 눈썹과 정갈한 얼굴선. 그리고 왼편 뺨에 깊이 팬 볼우물. 꿈속에서 만난 사내아이는 정녕 혜의 모습과 많이 닮아 있었다.

‘아아, 하늘님. 정녕 그 사내아이가 이 안에 자리 잡은 것입니까? 부디 이 꿈이 진실이길……. 이 꿈이 그저 꿈으로 끝나지 않게 지켜주세요.’

二十八章. 기쁘지 아니한가

중전의 손가락을 감은 긴 실. 그 실을 만지며 아무런 미동도 하지 않는 어의를 보며 젊은 임금은 그 속이 새까맣게 타들어가는 것 같았다. 길고 팽팽한 실을 어의가 몇 번씩 재차 만질 때마다 그의 목구멍에서는 마른침만이 꼴깍꼴깍 넘어갔다.

'아닌가? 아니라면……, 무어 더욱 분발해야지. 상심하지 말고.'

어의의 흰 눈썹이 꿈틀거릴 때마다 혜는 스스로 자신의 마음을 다독이며 저도 모르게 숨을 골랐다. 회임이 아니어도 실망하지 않으리라 다짐은 하지만, 부디 회임이기를 바라는 마음을 감출 수는 없었다.

혜도 혜였지만 영지는 중전의 위를 받는 순간부터 곧바로 아이를 가지고 싶어 했다. 미약한 중전의 입지를 견고하게 다지고 싶은 마음도 마음이었겠지만, 비단 그것이 전부는 아니었다.

삼 년 전의 거사. 그때에 잃었던 아이의 존재가 지금까지도 그녀의 마음속에 지독하고 깊은 죄악감으로 남아 있음을 지아비인 혜가 어찌 모를 수 있을까. 혜는 부디 이번에 지어미께서 회임을 하시어 마음속에 남아 있을 죄악감의 잔재마저 깨끗이 비워낼 수 있기를 간절히 바라고 있었다.

"어떤가. 내가 생각하고 있는 그것이 맞는가?"

회임을 깊이 원하고 있었던 중전은 평소와는 달리 참을성 없이 지아비인 혜보다 먼저 입을 열어 물음을 던졌다.

"음……. 중전마마. 초가을의 아직은 아주 더운 날이 될 것 같습니다."

어의는 제 손에 들린 팽팽한 실을 바닥에 내려놓으며 흰 눈썹을 누그러트리더니 이내 말을 이어 나갔다.

"원자아기씨이신지 공주아기씨이신지는 모르겠으나 주상전하와 중전마마를 닮으신 아기씨께서는 가을의 햇살 아래에서 세상의 볕을 보실 것이니. 감축, 또 감축을 드리옵니다."

늙은 어의가 머리를 조아리며 올리는 감축의 말에 영지는 왈칵 솟아오르는 눈물을 감출수가 없었다. 그 모습을 보던 젊은 임금은 지어미를 향한 눈길들에게 조용히 입을 열었다.

"어의와 김 상궁은 잠시 나가 있으라."

임금의 명에 곧 중전의 처소는 온전히 곁붙이인 두 사람만의 공간이 되었다. 그러자 혜는 조용히 제 여인의 손을 그러모아 쥐며 눈을 맞췄다.

어찌 지어미인 중전의 마음을 지아비인 임금이 모를 수가 있을까. 일국의 국모를 향한 몇몇의 따가운 눈초리를 영민한 중전이 어찌 몰랐다고 할 수가 있을까. 차마 지아비에게도 털어놓지 못한 채 타들어가는 마음이었다 한들 그 타들어가는 마음을 어찌 지아비인 그가 몰랐다 말할 수 있을까. 한 가지와 같이 사랑하는 지어미의 마음을 오롯하게 전해 받은 혜는 목울대 언저리에서 뜨겁게 메는 아픔을 애써 억누르며 미소를 머금고 말했다.

"울긴 왜 우는 것이야."

다정하고도 뜨겁게 맞닿은 살갗에는 살갑고 애틋한 연심이 만연하게 녹아 있었다.

"그만 뚝 하고 눈물을 거두어주어. 어미가 슬피 울면 태중의 아기씨도 운다 하였어. 이 기쁜 날에 웃어도 모자랄 것인데 눈물을 보이다니……."

"갑자기 많은 생각이 일시에 몰려와 신첩이 태중의 아기씨에게 불경을 저질렀사옵니다."

지어미의 말을 가만히 듣던 혜는 한 손을 들어 그녀의 눈가에 맺힌 눈물을 거두며 물었다.

"먼저 보낸 그 아이 생각이 난 것인가."

"그 아이 생각에 미안함도 들고……, 또한 새로 찾아와준 태중의 아기씨에게 고맙기도 하고……, 드디어 전하의 곁붙이 자리에서 신하의 도리를 할 수 있게 되어 뭉클하기도 하고……."

영지는 큰 숨을 들이쉬었다가 천천히 내쉬며 엷게 웃었다. 붉어진 눈시울에 마음이 아파 혜는 대뜸 그녀의 흰 이마에 약한 꿀밤을 먹이며 말했다.

"중전. 그대 또한 그대의 말처럼 나의 신하야. 그렇지?"

"예. 전하."

"그렇다면, 이것은 어명이니. 다시는 그 어여쁜 눈에서 눈물을 쏟아내지 말 것. 나의 충실한 신하이자 지어미인 그대가 울면……. 여기, 바로 이 자리가 너무나 아파."

혜는 자신의 가슴팍을 지그시 누르며 말을 이었다.

"태중의 아기씨는 분명 먼저 보낸 우리의 아이가 보내준 귀한 선물이야. 타는 속을 아무에게도 말하지 못하고 끙끙 앓고 있는 제 어미가 안타까워 보내준 아기씨일 것이라는 말이야. ……언젠가 그대가 내게 말하지 않았는가? 그 아이가 울지 말라고 했다고. 그러니 울지 말고, 더 이상 미안해하지도 말고……. 그저 기뻐하기만 하오. 응?"

지아비의 말에 지어미의 정갈한 정수리가 위아래로 끄덕거렸다.

"그리고 또한, 그대가 아기씨를 회임하지 못했다 하여도 그대는 나의 충성된 신하야. 회임이 곧 그대가 가진 모든 소임은 아니란 말이야. 어찌 회임과 신하의 도리를 같게 여기는가? 내가……. 과인이……. 그저 그대를 용종의 수태 수단으로만 여겼다면 그대는 과인의 곁붙이가 아니라 그저 씨를 받아내기 위해 존재하는 사람이 아니겠는가? 허나, 과인은 씨받이를 들인 것이 아니야. 과인은 지어미, 나의 중전, 나의 곁붙이를 맞이한 것이지."

"전하……."

"그대가 내 곁에 있어주는 것만으로도 그대가 가진 신하의 소임은 충분한 것이야. 늘 나를 걱정하고 나를 향해 웃어주고 나의 힘듦을 알아주는 것만으로도 그대는 내게 과분한 사람이란 말이야. 설령 그대가 그대의 평생 동안 용종을 생산치 못한다 하더라도 나는 그대를 버리지 않을 것이고 그대 외의 다른 여인을 취하지도 않을 것이야. 나는 늘 그대와 내게 닥칠 최악의 일을 염두에 두어 만일 그 일이 일어나면 이가의 아이를 양자로 들여 키울 것이라 마음먹어왔는데……. 지금 그대의 심중을 헤아려보자면 그대가 아기씨를 생산치 못하는 순간에는 내게 억지 후궁이라도 들이라 권할 것 같군. 아니 그런가?"

혜는 짐짓 마음이 상한 듯 표정을 굳히며 물었다.

그러자 영지는 일순간 고개를 푹 숙이며 조그마한 음성을 내었다.

"전하……."

"응."

"어쩌면 전하를 향한 신첩의 연심보다, 신첩을 향한 전하의 마음이 더 크고 더 넓고 더 애틋할 것만 같습니다."

"그러니까 그대가 울면 내 여기, 이 가슴이 짓이겨진단 말이지."

"……."

"이 세상을 통틀어 나는 그대에게만큼은 약자인 사람이니까."

고개를 푹 숙인 그녀가 마주한 붉은 치맛자락 위로 또다시 물기가 뚝뚝 떨어져 번져 나갔다.

"어허. 이 사람, 정말 안 되겠구먼?"

"……."

"나가지. 내 그대에게 한 약조는 지켜야 할 것이 아니겠는가?"

간간이 불어오는 바람은 서늘함을 머금고 있었다. 부리는 이들을 저만치로 물린 뒤 젊은 임금은 대뜸 중전의 치맛자락 앞에 등을 내어 보인 채로 쭈그려 앉았다. 임금의 붉은 옷자락 아래로 쓸쓸하게 떨어진 단풍잎들이 바스락 소리를 내었다.

"자. 어서 업혀보오."

"어서 일어나십시오. 어찌 신첩이 전하의 등에 업힐 수가 있단 말입니까. 용포가 더러워지니 제 곁으로 오셔서 그저 다정하게 걸어주셔요."

"어허! 내 그대에게 지난밤에 약조를 하였지 않은가? 가끔씩 보면 그대는 참 걱정도 많고 말도 많아. 하긴……, 우리 둘이 처음 만날 때도 그러하였지. 그 성정이 어디 가겠어?"

"……."

"자. 어서 업혀보아. 그대의 지아비, 이혜의 등과 어깨가 얼마나 든든한지 한번 얼굴도 묻어보고, 코도 한번 풀어보고 해보란 말이야. 응?"

자꾸만 재촉하는 혜의 음성에 영지는 그의 너른 등 위로 살며시 뺨을 대며 업혔다. 뺨에 닿은 용포에서 그의 체취와 온기가 느껴졌다. 문득, 오래전의 그날이 떠올랐다.

밀실에서 발목을 삐끗했던 그때. 그의 등에 업혀서 산을 내려올 수밖에 없었던 그날. 그날도 그 너른 등에서 피어오르던 그만의 체취와 온기가 그녀의 뺨을 뜨뜻하게 데웠었다.

"중전, 아니. 나의 가장 사랑하는 백성, 영소 작가."

젊은 임금은 소싯적부터 입에 붙었던 그만의 호칭을 꺼내며 지어미를 불렀다.

"내 첫 기억을 더듬어보자면 그대는 무척이나 씩씩하고 당돌하였어. 물론 사내로 변복했기에 씩씩한 척, 당돌한 척을 했을 수도 있었겠지만 말이야. 헌데 지금의 그대는 울보가 되었어. 나는 그것이 참으로 마음이 아파."

혜는 영지와의 첫 만남을 떠올리며 슬픈 미소를 지었다.

"나로 인해 그대가 참 많이도 아파서……. 씩씩하고 당돌했던 영소 작가가 눈물 많은 울보가 된 것 같아서 가끔씩 얼마나 그대에게 미안한지 그대는 진정 모를 것이야."

녹비화 아래에 밟혀 부서지는 낙엽의 소리가 영지의 마음을 애잔하게 울렸다. 그때, 문득 걸음을 멈춘 임금은 금석처럼 단단하고 꽃물처럼 고운 색이 입혀진 음성을 지어미에게 전했다.

"사랑하오."

"전하……."

"그대와……, 또한, 그대와 내가 지금 사랑하고 있음을 증명하는 우리의 새 생명을 내가 진실로 마음 깊이 사랑하오."

겨울을 알리는 서늘하고도 쌀쌀한 바람이 두 사람의 주위를 한 바퀴 쓸어안고 사라졌지만 영지는 전혀 춥지 않았다. 오히려 덥고 뜨거운 가슴이 미칠 듯이 울려댈 뿐이었다.

"사랑하고, 사랑하고, 또한 그 깊이를 나조차도 가늠할 수 없을 정도로 사랑하니. 그대, 나의 사랑하는 영소 작가야. 지금 이 순간 이후부터는 그대가 아주 기쁘게 웃었으면 좋겠어. 우리가 서로 사랑하고 있음을 증명하는 태중의 새 생명을 느끼며 기뻐하고, 사랑을 주며 또한 기뻐하고, 이 순간을 기뻐할 수 있음에 또한 기쁨을 만끽하는 그대가 되었으면 좋겠어."

지아비의 음성을 듣던 지어미의 입술에 기쁨의 미소가 엷게 걸려 나가기 시작했다.

지독한 산통이 시작되고서도 꼬박 하루가 흐른 것 같았다. 혜는 산실청 앞에서 서성거리며 불안과 초조함이 깃든 마음을 애써 감추려 했지만 상황은 여의치 않았다.

"어찌하여 하루가 꼬박 흘렀는데도 중전의 비명 소리가 멈추지를 않는 것인가! 이보게, 상선! 혹, 중전께 변고가 생긴 것은 아닐 것이야, 그렇지 않은가?"

해가 뉘엿뉘엿 저물고 있었지만 초산을 맞은 영지의 비명 소리는 쉬이 저물 기세를 보이지 않았다. 그때에 산실청 밖으로 나오던 김 상궁의 손에 들린 대야를 본 혜는 기함을 하지 않을 수가 없었다.

"김 상궁! 그것이 다 무엇인가?"

핏물이 번진 더운물을 들고 가던 김 상궁은 머리를 조아리며 말했다.

"전하. 외람되오나 조금만 더 기다리시옵소서. 중전마마께서는 정신을 놓지 않고 끝까지 잘 버텨주고 계시옵니다. 행여나 부정을 탈까 염려가 되오니 전하께서는 부디 마음을 다잡으시고 중전마마의 순산을 위해 기도라도 드리시옵소서."

이러지도 저러지도 못한 채로 초조한 마음을 감추지 못하는 젊은 임금을 향해 직언을 올린 김 상궁은 깨끗한 물을 다시 받아오기 위해서 걸음을 재촉했다. 부리는 이에게 직언을 들은 혜는 한숨을 크게 내쉰 후 입을 꾹 다물고 다시금 산실청의 앞마당을 이리저리 걷기 시작했다.

'아이를 생산하는 일이 저토록 지독한 것이었던가? 저이를 위해서라도 내 다시는 저이의 회임을 원치 않을 것이야. 저러다가 저이께서 죽기라도 한다면 큰일이 아닌가? 이 세상에 저이보다 귀한 것은 없지. 후사가 없으면 양자를 들일 수 있겠지만 저이가 죽으면 저이를 대신할 사람은 없으니 말이야.'

혜는 불안한 마음에 이 생각 저 생각을 하며 굳게 닫힌 산실청의 문을 눈에 담았다. 그때였다.

"중전마마! 조금만! 조금만 더 힘을 주시옵소서! 아기씨의 머리가 보이옵니다!"

그 목소리를 들은 혜의 굳은 얼굴은 점점 더 일그러지기 시작했다.

'머리라니! 그 큰 머리가 나오다니……. 이러다가 중전, 저 사람이 잘못되기라도 하면…….'

퍼뜩 머릿속을 스친 생각에 혜는 그만 눈물이 나올 것 같았다. 수태란 것이 잘못하면 산 사람의 목숨마저 잡겠다는 생각이 들어 지아비는 그저 지어미에게 미안하고 또 미안했다.

"아악!"

"중전!"

영지의 찢어질 듯한 비명 소리에 혜의 목구멍에서도 지어미를 향한 목소리가 터져 나왔다. 일순간 굳게 닫힌 산실청 안에서 우렁찬 새 생명의 울음소리가 번져 나오기 시작했다. 그러자 누가 말릴 틈도 없이 혜는 급한 걸음으로 달려가 산실청의 문을 열었다.

어혜(御鞋)가 저 멀리 마당으로 나뒹굴었지만 그는 지금 그런 것 따위를 따질 여유가 전혀 없었다. 태어난 아이의 건강과 성별보다도 하루를 꼬박 산통에 시달린 지어미의 강건함을 확인하는 것이 먼저였다.

"전하! 감축 드리옵니다! 전하를 꼭 닮으신 원자아기씨이옵니다!"

기쁨에 떨리는 산파의 목소리에도 불구하고 혜는 원자의 얼굴을 보는 것보다 영지의 얼굴을 먼저 들여다보았다. 두 눈을 꼭 감고 있는 지어미. 그 모습을 본 혜는 영지의 손을 꼭 잡으며 눈물바람을 짓기 시작했다.

"이보아, 중전. 눈 좀 떠보아. 왜 죽은 사람처럼 눈도 뜨지 않는 것이야? 중전, 눈을 떠보란 말이야. 응?"

세상에. 이토록 지어미를 끔찍하게 생각하는 지아비도 없을 것이다. 덕분에 이제 막 세상에 태어나 낯선 호흡을 시작한 원자는 면포에 싸인 채로 박 상궁의 품속에 안겨 꽤나 오랜 시간 동안 울어야만 했다. 원자보다도 중전이 먼저인 임금. 그런 임금을 보던 산파는 옅은 한숨을 지으며 입을 열었다.

"전하."

"왜 부르는 것이냐!"

"중전마마께서는 강건하시옵니다. 긴 산고에 지쳐서 잠시 혼절을 하신 것이니 걱정을 거두시고 원자아기씨의 용태를 살피시옵소서. 참으로 기이하게도 이제 막 태어나신 것답지가 않사옵니다."

산파의 말에 혜는 그제야 지어미를 잃을 것 같은 두려움을 잠시간 접어두며 박 상궁의 품에 안긴 어린 생명을 향해 눈을 돌렸다. 제 아비가 자신을 보아주지 않은 것이 서러웠는지 태어나자마자 '원자'라는 칭호를 받은 사내아기는 우렁차고 질긴 울음을 멈추지 않았다.

"전하. 한번 안아보시겠습니까?"

박 상궁은 희고 뽀얀 낯빛을 가진 원자의 얼굴을 혜에게 보여주며 물었다. 그러자 혜는 잠시 동안 그 얼굴을 가만히 바라보다가 이내 얼떨떨한 표정으로 고개를 끄덕였다.

"원자아기씨의 낯빛이 참으로 해사하고 맑으시옵니다. 중전마마님의 태중에서 아주 무럭무럭 잘 자라주신 것 같사옵니다, 전하."

박 상궁은 잘생긴 사내아기를 혜의 품에 안겨주며 말했다. 그러자 혜는 무척이나 어색한 자세로 아기를 품에 받아 그 뽀얀 얼굴을 눈에 제대로 담기 시작했다.

신기하게도 제 아비의 품인 것을 알아차린 것이었을까. 아기는 아비의 품에 안기자마자 울음을 뚝 그쳤다.

뽀얗고 깨끗한 낯빛. 마치 태어난 지 며칠은 흐른 것처럼 머리통에는 검은 머리칼 몇 가닥도 붙어 있었다.

"어떠시옵니까, 전하? 참으로 잘생기신 원자아기씨가 아니시옵니까?"

박 상궁의 물음에도 혜는 곧바로 대답하지 않고 원자의 얼굴을 찬찬히 살폈다. 꼭 감은 눈. 숨을 쉬겠다고 벌름거리는 작은 콧구멍. 붉은빛이 감도는 얇은 입술과 붉은 기가 채 가시지 않은 통통하고 뽀얀 피부색. 그 모든 것을 찬찬히 눈에 담은 혜는 문득 가슴속에서 뜨거운 무엇인가가 펵 하고 솟아오르는 것을 느꼈다.

"이 아기가……, 중전과 과인의 원자란 말이더냐?"

"예, 전하. 참으로 전하를 많이 닮으신 원자아기씨시옵니다."

박 상궁의 말에 혜는 짐짓 콧잔등을 찌푸리며 말했다.

"과인이 이렇게 못생겼더냐?"

"예?"

"과인과 중전의 원자는……, 못생겨도 너무 못생겼다."

"저, 전하……. 어찌 그런 말씀을……."

박 상궁과 산파가 낯빛에 어두움을 드리우며 머리를 조아리자 혜는 큰 숨을 한 번 내쉬더니 말을 이었다.

"하지만, 과인의 눈에는 이 벌름거리는 콧구멍도 어여쁘고 꼭 감은 두 눈두덩이도 어여쁘고, 삐죽삐죽 자란 이 머리칼도 어여쁘다. 이 못생긴 것이 어찌도 이리 어여쁠까? ……모두 중전의 공이다. 중전의 덕이 높고 중전의 공이 크니 이리도 어여쁜 것이야."

씩 웃으며 갓난쟁이 원자를 품 안에 꼭 한 번 안은 혜는 이내 중전의 곁자리에 원자를 뉘며 말했다.

"그만 자고 눈을 좀 떠보아, 중전. 그대와 나의 맏이가 얼마나 못생겼는지 보아야 할 것이 아니야?"

마치 비를 맞은 듯 온 축축하게 젖은 이마를 정성껏 매만지는 지아비의 손길에 지어미의 눈꺼풀이 천천히 위로 들려졌다.

"전하."

"응, 응. 그대가 이렇게 눈을 떠주어 정말로 다행이야."

"아기씨는……."

힘이 한 겹도 들어가지 않은 희미한 목소리였지만 영지는 제가 낳은 새 생명을 찾았다. 그러자 혜는 면포 안에 고이 싸인 사내아기의 손을 빼어 지어미의 손바닥 위에 놓아주었다.

"자아. 그 온기가 그대와 나의 맏이. 우리의 원자가 내는 온기야."

손바닥 위에서 꼬물꼬물 움직이는 작은 손가락. 그 움직임에 영지는 그만 눈을 꼭 감아버렸다.

'이 온기가……, 전하와 내가 만들어낸 새로운 온기란 말인가.'

지어미의 감은 눈 사이로 흐르는 눈물에 지아비의 마음이 아릿한 기쁨으로 물들어만 갔다.

"또 우시는 것인가? 이렇게 좋은 날에……."

"좋아서요. 전하, 너무나도 좋아서요……. 신첩, 이 좋은 날. 지금 죽어도 여한이 없을 정도로 기쁘고 또 기쁘옵니다."

영지는 기쁨의 눈물을 흘리며 손바닥에 전해지는 새 온기를 살며시 그러모아 잡았다. 꼼질꼼질대는 생명의 움직임이 너무나도 경이롭고 신비로웠다.

"죽긴 왜 죽어. 그대와 나, 그리고 이 못생긴 맏이가 함께 살아갈 날이 얼마나 더 많이 남았는데……. 내게 새 온기를 알게 해주어 고맙고, 이렇게 강건하게 버텨줘서 고맙고, 내게 아버지라 불릴 수 있는 기쁨을 알게 해주어 감사하오. 중전, 내 그대에게 진심으로 감사해."

혜는 영지의 뺨을 천천히 쓸어내리며 함께 눈물을 머금었다. 그 순간, 얌전하게 울음을 멈췄던 원자가 다시금 우렁찬 울음소리를 번져내기 시작했다.

"으앙! 으아아앙! 으아앙!"

마치, 제 어미 아비에게 이 기쁜 날, 제발 그만 울라는 모종의 함성을 쏟아내듯 말이다.

따사롭고 맑은 가을 햇볕이 내리쬐는 낮의 한때. 바람결에 실려 오는 향긋한 꽃향기에 영지는 가만히 눈을 감았다. 눈을 감자 더욱 예민해진 귓바퀴 안으로 젊은 사내와 아주 어린 사내아이의 웃음소리가 고이 담겨 울렸다.

"어허! 이런 고얀 녀석을 보았나! 네 이놈! 개똥아!"

혜는 앙증맞은 사슴 가죽 신발을 신은 원자에게 큰소리를 내면서 아이를 두 팔로 안아 새파란 하늘 위로 들어 올렸다. 청명한 가을 하늘을 뒤에 두고 해맑게 웃는 사내아이의 왼편 뺨에는 제 아비를 닮은 별자리가 패어 있었다.

"감히 이 아비의 어혜를 밟았단 말이지? 요런 고얀 발바닥 같으니!"

아장아장 걸음마를 떼는 중인 원자, 이권(權). 그러나 권이의 아비는 맏이의 관명보다는 아명인 개똥이로 종종 불렀다. 권이라는 관명으로 불렀다가 그 관명에 액이라도 쓰일까 염려하는 혜의 깊은 사랑이 그리 표현된 것이다.

"개똥이 네 이놈! 발바닥에 불 맛을 보아야 할 것이지?"

혜는 원자의 작은 몸을 어깨에 들쳐 업고 앙증맞은 사슴가죽 신발을 벗기더니 보들보들한 감촉의 발바닥을 가볍게 때렸다. 하지만 일국의 원자답게 권이는 울기는커녕 제 아비의 행동이 도리어 간지럽다는 듯 까르르한 웃음보를 자꾸만 터트려냈다.

맑고 청명한 웃음. 혜는 자신을 꼭 닮은 맏이의 발바닥을 괴롭히다가 이내 품에 꼭 껴안았다. 맏이인 권이가 태어나던 날, 스스로 구리종을 울리며 원자의 출생을 알린 지도 어느덧 일 년이 훨씬 넘는 세월이 지나가고 있었다. 혜는 저를 꼭 닮은 귀엽고 앙증맞은 생명에게 매일매일 샘솟는 새로운 사랑의 감정을 느끼며 아비로서의 정을 만끽하고 있었다. 제 어미인 영지의 영민한 눈동자를 닮아 새까맣고 또렷한 눈망울을 지그시 바라보고 있으면 깨물어주고 싶을 정도로 어여쁜 아이가 바로 권이였다.

"뉘 집 아들인지 참말로 못나디못났구나!"

태어나는 순간부터 제 아비에게 '못생겼다'라는 말을 들은 원자, 이권. 하지만 그 말 자체가 액땜이라도 된 듯 하루 이틀 자라나갈수록 어리디어린 권이의 얼굴은 제 아비를 똑 닮아가며 성장했다.

"아바마……. 어마마…, 마마마마……."

제 아비의 품속에서 깊은 사랑을 받던 원자는 제 어미의 독특한 발걸음 소리를 기억하는 것인지 문득 고개를 돌려 영민한 눈동자에 어미의 모습을 담았다.

"응? 우리 개똥이의 어마마마께서 오신 것이야?"

혜는 맏이의 목소리에 고개를 돌려 영지를 바라보았다. 도톰하게 살짝 부푼 배 위에 손을 얹은 채로 천천히 걸어오는 지어미의 얼굴에 걸린 미소가 지극히도 사랑스러웠다.

"와아! 어마마마마마마……."

어린 원자는 재빨리 제 아비의 품에서 벗어나 어정쩡한 걸음걸이를 한 채로 영지를 향해 다가갔다. 그 모습을 빤히 바라보던 혜는 어이가 없다는 듯 헛웃음을 지으며 천천히 그녀의 곁으로 다가갔다.

"제 녀석과 실컷 놀아준 사람은 나인데, 어찌 우리 개똥이는 아비인 나보다도 어미인 그대를 더 찾는가?"

"실망스러우십니까?"

살짝 미소를 머금은 영지의 물음에 혜는 핏 하니 코웃음을 치더니 못마땅한 목소리를 내었다.

"어쩔 수 없지. 그러니까 이번에는 내게 귀한 공주를 낳아주어. 왕자는 제 어미를 무진장 찾으니 그대가 낳아준 공주는 반대로 이 아비를 찾아주겠지. 그대를 꼭 닮은 공주라면 무척이나 오목조목 앙증맞을 것이야. 그렇지?"

그렇게 말하며 지어미의 부푼 배에 살짝 손을 얹은 지아비의 미소는 여전히 싱그럽고 맑았다. 싱그럽고 맑은 체향. 함께 있으면 기분 좋은 냄새. 그녀는 그 냄새를 폐부 안에 담뿍 담으며 물었다.

"금번 초국에서 또다시 공물을 원한다 들었습니다. 어찌하실 것이옵니까?"

영지의 물음에 혜는 검미를 좁히며 한숨을 내쉬었다.

"그들이 말이야. 일전에 받아간 우리 녹월의 인삼을 다시금 공물로 받기를 원하는데……. 그들이 요구하는 양이 너무 많아서 녹월 땅의 인삼을 모두 모아도 못 채울 지경이라오. 하여 근간에 골치가 아파 죽을 지경이지. 내 과거, 인삼을 불사의 명약이라 소개하였는데 그들에게 그것이 정말로 효험이 극진하였나 보오."

혜는 깊은 숨을 내쉬며 헛웃음을 지었다. 그러자 영지가 찬찬히 음성을 꺼냈다.

"전하, 이렇게 한번 해보시면 어떠하실는지요?"

"어떻게 말인가?"

"신첩의 짧은 소견으로……. 음, 이렇게 해보면 좋을 것 같사옵니다."

영지는 어린 권이의 손을 꽉 잡으며 지아비의 귓가에 귀엣말을 전하기 시작했다.

"하하하하! 중전. 어찌 그리도 영민한 생각을 하셨소? 그대의 기지로 이번에도 그 초나라 놈들의 무지막지한 요구를 잘 타일러 돌려보낼 수 있게 되었어!"

중전이 거하는 처소에 걸음을 한 혜는 베갯잇에 수를 놓고 있던 영지를 향해 기쁜 낯을 감추지 않으며 그녀를 꽉 끌어안았다.

그 곁에는 어린 아들, 권이가 새근한 숨소리를 내며 잠이 들어 있었다.

"요 녀석. 벌써 제 어미의 곁자리를 꿰찼군그래."

"젖어미를 따로 두지 않았으니 아직 어린 권이가 있을 곳은 여기뿐이지요."

"음, 그렇겠구만."

혜는 그리 말하며 영지와 눈을 맞추었다. 젊은 임금의 반짝이는 눈빛을 보니 고민이 한 꺼풀 벗겨진 듯해 보였다. 그러자 그녀는 자신이 지아비에게 준 계책이 진심으로 통한 것인지에 대한 확인의 물음을 꺼냈다.

"그 방법이 그들에게 통하였습니까?"

"응. 생각해보니 우리가 제시한 방법이 장기적으로 볼 때 초나라 놈들에게는 훨씬 이득이거든? 아아, 내가 지어미 하나는 진정 잘 맞이하였지? 어찌 그리 영민한 생각이 가득한지……. 이러니 그대가 나의 영원한 신하이자 나만의 정치적인 동반자가 아니겠어? 그대를 대신할 여인이 없음을 내 오늘도 다시 한 번 깊이 깨달았다오."

혜는 둥글고 흰 영지의 이마에 입술을 맞추며 속삭였다. 그런 지아비의 지극한 사랑에 영지는 엷은 미소를 지었다. 초국의 무리한 공물 요구를 막기 위한 국모의 계책은 이러했으니. 고기를 원하는 자들에게 고기를 내어주는 것이 아니라 고기를 기르는 법을 가르쳐주는 것이었다.

품질이 우수한 녹월의 인삼을 탐내는 초국의 황제. 그 탐욕에 맞선 계책은 녹월에서 거둔 인삼 씨앗과 함께 양질의 인삼을 키우는 방법을 아는 이들을 녹월의 신하로 봉하여 초국에 몇 년간 파견을 하는 것이었다.

녹월의 인삼을 깡그리 가져가 씨를 말리려는 심보를 가진 초국. 하지만 그들 자체적으로도 양질의 인삼을 재배할 수 있게 된다면 녹월의 인삼을 넘보는 탐욕을 더는 부리지 않을 것이다.

"대신에 신하로 봉하여져 초국으로 가는 이들의 안전을 꼭 보장해야 할 것입니다, 전하."

"당연하지 않은가. 그 초국 놈들도 양질의 인삼을 재배하는 방법을 아는 이들을 함부로 해하지는 않을 것이야. 오히려 극진히 대할 것이지? ……이 나라 녹월의 백성을 초국에 보내는 것이 온전히 맘이 편하다고는 할 수 없지만, 그 어마어마한 인삼을 보내지 않으면 대신 수천의 군사를 보내라 협박하였으니……. 지금은 중전, 그대가 내게 준 답이 현답이야. 아니 그런가?"

혜는 기쁨 뒤에 감추어진 소국의 아픔을 다시 한 번 가슴속에 되새기며 자신의 몸을 눕혀 지어미의 무릎에 얼굴을 묻더니 조금은 힘이 빠진 음성을 전했다.

"있잖아, 중전."

"예, 전하."

"가끔은 말이야. 내가 지금 잘하고 있는 것인지 그렇지 않은 것인지 모를 때가 많아."

"그것이 무슨 말씀이시옵니까?"

"강화에서 승하하신 나의 조카군주께서 남기신 유지를 받들어 임금의 위를 받았지만……. 가끔은 내가 하는 일이, 내가 가는 길이 옳은지 그른지 가늠하기 어려운 순간이 있단 말이지."

혜는 아련한 추억의 한 자락을 떠올리며 엷게 웃었다. 남장을 하던 영지가 여인임을 알고 난 후, 글방에서 함께 음서를 짓던 그때. 그때의 그는 임금의 위가 자신의 것이 될 줄은 꿈에 몰랐었다.

"가끔은 말이야, 두려울 때도 있어. 혼란에 혼란이 가중될 때마다 내가 앉은 이 자리가 두렵기도 하거든."

그런 말을 하며 눈을 꾹 감아버리는 지아비. 그런 지아비의 검미 사이에 그어진 내 천 자의 주름이 안타까워 영지는 그 부분을 손가락으로 꾹꾹 누르며 온화한 음성을 내었다.

"후회하십니까?"

"아니. 그런 것은 아니야. 그대가 내 곁에 이렇게 있어주어서 가끔씩 힘은 들어도 후회하지는 않아. 어쩌면 말이야. 그대가 이렇게 내 곁에 있기 때문에 나는 지금껏 조카전하의 유지를 저버리지 않는 것인지도 모르지."

감았던 눈을 뜬 혜의 눈꺼풀 사이로 또렷하고 새까만 눈동자가 드러났다. 명경처럼 맑게 빛나는 눈동자에는 그를 내려다보며 아련한 미소를 짓는 그녀의 모습이 비쳤다.

"그대, 나의 영소 작가야."

"예."

"앞으로도 이렇게 쭉 내 곁에서 나를 붙들어줄 것이지?"

혜는 소지가 비어버린 손바닥을 펴서 영지의 뺨을 부드럽게 쓸어내렸다.

"당연하지를 않습니까? 전하의 두려움, 전하의 고심 모두 제가 따뜻하게 안아드릴 테니 오늘처럼 힘든 날에는 언제나 저를 찾으십시오. 저는 전하의 충신이자 전하의 지어미가 아닙니까? 제가 가진 이 온기는 언제나 전하만을 위한 것이옵니다."

영지는 살며시 고개를 숙여 혜의 입술에 입을 맞췄다. 그러자 그의 손이 그녀의 뒤통수를 가볍게 누르며 그 입술을 떼지 못하게 했다. 덥고 뜨거운 입술과 입술이 만난 자리에는 잔정이 소록소록 돋아나 동체가 지닌 연정을 더욱 끈끈히 얽히게 만들었다.

"그대가 이렇게 곁에 있으니 살며시 잠기운이 몰려드는군. 밤새 읽어야 할 상소가 쌓여있는데……."

입술을 뗀 혜가 아쉬운 듯 말하자 영지는 자신의 손바닥으로 그의 눈을 살짝 감기며 말했다.

"조금만 주무시어요. 두 식경 정도 주무시면 더욱 또렷한 정신으로 상소를 읽으실 수 있을 것입니다."

"음, 그런가."

"그럼요, 전하. 늦게 않게 깨워드릴 테니 편히 주무시어요."

"응."

"고이 주무실 수 있도록 몽가를 불러드릴 것입니다."

영지는 언젠가, 자신을 향해 그가 불러주었던 몽가를 듣기 좋은 음성으로 불렀다. 그러자 혜는 지어미의 품 안에서 모든 걱정을 내려놓고 곧 짧은 단잠 속으로 빠져들었다.

한참 동안이나 작고 고요한 음성으로 몽가를 부르던 영지는 두 사내의 새근거리는 숨소리를 확인한 후 몽가를 멈추었다.

자신을 사이에 두고 잠이 든 다 큰 사내와 아직은 한참 어리디어린 청룡. 두 명의 기쁨을 번갈아 바라보던 그녀는 천천히 두 사내의 이마에 번갈아 입을 맞추며 태중의 아기에게 속삭였다.

"사랑하는 아가야. 보이니? 이 어미의 눈앞에 가장 큰 기쁨들이 잠들어 있는 것을."

영지는 둥글게 부푼 배를 어루만지며 계속 혼잣말을 이어 나갔다.

"네가 태어나면 이 어미의 기쁨이 더욱 커질 것이니. 아가야, 무럭무럭 아프지 말고 건강하게 잘 자라렴. 이번에는 어미가 너를 위해서 몽가를 불러줄게."

따스하고 온화한 음성으로 태중의 아기에게 다시금 몽가를 불러주는 그녀의 눈동자가 습기를 머금어 별빛처럼 반짝였다.

아무리 손을 뻗어도 잡을 수 없을 것만 같았던 기쁨. 내 것이 아닌 것이라 여겼던 기쁨. 그런 존재가 기쁨이라는 이름으로 눈앞에 살아 숨쉬는 지금, 이 순간. 영지는 자신이야말로 세상에서 가장 기쁘고 행복한 사람이라고 생각되었다.

사랑하는 사람들을 그저 눈에 담을 수 없었던 시간이 있었음에, 지금의 순간에 더욱 감사해하는 찰나. 그녀의 귓가에 꿈결을 타고 흘러나오는 사내의 진심이 전해졌다.

"으음……. 사랑하오, 나의 중전."

잠결에 살짝 뒤척이던 중 흘러나오는 지아비의 음성. 그 음성을 들은 지어미는 살며시 그 입술에 마음을 전하며 속삭였다.

"전하의 사랑에 이 마음이 기쁘니. 아아, 전하. 나의 지아비시여. 진심으로 은애하옵고 사랑하옵니다. 나의 마마. 나의 이혜."

꿈결 속에 전해지는 사랑의 밀어가 곁붙이인 두 사람의 입술에 말갛고 투명한 미소를 자아냈다. 영원히 서로를 향해 변치 않고 맺어질 고운 미소를.

어여쁜 나의 작은 새야.
새까만 눈을 고이 감고 솜털 날갯짓을 멈추면
나의 작은 새, 너의 꿈에는 내가 있을 테야.
발간 해님 떠오르는 꿈결의 끝까지
나의 작은 새, 너의 꿈에는 내가 함께 있을 테야.
어여쁜 나의 작은 새야.
소중한 나의 작은 새야.
꿈속에 호랑이가 나타나면 곶감으로 물리쳐줄게.
꿈속에 도깨비가 나타나면 부럼 소리로 쫓아줄게.
그러니 나의 작은 새야.
우지 마라, 우지 마라, 우지 마라.
그러니 나의 고운 새야.
고이 자라, 고이 자라, 고이 자라.
새근, 새근, 새근.

덧붙이는 이야기 하나 — 중전과 국왕의 은밀한 사생활

맏이를 얻은 후 얼마나 지났을까? 다시는 중전의 회임을 바라지 않겠다는 임금의 어심과는 달리 길고 야무진 눈매 사이에 새까맣게 윤이 나는 눈망울을 지닌 공주아기씨께서 탄생했다. 제 어미인 중전을 꼭 빼닮은 완만한 유선형의 이마가 참으로 희고 탐스러운 아기씨였다.

"옳지. 그래, 그래. 공주야, 내가 네 아버지란다. 옳지, 옳지. 벌써부터 말을 하려고 오물거리는 요 입술 좀 보아. 제 어미를 닮아 태중에서부터 꾀주머니가 도도록하게 영글었구나? 요 영특한 것. ……아, 바, 마, 마. 방금 우리 공주가 이 아비를 그리 부른 것이야? 응?"

세상 빛을 본 지 이제 막 열흘도 지나지 않은 어린 공주를 들여다보며 갖은 호들갑을 다 떠는 임금을 보던 박 상궁과 김 상궁의 눈빛에는 당황스러운 기색이 역력했다.

아직 사물 분간도 어려운 갓난아기가 무에 말을 할 줄 알겠는가. 그저 숨을 쉬기 위해 콩알처럼 자그마한 입술을 몇 번 움직인 것 가지고도 온 세상을 다 얻은 듯 기뻐하는 임금은 그저 이 순간,

작고 여린 새 생명의 숨소리 한 올까지도 귀히 여기는 평범한 아비일 뿐이었다.

"중전께서는 어떠하신가? ……아직도 몸이 많이 편찮으신가?"

혜는 보모상궁의 품에 공주를 안겨주며 걱정스런 목소리로 물었다. 금번 출산은 맏이인 권이를 생산할 때보다 더욱 지독했고 위험했다. 영지의 상한 골반으로 인해 막달에 이르러서 아기집의 위치가 바뀌었다.

하여 공주를 낳기 사흘 전에는 산도로 공주아기씨의 작은 발이 먼저 쑥 빠져나오기까지 했으니. 그야말로 제 어미의 목숨과 맞바꿀 뻔하였던 새 생명의 탄생이 아니었겠는가. 이런 사정으로 세상에 난 지 얼마 되지 않은 갓난쟁이 공주아기씨께서는 강건치 못한 모친의 젖 대신 유모의 젖을 먹으며 자라고 있는 처지가 되었다.

"다행히도 중전마마께서 나흘 전부터 기력을 되찾기는 하셨으나 어혈로 인한 아침통(兒枕痛)을 앓고 계시옵니다."

"그렇지 않아도 며칠 전에 어의에게 들었다. 생화탕과 실소산을 이용하여 병증을 다스려보겠다 하던데……. 그래, 중전께서는 조금이라도 차도가 있으신가?"

영지의 안색은 좋아졌는지, 몸은 좀 나아졌는지. 지독한 산통 끝에 목숨을 걸고 해산을 마친 지어미의 상태를 알고 싶은 마음이 굴뚝같은 지아비였으나 혜는 서온돌에 한 발자국도 들여놓을 수가 없었다.

미약한 하혈이 끊이지 않아 몸이 더럽다는 이유로 지아비의 방문을 거절한 지어미였지만 근본적인 이유는 따로 있었다. 사랑하는 이에게 아픈 모습을 보이지 않고 싶은 마음. 그것이 모든 이유의 전부였다. 그 마음을 모르지 않는 혜였기에 지난 아흐레 동안 영지의 모습을 일부러 찾지 않았지만 그사이 그의 가슴에 생겨난 걱정은 눈덩이 불어나듯 커져만 갔다.

"조금씩 차도를 보이고 계시옵니다. 하오니 심려치 마시옵소서."

머리를 조아리며 대답하는 김 상궁의 가르마를 보던 혜는 고개를 끄덕이며 옅은 숨을 내쉬었다. 혹여라도 임금께서 물으시면 저리 대답하라 명을 했을 것 같은 중전의 모습이 상상이 되어 타는 가슴을 더 이상 붙잡고 있을 재간이 도통 떠오르지 않았다.

"중전께서 과인에 대해 잘 아시는 것처럼 과인 또한 중전에 대해서라면 무척이나 잘 알고 있음이지. 가자, 내 지금 당장 서온돌로 향할 것이야."

따뜻하고 청결한 봄바람은 서온돌 안에서도 그 청결함을 보전했다. 미약해진 몸으로 산후조리를 하는 중전의 처소에 들른 혜를 본 그녀의 눈동자는 황망한 감정을 감추지 못하고 온전히 드러내었다.

"저, 전하. 어찌하여……."

영지는 딱딱하게 굳은 젖가슴을 주무르던 손을 황급히 거두며 저고리를 내리고 자리에서 일어나려 했다. 그러자 혜가 그녀의 어깨에 손을 얹으며 맞은편에 앉아 입을 열었다.

"이 궐 안에서 내가 가지 못할 곳이 있었던가?"

"그런 것은 아니지만 신첩이 먼젓번부터 청을 드렸지 않사옵니까. 혈이 멈추지 않아 몸이 더러우니 걸음을 하지 말아달라는 당부를 말입니다. 신첩, 아직은 기력이 미진하여 몸을 청결히 하는 것도 여의치 않고……."

말끝을 흐리며 시선을 피하는 영지를 보는 혜의 눈빛이 참으로 어질고 맑았다.

"더럽긴 어디가 더러운가? 누가 그러던가? 그대, 나의 중전께 더럽다는 말을 하는 놈이?"

그리 말하며 씩 한 번 웃은 그는 대뜸 그녀 입에 가볍게 숨결을 부대낀 후 말을 이었다.

"정말로 난 다시는 그대에게 회임을 원하지 않을 것이야. 만일 금번에 얻은 공주가 제 어미의 목숨을 갉아먹고 태어났더라면 나는 평생 동안 그 아이를 보지 않고 살았을지도 모를 일이지? …… 지금 이렇게 그대와 눈을 맞추며 이야기를 나눌 수 있기 때문에 우리 두 사람의 공주가 어여쁜 것이라고. 아니 그렇겠어?"

"어찌 그런 억지를 다 부리십니까? 그래도 다행이지요. 어미는 이리 미약하나 태어난 공주는 강건하다고 하니 말입니다. 어미 젖 한 번 물리지도 않았는데도 강건하게 하루하루를 나고 있음에 신첩은 그저 감사하기가 이를 데 없습니다, 전하."

하루에 두 번, 보모상궁의 품에 안겨 얼굴빛을 비치는 공주를 떠올리던 영지는 입가에 엷은 미소를 머금었다. 어찌나 예쁘고 또

예쁘지. 마치 오래전 잃은 여아를 다시 얻은 것 같아 몸은 아팠지만 마음속에는 감사함의 물결이 차고 넘쳤다.

"아명은 무엇으로 하실 것입니까? 생각해둔 것이 있으십니까?"

"소똥이."

"소똥이요? 그래도 공주인데 소똥이는 좀……."

"소똥이가 어때서? 제 어미 뱃속에서부터 죽을 수도 있는 아이였어. 아마도 귀의 기운이 탐을 낸 것 같아서 말이야. 그러니 아명이라도 천하게 지어 귀신이라는 것이 이가의 소똥이가 다른 집의 소똥이인지 누군지 알 수 없도록 해야 하지 않겠어? 소똥이가 최고지. 이 녹월 땅에 소똥이가 얼마나 많겠는가?"

그럼 그렇지. 제 새끼를 귀히 여기는 마음이 어디에 가려고. 영지는 긴 눈초리를 새침하게 흘기며 물었다.

"이름은 어찌 지어주시려고 하십니까?"

"설(蔎). 생김을 보니 이번에는 제 어미를 똑 닮았더란 말이지? 그대에게는 늘 은은한 향내가 났으니 어미와 같은 향긋함을 지니라는 뜻으로 생각해보았는데. 중전의 생각은 어떠신가?"

"좋은 이름입니다. 이설. 어여쁘네요."

"그렇지? 그럴 것이야. 꼬박 사흘을 고심하였다니까."

자신이 생각해도 이름이 마음에 들었는지 혜는 대뜸 방바닥에 벌러덩 누워 영지를 올려다보며 농을 치듯 딴전을 피우며 말했다.

"아아. 방바닥이 뜨끈뜨끈하니 참 좋구먼?"

"일어나십시오. 맨바닥입니다. 이불도 깔지 않았는데……. 체

통도 지키셔야 하시고…….”

“그럼 지금 당장 이곳에 이불이라도 깔아보라, 명을 내릴까?”

“혹여 신첩이 걱정되신다면 그 걱정 거두십시오. 아직은 미진하지만 곧 강건함을 되찾을 것이니 당분간은 신첩을 찾지 마시어요. 신첩은 항상 전하께 강건하고 어여쁜 모습만 보여드리고 싶은 마음입니다.”

“알아.”

“아시는 분이 어찌……. 낯빛도 어둡고 눈 밑에도 거뭇한 것이 올라왔는데……. 혹여, 지금 신첩에게 부끄러움을 주시려는 것이옵니까?”

“그대는 내게 언제나 어여쁜 사람이니까. 눈 아래 거뭇한 깨알마저도 어여쁘니. 이 어여쁜 모습을 내가 지금 아흐레 동안 보지 못하였다는 것이 참으로 화가 날 지경이오. 그러니 내 오늘 밤부터는 서온돌에 기수를 배설(排設)하라 이를 것이니 그리 아시오.”

“전하!”

영지는 고개를 저으며 강력한 목소리로 거부의 의사를 표현했다. 그러자 혜는 골질이라도 난 것처럼 목소리를 비틀며 대꾸했다.

“세상에 어느 지어미가 이리도 지아비를 박대할 수가 있단 말인가? 하물며 나의 신하인 중전께서 일국의 군왕에게 왜 이리도 극심한 모욕감을 주려 하시는 것이오? 지어미에게 반김을 못 받는 처지의 군왕이라니……. 어쩌다가 이 내 신세가 이리도 처량해졌을까?”

“신첩의 마음이 그와 같지 않음은 전하께서도 잘 아시지 않사옵니까?"

"그러니까 내가 그대의 마음을 이미 잘 아는 것처럼 그대도 좀 나의 맘을 알아주고 읽어달라는 것이지. 아무리 내외가 엄격하다 한들 예법보다도 중한 것은 사람의 마음이 아닌가? 예법대로라면 소지가 잘린 나는 임금의 자격이 없고 그대 또한 중전의 자격이 없는 사람인 데다가 우리 또한 맺어지지 못할 사람들이 아니었겠는가? 그렇지만 우리는 지금 이렇게 맺어져서 아들도 낳고 딸도 낳아 살고 있는데……. 이보아, 그대야. 설마 이 마당에 내 그대의 몸에 허튼짓이라도 하겠는가? 그냥 손 꼭 잡고 잠만 잘 수 있게 해 주어. 동온돌에서 혼자 잠드는 것이 영 익숙하지가 않아."

간곡한 부탁조의 음성에 영지는 깊은 한숨을 쉬며 당부하듯 말했다.

"몸이 미약하고 혈이 멎지 않아 더럽습니다. 이는 전하의 욕정을 모실 수 없다는 말이옵니다."

"어허! 이 사람도 참. 누구를 지금 못돼먹은 짐승 나부랭이로 아는 것이야?"

"혈도 멎지 않았거니와 땀도 많이 흘러 냄새가 날지도 모르옵니다."

"그대의 몸에서 나는 냄새는 고약하지가 않다니까?"

"그리고……, 신첩이 잠을 자다가 좀 뒤척일 수도 있습니다. 그래도 모른 척하시고 주무셔야 하실 것입니다. 아셨지요?"

"알았어, 알았다오. 그럼, 나 오늘부터 여기 그대의 곁에서 잠들어도 되는 것이지?"

아이 둘의 아비답지 않게 눈동자까지 깜빡거리며 묻는 훼의 모습이 말짱 어린 소년 같다는 생각이 들어 영지는 그만 소리를 내어 키득거리고야 말았다.

"웃지 마오. 내 어디 가서 이런 행동을 해보겠어? 내가 앉은 자리를 두고 남들이 다들 '지엄한' 자리라고 하니 지엄한 척하기는 하지만 나는 원래 천성이 이리도 개구진 것을? 어떤가? 우리 개똥이도 후에 지어미 될 사람에게 이리도 귀염을 떤다면 참으로 사랑을 많이 받는 지아비가 되지 않겠어?"

"권이에게도 가르쳐주시려고요?"

"가르쳐주지 않아도 알아서 터득할 것이야. 부전자전이니 말이야."

씩 하니 웃으며 말하는 젊은 임금의 뺨에 파인 볼우물의 깊이가 참으로 사랑스럽다.

"전하. 어찌하여 용안이 그리도 어두우신 것입니까?"

편전에 홀로 앉아 깊은 시름에 잠긴 용안을 한참 동안이나 바라보던 허참성이 조심스럽게 운을 떼자 훼는 입을 열려다 말고 도로 꾹 닫았다.

"하루 종일 낯빛이 좋지가 못하시옵니다. 혹여 어디라도 편찮으신 것은 아니시지요?"

"아프긴요. 아플 일이 있어야 아프지요. 내 중전처럼 목숨이 왔다 갔다 하는 산고의 길을 걸은 것도 아니고……."

옳거니. 딱 걸렸다. 분명히 젊은 임금의 용안이 시름에 잠긴 이유는 중전마마께 있는 것이라. 허참성은 그리 생각하며 조심스럽게 물었다.

“공주아기씨께서 딱 중전마마를 닮으셨다는 말이 자자하옵니다. 전하, 정말로 그렇사옵니까?”

“암요. 우리 공주는 딱 그 사람을 닮았지요. 이마도, 콧날도, 눈빛도, 살갗도 모두 그 사람을 닮아 어찌나 어여쁜지. 아마 조금만 더 자라면 그 성정까지도 똑같을 것입니다, 도승지. 내 벌써부터 우리 공주의 부마가 될 놈이 어찌나 미운지 그 생각만 하면 가슴에서 불방망이가 수백 번은 올라갔다 내려간다니까요?”

젊은 임금의 음성은 한순간 격앙되었다가 이내 잠잠해졌다. 녹월의 임금은 이 나라에서 둘째가라면 서러울 팔불출이요, 딸바라기였다.

그런 혜를 물끄러미 바라보던 허참성은 저도 모르게 빙긋이 웃다가 다시금 어두워지는 임금의 용안에 미소를 거두었다.

“전하. 공주마마 이야기를 하실 때에는 그리 즐거운 낯빛을 보이시다가 어찌하여 이내 그늘을 드리우시는 것이옵니까? 소신에게 말씀을 해주시오소서. 신하된 자의 도리로서 전하의 그늘을 나누어드리고 싶습니다.”

허참성의 음성에 혜의 눈가가 움찔거렸다. 말을 할까 말까를 망설이는 눈치였다.

“그러니까……. 음, 도승지. 그것이……. 아, 과인은 말 못 하네. 암, 절대로 말할 수가 없지. 중전의 체면이 무엇이 되겠는가?”

“중전마마와 관련이 있는 일이옵니까?”

"으, 으응. 그것이……."

허참성의 되물음에 혜의 목구멍에서는 끙 하는 신음 소리가 옅게 흘러나왔다. 그러고는 한참 동안이나 침묵이 흘렀다가 다시금 어성이 자그마하게 울렸다.

"도승지께서는 자녀가 총 여섯이라 하였지?"

"예."

"그럼 돌아가신 숙부인과는 사이가 참 좋았을 것이야?"

"언제나 아침상은 오붓하게 마주 앉아 겸상을 할 정도로 좋았습니다. 무어, 겸상을 하다가 밥상은 옆으로 물리고 이래저래 호시간을 보낸 적도 많지요. 그러니 자녀도 많이 본 것이 아니겠습니까?

허참성은 덧붙이지 않아도 될 말을 덧붙이며 잠시 잠깐 동안 젊은 날의 호시절을 떠올려보았다.

"그렇다면 부부간의 은밀한 일에 대해서도 잘 아실 것이지?"

"은밀……, 한 일이라니요?"

한때 잘나가던 음서작가이셨던 지금의 용상께서 설마 방사의 체위에 관해서 물어보실 리는 없고. 난데없이 감을 잡을 수 없는 질문을 받은 허참성은 영문을 알 수 없다는 눈빛으로 젊은 임금을 물끄러미 바라보았다.

"것 참. 이걸 경험이 없는 상선에게 물어볼 수도 없고 말이야. 그러니까……. 어젯밤에 말이지……."

서온돌에 기수를 배설하라는 명이 떨어지자 중전이 머무는 곳에는 화려하고도 포근한 금침이 반듯하게 깔렸다. 하여 몸을 푼 지 얼마 지나지 않은 중전도 꽃물에 몸을 담가 목욕을 하고 노란빛 속옷을 입은 후 남빛의 치마와 야드레한 분홍빛 저고리를 입고 지아비를 기다렸다. 반듯하게 쪽진 머리를 두 손으로 매만지는 중전의 손길에는 지아비를 기다리는 설렘이 영락없이 묻어나고 있었다.

「무에 이리 차려입으셨단 말이오? 편하게 계시면 되는 것을…….」

「아니옵니다. 신첩, 몸이 미약하여 전하를 모실 수는 없으나 예를 다하여야 하지 않겠습니까?」

「그래도 아직 완쾌하지 못한 몸으로……. 피곤하였겠어. 자아, 어서 금침 안으로 듭시다. 내 손만 꼭 잡고 잘 것이니.」

간소한 옷차림새를 한 채로 혜가 먼저 금침 안에 들자 영지는 촛불을 끄고 그의 옆에 반듯하게 누웠다. 약간의 그을음 냄새가 방 안을 채워 나가던 찰나. 지어미는 금침 안에서 제 손을 꼭 잡는 지아비의 손길에 일순간 마음이 울렁거림을 느꼈다.

「아직도 아침통이 심하오?」

「걱정 마시어요. 신첩, 어의가 올리는 약은 꼬박꼬박 잘 먹고 있으니 곧 나을 것입니다. 다만 마음이 아픈 것은 여러 탕약을 먹다 보니 공주에게 젖 한 번 물리지 못하는 처지가 아니겠습니까?」

따뜻한 봄의 기운이 물씬 느껴지는 포근한 금침 안에서 혜는 영지의 손을 꾹 힘주어 쥐며 말했다.

「공주는 강건하게 잘 자라고 있으니 그 걱정일랑은 꼭 접어두고 그대의 몸부터 걱정하오. 그리고 내 두 번 다시는 그대의 회임을 성사시키지 않을 작정이야. 한 번만 더 아이를 낳았다가는 그 여린 몸이 아주 산산이 부서질 것이지. 아니 그런가?」

「그럼 앞으로 신첩의 몸을 찾지 않으실 것이옵니까? 혹여……, 후궁을 들이실 생각을 하시는 것이어요?」

빛이 없는 어둠 속에서 분명 중전의 눈시울이 젖어 있을 것이라. 혜는 그리 여기며 대답 대신 손가락을 움직여 그녀의 눈가를 짚었다. 역시, 물기가 맺혀 있었다.

「후궁은 들이지 않는다고 약조를 하지 않았는가?」

「그럼, 혹 춘화를 보시며 수음(手淫)을 하시어 홀로 파정의 낙을 즐기실 요량이시옵니까?」

'헙. 이 사람이 정말 못하는 소리가 없구먼.'

결국 듬직한 손으로 중전의 입을 살짝 막은 임금은 귓속말처럼 작고 나지막한 속삭임으로 속엣말을 전했다.

「혼자서 즐거움을 탐하는 것은 어릴 때나 하는 일이지. 다 커서, 이리 어여쁜 안해까지 들인 사내가 무에 혼자 그 우스운 짓을 하겠는가?」

「하오면…….」

「하오면, 이라니. 그대도 이미 잘 알지를 않아? 창호지랑 비단 천. 아, 왜. 예전에 우리 둘이서 한동안 즐겨 사용하지 않았소? 그때 당돌하게도 그대가 먼저 피임을 해야겠다면서 그것들을 내 눈앞에 들이밀지 않았던가.」

「아…….」

그제야 그것들이 생각이 난 것인지 젖어들어 가던 그녀의 눈가가 곧바로 메말랐다.

「가장 좋은 느낌이야 생살끼리 부대끼는 것이지만 회임은 여기서 멈추어야 할 것이니. 거 후궁이니 무엇이니 하는 이상한 생각일랑은 저 밖에다가 내던져두고 우리 이제 잡시다.」

「예, 전하. 침수 편안하게 드시어요.」

영지는 그리 말하며 먼저 눈을 꼭 감았다. 그러자 혜는 이불 속에서 손가락으로 그녀의 손등을 근질근질 매만지기 시작했다. 마치, 무엇이라도 바라는 것이 있는 듯한 사내아이의 손장난처럼 말이다.

「전하. 잠이 오지 않으십니까?」

「아니. 오히려 졸려 죽을 지경이오.」

「하온데 어찌하여 신첩의 손등을 간질이시는 것이옵니까?」

「그대가 잠들기 전 가장 중요한 무엇을 잊어버린 것 같아서.」

「아아…….」

곁에 누워 장난질을 치는 지아비가 말씀하시는 것이 무엇인지 깨달은 지어미는 곧 옆으로 몸을 돌려 지아비의 뺨에 가볍게 입술을 대었다.

「이것, 말씀하시는 것이지요?」

「아니.」

「그럼요?」

아무것도 모르겠다는 듯 순진한 물음을 던지는 지어미. 그러나 혜는 곧 지어미의 속내를 알아차릴 수밖에 없었다. 그 속에 깜찍한 불여우 한 마리가 살고 있다는 것은 궐 안의 사람 중 유일하게 그만이 알고 있는 사실이었으니까.

「이 마당에도 순진한 불여우 작전으로 나를 유혹하는 것이야?」

「무슨 그런 말씀을 하시옵니까? 신첩은 아직 몸이 아프고 혈이 멎지 않은 것을요.」

「그럼, 그렇게 어여쁜 목소리로 말하지 말란 말이야. 분명히 손만 잡고 자야 하는 것이 자명한 사실이니 내 이 밤이 얼마나 외롭겠어?」

지아비의 상냥한 투덜거림. 그러나 곧 투덜거림은 사라지고 지어미의 입술에는 더운 숨결이 마주 닿았다. 따스하고 더운 숨결, 그 속에는 아직도 애정이란 녀석이 곰실곰실 피어오를 준비를 하고 있었다.

절대로 길지 않은 입맞춤을 나눈 후, 지어미의 둥근 어깨를 꼭 한 번 안아준 지아비는 몸을 바르게 하며 입을 열었다.

「잘 자오, 나의 중전.」

「편히 주무시어요, 나의 지아비시여.」

그렇게 서로 서로 상냥한 꿈 인사까지 전한 후 두 사람은 곧 잠 속으로 빠져들었다. 그런데 잠 속으로 빠져든 사람은 두 사람이 아니라 한 사람뿐이었나 보다. 아흐레 만에 지어미의 향긋한 체향 속에서 꽃잠에 빠진 혜는 잠결에 불현듯 어디선가 들려오는 앓는 소리에 귀를 깨우고 곧 눈을 깨웠다.

「중전! 왜 그러는 것이오? 어디가 아프신 것이오?」

끙끙 앓는 소리의 주인은 바로 영지였다.

「여봐라, 게 아무도 없느…….」

「아아. 아니옵니다, 전하. 저들을 깨우지 마시고 아무 말씀도 말아주셔요.」

영지는 모로 돌아누운 자세로 노란빛 속옷 속으로 손을 집어넣어 제 가슴을 주무르며 혜를 말렸다. 그 모습을 눈에 담은 혜는 참으로 황망한 감정에 어찌할 바를 몰라 하며 달아난 잠을 다시 잡지도 못한 채 금침 위에 앉아 있을 수밖에 없었다. 실로 몸짓이 정갈한 지어미께서 제 가슴을 주무르는 모습도 처음 보는 것이었으며, 풍만하게 차오른 가슴을 주무르며 식은땀과 눈물을 참지 못하는 모습도 처음 보았기 때문이었다.

"그러셨습니까, 전하? 하여 지난밤에는 어의를 부르지 않으신 모양이십니다."

"하도 중전께서 부르지 말라 하시어 내 그저 잠자코 그 모양새를 보고만 있었는데……. 아침에 은밀히 어의를 불러 물었는데 어의는 그저 고개를 끄덕이며 병증에 알맞은 탕약을 지어 올리겠다고만 하는 게 아닌가?"

혜는 제 신하 중 유일하게 맘을 툭 터놓고 지내는 허참성에게 간밤, 지어미께서 앓으셨던 이야기를 들려주며 낯빛을 더욱 흐렸다.

"어의가 그리 말하였으면 목숨이 경각에 달린 심각한 중병은 아니옵니다."

"어찌 도승지께서는 심각한 중병이 아니라 그리 단언을 하시는 것이시오? 혹 도승지께서는 여인들이 앓는 그런 괴상한 병증에 대해 아는 바라도 있으신 것이오?"

다급함이 묻어나는 임금의 물음에 허참성은 한순간 쓴 입맛을 다실 수밖에 없었다. 아무래도 중전마마께서 앓고 계신 병증은 자신도 아는 병증인 것 같았기 때문이다. 기억을 더듬어보자면 자녀를 도합 여섯을 낳으며 허참성의 안해도 그런 병증을 종종 앓곤 하였다. 죽은 안해는 그 병을 '젖몸살'이라고 불렀던 것 같았다.

"중전마마께서는 전하께 무엇이라 말씀하셨습니까?"

"그냥 몸살이 난 것이니 마음 쓰지 말라, 내게 그리 말하였지. 헌데 그 앓는 모습은 전혀 몸살이 아니거든? 내 여태까지 살면서 몸살 한 번 걸린 적이 없었겠는가? 그건 절대로 몸살이 아니야."

단언하듯 말하는 젊은 임금의 걱정스런 음성에 허참성은 속에서 솟아오르는 웃음을 애써 감추며 입을 열었다.

"전하. 그것은 몸살이 맞사옵니다."

"몸살……, 이라니?"

혜는 이상하다 싶은 눈빛으로 도승지를 바라보았다.

"전하. 감히 입에 올리기 외람되옵건대, 중전마마께서는 지금……, 음……."

"말해보시오, 도승지. 내 지어미의 병증을 지아비가 모른다는 것이 말이나 되오?"

자꾸만 채근을 하는 젊은 임금의 음성에 도승지는 솟는 웃음과 이런 말을 해도 되나 하는 민망함의 감정을 한참 동안 저울질하다가 이내 느릿하게 입을 열었다.

"중전마마께서는 아마도 젖몸살……, 을 앓고 계신 것인 것 같습니다."

"젖몸살……, 이라니?"

생전 처음 들어본 말인 젖몸살. 혹여 지독한 몸살에 걸릴 때의 발열과 고통이 그 은밀한 곳에서도 똑같이 일어나는 것인가 하여 혜의 눈에는 황망함이 스쳤다.

"여인이 아이를 낳은 후에는 당연히 모유가 차오르기 마련인데……. 안타깝게도 중전마마께서는 수유를 하지 못하는 상황이시니 공주아기씨께서 드셔야 할 모유가 나오지도 못하고 그 안에 그대로 뭉쳐서……, 그래서 지난밤에도 그리 아파하셨을 것입니다."

도승지의 말을 들은 혜는 한순간 뜨끈한 기운이 귀까지 올라오는 것을 느끼며 골똘한 생각에 젖어들었다가 약간의 정적이 흐르고 나서야 어렵게 운을 떼었다.

"그럼……, 그런 몹쓸 병증을 앓는 지어미를 둔 지아비는 어찌하면 좋겠는가? 이런저런 탕약을 많이 먹는 중전인지라 어의가 수유는 당분간 아니 된다고 하였거든. 그럼 그 안에 뭉친 그것들을 어찌 몸 밖으로 배출해내느냐 말이야. 지금 도승지의 눈치를 살펴보니 그대는 그 방도를 알고 있는 것이 분명해. 아아, 당연히 그렇겠지. 돌아가신 숙부인과의 사이에서 자녀를 여섯이나 보셨으니……. 아니 그런가, 도승지."

임금의 물음에 도승지는 혀로 마른 입술을 한 번 축이더니 조심스러운 음성을 꺼냈다.

"전하, 외람되오나 잠시만 귀 좀……."

마음이 진정이 되지 않았다. 과연 내가 도승지가 알려준 방법으로 지어미의 고통을 조금이나마 진정시켜줄 수 있을까 하는 두려움과 의문감이 혜의 가슴에 동시에 일었다. 세 번, 네 번 입속을 청결히 한 젊은 임금은 도승지가 그려준 그림을 한참 동안 바라보다가 이내 그림을 꼭꼭 접어 품 안에 넣은 후 입을 열었다.

"상선, 내 중전께로 갈 것이야."

"예, 전하. 서온돌로 모실 것입니다."

깊은 밤. 평범한 사대부가의 지아비처럼 평복을 입은 임금은 자신을 모시는 이들과 함께 지어미인 중전을 찾았다. 그러나 예상과는 달리 서온돌의 불빛은 이미 거두어져 있었다.

"보아라. 중전께서는 이미 침수에 드셨느냐?"

"아니옵니다, 전하. 중전마마께서는 잠시……, 몸을 청결히 하시는 중이시옵니다."

교태전에 남아 그곳을 지키던 나인의 대답에 혜는 고개를 끄덕이며 다른 것을 묻지 않고 곧바로 걸음을 되돌렸다. 중전이 몸을 청결히 하는 곳을 지아비인 그 또한 모를 리가 없었기 때문이다.

교태전의 가장 은밀한 전각. 그곳의 문이 느릿하게 열리자 중전의 뒷모습이 문틈 사이로 뽀얀 수증기와 함께 드러났다. 물기에 젖어 착 달라붙은 흰 옷은 연한 살구 빛의 살결을 농염하게 비춰냈다.

목욕 시중을 드는 나인들은 젊은 임금과 눈이 마주치자 고개를 숙이며 살며시 목욕 방을 나갔다. 나인들의 처세가 자연스러운 것은 이런 일이 과거에도 종종 있었음을 짐작할 수 있으리라.

반듯하게 각이 진 네 귀퉁이의 어느 곳에 소지가 없는 손이 내려앉아 영지는 얼음주머니로 제 젖가슴을 문지르던 손길을 멈추고 황급히 저고리를 내렸다. 스르르륵. 얼음이 담긴 주머니가 황망한 손길에서 벗어나자 뜨끈한 목욕물에 젖어들어 그 안에 담겼던 것은 이내 형체를 잃어버렸다.

"간밤에 들었던 몸살은 좀 어떠시오?"

"그럭저럭 괜찮사옵니다. 혹, 신첩이 걱정이 되시어 이곳까지 걸음을 하신 것이옵니까?"

영지의 물음에 고개를 끄덕이던 혜는 천천히 목욕물에 몸을 담그며 입을 열었다.

"어의가 중전께 내린 처방이 고작 이 주머니에 든 얼음이오?"

무명천을 손가락에 감으며 묻던 혜는 별안간 볼우물이 쏙 들어갈 정도로 씩 웃으며 지어미의 손을 와락 붙잡았다. 어쩐지 젊은 임금은 모종의 의지가 아주 탱천해 보였다.

"왜, 그러시어요?"

"아아. 그대의 몸에 내려앉은 몸살기를 빨리 걷어낼 수 있는 방도를 내가 알아 왔거든."

"그냥 몸살입니다. 탕약도 잘 먹고 있고요."

지어미의 음성에 혜는 약간 삐딱선을 탄 음성으로 되물었다.

"그냥 몸살인데 젖가슴을 얼음주머니로 문지른다?"

"……."

"그거, 젖몸살이라며."

지아비의 입술에서 흘러나오는 말에 한순간 젊은 지어미인 영지의 양 볼이 빨갛게 달아올랐다.

"어찌 아셨습니까?"

"어의도 알고 의녀도 아는 것을 어찌 지아비가 모를까?"

살며시 영지의 손을 그러모아 쥔 혜는 옷깃 사이로 드러난 영지의 가슴골에 조심스럽게 얼굴을 대어보며 말을 이었다. 얼핏얼핏 눈앞에 들어오는 중전의 가슴은 붉은 기운이 몰려 크게 부풀어 있었다.

"많이 아프오?"

"예, 조금……."

조금은 무슨. 지난밤에 잠도 못 자고 끙끙 앓았으면서.

그 말이 목구멍까지 올라온 혜는 두 눈을 들어 지어미의 얼굴을 올려다보며 나지막한 음성을 내었다.

"내가 아프지 않게 해줄까?"

그 음성에 한순간 지어미의 눈 속에는 '어떻게? 무슨 방도가 있습니까?'라는 말이 스치고 사라졌다. 정갈하고 매사를 조심스러움으로 살피던 중전이었으나 가슴에 스치는 얇은 옷깃에도 고통을 느끼는 처지라 부끄러움을 따질 여유가 없는 듯 보였다.

"탕약으로도 쉬이 낫지 않는데……. 방도가 있겠습니까?"

"응. 지금부터는 나만 믿어보아."

그리 말하던 지아비는 지어미의 옷고름을 풀어 그 안에 감추어진 젖가슴을 눈앞에 내어 보았다. 출렁거리는 물결이 잔뜩 부풀어 오른 풍만한 가슴골 사이에서 작은 여울목을 만들어냈다.

"어, 어떻게 하시려고 그러십니까?"

불현듯 머릿속에 스치는 불길하고도 망측한 상상에 영지는 지아비의 어깨를 살짝 밀어냈다. 그러나 곧 붙잡힌 작은 손은 자신의 길을 잃어버리고 지아비의 든든한 손바닥 안으로 모습을 감추었다.

"어찌하긴 어찌하겠어?"

혜의 목울대에서 잠시간 짧은 침묵이 고였다가 곧 사라졌다.

"빨아줄게."

더운 김 사이로 흘러나오는 지아비의 농밀한 음성에 영지는 그만 마른침을 꼴깍 삼켜버리고야 말았다. 지아비와 성애를 나누는 순간, 언제나 그의 것처럼 빨리고 삼킴을 당했던 그곳을 향해 빨아준다 말하는 젊은 임금의 음성은 그녀의 온몸에 부끄러움의 불꽃을 일으켰다.

"빨아준다고."

"전하, 하오나!"

귀까지 새빨개진 영지는 혜를 향해 둥근 눈을 뜨며 도리질을 쳤다. 그러다가 젖물이 흘러 지아비의 입안에라도 담아지면…….

"자아. 내가 중전, 그대의 고통을 덜어낼 수 있는 방법을 알아왔단 말이지. 그러니 이 밤, 그대의 어의는 바로 나, 이혜란 말이야."

"전하……. 제발……."

머릿속을 가득히 점령한 망측한 상상에 영지의 목소리에는 울먹임마저 묻어났다. 그러나 지아비의 손길은 지어미의 승낙도 받지 않은 채 붉게 달아오른 가슴을 서서히 매만지기 시작했다.

길고 옹이 진 손가락이 지어미의 가슴을 정성스럽게 매만지자 영지의 입속에서는 신음과도 같은 음성이 흘러나왔다. 지아비의

정이 스며든 엄지와 검지가 지어미의 검붉은 유두와 주변부를 보드랍게 비비듯이 주물렀다. 한 손으로 풍만한 유방을 받치고 다른 한 손으로는 유두를 지그시 눌렀다가 살며시 잡아당기기를 반복하는 지아비의 행위는 마치 제례를 올리는 듯 경건했고 성스러웠다.

"하앗!"

인두가 스치는 것 같은 아픔과 지아비에 대한 고마움이 영지의 머릿속으로 함께 밀려들어 오는 순간, 톳이 적당하게 오른 유두가 혜의 입속으로 삼켜 들어갔다.

「전하. 너무 세게 하시는 것보다는 강건한 사내아이가 어미의 젖을 빨듯이……. 그리하셔야 수월하게 해결될 것이옵니다.」

혜는 도승지가 거듭 당부했던 말을 떠올리며 맏이인 권이가 제 어미의 젖을 빨 때의 일을 머릿속에 그려보며 천천히 입술에 힘을 주었다. 이는 마치 혜가 어린 갓난쟁이로 돌아가 제 어미의 젖을 빠는 것과도 같아, 아마도 남들이 보면 흉측하고 망측하다고 손가락질을 할 법도 했다. 그러나 사랑을 나누면서 이뤄지는 애무와는 달리 그 일에는 아픔이 수반되었고 지어미에 대한 근심과 걱정이 바탕에 깔려 있어 영지도 더는 혜를 말릴 수가 없었다.

지아비에게 온전히 내맡긴 양 가슴. 그 가슴을 반복적으로 적당한 힘을 주어 빨아주는 혜의 입속에 물려진 유두는 한참 동안이나 정성스러운 사랑을 받았다. 그러자 어느 순간 꽉 막혀 있던 유선이 풀어지면서 지아비의 입안에 뽀얀 젖물이 차오르기 시작했다.

"아앗. 전하. 이제 그만……. 되었습니다. 지금부터는 신첩이 스스로…….”

영지는 혜의 어깨를 다시금 밀어내며 그의 입안에 물린 유두를 빼어내려 했다. 그러자 사내의 악력이 지어미의 손목을 바특이 잡으며 잠시 동안 입술을 떼고 입안에 고인 젖물을 목간통 바깥의 바닥으로 뱉어낸 후 입을 열었다. 한번 터진 젖물은 투명한 목간물에 한 방울 두 방울씩 흰빛을 섞어내었다.

“혼자서 손으로 하겠다고?”

“예.”

“그렇지만 그대의 손보다는 나의 입이 더욱 빠를 것이지.”

혜는 다시금 지어미의 가슴을 베어 물며 조심스럽게 유두를 빨았다. 젖물이 입안에 가득히 차오르면 뱉어내고 또다시 빨아내는 순간 동안 부끄러움과 엷은 수치심, 그 뒤에 느껴지는 가슴의 편안함에 영지는 눈을 꼭 감았다. 어서 빨리 이 시간이 지나가기를 마음속으로 바랐지만 뭉친 멍울이 풀어지는 감각은 참으로 오랜만에 느껴보는 노글노글한 노곤함을 그녀에게 선사했다.

어린 갓난쟁이처럼 한참 동안 지어미의 유두를 물고 빨던 지아비는 풍만한 가슴 아래에서 입을 떼고 입안에 고인 마지막 젖물을 목간통 바깥으로 뱉어내며 물었다.

“어떠하오? 얼마나……, 좀 편안해지셨소, 중전?”

아픔 대신 편안함이 밀려들자 꼭 감았던 눈가에 잠결이 찾아들었나 보다. 지아비의 음성에 꼭 닫혔던 눈꺼풀을 들어 올린 영지는 그만 지아비와 시선을 똑바로 맞추지 못하고 눈동자를 돌리며 고개를 끄덕였다.

"얼마나?"

짓궂다. 어찜 이리도 짓궂은 물음을 지어미에게 아무렇지도 않게 내어 보일 수 있을까? 꼭 한 번 그 입술을 어여삐 꼬집어버리고 싶은 마음이 머릿속을 스쳤지만 그녀는 그 대신 지아비의 입술에 자신의 입술을 부비며 수줍은 음성을 내비쳤다.

"무척, 많이……."

딱딱하게 부어올랐던 멍울이 사라진 자리에는 보드라운 감촉이 남았다. 혜는 여전히 도승지에게서 배운 방법으로 지어미의 가슴을 만져주며 은근한 음성을 귓가에 불어넣었다.

"역시, 내가 좀 똑똑하긴 하지."

"……?"

"그저 그림동냥 귀동냥으로 처음 배운 것을 첫 실전에서 이리도 잘 적용할 수 있다니 말이야."

지아비의 은근한 음성을 가만히 듣고 있던 영지는 머릿속을 퍼뜩 스치는 묘한 물음에 단정한 이맛살을 살짝 찌푸리며 물었다. 아까까지는 젖몸살이 심해서 생각지도 못했던 것이 이제야 머릿속을 파고들어 결국에는 수치심이라는 씨앗을 발랑 까발리기 시작했다.

"젖몸살도 모르시던 분께서……. 도대체 이 방책은 누구에게서 터득하신 것이옵니까?"

옅은 분기가 녹아 있는 지어미의 새치름한 눈꼬리에 지아비는 슬쩍 지어미의 눈치를 피하며 얼버무리기 시작했다.

"그대의 몸살이 사악 날아가버렸으면 된 것이지, 무에 그런 것까지 알려고 하신다오?"

"신첩은 지금 전하께서 대체 누구에게 신첩의 병증에 대한 말을 꺼내셨는지를 묻고 있는 것입니다! 어의가 그 입에 젖몸살이라는 말을 올렸을 리가 없습니다. 신첩이 사전에 신신당부를 하였으니 말입니다. 혹……, 도승지, 그분께 신첩의 병증에 대한 물음을 꺼내신 것이옵니까?"

목소리에 칼날이 선 영지의 물음에 혜는 그만 씩 웃으며 사실을 토로했다. 젊은 임금의 귀에 퍼뜩 드는 생각은 그저 삭삭 비는 것이 상책이다, 라는 것이었다.

"중전께서는 어찌도 그리 영민하시오? 도승지께서는 돌아가신 숙부인과의 사이에서 자녀를 여섯이나 본 사람이오. 하여 나보다는 중전의 병증에 대해 잘 알 것이라 판단되어 물은 것이니……. 부디 나를 꾸짖지 마오, 응? 내 얼마나 그대의 병증이 걱정되었으면 그 부끄러움을 무릅쓰고 물어보았을까?"

"전하! 아아……. 신첩, 이제 다시는 도승지의 눈을 바라볼 수가 없음입니다. 이 수치심을 어찌 거두어버릴 수가 있겠습니까?"

정말로 외마디 비명 소리라도 지르고 싶은 기분이 영지의 마음을 가득하게 채웠다. 하지만 그러거나 말거나. 그녀의 하나뿐인 지아비 혜는 볼우물에 애교가 가득한 미소를 가득 피워내며 잘생긴 눈동자를 수차례 깜빡거릴 뿐이었다.

"그래도……, 나, 어여쁘잖아?"

"어여쁘긴요!"

임금 내외는 사가의 부부지간이 아닌지라 은밀하고 사소한 것

하나하나에도 각별히 조심하였는데……. 영지는 은밀한 비밀이 타인의 귀에도 들어가버린 것에 대해서만큼은 화를 참을 수가 없었다.

"신첩의 몸이 나아지면 다음 달에 있는 전하의 사냥에 함께 동행하기로 한 약조, 지키지 않을 것입니다!"

"왜, 왜……."

이럴 때 보면 꼭 어린아이 같은 분이 또한 중전의 지아비였다.

왜라니. 왜라니!

"도승지께서도 사냥에 함께하실 것이 아니십니까? 하오니 신첩은 몸이 나아도 따라갈 수가 없지요."

완전히 화가 나버린 지어미의 음성에 혜는 풀이 죽은 듯 두 눈망울을 끔벅거리며 말했다.

"나는……, 과인은 그저 그대의 병증이 크게 염려가 되어……."

미안하다는 듯 두 손을 모아 살짝 비비기까지 하는 지아비의 모습에 지어미는 그만 말문이 막혀버리고야 말았다. 과거 사가 시절, 둘이서 협심하여 음서를 만들 때에도 그는 가끔씩 실수를 만회하기 위해 눈을 끔벅거리며 그녀에게 애교를 부려대곤 했다. 그런 모습이 눈앞에 겹쳐지자 영지는 깊은 한숨을 내쉬며 말했다.

"차후에 이 같은 과오를 또 범하실 것이옵니까?"

"아니. 앞으로는 안 그럴게."

"부부간의 은밀한 일을 다시는 다른 이들이 알게 하시 마시어요. 신첩이 부끄러워 어찌 고개를 들고 다니겠습니까?"

"내 진심으로 그대에게 약조하오. 이번 일은 내 생각이 짧았어."

부부간의 다툼은 칼로 물을 베는 것이라고 하였던가. 영지는 금세 자신의 손을 꽉 쥐며 싱그러운 미소를 짓는 지아비를 물끄러미 바라보다가 이내 그 싱그러움을 똑 닮은 미소를 그 입가에 번져내었다.

"권이랑 똑 닮은 얼굴로 그리 웃으시니 제가 넓은 아량으로 이 분기를 푸는 수밖에요."

"내가 권이를 닮은 것이 아니라 권이가 나를 닮은 것이지. 흥."

혜는 그리 말하며 보드레하게 풀린 지어미의 가슴에 슬쩍 손을 대어 비볐다. 말캉한 감촉이 참말로 야들야들 감질나게 고왔다.

"이제 더는 아프지 않습니다."

"아니, 아니. 이번엔 그것이 아니고……."

아이 둘을 낳아 더욱 풍만해진 가슴골에 슬쩍 얼굴을 묻은 혜는 손안에 탐스럽게 잡히는 보드라운 감촉에 씩 미소를 지으며 말을 이었다.

"그대의 고통을 덜어주었으니 이 정도 보상은 주어야 다음번에도 내 정성과 열심을 담아 그대의 젖몸살을 풀어줄 것이 아니오? 젖몸살은 한 번 푼다고 아예 없어지는 것이 아니라던데……."

음흉한 미소. 그러나 저 미소는 어찌도 저리 잘났을까? 영지는 어쩔 수 없다는 듯 지아비의 손길에 가슴을 내맡기며 마음속에 솟는 약간의 기대심을 애써 감추었다.

"다음번에도 신첩의 몸살을 스스로 고치시렵니까?"

"응. 당연하지. 내 이 방도를 터득하기 쓴 수의 값이 얼마인데…….”

젊은 임금은 도승지에게 준 닷새의 휴가가 못내 아쉽다는 듯 입맛을 다셨다. 물론 닷새치의 녹봉은 삭감이지만 말이다.

“몸살이 가라앉으면 또 이렇게 보상을 원하실 것이고요?”

“그럼. 이 세상에 공짜는 없는 법이 아닌가?”

핏. 영지는 입술을 부루퉁하게 내밀었다가 이내 손을 뻗어 지아비의 은밀한 부분에 손을 가져다 대며 말했다.

“아직 이것을 받아들일 수는 없습니다. 잘 아시지요?”

“내 아직 몸이 완쾌되지 못한 그대를 억지로 품을 정도로 몹쓸 놈은 아니지 않겠어?”

싱그러운 미소. 그 미소와 대면한 영지는 눈가에 해사한 빛을 머금으며 지아비의 옥경을 지분거렸다. 찰랑거리는 물결 사이사이에 부부만의 은밀한 연정이 담뿍 녹아 흘렀다.

“그렇다면 다음번 몸살 때에도 잘 부탁드리옵니다. 신첩만의 의원이신 이헤 전하.”

“이르다뿐인가? 과인만의 병약한 이인 나의 영소 작가야.”

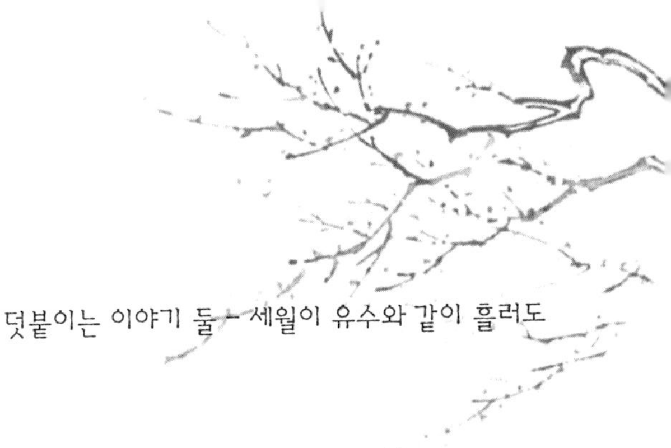

덧붙이는 이야기 둘 – 세월이 유수와 같이 흘러도

날이 흐르는 것이 참으로 유수와 같아, 어느덧 권이가 태어난 지 여덟 해가 흘렀다. 녹월의 임금과 중전은 한 해 전 세자로 책봉된 맏아들 권과 귀한 첫 번째 공주아기씨 설, 그리고 이제 막 태어난 지 네 달이 흐른 두 번째 공주아기씨 윤(潤)까지 모두 세 명의 자녀를 두었다.

“어마마마. 소자도 한번 우리 말똥이를 안아보고 싶습니다.”

언젠가 태몽 중에 보았던 어린 청룡을 꼭 닮은 세자 권이의 얼굴을 물끄러미 들여다보던 영지는 맏이의 품에 막둥이 공주아기씨를 안겨주었다. 오라비인 권이의 옆에서 갓난쟁이 동생의 얼굴을 들여다보던 설이는 면포 바깥으로 삐죽이 나온 갓난쟁이 동생의 발을 면포 안으로 살며시 밀어 넣으며 빙긋이 웃었다. 영지는 묘하게 닮은 세 명의 아이를 보며 감사함에 벅찬 미소를 짓다가 불현듯 미간을 누그러트리며 슬픈 눈빛을 비쳤다.

아이들의 왼편 뺨에 오목하게 파인 어여쁜 볼우물을 전해준 지아비, 혜의 용체를 이 손끝으로 매만져본 지가 벌써 몇 달이 흐른 것인지……. 영지는 혜와 사랑을 나눈 나날이 아득한 옛 꿈처럼 느껴져 아랫입술을 살짝 깨물었다.

어여쁘다, 연모한다, 이 세상에 그대만큼 나를 미치게 하는 이는 어디에도 존재하지 않는다. 이와 같은 사랑이 담뿍 담긴 은근한 밀어를 나누며 서로의 벌거벗은 몸을 물고 빨고 깨물며 진한 불꽃을 나누었던 연인은 이제 더 이상 궐 안에 존재하지 않는 것 같아 그녀의 마음은 한없이 깊은 나락의 늪으로 빠져들고만 있었다.

갓난쟁이인 윤이를 생산한 지 벌써 네 달이 흘렀지만 깊은 밤이 되어도 임금은 중전의 처소를 찾지 않았다. 얼굴을 마주 보며 차를 마시고 아침인사를 나누고 이야기를 즐기며 언제나처럼 같은 방에서 수라를 먹는 것은 일그러지지 않은 일상의 일이었지만 아직 원기가 철철 넘치는 임금의 손길은 더 이상 중전의 살갗 위에 머물지 않았다.

「어떻게 하니? 우리 중전마마 불쌍해서……. 벌써 두 달째 편전에 박색의 달이, 고년이 수침을 들러 들어갔다고 하던데…….」

자신에게 손길을 보내주지 않으시는 지아비를 위해 손수 아침 수라를 짓고자 했던 영지는 수라간 나인들이 하는 이야기를 듣고 다시금 서온돌로 걸음을 옮겨버리고야 말았다. 두 달 전 어느 날부터 이미 들어 알고 있는 무수리, 달이. 그 아이를 불러다 매질이라도 하여 진실로 전하의 용체를 모셨는지 다그쳐 묻고도 싶었지만 영지는 대신 제 살에 짧은 손톱을 박으며 분기를 참았다.

아직 정확하게 밝혀지지 않은 일. 분명히 전하께서는 일평생 후궁을 들이지 않겠다 약조를 하셨고 애석하게도 영지는 지아비의 그 약조를 믿고만 싶었다. 다행스러운 일은 두 달째 편전에서 전하의 수침을 들었다던 달이라는 무수리에게 지금까지도 승은상궁의 이름을 내리라는 전하의 뜻이 전해지지 않은 것이다.

"어마마마. 어디가 편찮으신 것입니까? 갑자기 안색이 좋지가 못하시옵니다."

총명하고 또랑또랑한 권이의 물음에 영지는 얼른 슬픈 낯빛을 감추고 웃는 낯을 내어 보이며 말했다.

"아닙니다. 음……, 그건 그렇고, 세자와 공주는 막둥이 윤이를 보고 싶어 하는 마음이 깊어 보여 글공부와 그림 공부를 미루고 교태전으로 온 것이라 하였으니……. 이제 이 어미 품으로 윤이를 내어주고 우리 세자와 공주는 각자의 정해진 처소로 돌아가 해야 할 일들을 마쳤으면 합니다. 자아, 우리 어여쁜 세자와 공주께서는 지금 당장 어미의 말대로 하세요."

어미의 목소리에 권이와 설이는 고개를 끄덕이며 어미의 처소에서 나왔다. 사랑스럽고 어여쁜 두 아이들이 사라진 자리에는 다시금 그녀의 슬픔이 배어 나왔다. 영지는 순하고 어여쁜 윤이에게 젖을 물리며 다시금 시름에 젖어들었다.

어찌하면 지아비인 혜의 은애를 도로 되찾을 수 있을 것인지. 문득 아이 셋을 낳은 터라 약간의 살집이 붙은 몸이 어여쁘지 않다는 사실을 느낀 중전은 깊은 한숨을 내쉬며 중얼거렸다.

"……이 궐 안에는 아름답고 젊은 여인들이 차고 넘쳤는데. 아이를 셋이나 생산한 이 몸을 어찌 지아비께서 처음과 마찬가지로 어여쁘다 해주실 수 있을까?"

깊은 한탄. 그리고 칼날을 베어 문 듯 발발 떨리는 입술에는 지아비에 대한 원망과 실망감이 고스란히 담겨 있었다. 그녀는 지아비와 자신을 반반씩 빼어 닮은 품 안의 갓난쟁이를 한참 동안 내려다보다가 퍼뜩 어떤 수가 떠오른 것인지 문밖의 상궁을 향해 명을 내렸다.

"밖에 김 상궁 있는가? 지금 종이와 안료를 준비해주게. 내 지금 당장 할 일이 있음이야."

모시는 중전의 분부에 그녀를 받드는 상궁의 몸놀림이 부산스러워졌다. 그사이 어미의 젖을 빨던 윤이는 배가 불렀는지 젖꼭지를 밀어내며 빙긋이 웃었다. 영지는 윤이의 입가에 묻은 젖물을 닦아내며 생각했다.

'이렇게 가만히 다른 여인에게 지아비의 너른 품을 내어줄 수는 없는 것이지. 내 것을 이대로 빼앗길 수는…….'

중전의 눈망울에는 차갑고 서늘한 맑음이 찰나마다 번뜩거리고 있었다.

어렵고도 어렵다. 세상에 어찌 이리도 어려운 일이 다 있을까?

혜는 어린 이야기 몇 줄을 써내려가다 이내 막혀버린 종이를 보며 쓴 입맛을 다셨다. 음서 짓기로 따지면 당대의 문장가로서 손색이 없을 그였지만, 글 몇 줄을 쓰느라 벌겋게 핏발이 오른 눈동자에는 고민과 고심이 깊게 얽혀 있었다.

곁에서는 먹물을 가느라 손바닥이 검어져버린 박색의 달이가 윤기 나는 새까만 먹물을 한소끔 갈고 있었다.

"달이야. 상소를 읽고 신료들과 갑론을박을 펼치는 것보다 지금 과인이 하고 있는 이 일이 더 어렵구나. 이 밤, 네가 갈아놓은 그 먹물을 다 쓸 수 있을지 모르겠다."

혜는 온 얼굴에 곰보자국이 가득한 무수리 달이를 향해 한숨을 푹푹 내쉬며 입을 열었다.

"전하. 하오시면 그만 그 일을 멈추시옵소서. 이 미천한 것이 괜히 전하께 그 말씀을 올렸나 봅니다."

달이는 문득 자신이 괜한 말을 하여 용상의 주인이신 전하를 피곤케 한 것만 같아서 마음이 불편했다. 두 달 전, 어느 날. 갑자기 궐 안의 젊은 나인들을 모은 혜는 앞뒤 다 잘라먹은 물음을 그들에게 던졌다.

물음인즉, 나인들이 어린 시절에 부모에게 받은 것 중 가장 뜻깊었던 것이 무엇인가 하는 것이었다. 이에 여러 나인들이 저마다 각기 다른 대답을 하였다. 어떤 나인은 꽃이요, 어떤 나인은 어여쁜 옷이요, 어떤 나인은 맛있는 음식이라고 하기도 하였는데 유독 달이만은 특별한 대답을 하였다.

대답인즉 '부모가 지어준 이야기'가 가장 뜻깊었다는 것이었다.

하여 그날부터 달이는 혜가 사용하는 먹물을 가는 업을 내려받은 무수리가 되었다.

달이가 먹물을 가는 이로 발탁된 연유는 행여 글이 풀리지 않을 때를 대비하여 달이의 머릿속에 있는 수많은 이야기를 아주 조금씩 차용하려 하는 임금의 꾀가 내린 처사였다. 게다가 달이는 누가 보아도 박색 중의 박색. 훤은 혹여 자신의 젊은 혈기가 한순간의 감정을 억누르지 못하고 중전이 아닌 다른 여인을 품에 안을까, 스스로를 염려하고 경계하여 박색의 달이를 가까이에 둔 것이기도 했다.

"아아……. 제 어미의 몸에서 어렵게 탄생해준 막둥이 윤이에게 줄 선물을 지어내는 것이 너무나도 어렵구나. 부모가 지어준 이야기가 가장 뜻깊었다, 라. 달이야, 그것이 정말로 사실이더냐? 너는 어여쁜 옷이나 고운 신보다도 부모가 지어주고 들려준 이야기가 가장 마음에 남더란 말이야?"

"예, 전하. 저는 집이 무척이나 가난하여 부모님께 선물이란 것을 받아본 기억이 없습니다. 대신 아버지 어머니께서는 밤만 되면 재미난 이야기를 지어내어 소인에게 들려주시곤 하셨습니다. 그 기억이 지금도 생생하여 가끔은 부모님에 대한 생각에 눈물을 짓는 날도 있습니다. 꼭 한 번 다시……, 부모님께서 들려주시는 이야기를 들어보고 싶은데……."

달이는 저도 모르게 눈물을 짓다가 결국 먹물 위로 눈물방울을 뚝뚝 흘려내었다. 그러자 괜스레 맘이 불편해진 훤는 이제 막 열여섯 살이 되었다는 달이에게 주전부리로 들였던 약과와 차를 내어주며 말했다.

"그만 울음을 멈추거라. 과인이 금번, 윤이를 위한 선물을 다 짓고 나면 달이 너에게 상을 내려 사가로 돌려보내줄 것이니."

"저, 정말이시옵니까?"

"임금이 허튼소리를 하는 것을 들어보았더냐? 그러니 그만 뚝 하고 약과나 오물거리면서 몰려드는 잠은 꾹 참고 먹물이나 갈아 보아라. 그제처럼 또 기면의 병증을 꺼내어 과인을 당황시키지 말고……. 허어, 그나저나 이다음 글은 어떻게 쓰면 좋을까?"

앉은뱅이책상에 손가락을 탁탁 두드리던 임금은 이내 깊은 생각에 젖어들었다. 첫째 딸아이인 설이를 얻었을 때에도 그 갓난쟁이가 어여뻐서 죽고 못 살았는데, 막둥이 공주아기씨는 설이를 얻었을 때보다도 훨씬 마음이 즐거웠다.

자신과 영지를 반반씩 빼닮은 모습은 그야말로 앙증맞고 똘망똘망한 귀염쟁이, 그 자체였다. 하여 혜는 지금 막둥이 공주아기씨인 말똥이에게 재미난 이야기책을 선물로 주기 위해 골몰하고 있었다. 딸아이를 위해 아비가 지은 이 세상에서 하나밖에 없는 선물을 만들어내기 위해 젊은 임금은 이 야심한 시각까지 종이를 부여잡고 씨름을 하고 있는 것이다.

'무에 이리도 어려운가? 이건 음서보다도 훨씬 짓기가 어렵잖아? 글이라도 다 같은 글이 아니구먼. 아이들을 위한 이야기책 한 권을 쓰느니 내 음서 수백 권을 쓰는 편이 더 낫겠어.'

골몰하다가 글 몇 자를 써 내려가고 다시 골몰하기를 반복하던 혜는 어느 찰나, 자신의 곁에서 먹물을 갈던 달이가 꾸벅꾸벅 조는 것을 발견했다.

"달이야. 졸리거든 그만 네 처소로 가서 자거라. 어서 일어나 보래도? 이 아이 정말……, 이 기면의 병을 어찌하면 좋을까?"

글을 써 내려가다 말고 젊은 임금은 곁에서 앉은 자세로 졸고 있는 달이를 흔들어 깨우며 말했다.

그때 문밖에서는 상선의 목소리가 전해졌다.

"전하, 중전마마께서 납시었습니다."

"드시라 하라."

상선의 목소리에 평소에 늘 입에 달았던 '드시라 하라.'라는 말을 자연스럽게 쏟아낸 혜의 눈앞에 곧 중전의 자태가 나타났다. 그 순간! 잠에 곤히 든 달이의 머리가 한 순간에 혜의 품으로 쏙 들어왔다.

"어어엇!"

영지를 정식 지어미로 맞아들인 후 그 품 안에 다른 여인이라고는 단 한 번도 맞아들이지 않았던 혜는 지어미의 눈동자를 마주한 순간 크게 당황하며 달이의 머리를 밀어내려 했다. 그러나 영지는 눈앞의 참담한 상황에 목소리를 떨며 지아비를 부르려던 입술을 굳게 닫을 수밖에 없었다.

'전하, 지금 신첩은 어떤 상황을 눈에 담고 있는 것인지……. 아아, 전하……. 정녕 궐 안에 떠돌던 소문이 사실이었습니까?'

망연자실한 허탈감에 사로잡힌 눈망울을 옮겨 지아비인 혜를 곧바로 눈에 담은 영지는 한순간 제 눈을 의심할 수밖에 없었다. 평생 자신 말고는 절대로 다른 여인의 살갗, 아니, 숨 냄새조차 느끼지 않을 것이라 약조하였던 지아비였다.

그러나 지금 영지의 눈앞에 보이는 지아비는 다른 여인의 고개를 품에 안고 있는 형상이었다. 그것도 정말, 이제 막 어린 티를 벗어낸 것같이 앳된 얼굴 위에 곰보자국을 가득 품은 박색의 여인을.

"아아……. 전하, 신첩이……. 오늘은 신첩이 시각을 잘못 맞추었나 봅니다. 신첩, 이만 나가보겠습니다. ……편안한 수침을 받으시옵소서, 전하."

황망한 감정. 그리고 곧바로 밀려오는 배신감에 영지는 양 턱에 꽉 힘을 주며 돌아섰다. 임금이 다른 여인을 취하는 것은 흠으로 볼 수 없는 일이었기에 그대로 돌아섰지만, 온몸에 차오르는 분기는 참을 수가 없었다. 바들바들 떨리는 두 주먹에는 끈끈한 땀이 배어났다.

'어찌……, 어찌하여 다른 여인을……. 게다가 저토록 박색의 아이를…….'

골반이 틀어져 절룩거리는 다리에 곧 주저앉을 듯 힘이 풀렸다.

그때 달이를 밀쳐내고 한걸음에 달려 나온 혜는 힘이 풀려 주저앉으려는 지어미의 몸을 뒤에서 받아내며 황망한 음성을 쏟아내었다.

"중전. 방금 보신 것은 순전히 오해요. 화가 나시었소? 내가 다 설명해드릴 것이니 오해하지 말고 내 말 먼저 들어보오."

그러나 다른 여인을 그 품에 들여놓은 지아비의 황망한 음성을 지어미 된 자가 어찌 순수하게 받아들일 수 있을까. 황망한 음성은 곧 변명일 뿐이었다.

중전은 힘이 풀려나간 다리에 억지로 힘을 주며 딱딱하게 굳은 목소리를 끄집어냈다.

"어서 편전으로 들어가십시오, 전하. 보는 이들의 눈이 많음입니다. 신첩을 투기에 눈이 먼 일개 평범한 여인으로 만들지 마십시오. 전하께서 다른 여인을 품으셔도 이 녹월 땅에 중전의 위는 저만의 것이 아니겠습니까? ……투기하지 않을 것입니다. 중전이 해야 할 본분은 임금의 용체를 모시고 귀한 아기씨들을 생산하는 것 외에도 정치적인 동반자로서의 역할이 있음입니다. 전하의 용체는 지난 시간 동안 저 홀로 모시어왔으니 더는 여한이 없을 것이며 이미 자녀 또한 셋이나 보았으니 생산에 관한 중전의 소임은 모두 하였다고 생각합니다."

"중전! 오해래도!"

"신첩의 눈이 보고, 부리는 이들의 눈도 본 일입니다. 괜찮습니다. 투기하지 않을 것이라니까요? 하오니 앞으로는 전하의 정치적인 동반자로서의 소임만을 생각하며 살 것입니다. 신첩, 지금 이 순간부터는 그리 살 것이니 어서 들어가시어 달이라는 아이의 수침을 받으십시오. 그 아이, 이미 두 달이나 매일 밤 부르신 것 아니옵니까? 궐 안에 다 퍼진 소문을 신첩이 정녕 몰랐을 것이라고 생각하시는 것이옵니까? 그래도 믿었습니다. 지아비의 그 지극하신 약조를 믿고 또 믿으며 두 달을 참아왔습니다. 하온데 눈으로 본 이 참상은 소문의 진실성에 무게를 더하는 것이니, 그만 이 팔을 풀어주십시오."

영지는 두 눈을 똑바로 뜨며 지아비의 손안에 잡힌 팔을 풀어내고 천천히 앞으로 걸어 나갔다. 오늘따라 뒤틀려 절룩거리는 다리에 바늘이 수천 개는 꽂힌 듯 아프고, 아팠다.

두 달의 시간 동안 지아비에 대한 의심을 품고 살아온 지어미는 그 황망한 때를 목격한 순간부터 마음의 문을 굳게 걸어 잠갔다. 서늘한 냉기가 뚝뚝 흘러나오는 지어미의 음성에 혜는 더 이상의 어떤 말도 늘어놓을 수가 없었다. 아무리 오해라고 외쳐본들 지금은 고작 변명으로밖에 치부되지 않을 일이었다.

"이 일을 어찌하면 좋단 말인가?"

혜는 궐에 들어온 다음부터 기면의 병을 앓게 되었다는 잠든 달이를 물끄러미 바라보며 깊은 한숨을 내쉬었다. 제발 아무도 모르게 해달라는 달이의 딱한 청을 굽어살펴 달이를 관장하는 상궁에게는 그 아이가 가진 기면의 병에 대해 일러두지 않은 상황이었다.

하여 금번 탄생한 공주아기씨에게 줄 선물을 다 짓고 나면 혜는 달이에게 상을 내려 사가로 내보내려 하였다. 사가로 가서 부모의 얼굴을 보면 달이가 가진 기면의 병이 나을 것이라고 믿었기에.

지금 어떤 상황이 벌어졌는지 알지 못한 채 먹물에 이마를 박은 모양새로 잠이 든 달이를 쳐다보던 임금은 문득 발아래 무엇인가가 밟히는 느낌이 들어 조심스럽게 허리를 굽혔다. 금빛 비단천으로 고이 감싸진 물건. 혜는 맨바닥에 주저앉아 금빛 매듭을 천천히 풀어보았다. 아무래도 방금 전 편전에 들렀던 지어미께서 가져온 것인 듯해 보였다. 정갈하고 꼼꼼한 매듭은 그 주인의 성정을 닮아 반듯했다.

금빛의 매듭이 풀리자 그 안에는 여러 겹으로 반듯하게 접힌 윤기 나는 종이가 고이 담겨 있었다. 분명히 지아비에게 전해주기 위해 고심하며 준비했을 그것. 혜는 지어미가 자신에게 보여주고자 했던 것에 대한 기대감을 가지며 행여나 구겨질까 세심한 손길로 접힌 종이를 펼쳤다.

마치 병풍처럼 칸칸이 선이 매겨진 여덟 칸의 넓은 종이에는 일곱 개의 이야기가 선명한 색상으로 그려져 있었다. 캄캄한 밤에 만난 젊은 사내들의 투닥거림, 화톳불을 펴두고 육욕의 정을 즐기는 젊은 연인의 나신, 기둥에 묶인 채 눈물을 짓는 여인의 모습, 목간통에서 꽃정을 나누는 은밀한 연인, 중전 즉위식, 청룡의 꿈, 그리고 세 아이를 품에 안은 어미 아비의 해사한 미소까지. 칸칸의 그림은 모두 혜와 영지가 겪었던 이야기로 채워져 있었다.

그리고 마지막 여덟 번째 칸에는 깨알 같은 글씨가 수줍음을 덧입은 채로 쓰여 있었다.

"마지막 빈 곳은 필부(匹夫)와 필부(匹婦)가 열정의 금침 위에서 만들어내는 새로운 이야기로 채워 나가고 싶습니다……, 라."

수줍음을 덧입었지만 강렬하고 대담한 지어미의 언어에 혜는 가슴이 팔딱거리는 것을 느꼈다. 그러고 보니 꽤 오랜 시간 동안 그는 영지의 몸을 탐하지 않았다. 비록 자의가 아니라 회임으로 인해 그리한 것이었지만 홀로 밤을 보내는 기간 동안 그는 저도 모르게 지어미의 몸에서 흐르는 살갗 냄새에 무감각해져버린 것일지도 몰랐다.

'회임 이후에는 그이를 품지 않았으니 근 일 년에 가까운 시간 동안 그이의 몸을 찾지 않은 것인가. 이토록 내게 열정적인 그이를 수태 후에도 몇 달간 홀로 밤을 보내게 하다니.'

이토록 은밀한 그림을 그리고 열정적인 연서에 끝맺음을 지으면서 수줍고 설레는 연심을 얼마나 가득히 담아내었을까.

지아비가 자신을 찾아주길 바라는 그 간절한 마음을 품에 안고 부끄러운 걸음을 내딛으며 편전으로 향했을 지어미의 마음. 그 마음이 깊이 가늠되어 혜는 버석한 손바닥으로 이마를 짚으며 눈을 감았다.

윤이를 낳고 넉 달이나 흘렀다. 그사이 녹월의 임금이라는 사람은 지난 두 달 동안 박색의 무수리와 함께 밤을 지새웠다. 이미 궐 안에 파다하게 퍼져버린 소문. 그것을 두 눈으로 똑똑히 확인한 영지는 교태전에 들어서자마자 강물의 둑이 터진 듯 참았던 눈물을 터트리며 주저앉았다.

세 아이 모두 어렵게 얻은 귀한 생명이었다. 특히나 윤이는 설이를 낳을 때보다도 훨씬 위험했다. 노산도 노산이었지만 골반이 뒤틀리어 온전치 못한 자궁은 태중의 아기씨를 막달까지 강건하게 지켜주지 못했다.

하여 죽을 수밖에 없다면 죽으리라 생각하고 해산을 하였기에 어의는 영지와 혜에게 근 두 달간은 동침을 하지 말 것을 권했다.

하지만 영지가 강건함을 되찾은 이후에도 지어미를 찾지 않은 것은 지아비, 혜였다.

영지는 곰보자국이 가득한 박색의 무수리를 떠올리며 눈을 질끈 감았다. 나이가 많다고는 하나 그 무수리 아이보다 자신이 떨어지는 점은 아무것도 없었다. 나이가 들어감에 따라 눈가에 까치

주름이 들고 세 아이를 낳은 몸에 살집이 붙었다고는 하나 여전히 흰자위는 맑았고 피부 결 또한 보드라웠다.

'혹여, 이 내 몸이 강건치 못하여서? 이 강건치 못함이 눈엣가시가 되고 싫어지시어 전하께서는 그 아이를 품으셨던 것일까?'

그러고 보니 달이라는 아이는 참으로 건강해 보였다. 묽은 갈빛의 피부와 호리호리한 듯했지만 다부진 몸체가 참으로 강건하고 튼튼해 보였던 것이 생각나, 영지는 뒤틀린 골반을 손바닥으로 주무르며 아랫입술을 꽉 물었다.

오늘따라 유난히도 뒤틀린 골반 자리가 아파 오는 것은 무슨 연유일까. 아마도 긴 시간 동안 한 점의 의심도 없이 믿고 존경했던 지아비에게서 얻은 배신감이 무수한 파편이 되어 가슴속으로 꽂혀들었기 때문일 것이다.

그래도 아름답고 어여쁘다고 해주시지를 않았던가. 뒤틀려 볼썽사나운 그곳에 입을 맞추고 혀로 핥아 내리며 이보다도 어여쁜 나신은 세상에 또 없을 것이라 말해주셨지를 않은가.

그러나 화무십일홍이라는 말이 있은즉, 아름다운 꽃도 고작 열흘 남짓 동안 아름다움을 간직할 수 있는데 하물며 이미 온전치 못한 여인의 몸은 더욱 그러할 것이다.

"팔 년……. 정식 혼례를 치르기 전의 나날들까지 생각한다면 십 년도 더 넘게 전하의 사랑을 받았으니 아름다움을 잃은 꽃은 그 기대를 이만 접을 수밖에 없구나."

영지는 흰 손등으로 축축한 눈가를 비볐다. 문득 아직 부드러운 피부 결이라고 자신하였던 그 손등에 맺힌 작은 주름들이 오늘따라 도드라지게 보이는 것은 마음속에 깃든 지극한 슬픔 때문일까. 아니면 세월의 흐름을 거를 수 없어 자연스럽게 생긴 흔적을 그동안 느끼며 살지 못했던 탓일까. 수많은 생각들을 가슴속에 품은 한 필부의 마음에 얼룩진 멍의 기운은 더욱 시퍼렇고 진하게 번져가고만 있었다.

"일어났으면 그만 네 처소로 돌아가거라."

먹물이 콧잔등에 잔뜩 묻은 달이는 또다시 자신도 모르게 기면의 병증을 일으켰다는 것을 깨달으며 머리를 조아렸다.

"우매한 소인이 또다시 병증을 일으킨 것이옵니까?"

아직 햇살이 온전히 뜨지 않은 푸른 새벽녘. 젊은 임금은 간밤에 한숨도 자지 못한 듯 눈 밑이 검었다.

"네 행색을 보아라. 당연하지를 않느냐? 내 지난밤에는 너를 들어 그 처소로 내던지고 싶은 마음이 간절하였다. 아아, 어찌하여 딱 그 순간에 그이께서 이곳을 찾으신 것이며 어찌하여 이 내 품 안에 네 그 머리통이 푹 들어왔을까? 차마 너를 관장하는 상궁에게 네 병증을 알리지 않겠노라 약조하였기에 네 잠이 깰 때까지 화를 누르며 꾹 참았도다."

"소인이 잠들었을 적에 무슨 일이 있으셨사옵니까?"

말해 무엇하랴. 혜는 속에서 절로 솟는 끙 소리를 꾹 참아 누르며 한숨과 함께 대답을 꺼냈다.

"오늘부로 과인이 쓰는 먹물을 가는 일은 그만하여도 좋을 것이다. 이미 상선에게 말해두었으니 너를 관장하는 상궁에게도 과인의 명이 흘러들었을 터. 지금 당장 네 처소로 돌아가 과인이 미리 준비해둔 재물과 네 물건을 챙겨 궐을 나설 채비를 하거라. 약소한 재물은 그간 밤새 과인을 위하여 먹물을 가느라 애씀에 대한 대가이니라. 물론 채비를 하고 중전마마의 명이 떨어질 때까지 기다려야 한다. 엄연히 내명부의 우두머리는 중전마마가 아니시냐. 미리 사람을 불러두었으니 중전마마의 명이 떨어지면 그들과 함께 본디 네 부모가 계시는 집으로 가서 그 재물을 가지고 오순도순 행복하게 지내거라."

"공주아기씨께 드리실 글은 다 완성된 것이옵니까?"

달이는 문득 궐을 나서라는 임금의 명에 마음 한쪽이 싸해지는 것을 느꼈다. 하늘같은 분의 면을 볼 수 있는 기회는 지금이 마지막이라는 생각이 들어 기분이 이상했다. 마치 눈물이 날 것 같기도 하고 목이 슬쩍 메기도 하는 것이, 참으로 황망한 감정이다.

"과인의 이 눈 밑을 보아라. 아마도 퀭할 것이야. 우리 윤이에게 줄 선물은 달이 네가 먹물에 코 박고 잠을 잘 적에 그 끝을 보았으니, 이제 과인에게 밤새 먹물을 갈아줄 사람은 필요가 없다. 가거라, 네가 그리도 그리워하였던 네 부모의 품으로."

임금의 명이었다. 임금의 명이라면 그 누구도 거역을 할 수가 없었다. 일개 무수리는 더욱 그러할 터. 평생 이 궐 안에서 임금의 승은 한 번 입지 못하고 처녀의 몸으로 늙어죽어야 할 처지에서 벗어나 재물을 얻어 궐 밖으로 나가게 되었으니 이 어찌 황송한 일이 아니랴.

그러나 달이는 그토록 그리워하였던 부모의 얼굴보다도 지금은 이 자상하신 임금님의 얼굴을 한 번이라도 더 보고 싶었다. 먹물을 가는 일을 평생 하여도 좋겠다는 생각이 드는 이유는 무엇일까. 달이는 아마도 이미 그 이유를 알고 있으리라. 그러나 자상하신 임금님의 눈은 언제나 한 분만을 위해 빛나고 있음을 익히 알고 있었기에 달이는 그저 머리를 조아리며 마지막 인사를 꺼낼 뿐이었다.

"성은이 망극하옵니다, 전하. 부디 오래도록 천세를 누리시어 어진 치세를 널리 펼치시옵소서. 소인은 궐 밖에서도 언제나 전하의 은덕을 가슴깊이 안고 살아갈 것이옵니다."

어미의 젖을 잘도 빠는 윤이의 얼굴은 희고 포동포동한 살집이 귀염지게 무르익었다. 영지는 배가 부른 듯 젖꼭지를 밀어내는 윤이의 입가를 흰 면보로 닦아낸 후 트림을 시키며 문득 젊은 나날보다 처진 가슴에 눈길이 절로 향하는 자신을 발견하고 슬픈 미소를 지었다.

뽀얗고 싱그러웠던 육체는 이제 빛깔도 어두워지고 세월의 무게만큼 탄력을 잃어 안타까움만 자아냈다. 그렇게 슬픔에 젖은 채로 윤이의 등을 두드리던 그녀의 귓가에 듣기 싫은 말이 들려왔다.

"중전마마, 주상전하께서 납시었습니다."

모시지 말라, 라는 말이 목구멍까지 솟는 그녀였지만 어찌 궐의 주인에게 냉대를 할 수가 있을까. 이 궐 안에서 임금이 가지 못할 곳은 그 어디에도 없었기에 영지는 옷매무새를 단정히 하고 위엄 있는 목소리를 내었다.

"드시라 전할 것이며 보모상궁은 지금 속히 들어와 공주를 모시어라."

중전의 명에 보모상궁이 들어 윤을 데리고 밖으로 나갔다. 보모상궁이 나간 문으로 곧 임금의 기운이 스며들었다. 탁 소리와 함께 문이 닫히고 방 안에는 온전히 두 사람만이 존재했지만 그 어느 누구도 먼저 서로를 향한 음성을 내지 않았다. 그저 영지는 중전으로서의 예가 깃든 눈인사를 하며 천천히 제자리에서 일어나 편안한 자리를 임금에게 내어드릴 뿐이었다.

"중전께서 아직 침수에 드시기 전에 당도하여 다행이오."

서먹한 공기를 가르고 임금의 음성이 중전의 귀에 닿았다.

"아이가 젖을 원하는 기미를 보여 잠을 청하지 않은 것뿐입니다. 그저 잠 인사를 당부하러 오신 것이시라면 이만 신첩에게 그 자리를 돌려주시지요."

차갑고 서늘한 지어미의 음성에 혜는 어렵게 입을 열었다.

"지난밤에 그대가 본 것은 순전히 오해요. 내 그 아이를 품었더라면 달이라는 그 아이가 진즉에 승은상궁이 되지 않았겠어?

"달이라는 그 이름! 신첩에게 꺼내지도 마십시오."

영지는 저도 모르게 패악질을 담은 음성을 내었다. 일생 동안 앞으로는 밤하늘에 뜬 달에 눈길도 주지 않을 것이라 이를 갈 정도로 그녀의 가슴속에는 투기심이 가득했다. 그녀는 자신이 이토록 투기심이 많은 여인이라는 것을 처음으로 깨달아 스스로가 혼란스러울 정도였다.

"세상에……! 궐 안의 수많은 꽃들 중 어찌하여 그리도 박색의 꽃을 꺾으셨단 말씀이십니까? 차라리 신첩 같은 것은 쳐다보지도 못할 고운 외모의 여인을 취하셨다면 신첩의 자존심이 이토록 짓밟히지는 않았을 것이옵니다! 어디 여인이 없어 그토록 못난이를……. 아아, 혹여 신첩이 갖지 못한 그 아이의 강건한 육체가 마음에 드셨습니까?"

가슴 저 깊은 곳에서 서러움이 복받친 중전은 일개 필부가 되어 그 가슴에 꽃피운 투기심을 고스란히 지아비에게 내비치며 말을 이었다.

"김 상궁에게 들었습니다. 전하께서 그 아이를 궐에서 내보낼 준비를 하셨다고요. 실컷 꺾은 꽃을 버리는 임금은 없사옵니다. 내명부의 수장은 신첩이니 그 아이를 내보내는 것은 신첩의 뜻에 달려 있는 바. 어찌 신첩이 그 아이를 궐 밖으로 내칠 수가 있단 말입니까? 전하께서 신첩의 투기심을 가늠하시고 잠잠케 하고자 그 아이를 버리시는 것이라면 그 뜻을 거두어주시옵소서. 신첩, 날이 밝으면 달이라는 그 아이에게 특별상궁의 첩지를 내릴 것이고 향후 그 아이가 수태를 함에 따라 후궁의 첩지도 부여할 것입니다. 아시겠습니까?"

서러움이 복받치자 투명한 샘이 눈가에서 솟은 듯 중전의 눈에서는 눈물이 쉴 새 없이 흘러내렸다. 양 볼을 타고 방울방울 떨어지는 지어미의 눈물에 지아비의 마음은 후회막심한 감정이 차올라 저릿함이 빠르게 번져갔다. 그냥 처음부터 달이라는 아이가 가진 병을 알리고 오해를 풀었더라면 달이가 궐 밖으로 냉혹하게 쫓겨날지언정 지어미의 마음은 덜 다쳤을 텐데…….

"아아. 나의 지어미야. 정말 그대가 생각하는 그런 일은 결단코 일어나지 않았대도……."

"하오시면 지난 두 달 동안 매일 밤 편전에 드는 그 아이와 전하께서 무슨 일을 하셨더란 말씀이십니까? 혈기 넘치는 사내와 강건한 여인이 만나 그 밤을 지새울 일이 무엇이 있겠습니까? 신첩이 남녀지간의 육욕과 욕망을 모르는 것도 아니온데 어찌 그런 거짓을 변명이라고 하시는 것이옵니까? 변명하지 마시옵소서, 전하. 그냥 신첩을 이해시키시면……, 아니, 그냥 신첩이 이 상황을 납득할 만한 잠시간의 시간만 허락해주시면 될 일이옵니다. 하오면 신첩, 더 이상 투기심을 발하지 않을 것이오니 이만 동온돌로 돌아가주시옵소서."

영지는 눈물로 젖은 얼굴을 두 손바닥으로 닦아내며 단호한 음성을 내었다. 알량한 자존심이 짓밟혀버린 이 순간에도 중궁전의 위엄을 잃고 싶지 않았다. 이 위엄마저 잃어버린다면 슬픔의 나락에서 벗어날 수 없다는 것을 영리한 그녀는 이미 잘 알고 있었기 때문이다.

"중전, 아니, 영소 작가야. 오래전 나는 여인은 오직 그대 한 사람뿐이라고 약조를 하였어. 사내가 되어 어찌 금석같이 맺은 언약을 스스로 저버릴 수가 있겠는가? 나의 눈빛은 늘 그대에게 머물러 있음을 그대도 잘 알고 있지를 않은가. 달이는 그저 매일 밤 편전에서 먹물을 가는 업을 수행하였을 뿐이야. 그것은 결단코 진실이니 부디 오해하지 말고 지금부터는 내 말을 잘 들어주어. 내 이리 부탁하오."

혜는 소지가 없는 손을 들어 영지의 손등을 감싼 채로 말을 이었다.

"그래. 그대가 윤이를 낳고 처음 두 달 동안은 그대에게 가고 싶은 이 마음을 억지로 눌렀어. 이미 윤이를 회임하고 얼마 지나지 않는 순간부터 나는 그대를 품을 수가 없었으니까. 그것은 태중에 있는 윤이를 위해서도 어쩔 수 없는 일이었지. 그래도 난 태어난 윤이가 너무 어여뻐서 그대를 품고 싶은 마음을 억누를 수 있었어. 채 몸을 회복하지도 못한 그대를 억지로 품는 것은 세상에 짐승만도 못한 짓이니까."

"하여 달이라는 아이를 매일 밤 편전으로 들이신 것이 아니옵니까? 전하의 그 욕정을 풀기 위해서 말입니다."

영지는 도저히 혜의 말을 믿을 수 없다는 듯 그의 말을 되받아쳤다.

"그대를 향한 그 욕정은 아직 풀리지 않은 채로 이 몸뚱이 안에 똬리를 틀고 뭉쳐 있어. 이보아, 중전. 이래저래 윤이가 태어난 지도 두 달이 흐른 어느 날, 문득 그런 생각이 들었지. 태어난 윤이에게 특별한 선물을 주고 싶어졌어. 윤이가 장성한 후에도 뜻깊게 간직해줄 수 있는 그런 선물을 말이야. 헌데 나는 사내라 여인의 마음을 잘 몰라. 하여 궐 안의 나인 몇 명을 모아두고 부모에게 받은 뜻깊은 선물에 대해 물음을 던졌는데 그중 달이라는 그 아이가 이런 대답을 하는 것이야. 매일 밤 부모가 지어 들려주었던 이야기가 가장 뜻깊었다고. 그래서 나는 그날부터 윤이를 위한 어린 이야기를 짓기 시작했어."

"하오면 제가 보았던 그 모습은 무엇이란 말입니까? 전하의 그 말씀대로라면 전하는 그저 이야기를 짓고 그 아이는 먹물만 갈면 되는 것이 아닙니까? 신첩이 그저 그런 모습만 보았더라도 이런 생각을 하지는 않았을 것이옵니다. 헌데 신첩이 본 것은 달이라는 아이를 품에 안은 전하의 모습이었어요. 꼭 달이가 아니어도 되었지 않습니까? 왜 달이라는 아이였었나 하는 것이 신첩의 물음입니다. 그토록 박색의 아이를……."

눈물을 머금어 벌겋게 변한 눈동자로 지아비를 바라보며 쉼없이 말을 잇던 그녀는 결국 말의 끝에 한숨을 달아내며 입을 닫았다.

"중전. 나는 내 백성 한 사람이라도 어렵고 힘들지 않았으면 해. 달이도 또한 나의 백성이기에 그 아이의 딱함을 모른 척할 수가 없었어. 차라리 그 아이의 딱한 사정을 그 자리에서 밝혔다면 이리 중전의 마음을 아프게 하지는 않았을 텐데……. 그 아이야 바로 궐 밖에 내쳐졌을 것이지만."

"딱한 사정이라니요?"

혜의 말을 듣던 영지는 머릿속에 솟는 물음을 끄집어내며 말했다.

"그 아이, 궐에 들어와서 마음고생이 심했는지 병이 생겼더군. 그것도 어디가 특별히 아픈 것이 아니라 기면의 병이 걸린 것이지."

"기면의 병이라니요? 그것이 무슨……."

"그 아이가 가진 병은 어떤 일을 하다가도 갑자기 잠에 빠져버리는 병이지. 빨래를 하다가도 잠이 들고, 바느질을 하다가도 잠이 들고, 또한 먹물을 갈다가도 잠에 드는 기이한 병이었어. 헌데 그 아이의 병을 상궁이 알면 곧바로 그 불쌍한 아이를 빈 몸뚱이로 궐 밖에 내칠 것이 자명하니, 내 그 아이의 병증을 숨겨주고 있었던 것이야. 윤이를 위한 어린 이야기가 다 지어지면 밤새 먹물을 갈 사람도 필요 없고, 그렇게 되면 내 그 아이에게 약소하지만 재물을 내려 궐 밖의 부모에게 보내주려고 하였어. 어제도 그 아이가 먹물을 잘 갈다 말고 갑자기 잠에 든 것이야. 헌데 가만히 지켜보고 있자니 그 콧등이 시꺼먼 먹물에 빠질 것 같아서 내 저기 윗목으로 눕혀주려고 하였는데 잠결에 그 아이의 고개가 이 품속으로 들어온 것이지. 내 그렇지 않아도 얼마나 놀랐는지 가늠이 되시오? 그대를 중전으로 맞아들인 이후 한 번도 다른 여인은 품어보지도, 아니, 숨결도 맡지 않았던 내가 그런 황망한 일을 겪다니……. 아아, 중전. 내 진정 하늘을 걸고 맹세컨대 그 아이에 대한 사심은 티끌만큼도 없으며 나는 여전히 그대만을 연모하고 사랑하는 사내요. 혹여 이 내 마음에 티끌만 한 사심이 솟을까 염려를 하였기에 내 먹물 가는 아이로 달이를 데려온 것이기도 하오. 달이의 모습은 전혀 나의 마음을 동하게 하지 않거든."

속사포처럼 애타는 가슴을 다 내어 보인 지아비는 여전히 믿기지 않는다는 듯 벌건 눈을 둥글게 뜬 영지의 이마를 한 손으로 짚으며 눈을 맞췄다.

"미안하오. 내 그대에게 무심하여 이런 사달이 일어난 것이 아니겠어? 그대의 몸이 강건함을 되찾은 후라면 언제나처럼 이 들끓는 가슴을 그대에게 온전히 내어 보였어야 할 것인데……. 그저 딸아이를 지극히 귀애하는 아비로서의 즐거움에 취하여 그대의 지아비라는 본분을 망각하였으니 그대가 얼마나 서운하였겠어."

지아비의 낮은 음성에 지어미의 눈에는 다시금 눈물이 고였다. 지난 두 달 동안 다른 이들에게는 말도 하지 못하고 끙끙 앓았던 벙어리 냉가슴을 어찌 다 풀어낼 수가 있을까.

투기심에 눈먼 여인으로 치부되고 싶지 않아 꾹 눌러두었던 서러움이 자꾸만 솟아올라 영지는 그만 고개를 숙여버리고 말았다. 자존심이 너무나 상하고 맘이 아파 이깟 눈물 따위는 지아비에게 보여주고 싶지 않았지만 자꾸만 솟는 눈물은 도저히 참아지지가 않았다.

"그래도 너무하셨습니다. 어찌 신첩을 잊으시고, 신첩과의 정을 잃어버리셨단 말씀이십니까? 그것은 즉 전하께서 신첩의 몸뚱이에 대한 애정을 잃으셨음이 아니겠습니까? 달이의 일이 아니어도, 신첩은 신첩을 잊고 사신 전하의 그 마음이 너무나도 밉습니다. 미워서 견딜 수가 없어요. 언제쯤이면 신첩을 다시 되찾아주실까 오매불망 기다린 밤이 몇 날인데 전하께서는 백짓장과 씨름을 하셨다니요? 이는 여인으로서 지극히 수치스러워 견딜 수가 없는 일입니다."

결국 영지는 중전으로서의 체통이며 위엄을 모두 다 잊은 듯 혜의 앞에서 통곡을 쏟아내고야 말았다. 얼마나 서러웠을까. 그녀는 세상에 기댈 곳은 지아비의 품, 오직 한 곳밖에 없는 그런 사람인 것을…….

연모하는 사내가 임금이었기에 따가운 눈총을 모두 다 견디어 내고 중전의 위를 지킨 이 또한 자신이었는데 그런 사내가 자신을 찾아주지 않은 현실이 영지라는 여인에게는 얼마나 힘들고 모질었겠는가. 혜는 통곡을 쏟아내는 지어미를 품에 꼭 안으며 나지막한 목소리로 속삭였다.

"울지 마오. 내 그대에 대한 연정을 다시는 잊고 살지 않을 것이니. 응?"

"그 말씀을 신첩이 어찌 믿을 수 있겠습니까? 신첩, 벌거벗은 나신이 추해졌사옵니다. 하여 실은 전하께 이 몸을 당당히 보여 드리기도 어려운 마음인 것을요. 살집도 늘고 주름도 늘고 피부에 거뭇한 것도 늘고……. 보기 싫고 흉한 것들만 늘은 몸이옵니다. 전하께서 신첩의 몸을 눈에 담으시면 전하의 맘속에 남은 연정마저 모두 다 사라질지도 모르는 일이옵니다."

울먹이는 중전의 음성에 혜는 그녀를 더욱 다정스레 끌어안으며 속삭였다.

"정식 혼례 후 흐른 시간이 벌써 여덟 해야. 그 시간 동안 그대의 몸만 그리 변한 것이 아니야. 이것 보아. 나도 세월의 흐름을 거스르지 못해 눈가가 깊어졌지 않은가. 그렇다고 하여 중전, 그대의 맘속에 깃든 나에 대한 마음이 모두 다 퇴색하였던가?"

그의 물음에 그녀는 머리를 천천히 가로저었다.

"똑같다오. 내 마음도 역시 그대의 마음과 같아."

"……."

"아직도 내 말이 믿기지 않는다면 날이 밝는 대로 달이를 불러 물어보든가. 이 땅 위에 나만큼 결백한 자는 결코 없을 것이니."

혜는 영지의 코끝에 자신의 코를 부비며 말을 이었다.

"자아, 그렇다면 필부(匹夫)와 필부(匹婦)가 만들어내는 열정의 금침이란 것이 무엇인지 알아보아야 하지를 않겠어?"

"아아……."

감히 지아비께서 지어미를 찾아주기를 간절히 바란 마음을 대담하게 담았던 그림과 연서가 떠올라 영지는 양 뺨을 붉혔다. 앵두알처럼 벌겋게 달아오르는 그 모습이 어여쁘고도 고와 혜는 품 안의 여인이 진정 자신의 아이를 셋이나 낳은 여인인지 의심스럽기까지 했다.

"어디 한번 열정의 금침 위에 흐드러지게 피어날 지어미의 꽃봉오리를 보아야겠어. 얼마나 풍만해졌는지, 얼마나 그 골이 깊어졌는지 내 이 온몸으로 확인해본 다음에 그것들에 대한 평을 덧붙일 것이야. 응?"

그러면서 슬쩍, 지어미의 입술에 입술을 부대낀 지아비는 천천히 붉은빛의 옷고름을 잡아당겨 풀기 시작했다.

"그대도 나의 늙고 흉한 몸을 본 후에 이 몸뚱이에 대한 고견을 풀어내어보아."

반 시진 정도 흐른 후.

이리저리 구겨져 흐트러진 금빛 이불 위에 맨몸으로 누운 사내와 여인은 함께 살아온 지 어언 팔 년의 시간이 흘렀다는 것이 무색할 정도로 서로의 몸을 끌어안고 쓰다듬었다. 여인의 몸집은 아담했지만 둔부에 희고 뽀얀 살집이 올라 여인으로서의 단물이 오를 대로 오른 몸뚱이였고, 사내의 눈가는 깊은 주름이 졌지만 여전히 늠름하고 기골이 장대하였을 뿐만 아니라 탄탄하게 곧추선 허리는 척추의 모양새를 그대로 간직한 채 유려하게 뻗어 있었다.

"자아, 그대의 고견 먼저 들어보도록 하지. 이보아, 중전. 과인의 몸이 어떠한가? 아직, 그대를 충족시키기에 충분한가?"

지아비의 물음에 영지는 연분홍빛 입술에 미소를 머금으며 수줍게 웃었다.

"탄탄한 기골에서 절도 있는 몸짓이 흘러나오니, 신첩을 취하시는 모양새가 꼭 절구를 후벼 파는 방아 같기도 하고 신첩을 끌어안으시는 너른 품은 마치 절절 끓는 가마의 열기보다도 더하니. 아아, 말씀드리기 부끄러우나 전하를 받아들일 수 있어서 무척이나……."

"무척이나?"

"……무척이나 날아갈 듯이 상쾌한 기분이옵니다."

"그래? 그대가 좋아하니 다행이야."

"하오시면 신첩에 대한 평은 어떠하신가요?"

영지의 물음에 혜는 눈을 크게 뜨며 모르는 척 딴청을 피우다가 이내 싱그러운 미소를 지으며 짓궂게 말했다.

"음……, 옥근을 부빌 수 있는 이 가슴도 마음에 들고 손안에 가득 들어오는 이 뽀얀 둔부도 찹쌀떡처럼 쩍쩍 달라붙는 감촉이 아주 일품이며 무엇보다도 그대의 이곳, 아아, 이곳에서 흐르는 온천수는 지독히도 뜨끈하여 말이지? 여기도 어여쁘고 저기도 어여쁘고 요기도 어여쁘니. 자아, 요 어여쁜 곳으로 다시 한 번 자맥질을 하여볼까?"

짓궂은 밀어와 함께 두 사람을 품은 금침은 다시금 자잘한 주름들을 쉴 새 없이 만들어내기 시작했다. 이쪽에도 주름, 저쪽에도 주름. 요 주름 이 주름이 빼곡히 들어차는 만큼 방 안을 울리는 더운 숨소리는 그 밤이 다 지나도록 끝이 날 것 같지가 않았다.

끝나지 않을 것 같던 더운 숨소리가 한결 가라앉고 사랑의 물결 끝에 남는 미묘한 파동의 여운을 은근하게 나눌 무렵, 영지는 지아비의 가슴에 고운 피부 결을 부비며 나지막한 물음을 꺼냈다.

"저기, 그런데요, 전하?"

"응."

"윤이를 위해 지으셨다는 그 이야기. 그것 한번 보여주시어요?"

"안 돼."

"어찌하여 그리 질색을 하시는지요?"

"아주 형편없으니까."

"전하의 글재주로도 형편없는 글이 나온답니까?"

"어린 이야기를 짓는 데는 아무래도 영……. 차라리 음서를 수백 권 쓰는 것이 낫지."

"정말입니까?"

"응. 그래서 하는 말인데……. 중전, 우리 작당모의 한 번 또 해볼까?"

"예? 혹시 또다시 음서를 함께 짓자는 말씀이셔요?"

"아니. 음서 말고."

"그럼요?"

"언젠가 글방에서 읽었는데……. 연애소설을 말이야, 서국에서는 로맨……, 로만……, 그 무엇이라고 하던데……. 아, 생각이 나지를 않는군."

"그래서요?"

"내 갑자기 창작 욕구가 들끓어서 말이지. 하여 우리 둘이서 눈물을 쏙 뺄 만큼의 애절함과 적당한 화끈함까지 겸비한 연애소설을 짓자는 말이지. 물론 글은 내가, 그림은 그대가."

"이윤 분배는 전체를 십으로 잡아 신첩이 구, 전하께서 나머지 일을 가져가신다면 한번 생각해보지요."

"그래! 지금 당장 계약서를 쓰지."

"이번에는 신첩이 갑입니다?"

"응?"

"신첩이 갑을 할 것이니, 전하께서 을을 하시란 말입니다."

"뭐야?"

"책이 잘 팔리도록 끝내주는 그림을 그려드릴 것이니, 자아. 이번에는 제가 갑인 것이어요?"

"으응. 알겠어."

"그런데 제목은 생각해둔 것이 있으십니까?"

"일단 배경이 녹월국이고, 춘화를 그리는 여인과 음서를 쓰는 사내를 주인공으로 하려 하니……. 그래! '녹월춘화야담'이 어떤가?"

"너무 촌스럽지 않나요?"

"원래 촌스러운 게 더 정감 있는 법이야. 그럼 녹월춘화야담으로 낙점을 한 것이야?"

'녹월춘화야담'이라. 영지는 엷은 미소를 머금으며 살며시 눈웃음을 흘렸다.

다시 시작되는 새로운 동업. 이번 동업의 길은 마음 찢어지는 아픔도, 고된 시련도, 눈물도 없을 것 같다는 생각이 들어 별빛처럼 반짝이는 설렘이 마음의 길 위에 어여쁜 은빛의 자취를 남겼다.

"전하, 이번에는 신명나고 재미나는 작당모의가 될 것이지요?"

"말해 무엇해. 이렇게 행복함만 가득한 우리 두 사람인 것을."

혜는 영지의 입술에 자신의 입술을 비비며 빙긋이 웃었다. 어디에선가 불어오는 늦봄의 바람결 사이로 밝고 해사한 하절의 햇볕 냄새가 살그머니 전해지고 있었다.

— 完

작가 후기

사람의 신념과 진심이란 것이 삶에 얼마만큼의 비중을 차지하고 있을까? 글을 쓰는 내내 이 생각을 떨쳐내지 못하면서 아주 오랜만에 집중해서 쓴 글이 세상의 빛을 보게 되어 참으로 감사한 마음이 듭니다.

연재를 중단한 많은 파일들을 살펴보던 중 '남장여자', '그림'의 코드를 가진 글이 있었습니다. 그 글을 어떻게 하면 다시 살려볼 수 있을까? 고민하던 끝에 엉뚱하게 시작된 것이 바로 이 글입니다.

단순한 시작을 가지고 가볍게 시작했지만 글의 마침을 찍으면서는 마음이 굉장히 무거워졌던 글. 마침을 찍은 지금 이 순간에도 생각합니다. 내가 가진 신념의 본질과 가장 가까이에서 나와 함께 해주는 소중한 사람들에게 나는 어떤 사랑을 표현하고 있을까? 이러한 생각들이 부디 부족한 글의 곳곳에 조금이나마 녹아들었기를, 그래서 독자님들께도 전해지기를 작게 소원해봅니다.

무더운 여름에 시작한 글은 가을에 그 초고를 완성할 수 있었습니다. 그리고 일 년을 돌아서 또다시 가을이 되었네요. 시간은 흘렀지만 글의 주인공인 영지에게는 참으로 미안한 마음뿐입니다. 수정을 하면서 보니 제가 참 이 아이를 못살게 굴었구나, 싶습니다. 못된 글쟁이 때문에 엄청 고생했으니 이제는 아주 오래도록 혜와 행복한 시간을 만끽했으면 좋겠네요. 그래야 그 아이가 선택한 신념에 후회가 없을 테니까요. 저 역시도 마찬가지고요.

연재를 들어가기 전, 아주 명쾌하게 제목을 지어준 홍차 강선영 작가님. 글이 풀리지 않을 때마다 고민을 들어주고 아낌없는 조언도 들려주어 고맙습니다. 덕분에 갈무리되지 않던 글이 틀 안에서 갖추어질 수 있었습니다. 그리고 '나래'의 사랑하는 나래님들. 우리, 오래오래 함께 걸어 나갔으면 좋겠습니다.

결혼. 인생 2막의 시작. 그리고 새로운 생명을 갖게 되는 일련의 시간 동안 묵묵하게 기다려주셨던 도서출판 가하 편집팀 분들! 정말 죄송하고 그만큼 감사하다는 말씀을 드립니다. 더불어 편집팀의 노력으로 글이 더욱 단정해질 수 있게 되어 기쁘고, 고맙습니다. 고생하셨어요!

가을 밤. 손에 든 책 한 권이 독자님들께 녹월(綠樾)처럼 편안한 쉼터가 되기를 희망합니다.

2014년 가을,

김한나